U0905980

这些人决不愿意容忍目前的一切，
无论在思想观念方面还是习俗方面都是如此。
他们反对现代工业的任何发明，
宁可要公共马车而不要一条铁路，
宁可要单桅三角帆船而不要一艘汽船！

KÉRABAN-LE-TÊTU

环游黑海历险记

译林出版社

[法国] 儒勒·凡尔纳 著 吴岳添 译

图书在版编目（CIP）数据

环游黑海历险记／（法）儒勒·凡尔纳著；吴岳添译.— 南京：译林出版社，2022.4
（凡尔纳经典科幻）
ISBN 978-7-5447-9060-4

Ⅰ.①环…　Ⅱ.①儒…　②吴…　Ⅲ.①幻想小说－法国－近代　Ⅳ.① I565.44

中国版本图书馆 CIP 数据核字（2022）第 020407 号

环游黑海历险记 ［法国］儒勒·凡尔纳／著　吴岳添／译

责任编辑　祖朝志
装帧设计　景秋萍
校　　对　戴小娥　王　敏
责任印制　单　莉

出版发行　译林出版社
地　　址　南京市湖南路 1 号 A 楼
邮　　箱　yilin@yilin.com
网　　址　www.yilin.com
市场热线　025-86633278
排　　版　南京展望文化发展有限公司
印　　刷　江苏凤凰扬州鑫华印刷有限公司
开　　本　652 毫米 × 960 毫米　1/16
印　　张　27.5
插　　页　5
版　　次　2022年4月第1版
印　　次　2022年4月第1次印刷
书　　号　ISBN 978-7-5447-9060-4
定　　价　45.00元

总　序　凡尔纳及其创作

吴　岩

儒勒·凡尔纳常常被称为“科幻小说之父”，他一生涉猎广泛，著述丰富，仅仅小说就超过120部，其中62部属于科幻和探险类作品。

凡尔纳于1828年2月8日出生于法国海滨城市南特。少年时代，有两个事件曾严重地影响到他后来的生活。第一件是11岁那年，他突发奇想装扮成水手登上开往印度的“卡罗里号”轮船，渴望出海远行。几小时之后，他的父亲终于在下一个港口将他找回。凡尔纳受到了重罚。傍晚，他躺在床上，流着泪向母亲保证，今后他将只在“幻想中远航”。也恰在发生这事的同时，凡尔纳还为一个早来的爱情而烦恼。她的表姐卡罗莱漂亮可爱，使他无法忘怀。但是，卡罗莱非常早熟，热望世俗事物，常常引凡尔纳说些傻话，然后以神经质的大笑嘲弄他。凡尔纳的心灵受到很大打击，但对她的爱情一直持续到青年时代。上述两件事情到底是否属实，有人保有怀疑，但如果确有其事，我们倒是发现了他热衷科幻和探险小说写作的原动力。

1846年，凡尔纳开始接受高等教育。他到过巴黎，目睹过工人起义，还在一个文艺界的沙龙中认识了大仲马，并很快与其成为挚友，合作写剧本。凡尔纳的早期创作很不成功，在与大仲马合作后虽然有一些剧本被搬上舞台，但反响平平。他开始对身边成功的作家进行观察。通过总结他发现文学的出路已被卡死，因为文坛上吸引读者的作家，都在将笔触伸向其他领域，比如大仲马写的是历史，巴尔扎克写的是伦理学，E. 伽伯莱将犯罪学引入小说。看来，想在文坛立足必须找到一块未被触动的知识处女地。后来，这块处女地终于被他发现，那就是地理学！文坛上似乎还鲜有以地理学为核心内容的著作。凡尔纳兴奋异常。他试探着写了一个短篇，讲一名少女怎样为寻回未婚夫出海与风浪、海盗、冰封搏斗，他给这故事起名《在冰川上过冬》。虽然小说没有发表，但我们已从中看到凡尔纳未来创作的基本范型。

凡尔纳的第一部成名作品是 1863 年出版的《气球上的五星期》。这本小说的构思源于美国作家爱伦·坡的一部以气球为主题的短篇小说。坡是凡尔纳的引路人之一。当然，《气球上的五星期》的成功不能归因于单个要素。小说揭示的非洲风光在当时人看来新奇异常，因为在那时非洲丛林是一个无法进入的“死亡之地”，但凡尔纳却能让读者借他的小说“身临其境”。出版商赫泽尔一眼看中了这部作品，把作者从不断被退稿的失望中拯救出来。1863 年 1 月 31 日，《气球上的五星期》正式出版。凡尔纳的一个工程师朋友纳达尔给他凑热闹，自制了一个气球，还在吊篮中装上一个满脸涂黑的人，象征非洲土著。气球与小说同时与观众见面，那一天巴黎盛况空前。

用现代的标准看，《气球上的五星期》还不能算是科幻小说，而 1864 年出版的《地心游记》则确是凡尔纳的科幻经典。作品自始至终笔调幽默，他使用了一个当时看就已经过时的理论——“地球中空论”构思了一个精妙绝伦的地心旅行故事。评论家们认为，《地心游记》中最值得一提的，是凡尔纳找到了自己科幻小说中的人物结构。

这种结构是三类不同年龄和性格的角色组合。这三个角色分别是父亲，小说中以李登布洛克教授为代表，象征统治者。孩子，小说中以阿克赛尔为代表，象征被统治者。仆从，小说中以汉斯·布杰尔克为代表，象征被奴役者。凡尔纳发现，这三类角色在小说中合理搭配能完成科幻小说中最重要的一些功能。如父亲角色以全能全知为特点，因此可以大段大段地讲述科学知识。孩子则以冲动、情绪不稳、梦想为特点，因此常常搞出乱子使小说发展陷于绝境，增加了情节起伏。仆人的作用则更加奇特，设置这种角色是为了在作家陷于困境，无法拯救主人公命运的时候，让他们亮出自己的隐藏身份，将主人公（实际是将作家本人）救出困境。这三类人将在凡尔纳所有小说中反复出现。

1865 年,《从地球到月球》开始连载。这部小说到一百多年之后仍然在为凡尔纳赢得预言家声誉。1969 年美国“阿波罗 11 号”登月之后，人们发现小说中所写到的跟现实之间有许多联系。起飞速度、太空景观、降落方式、研发基地等，都与小说中的描写惊人重合，就连飞船上乘坐了三个人，也跟“阿波罗 11 号”完全一致，只不过缺少那条太空狗!

被我们熟知的所谓“凡尔纳三部曲”，由 1867 年的《格兰特船长的儿女》、1869 年的《海底两万里》和 1874 年的《神秘岛》组成。《格兰特船长的儿女》是一个寻父主题，在某种程度上，凡尔纳在潜意识中探讨了自己与既严厉又慈爱的父亲之间的心理关系。《海底两万里》不能算是潜水艇预言书，因为早在成书之前的两百多年前，潜水艇已经在试验中了。《海底两万里》的成就是塑造了两个科幻文学史中永恒的形象：一个是有形的，那就是坚定、果敢、正义的尼摩船长。另一个是无形的，那是神秘、暴躁、生机勃勃又充满毁灭性的大海。如果第一本谈的是“父亲去哪儿了”，第二本谈的就是“英雄去哪儿了”，回答是他将永恒地与海洋相伴。《神秘岛》是一个多人共同完成的鲁滨逊漂流记，用“我去哪儿了”完成了三部曲的整体设计。从寻父到遭遇英雄到自我拯救，作品完成了一个从大自然到社会进而到达自我的过程。但因为凡尔纳的主观倾向是朝向外部的抒写，对人物的内心表达并不太多。

凡尔纳毕竟不是一个所谓的纯文学作家，但他作为第一代通俗和流行小说的作家，确是一个开山鼻祖。他的创作盛期文思泉涌，下笔成章，成功一个接着一个，但也留下了不严谨的毛病。例如，他 1873 年创作的《八十天环游地球》中的主人公在各地漫游却都按法国时钟作息，这就忽略了时间的地域性。再比如，他在印度的东方法庭中看到的审判程序是西方的。还有很多因为写作太快，加上自己的遗忘造成的 BUG。例如，为了情节的迅速发展，这本书中那个被美洲土著人绑架的万事通能“自动”归队，这样的事情在其他小说中也有一些。

流行小说有一些缺陷，但也会产生杰作。《太阳系历险记》就是这样一部出类拔萃的作品。这部小说描写地球被小行星撞击，一夜之间地中海区域的地壳被分离出去，进入太空，伴随小行星在太阳系浪迹两年又回到地球。小说的幻想大胆，言语幽默，场面宏大，人物个性准确。似真似梦的结尾，更使人怀疑现实与想象之间到底有没有距离。

凡尔纳进入中年以后，声望日高，曾被罗马教皇接见，也曾被选为市议会议员。他的财富日涨，光游艇就换了三次，一次比一次豪华。但是，他的家庭生活并不如意，结婚后与妻子常常无法交流，儿子又患有青春期心理疾病，一事无成。他还受到一个晚辈亲属的莫名枪击，住进了医院，幸好只伤了脚。

评论家们特别感兴趣的，是凡尔纳 1890 年 10 月发表的小说《喀尔巴阡古堡》。这部小说讲述了一个使用幻影录像保存情人形象和声音的故事，颇有哥特小说的风格。为什么作品中被两个男主角争夺的情人——女歌唱家斯拉蒂性格写得那么生动？她倔强而且美丽，被作家灌注了许多感情的笔墨。研究者于是翻箱倒柜查看那个年代的各种信息，确实有人找到了凡尔纳可能在现实中有一个类似的情人的证据。但这是一位精神恋爱的对象。据说从她那里凡尔纳得到了从妻子那儿得不到的理解。也正是这个女人使凡尔纳第一次在自己的作品中尝试写出女性的心理和恋爱的细节。

凡尔纳的创作力一直很旺盛。他与出版商的合同是每年四本。为了防止自己老化，他每年在剩余的作品上写下下一年的年份装入抽屉，到他死时已存有一抽屉手稿可供继续发表。1905 年 3 月 17 日凡尔纳瘫痪；3 月 24 日失去知觉，25 日晨去世，享年 80 岁。3 月 28 日，他后半生一直生活的亚眠市举行隆重殡葬仪式，全世界都向他致哀。

1989 年，凡尔纳的重孙在老房子里找到一个保险箱，其中存有 1863 年创作的《二十世纪的巴黎》手稿。这部作品因为对未来的描写不那么正面，被当时的出版商拒绝。手稿最终于 1994 年出版。人们发现，凡尔纳除了乐观的一面，还有忧患的一面。但这一面是在 100 年之后才被认识到的。

凡尔纳的小说很早就被引进中国。1900 年薛绍徽和陈逸儒翻译了《八十日环游记》。1901 年梁启超翻译了《十五小豪杰》并为其点评。1902 年卢籍东和红溪生翻译了《海底旅行》。1903 年有未署名者翻译了《空中旅行记》，包天笑翻译了《铁世界》。这一年，周树人先生翻译了《月界旅行》和《地底旅行》并撰写了《月界旅行弁言》。1904 年商务印书馆编译所翻译了《环游月球》，包天笑翻译了《无名之英雄》。1905 年奚若和蒋维乔翻译了《秘密海岛》，陈泽如翻译了《寰球旅行记》。1906 年包天笑翻译了《一捻红》，周桂笙翻译了《地心旅行》，海外山人翻译了《海底漫游记》(《投海记》)。1907年谢忻翻译了《飞行记》。1910年包天笑翻译了《秘密党魁》。1912年哮天生翻译了《无名氏》。1914年孙毓修翻译了《鹦鹉螺》，叔子翻译了《八十日》。1915年悾悾翻译了《海中人》。1931年远生翻译了《十五少年》。1940年施洛英翻译了《十五小豪杰》。20世纪50年代中期，中国青年出版社出版了八卷本凡尔纳选集，包括《格兰特船长的儿女》《海底两万里》《神秘岛》《机器岛》《八十天环游地球》《地心游记》《从地球到月球》《培根的五亿法郎》。此后，各个出版社出版了大量凡尔纳著作的不同版本。1987年，吴贻弓和张建亚在上海电影制片厂将《一个中国人在中国的遭遇》搬上银幕改名为《少爷的磨难》。2004年迪士尼公司推出新版《八十天环游地球》，其中加入了大段中国境内的故事。

在对作品的研究和推崇方面，从晚清到现在也已经积累了丰富的资料。梁启超对《十五小豪杰》的多数章节的点评，至今仍然能看到他对科幻作品的许多期许。周树人在《月界旅行弁言》中提出的"经以科学，纬以人情"和"导中国人以前行，必自科学小说始"也已经家喻户晓。1959年杨宪益在《世界文学》发表《儒勒·凡尔纳的科学幻想小说》，强调主流文学也在关注凡尔纳。习近平总书记曾经在2013年四川芦山发生7.0级地震后来到龙门乡隆兴中心校。在参加五（2）班主题班会的时候有男孩说他想当科学家，建造会飞的房子以免受灾难危害。总书记说，青少年要敢于有梦，从《西游记》到凡尔纳科幻小说，飞船、潜艇今天不都有了吗？有梦想，还要脚踏实地，好好读书，才能梦想成真。2014年3月27日，习近平在中法建交50周年纪念大会上说："读凡尔纳的科幻小说，让我的头脑充满了无尽的想象。"作家、知识分子和国家领导人对凡尔纳的推崇，让我们认识到在这个全新的时代，经典科幻小说仍然充满了魅力，特别对青少年来讲，是最好的阅读选择之一。

我觉得对新一代人来讲，重提阅读凡尔纳意义十分重大。

首先，凡尔纳的小说充满对未知世界的渴望，期待人类能超越现实，奔向未来，这个呼唤在当今显得尤为重要。

毋庸置疑，从20世纪70年代通信卫星和交通技术大发展之后，社交网络的出现和人类相互见面次数的增加，导致了各种观念交流、交锋、改造、创新速度的加快，从而又导致了科技发展走向指数级提升。一种生活在未来的后现代状态正在生成。今天，宇宙飞行器对太阳系的观察证实，空气、水，甚至生物大分子这样的物质在太阳系中可能不只我们这颗星球独有。而对遥远太空探测的最新影像，通过计算机分析，表明人类已经找到了数千个跟地球类似的远方世界。两个方向的研究结果论证了凡尔纳科幻小说中倡导的离开地面走向太空之路完全可以成为现实。与此同时，我们也必须衡量这种走出地球的代价到底是怎样的。跟太空技术的发展相比，生物技术的前进速度更快。在今天，人类已经可以对包括自身在内所有生物的基因进行完整测序，对已经绝灭的物种的恢复也已经被提上科学工作者的议事日程。《地心游记》中看到的恐龙出现在我们的周围，可能只是时间的问题。材料技术的发展也在突飞猛进。3D打印已经可以处理活的物质，纳米尺度的分子搭建让我们能把凡尔纳所想象的那些神奇事物统统建造出来。这样，无论是“鹦鹉螺号”潜艇还是飞向月球的大炮，都可以在材料技术的突破之后变得随处可见。虚拟现实和社交网络无限地改变了人与人、人与外部的关系，让人们既与世隔绝又身处万物互联的地球村甚至宇宙村中。凡尔纳所涉及的20世纪的巴黎，在21世纪早就成为现实。但就在新科技每天刷新人们的认知和观念，给生活带去新的感受的时候，我们中的许多人，对探索却失去了热情，以为每日钻进电子游戏之中或者听听演唱会，从互联网的虚拟图像中体察世界，就能解决未来的所有问题。对这样的享乐主义，简单化，甚至巨婴一代的出现，凡尔纳的作品应该是一剂有用的处方。

其次，凡尔纳的小说阐述了科学发展必须跟社会生活之间保持紧密的联系，因为每一项发明和探索的发现都必定引起社会的变化，这对今天观察世界和怎样建设这个世界，是一个很好的参考。

曾经有一种流传很广的说法，把凡尔纳的作品当成科普读物，认为从中可以学到许多知识。我觉得这个想法是完全错误的。科普读物跟科学读物一样，永远是有时间限制的。今天的人之所以不会再去认真阅读法拉第写的《圣诞科学讲座》(《蜡烛的故事》)，不会太在意伊林写的《人怎样变成巨人》，不会继续把弗拉马里翁的《趣味天文学》当成孩子的课外读物，主要是因为这些以知识传播为主的科普作品中的许多内容，因时间的流逝而失去了科学的正确性。但科幻小说从创作之初就以想象为目标，以表达科学对社会的影响为目标，因此反而能不断阅读。读者会自然而然地将过往的知识替换成今天的现实，但那种社会与科技之间的关系，反而历久弥新，超越时代。不是吗？即便“土星5号”登月火箭曾经成功地将人类送到月球、协和式超音速飞机曾经跨越两个大洋仅用几个小时、“蛟龙号”深潜船触及了太平洋深层的海底，但我们仍然没有失去对“热气球”“登月大炮”“鹦鹉螺号”走入社会之后所发生的一切的兴趣。过去的一切，竟然可以在今天被读者重新对号入座，这就是所谓的让历史告诉未来的科幻含义吧。

最后，我想说凡尔纳作品中的“三观”虽然是古典的，但在今天看来多数仍然没有过时。我们仍然对那些为了人类孜孜不倦进行探索的人充满崇敬；我们也仍然对危险到来时挺身而出的人由衷地感激；我们仍然在讴歌爱、忠贞、家庭至上以及各种美好的事物；我们仍然相信科学能让我们跟自然和谐相处，保存人类发展的力量；我们仍然对踏实肯干、不浮夸、不投机钻营、不唯利是图、不巧取豪夺、不仗势欺人等凡尔纳在他作品中提倡的东西表示赞同，并且希望能继续发扬光大。难怪罗马教皇在接见凡尔纳的时候就说，他其实更重视小说中传达出的“道德力量”。我们需要科学，更需要对自己的把控。

凡尔纳的小说是常读常新的。感谢译林出版社重新制作的这个版本。期待大家接受这个跨越时代经典的新的聚合。期待大家用当代的新感受和新理念去重新诠释作品。相信你们将是站在凡尔纳巨大科幻宝山之上，把眼光投射得最为深远的那一代人。能通过这套书认识你们，是我这个过来人的巨大荣幸。

是为序。

2020 年 3 月 27 日

目录

第一部

第二部

第一部

第一章

范·密泰恩和他的仆人布吕诺在散步、观望和聊天，对正在发生的事情一无所知。

君士坦丁堡的托普哈内广场一向因人群的来往和喧哗而热闹非凡，但在8月16日那一天的晚上六点钟，却静悄悄的，毫无生气，几乎是一片荒凉。从通向博斯普鲁斯海峡的港口高处看下去，仍能发现它迷人的景色，但里面却没有什么人。勉强有一些外国人匆匆而过，走上狭窄、肮脏、泥泞、有黄狗挡道的通向佩拉郊区的小街。那里是专门保留给欧洲人的居住区，石砌的房屋在丘陵的柏树林衬托下显得黑白分明。

这座广场总是风景如画——即使没有五颜六色的服装来突出它的近景——秀丽得使人赏心悦目：它的穆罕默德清真寺有着细长的尖塔，阿拉伯风格的美丽喷泉现在只看得见天穹般的小屋顶。它的店铺出售各种果汁冰糕和糖果，堆满了南瓜、士麦拿的甜瓜、斯库台的葡萄的货架，与香料商和卖念珠人的各种货摊形成了对照。它的港口里停靠着几百只花花绿绿的轻舟，双桨在桨手交叉的双手下面与其说是击打，还不如说是轻轻地擦过金科尔纳和博斯普鲁斯海峡的蓝色的海水。

可是在这个时候，那些习惯于在托普哈内广场闲逛的人到哪里去了？那些漂亮地戴着卷毛羔皮帽子的波斯人，那些短裙上有无数褶子、不无优雅地晃来晃去的希腊人，那些几乎永远穿着军装的切尔克斯人，那些在绣花上衣的开口处露着被阳光晒得焦黄的皮肤的阿尔诺特人，最后还有那些土耳其人，那些奥斯曼帝国的土耳其人，古代拜占庭人和老伊斯坦布尔的子孙，是的，他们都到哪里去了？

当然用不着去问这两个西方的外国人，此刻正鼻子朝天，带着询问的目光，迈着犹豫的步子，几乎是孤独地在广场上漫步：他们是不会知道该怎样回答的。

不过事情还不止于此。就是在港口以外的城市里面，一个旅游者也能看出这种特有的被抛弃般的寂静，在古老的宫殿和由三座浮桥与左岸相连的右岸上的托普哈内码头之间，打开了金科尔纳这个深深的缺口，在它的另一边整个盆地般的君士坦丁堡似乎都在沉睡。那么难道没有人在布尔努宫守夜？在阿哈默德、巴伊兹迪埃、圣索非亚、苏莱玛尼埃等清真寺里，就不再有信徒、哈吉①、朝圣

① 哈吉，指朝觐过圣地麦加的穆斯林。

者？塞拉斯基拉钟楼的看守者，也就和他的看守加拉塔钟楼的同行一样，虽然都负责监视城里常有的火灾，却还在睡他的午觉？确实，尽管奥地利、法国、英国的汽船船队，客轮、轻舟、汽艇都拥挤在浮桥和地基浸在金科尔纳的海水里的房屋周围，却连港口的永无休止的活动都像是出了一些故障而停下来了。

难道这就是被人们如此赞美的君士坦丁堡，这个由于君士坦丁一世①和穆罕默德二世②的意志而实现的梦想？这正是两个在广场上漫步的外国人所考虑的问题，他们之所以不回答这个问题，倒不是因为不懂这个国家的语言。他们会讲的土耳其语已经完全够用了：一个是二十年来都在商务往来中使用这种语言；另一个尽管是以仆人的身份待在他的身边，但也是常常给主人当秘书的。

这是两个荷兰人，生于鹿特丹，杨·范·密泰恩和他的仆人布吕诺，奇特的命运刚刚把他们推到了欧洲尽头的边界上。

范·密泰恩——人人都知道他——是个四十五六岁的男子，金黄色的头发，天蓝色的眼睛，黄色的颊髯和山羊胡，不留小胡子，面颊红润，在脸上显得稍短的鼻子，头颅有力，肩膀宽阔，身材高于常人，肚子微微隆起，双脚不优美但很结实——的确是一个正直的人，一个典型的荷兰人。

从精神上来说，范·密泰恩的气质似乎有点软弱。毫无疑

---

① 君士坦丁一世，古罗马皇帝（约 280—337），即君士坦丁大帝。他于 330 年放弃罗马，迁都拜占庭，并改名为君士坦丁堡。

② 穆罕默德二世（约 1430—1481），奥斯曼帝国第七任苏丹。1453 年攻占君士坦丁堡，更名为伊斯坦布尔，是奥斯曼帝国真正的建立者。

问，他属于脾气温和、平易近人的人，即避免与人争论，在各个方面随时准备让步，生来就不是指挥而是服从别人的。他们是平和而冷静的人，人们通常说他们没有毅力，即使他们自以为有毅力也无济于事。他们的脾气倒并不因此而变得更坏。有一次，不过是他一生中仅有的一次，忍无可忍的范·密泰恩介入了一次争论，这造成了最严重的后果。那一天他完全摆脱了他的个性，虽然此后他又像回家一样恢复了他的个性。其实他当时让步也许更好一些，如果早就知道会有什么样的前途的话，他无疑是不会犹豫的。不过人们无法预知未来的事情，这次事件将会成为教训。

“好吗，我的主人？”当两个人到达托普哈内广场的时候，布吕诺问他。

“怎么样，布吕诺？”

“我们已经在君士坦丁堡了！”

“不错，布吕诺，是在君士坦丁堡，也就是说离鹿特丹有几千里了！”

“您是不是终于感觉到，”布吕诺问他，“我们离鹿特丹已经足够远了？”

“我永远不会觉得离它太远的！”范·密泰恩回答时压低了声音，似乎荷兰近得能听到他说话。

布吕诺是范·密泰恩的绝对忠诚的仆人。这个诚实的人外表有点像他的主人——至少在他的尊重所能允许的范围之内：这是多年来一起生活形成的习惯。在这二十年里，他们也许没有一天分开过。如果说布吕诺在家里不如一个朋友的话，他也不只是一个仆人。他聪明而有条不紊地效劳着，乐于提出一些使范·密泰恩能够获得好处的建议，甚至使主人听一些乐于接受的责备。使他生气的是他的主人听从任何人的命令，不会反抗别人的意志，总之是缺乏个性。

“您这样要倒霉的！”他常常对主人说，“连我也要跟着倒霉！”

应该补充的是布吕诺四十五岁，生来爱待在家里，外出旅行他就受不了，这么累下去，人的机体就会失去平衡，就会疲惫不堪，逐渐消瘦，而布吕诺有每个星期都要称量体重的习惯，以便使他动人的仪表不遭受任何损伤。当他开始为范·密泰恩效劳的时候，他的体重还不到一百斤。所以对于一个荷兰人来说，他是瘦得没脸见人了。然而不到一年，靠着主人家里极好的饮食规律，他长了三十斤，就能够到处抛头露面了。多亏了他的主人，他现在才有体面的好气色和一百六十斤的体重，这在他的同胞当中也完全说得过去了。再说应该谦虚一点，他打算到晚年再达到两百斤。

总之，布吕诺眷恋他的家，他故乡的城市，他的国家——这个围海造地的国家——如果没有严重的情况，他是永远不会顺从地离开纽哈文运河上的住宅，离开在他看来是荷兰第一城的漂亮城市鹿特丹，离开可以说是世界上最美丽的王国荷兰的。

不错，毫无疑问，但同样真实的是在那一天，布吕诺已经在君士坦丁堡、古代的拜占庭、土耳其人的伊斯坦布尔、奥斯曼帝国的首都了。

归根结底，范·密泰恩是什么人？——只是鹿特丹的一个富商，一个烟草批发商，是哈瓦那、马里兰、弗吉尼亚、瓦利纳、波多黎各，特别是马其顿、叙利亚、小亚细亚的优质产品的联名签署人。

已经有二十年了，范·密泰恩与君士坦丁堡的凯拉邦公司做着大笔的烟草生意，该公司把它的信誉卓著、质量可靠的烟草发往世界的五大洲。与这个重要的商行不断往来，使这位荷兰批发商精通了土耳其的语言，也就是在整个帝国通用的奥斯曼语。他说起这种语言来就像奥斯曼帝国的一位真正的臣民，或者像信士们的长官“摩莫南埃米尔”的一位大臣。布吕诺出于好感，正如上面所说的，他对主人的生意了如指掌一样，说起这种语言来也同样熟练。

在这两个怪人之间甚至有过约定，当他们到土耳其之后，他们私下谈话时只用土耳其语。因此除了他们的服装之外，实际上人们很可能把他们当成两个古老血统的奥斯曼人。这种看法尽管使布吕诺不高兴，却会使范·密泰恩感到愉快。

然而每天早晨，这个顺从的仆人却甘愿问他的主人：

“Efendum，emriniz ne dir?”

这句话的意思是：“先生，您想要什么?”后者就用流利的土耳其语答道：

“Sitrimi，pantabunymi fourtcha.”

意思是：“刷一刷我的礼服和我的长裤。”

由于上述原因，我们就会明白，范·密泰恩和布吕诺在君士坦丁堡这座巨大的城市里走来走去不会有任何为难：首先是因为他们非常流利地讲着该国的语言；其次是他们在凯拉邦公司里一定会受到友好的接待，该公司的头头已经到荷兰去了一次，并在进行比较之后，与他在鹿特丹的商业伙伴建立了友谊。这甚至是范·密泰恩离开他的国家之后，想过要到君士坦丁堡来定居的主要原因；也正因为如此，布吕诺尽管抱怨还是跟着他，两个人才终于在托普哈内广场上漫步。

在此刻的夜色里，开始出现了一些行人，但主要是外国人而不是土耳其人。然而还是有两三个苏丹的臣民边走边聊，一个建在广场深处的咖啡店的老板，不慌不忙地排列着到现在还没人坐的桌子。

“一点钟之前，”一个土耳其人说，“太阳将沉没在博斯普鲁斯海峡的海水里，到那时……”

“到那时，”另一个答道，“我们就可以吃饭、喝酒，尤其是随意抽烟了！”

“有点太长了，这种斋月的斋戒！”

“像所有的斋戒一样！”

另一方面，两个外国人也在咖啡店前面散步，同时在进行交谈。

“他们真令人吃惊，这些土耳其人！”其中一个说道，“一个旅游者在这种讨厌的封斋期里来游览君士坦丁堡，确实会对马赫穆德的首都留下一种凄凉的印象！”

“呵！”另一个反驳说，“伦敦的星期天也不比这里高兴！土耳其人白天斋戒，他们就在夜里进行补偿。随着宣告太阳落山的炮声响起，烤肉的气味、煎鱼的香气、长管烟斗和香烟的烟雾就使街道又恢复了平时的模样！”

这两个外国人想必说得有道理，因为就在这时，咖啡店老板冲他的伙计喊道：

“把什么都准备好！一个小时以后，斋戒的人就全拥来了，就不知道该听谁说话了！”

两个外国人接着谈话。

“我不知道，不过我觉得斋戒期间的君士坦丁堡看起来更加有趣！如果说这里的白天像行圣灰礼仪的星期三那样凄凉、阴郁、悲惨的话。它的夜晚却是像狂欢节的星期二那样高兴、热闹、疯狂！”

“这确实是一种对比！”

当他们两人这样交流看法的时候，土耳其人不无羡慕地看着他们。

“他们真幸福，这些外国人！”其中一个说道，“他们只要愿意就可以喝酒、吃饭和抽烟！”

“也许是这样，”另一个答道，“不过他们这时找不到一根羊肉串、一碗鸡肉烩饭、一块果仁蜜馅点心，就连一片西瓜或黄瓜都找不到……”

“因为他们不知道那些好地方在哪里！花上几个皮阿斯特①总

① 皮阿斯特，货币名。

能找到好商量的卖主，他们是得到马赫穆德二世①特许的！”

“以安拉的名义起誓！”这时一个土耳其人说道，“我的香烟在口袋里干瘪了，这可不是说我自愿丢掉几个巴拉②的拉塔基亚烟草！”

这个信徒顾不上会招来什么风险，也不受他的信仰的限制，拿出一支香烟点燃后接连吸了两三口。

“当心！”他的同伴对他说，“要是来了个不大有耐心的伊斯兰教学者，你……”

“好！我把烟雾吞下去就没事了，他什么也看不到！”这人回答。

于是他们两人继续散步，在广场上闲逛，接着走上附近通向佩拉和加拉塔郊区的街道。

“显而易见，我的主人，”布吕诺喊道，同时向左右两边看着，“这是一个奇怪的城市！自从离开我们的旅店以来，我只看到一些居民的幽灵，君士坦丁堡人的幻影！街道上、码头上、广场上，一切都在沉睡，连这些干瘦的黄狗都不站起来咬您的腿肚子了。好了！好了！不管旅游者们说些什么，旅行没有一点好处！我还是更喜欢我们漂亮的城市鹿特丹，还有我们古老荷兰的灰色的天空！”

“耐心点，布吕诺，耐心点！”平静的范·密泰恩说道，“我

---

① 马赫穆德二世（1785—1839），奥斯曼帝国苏丹，曾反对安纳托利亚等地的封建分离运动。

② 巴拉，货币名，币值很低。

们才到了几个小时！不过我承认，我梦想的绝对不是这个君士坦丁堡！我们以为就要进入东方的中央，沉浸在《一千零一夜》的梦幻之中，实际上却发现被囚禁在……”

“一个巨大的修道院里，”布吕诺接着说，“在一些像幽居的僧侣那样阴郁的人当中！”

“我的朋友凯拉邦会向我们解释这一切意味着什么！”范·密泰恩说。

“可是现在我们在什么地方？”布吕诺问道，“这个是什么广场？这是哪个码头？”

“如果我没有弄错的话，”范·密泰恩回答说，“我们是在金科尔纳尽头的托普哈内广场。这就是围绕亚洲海岸的博斯普鲁斯海峡，而在港口的另一头你可以瞥见宫殿的尖顶，和在它的上方层层叠起的这座土耳其城市。”

“宫殿！”布吕诺喊道，“怎么！这就是苏丹的王宫，就是他和他的八万姬妾居住的地方！”

“八万，很多啊，布吕诺！我想是太多了——即使对于一个土耳其人来说也是如此！在荷兰，男人只有一个妻子，有时候在家里都很难讲道理！”

“好了，好了，我的主人！我们不谈这些了……这些事情尽量少谈！”

接着，布吕诺转向依然无人的咖啡店。

“唉！不过我好像看到那儿有一个咖啡店，”他说，“到这个佩拉郊区来我们都筋疲力尽了！土耳其的太阳热得像个炉口一样，如果我的主人需要凉快一下，我是不会感到惊讶的！”

“你说话的意思是你渴了！”范·密泰恩答道，“那好，进这家咖啡店吧。”

两人就在店门前的一张小桌子旁边坐了下来。

“老板在吗？”布吕诺喊道，同时用欧洲人的方式敲着桌子。

没有人露面。

布吕诺大声招呼。

咖啡店老板从店里走出来，但是毫无急于走过来的样子。

“外国人！”他刚瞥见两个坐在桌前的顾客就喃喃自语起来，“这么说他们真的相信……”

他总算走近了。

“老板，给我们来一瓶樱桃水，要非常新鲜的！”范·密泰恩吩咐道。

“要等炮声！”老板回答。

“什么，要等炮响才有樱桃水？”布吕诺叫道，“那就不要了，就来薄荷水，老板，来薄荷水！”

“如果你们没有樱桃水，”范·密泰恩又说，“就给我们来一份玫瑰甜点心！要是我把它给我的向导的话，看来是最妙不过的了！”

“要等炮声！”咖啡店老板耸着肩膀又说了一遍。

“可他要等炮响是跟谁过不去？”布吕诺问他的主人。

“瞧！”主人又说了，他总是那么好说话，“您如果没有甜点心，就给我们来一杯木哈咖啡……一份果汁冰糕……您愿意来什么都行，我的朋友！”

“要等炮声！”

“要等炮声？”范·密泰恩重复了一遍。

“不能提前！”老板说。

他也不再讲什么客套，就回到店里去了。

“好了，我的主人，”布吕诺说，“我们离开这个店吧！在这儿什么也干不成！您看见没有，这个野蛮的土耳其人，他是用炮声来回答您的！”

“来吧，布吕诺，”范·密泰恩答道，“我们一定会找到一家更随和的咖啡店！”

于是两个人又回到广场上。

“显而易见，我的主人，”布吕诺说，“现在我们去见您的朋友凯拉邦大人不算太早。他若是在他的商行里，我们就知道该怎么办了！”

“是的，布吕诺，不过要耐心一点！人家对我们说过在这个广场上看得到他……”

“不是在七点钟之前，主人！是在这儿，在托普哈内的港口里，他的小船会来接他，把他从博斯普鲁斯海峡的另一边送到他在斯居塔里的别墅去。”

“确实如此，布吕诺，而且这个可敬的批发商当然会让我们了解这里发生的一切！哦！这人是个真正的奥斯曼人，这个‘老土耳其人’党的信徒。这些人决不愿意容忍目前的一切，无论在思想观念方面还是习俗方面都是如此。他们反对现代工业的任何发明，宁可要公共马车而不要铁路，宁可要单桅三角帆船而不要汽船！二十年来我们一起做生意，我从未看到我的朋友凯拉邦的思想观点有过无论多么微小的变化。当他到鹿特丹来看我的时候，这已经是三年前的事了，他是坐驿站快车来的，路上走了一个月！你知道，布吕诺，我在一生中见过许多固执的人，但是像他那样固执的人却从未见过！”

“他在这儿，在君士坦丁堡碰到您会大吃一惊的！”布吕诺说。

“这我相信，”范·密泰恩答道，“我也更愿意让他吃一惊！不过至少在他的社交圈子里，我们将置身于真正的土耳其。哦！我的朋友凯拉邦决不会同意穿士兵的服装，这些新土耳其人的礼服和红帽子的！……”

“当他们脱下红帽子的时候，”布吕诺笑着说，“就像拔掉塞子的瓶子。”

“啊！这个亲爱的，永不改变的凯拉邦！”范·密泰恩又说，“他会穿得和他到欧洲的那一次去看我时一样，喇叭口的宽头巾，淡黄色的或罗纹的皮里长袍……”

“怎么！他是一个卖海枣的商人！”布吕诺喊道。

“不错，然而是一个能卖金海枣的商人……甚至每顿饭都在吃它们！他做的是真正适合这个国家的生意！烟草批发商！在一个人们从早到晚甚至从晚上到早晨都在吸烟的城市里，他怎么能不发财呢？”

“什么？人们都在吸烟？可是您在哪儿看到这些吸烟的人了，

我的主人？正好相反，没有人吸烟，没有一个人，我倒期待着在他们的门口碰到一堆堆的土耳其人，吸着蛇形的水烟筒，或者手里拿着长长的樱桃木烟管，嘴上叼着琥珀色的烟斗！可是没有！连一根雪茄都没有！连一支香烟都没有！”

“这是因为你对此一无所知，”范·密泰恩答道，“不过与君士坦丁堡的街道相比，鹿特丹的街道确实更加烟雾腾腾！”

“哦，是这样！”布吕诺说，“您肯定我们没有走错路吗？这儿是土耳其的首都吗？我们打赌，我们走的是相反的方向，这里根本不是金科尔纳，而是有千百艘汽船的塔米斯！看那边的清真寺，这不是圣索非亚，而是圣保罗！君士坦丁堡真的是这座城市？绝不可能！这是伦敦！”

“克制一点，布吕诺，”范·密泰恩回答说，“我觉得你作为一个荷兰孩子来说是过于激动了！要像你的主人一样平和、耐心、冷静，对什么都不要感到吃惊。在发生了……你知道的事情之后，我们离开了鹿特丹……”

“不错！……不错！……”布吕诺点着头回答。

“我们经过巴黎、圣戈塔尔、布林迪西、地中海来到这里，而且你会很不乐意地相信，在经过八天航行之后，邮船把我们带到了伦敦桥，而不是加拉塔桥！”

“不过……”布吕诺说。

“我甚至要劝告你，当着我的朋友凯拉邦的面，决不开这样的玩笑！他很可能会非常讨厌，进行争论，固执己见……”

“我会注意的，我的主人，”布吕诺答道，“但我们既然不能在这里喝冷饮，我想吸吸烟斗总是可以的吧！您不感到有什么不合适吧？”

“绝对没有，布吕诺。作为烟草商，再也没有什么比看到人家吸烟更愉快的事情了！我甚至为大自然只给我们一张嘴巴感到遗憾！鼻子长在这里的确是为了吸鼻烟的……”

“而牙齿就是嚼烟草的！”布吕诺说。

他一边说着，一边把那个五颜六色的巨大陶瓷烟斗塞满烟草，接着用打火机点燃后吸了几口，显出一副满意的神情。

但就在这时，那两个反对在斋月期间节制饮食的土耳其人又在广场上出现了。那个毫不在乎地吸着香烟的人，恰好看见了嘴里叼着烟斗闲逛的布吕诺。

“以安拉的名义起誓，”他向他的同伴说道，“那又是一个该死的外国人，竟敢无视《古兰经》的禁令！我不会容忍他……”

“至少要把你的香烟熄掉！”同伴告诉他。

“不错！”

于是他扔掉香烟，笔直地朝可敬的荷兰人走去，后者没有料到会受到这样的质问。

“要等炮声！”他说。

他猛然夺去了烟斗。

“哎！我的烟斗！”布吕诺叫了起来，他的主人劝也劝不住。

“要等炮声！基督狗。”

“你自己才是土耳其狗！”

“冷静点，布吕诺。”范·密泰恩说。

“至少要让他还我的烟斗！”布吕诺辩驳说。

“要等炮声！”土耳其人最后说了一遍，把烟斗塞进了自己的长袍褶子里。

“过来，布吕诺，”这时范·密泰恩说道，“永远不要破坏你游览的国家的习俗！”

“强盗的习俗！”

“我叫你过来。我的朋友凯拉邦在七点钟之前不会出现在这个广场上，所以我们接着散步，到时候就会碰到他了！”

范·密泰恩拖走了布吕诺，布吕诺则为他的烟斗被如此粗暴地夺走而气恼万分，作为真正的烟民，他一心想要回他的烟斗。

他们走开之后，两个土耳其人又开始了交谈。

“这些外国人真的以为什么都能干！……”

“甚至在太阳落山之前吸烟！……”

“你要火吗？”其中一个说着又点燃了一支香烟。

“非常乐意！”另一个答道。

第二章

斯卡尔邦特总管和亚乌德船长在谈论值得了解的计划。

瓦里德—苏尔塔纳的第一座浮桥通过金科尔纳把加拉塔与古代的伊斯坦布尔联系起来。正当范·密泰恩和布吕诺沿着浮桥这边的托普哈内码头向前走的时候，一个土耳其人迅速地绕过穆罕默德清真寺的角落，并且在广场上停了下来。

那时是六点钟。报告祈祷时间的人刚刚在一天里第四次登上这些清真寺尖塔的阳台。凡是皇帝建造的清真寺，报时的人都绝不少于四个。他们的声音在城市上空缓缓地回响，召唤着信徒们做祈祷，向空中送去这句惯用的话："La ilah allah ve Mohammed recoul Allah!"（除安拉外，再无神灵。穆罕默德是安拉的使者！）

土耳其人回过头来，看了一下广场上寥寥无几的行人，朝着通向广场的各条街道的方向走去，尽量想看到是否有一个他等待的人在走过来，显得有点不大耐烦。

“这个亚乌德是不会来了！”他自言自语，“可他知道应该准时在这儿的！”

土耳其人在广场上又转了几圈，甚至一直走到托普哈内兵营的北角，注视枪炮制造厂的方向，像一个不喜欢等待的人那样跺着脚，又回到了范·密泰恩和他的仆人没有要到饮料的咖啡店门口。

于是，土耳其人来到一张没有人的桌子旁边坐了下来，却不向老板要任何东西，他小心翼翼地遵守着斋戒，很清楚所有奥斯曼帝国的烧酒店里出售各式各样饮料的时刻尚未到来。

这个土耳其人就是斯卡尔邦特，萨法尔大人的总管。萨法尔大人是一位奥斯曼帝国的富翁，住在属于由黑海南部的沿海地带形成的亚洲土耳其部分的特拉布松。

此刻萨法尔大人正在游览俄罗斯的南方各省，在参观高加索的各个地区之后，还要回到特拉布松，他并不怀疑他的总管在一桩他专门委托的事情中会取得圆满的成功。在这座以服饰奢侈闻名遐迩的城市当中，有他展示东方财富的豪华的宫殿，斯卡尔邦特在完成使命之后，应该到这里来见他。萨法尔大人若是命令一个人成功的话，是从来都不允许失败的。他喜欢显示金钱赋予他的权势，他随时随地都在炫耀自己，这种习惯在这些小亚细亚的富豪当中相当普遍。

这位总管是个胆大的人，什么事都干得出来，不会在任何障碍面前退缩，决心不惜一切地满足他的主人的最微不足道的愿望。正是为此他才在这一天赶到君士坦丁堡，等待着和一个并不比他好的马耳他船长的约会。

这个名叫亚乌德的船长指挥着单桅三角帆船“吉达尔号”，通常在黑海上航行。除了走私的生意之外，他还做着另一桩更不能公开承认的生意，就是贩卖来自苏丹、埃塞俄比亚或者埃及的黑奴，以及切尔克斯或格鲁吉亚的女人，贩卖人口的市场恰恰就在托普哈内这个区——政府对这个市场有意视而不见。

斯卡尔邦特在等着，亚乌德却没有来。总管虽然表面无动于衷，没有流露出任何想法，但是内心的怒火却使他热血沸腾。

“他在什么地方，这条狗?”他自言自语，“他碰到了什么意外事故？他前天就该离开敖德萨了！这个时候他应该在这儿，在这个广场上，在这个我跟他约好的咖啡店里！……”

这时候一个马耳他水手出现在码头的角落里，那就是亚乌德。他左右看看，瞥见了斯卡尔邦特。后者马上站起来，离开了咖啡店，向“吉达尔号”的船长走过去。这时行人已多了一些，但始终保持沉默，在广场中央走来走去。

“我没有等的习惯，亚乌德!”斯卡尔邦特说道，马耳他人不会不清楚那种口气的意思。

“请斯卡尔邦特原谅我，”亚乌德答道，“不过我是尽可能快地赶来赴这个约会的。”

“你刚到?”

“刚到，坐的是从伊安波里到安德里诺布尔的火车，若不是火车晚了一点……”

“你是什么时候离开敖德萨的?”

“前天。”

“那你的船呢?”

“它在敖德萨港口里等着我。”

“你的船员，你对他们有把握吗?”

“绝对有把握!是一些像我这样的马耳他人，都忠于向他们慷慨付酬的人。”

“他们会服从你吗? ……”

“那还用说，他们无论干什么都服从我。”

“好!你给我带来了什么消息，亚乌德?”

“是一些又好又坏的消息。”船长稍微压低了声音说。

“先说说是什么坏消息?”斯卡尔邦特问道。

“坏消息就是敖德萨的银行家塞利姆的女儿，年轻的阿马西娅不久就要结婚了!因为与她还没有决定就要结婚的时候相比，劫持她就会更困难，而且更要抓紧!”

“这次婚礼是不会举行的，亚乌德!”斯卡尔邦特用有点太高的声音喊道，“不会，以穆罕默德的名义起誓，它不会举行!”

“我没有说它会举行，斯卡尔邦特，”亚乌德回答说，“我是说它可能举行。”

“好了，”总管反驳他，“可是在三天以前，萨法尔大人听说这位少女被送上了去特拉布松的船;如果你认为这不可能……”

“我没有说这不可能，斯卡尔邦特。只要胆大和有钱，就没有不可能的事情。我只是说这会更困难了，就是这个意思。”

“困难!”斯卡尔邦特说，“这不会是第一次让一个土耳其的或俄罗斯的少女从敖德萨消失，回不到父亲的家里!”

“这也不会是最后一次，”亚乌德答道，“要不就是‘吉达尔号’的船长不知道自己是干什么的了!”

“不久要娶阿马西娅姑娘的那个男人是谁?”斯卡尔邦特问道。

“一个土耳其青年，和她是同一个血统。”

“一个敖德萨的土耳其人?”

“不，是君士坦丁堡的。”

“他的名字是?……”

“阿赫梅。”

“这个阿赫梅是个什么人?”

“是加拉塔的一个富有的批发商凯拉邦大人的侄子和唯一的继承人。”

“这个凯拉邦是干什么的?”

“他做烟草生意，发了大财。他和敖德萨的银行家塞利姆有商务关系。他们一起做大笔的生意，经常互相拜访。就是在这种情况下阿赫梅认识了阿马西娅。这桩婚姻也就在少女的父亲和青年的叔叔之间定了下来。”

“婚礼该在什么地方举行?”斯卡尔邦特问道，“是不是在这儿，君士坦丁堡?”

“不，是在敖德萨。”

"在什么时候?"

"我不知道，不过令人担心的是，由于阿赫梅这个年轻人的要求，婚礼很快就会举行。"

"那就是说一刻也不能耽误了?"

"一刻也不能!"

"这个阿赫梅现在在什么地方?"

"在敖德萨。"

"那这个凯拉邦呢?"

"在君士坦丁堡。"

"从你到达敖德萨到你离开的这段时间里，你见过这个年轻人吗，亚乌德?"

"我有兴趣看到他，认识他，斯卡尔邦特……我见过他，而且认识他。"

"他是什么模样?"

"是个讨人喜欢的年轻人，所以得到了银行家塞利姆的女儿的欢心。"

"他可怕吗?"

"听说他非常勇敢，非常果断，因此这件事情必须把他考虑在内!"

"他是否由于他的地位和财产而能够独立?"斯卡尔邦特问道，并且着重问阿赫梅这个年轻人的各种性格特征，对他始终不大放心。

"不能，斯卡尔邦特，"亚乌德答道，"阿赫梅依赖他的叔叔和监护人凯拉邦大人，凯拉邦把他当成儿子一样喜爱，而且大概很快就要到敖德萨来缔结这桩婚姻。”

“不能使这个凯拉邦推迟出发吗?”

“能够这样当然最好不过了，我们就会有更多的时间来采取行动，那么关于行动的方式……”

“这要由你去动脑筋，亚乌德，”斯卡尔邦特答道，“但是必须使萨法尔大人的意志得到实现，要把阿马西娅姑娘送到特拉布松。‘吉达尔号’帆船不会是第一次为了他的利益而巡游黑海的海岸，你也知道他是如何对这些服务支付报酬的……”

“我知道，斯卡尔邦特。”

“萨法尔大人在他位于敖德萨的住宅里，只是在片刻间见过这位少女，就被她的美貌吸引。而用银行家塞利姆的房子去换他在特拉布松的宫殿，她是没什么可抱怨的！所以阿马西娅会被劫持，即使不是你亚乌德，也会有另一个人来干的!”

“要做这件事的是我，您可以放心!”马耳他船长简单地说，“我对您说了坏的消息，现在再说好的消息。”

“说吧。”斯卡尔邦特答道，他思索着走了几步，又回到亚乌德的身边。

“如果说举行婚礼，”马耳他人接着说道，“就会由于阿赫梅不离开姑娘而使劫持她变得更为困难的话，却也为我提供了进入银行家塞利姆家的机会。因为我不但是一个船长，而且也是一个商人。‘吉达尔号’上有着丰富的货物：布尔萨的绸缎、黑貂和紫貂皮的大衣，有钻石光泽的锦缎，由小亚细亚最灵巧的金器匠加工的各种花边，以及无数能够使一个新娘垂涎的东西。她在举行婚礼的时候是很容易受到诱惑的。我肯定可以把她引到船上，在人们得知这次劫持之前就乘着一阵顺风出海了。”

“我觉得这个想法很好，亚乌德，”斯卡尔邦特说，“而且并不怀疑你会成功！不过你要非常小心，一切都要严格保密！”

“您不用担心，斯卡尔邦特。”亚乌德答道。

“你不缺钱吧？”

“不缺，和您的主人这样慷慨的大人在一起是永远不会缺钱的。”

“别耽误时间！婚礼举行了，阿马西娅就是阿赫梅的妻子了，”斯卡尔邦特说，“萨法尔大人打算在特拉布松看到的可不是阿赫梅的妻子！”

“我明白。”

“这么说，等银行家塞利姆的女儿一上‘吉达尔号’，你就上路？”

“是的，斯卡尔邦特，因为在行动之前，我会小心地等待一阵确凿无疑的西风。”

“从敖德萨直达特拉布松，你需要多少时间，亚乌德？”

“把夏天的风平浪静和黑海上多变的风向等一切可能的耽误都考虑在内，航行可能持续三个星期。”

“不错！我大约在这个时候回到特拉布松，我的主人不会比我晚到的。”

“我希望能比你们先到。”

“萨法尔大人的命令是明确的，要求你对这位姑娘尽可能尊重。当她到你的船上之后，你不能野蛮和粗暴！……”

“她会像萨法尔大人所希望的那样受到尊重，正如他本人受到的尊重一样。”

“我信任你的热情，亚乌德！”

“您可以完全相信，斯卡尔邦特。”

“还有你的机智！”

“确实，”亚乌德说，“如果婚礼推迟举行的话，我就更有成功的把握了，而这种情况是可能发生的，只要有什么障碍能阻止凯拉邦大人马上动身……”

“你认识他吗，这个批发商？”

“应该永远了解自己的敌人，或者可能成为敌人的人，”马耳他人答道，“因此我到这里后首先关心的事情，就是以做生意为借口去拜访他在加拉塔的商行。”

“你见过他？……”

“只见了一会儿，不过已足够了，而且……”

这时亚乌德迅速地走近斯卡尔邦特，小声地对他说：

“哎！斯卡尔邦特，这至少是一次奇怪的巧合，也许还是一次幸运的相会！”

“这是什么意思？”

“那个和仆人一起沿着佩拉街走下来的胖子……”

“会是他？”

“就是他，斯卡尔邦特，”船长答道，“我们走开一点，不过要盯着他！我知道每天晚上，他都要回到斯居塔里的住宅里去。为了弄清楚他是否打算马上出发，必要时我就从博斯普鲁斯海峡的那一头去跟踪他!”

托普哈内广场上的人越来越多，斯卡尔邦特和亚乌德混杂在行人当中保持着能看见和听见的距离。这很容易做到，因为“凯拉邦大人”——加拉塔区里的人都这么称呼他——乐于高声谈话，从来不想掩饰他的重要身份。

第三章

凯拉邦大人意想不到会遇见他的朋友范·密泰恩。

借用一种现代的说法，凯拉邦大人在身心两方面都是一个“体面的人”，他的面孔看起来有四十岁，他的肥胖程度至少有五十岁，实际上他是四十五岁，然而他身体魁伟。他留着已经发灰、两端呈尖形、与其说长还不如说短的胡子；黑色的眼睛灵活敏锐，目光炯炯有神，对一切转瞬即逝的印象和误差只有十分之一克拉的天平盘同样敏感。四方的下巴，长得像鹦鹉的喙一样但并不过分的鼻子，与目光锐利的眼睛和紧闭的、只是为了露出洁白晶莹的牙齿才张开的嘴巴十分相称。高高的额头刻着一条垂直的皱纹，在两条眉毛之间还有一条黑如煤玉的固执的皱纹。这一切使他有了一副特殊的相貌，一个古怪的、个性极强的、感情非常外露的人的相貌，人们只要被它吸引过一次就不会忘记。

至于凯拉邦大人的服装，也就是“老土耳其人”的服装，始终忠于从前土耳其近卫军士兵的装束：喇叭口的宽头巾；垂在用摩洛哥皮制的靴子上的宽大而飘动的军裤；无袖的背心上配有刻成多面形的、饰有丝边的大扣子；披肩的腰带围住了一个膨胀而结实的肚子；最后是淡黄色的或罗纹的皮里长袍，形成了一条条威严的褶裥。在这种古老的着装方式里没有任何欧化，它与新时代里东方人的衣服形成了对比。这是一种拒绝工业主义入侵的方式，一种为了趋于消失的地方色彩的利益而进行的抗议，一种对利用权力让奥斯曼人穿现代服装的马赫穆德苏丹的法令的挑战。

凯拉邦大人的仆人是一个二十五岁的小伙子，名叫尼西布，瘦得会使荷兰人布吕诺感到失望，不用说也是穿着古老的土耳其服装。他不使他固执透顶的主人有任何不快，在这方面自然也不会有不同的意见。他是一个忠诚但完全没有主见的仆人，他永远事先就表示赞成，并且像回声一样，下意识地重复着可怕的批发商所说的最后一句话。凯拉邦大人乐于进行粗暴的指责，要想不碰钉子，最可靠的办法就是永远赞成他的意见。

两个人从佩拉郊区沿着一条狭窄的、被雨水冲刷成沟的街道来到托普哈内广场。凯拉邦大人习惯性地大声说话，根本不管是否被别人听见。

“哎，不！”他说，“安拉保佑我们，但是在近卫军的时代，到了晚上每个人都可以随意行事！不！我不会服从警察局的新规定，我高兴的话不拿灯笼就走街串巷，哪怕掉到一个泥坑里，或者被野狗咬上一口！”

“野狗！……”尼西布随声附和。

“你也用不着在我的耳边絮叨你那些愚蠢的劝告，或者以穆罕默德的名义起誓，我要把你的耳朵拉得长长的，使一头驴子和赶驴子的人都会嫉妒！”

“和赶驴子的人！……”尼西布答道，其实他就像大家料想的一样，没有做过任何劝告。

“要是警察局长罚我的款，”这个固执的人又说，“我就付罚款！他让我坐牢我就去坐牢！但是在这方面或其他任何方面我都不会让步！”

尼西布做了个表示同意的手势，如果事情发展到那一步的话，他就准备跟主人去坐牢。

“啊！这些新土耳其人先生！”凯拉邦大人喊道，瞧着几个路过的君士坦丁堡人，他们穿着笔挺的礼服，戴着红色的土耳其帽，“啊！你们想制定法律，要打破古老的习俗！那好，我就会成为最后一个提出抗议的人！……尼西布，你是否已经告诉我的船夫带着他的小船七点钟就到托普哈内码头来？”

“七点钟就来！”

“他为什么不在这儿？”

“他为什么不在这儿？”尼西布回答说。

“其实还不到七点钟。”

“不到七点钟。”

“你是怎么知道的？”

“我知道是因为您说了，主人。”

“那如果我说是五点钟呢?”

“那就是五点钟。”尼西布答道。

“你没法再蠢了!”

“是的，没法再蠢了。”

“这个小伙子,”凯拉邦自言自语，“总是不反驳我，最后却总使我恼火!”

这时候范·密泰恩和布吕诺又出现在广场上，布吕诺用一个沮丧的人的声调反复地说:

“我们走吧，我的主人，我们走吧，就坐第一趟火车走！这里是君士坦丁堡？这里是信士们的长官的首都?……绝对不是!”

“安静点，布吕诺，安静点!”范·密泰恩说。

夜幕开始降临。太阳沉没在古老的伊斯坦布尔的高地后面，已经使托普哈内广场陷于一片昏暗之中。所以范·密泰恩没有认出向加拉塔码头走去与他擦肩而过的凯拉邦大人。两个人在沿着相反的方向忽左忽右地互相寻找的时候，甚至撞在一起都有点可笑地摇晃了半分钟。

“哎！先生，我要过去!”凯拉邦说，他绝不是让步的人。

“可是……”范·密泰恩说，他试图礼貌地让到边上，却办不到。

“我还是要过去！……”

“可是……”范·密泰恩又说了一遍。

接着他忽然认出了是在和谁打交道:

“哎！我的朋友凯拉邦!”他喊道。

“您！……您！……范·密泰恩！……”凯拉邦万分惊讶地说道，“您！……在这儿？……在君士坦丁堡？”

“就是我！”

“什么时候来的？”

“今天早晨！”

“那您第一个拜访的不是我……不是我了？”

“正相反，是拜访您的，”荷兰人答道，“我到您的商行去了，可是您不在，有人告诉我七点钟在这个广场上能找到您……”

“他们说得对，范·密泰恩！”凯拉邦叫着，以几乎是粗暴的劲头握着他在鹿特丹的贸易伙伴的手，“哦！勇敢的范·密泰恩，从来没想到，没有！我从没有料到会在君士坦丁堡见到您！……为什么没给我写信？”

“我是非常匆忙地离开荷兰的！”

“出门做生意？”

“不……一次旅行……为了消遣！我没有到过君士坦丁堡，也没有到过土耳其，所以我想到这里来，作为您在鹿特丹拜访我的回访。”

“这么做很好！……不过我好像没看见范·密泰恩夫人和您在一起。”

“确实……我根本没带她来！”荷兰人不无犹豫地答道，“范·密泰恩夫人是不轻易出门的！……所以我就只带了我的仆人布吕诺来了。”

“哦！是这个小伙子？”凯拉邦大人说着向布吕诺点了点头，

布吕诺相信自己应该像土耳其人那样弯弯腰，把两臂围在帽子旁边，就像尖底瓮的两个把手。

“是的，”范·密泰恩又说，“就是这个勇敢的小伙子，他已经想丢下我到……”

“要走!”凯拉邦喊道，“没有得到我的允许就走!”

“不错，凯拉邦朋友，他觉得这个奥斯曼帝国的首都不太快乐也不大热闹!”

“一座陵墓!”布吕诺接着说，“商店里没有一个人！……广场上没有一辆车！……街道上有一些人影，他们还抢您的烟斗!”

“这就是斋戒期，范·密泰恩!”凯拉邦答道，“我们正处在斋戒期!”

“哦！这就是斋戒期?”布吕诺又说道，“那什么都不用解释了！——哎，请您说说什么是斋戒期。”

“一段节制饮食的时间，”凯拉邦回答说，“在日出到日落这段时间里，禁止喝酒，吸烟，吃东西。不过在半个小时以后，等宣告日落的炮声响了……”

“哦！这就是他们说来说去都要等炮声的原因!”布吕诺喊道。

“人们整夜都会对白天的节食进行补偿!”

“这么说，”布吕诺问尼西布，“你们从今天早晨开始还什么都没有吃过，就因为现在是斋戒期?”

“因为现在是斋戒期。”尼西布答道。

“那好，这样会使我变瘦的!”布吕诺叫着，“这会使我每天瘦掉……至少一斤！”

“至少一斤！”尼西布附和着。

“到太阳落山的时候，你们就要看到这一切了，范·密泰恩，”凯拉邦又说，“你们会惊叹不已！就像魔术的变化一样，一个死气沉沉的城市要变成一个生气勃勃的城市！啊！新土耳其人先生们，你们的一切荒唐的革新还没能改变这些古老的习俗，《古兰经》在坚定不移地反对你们的蠢举！让穆罕默德掐死你们吧！”

“好！凯拉邦朋友，”范·密泰恩说，“我看得出您始终忠于古老的风俗。”

“这不只是忠于，范·密泰恩，这还是固守！——不过，告诉我，可敬的朋友，您要在君士坦丁堡待几天，对吧?”

“不错……而且甚至要……”

“那好，您就属于我了！由我来安排您的一切！您不再离开我了！”

“好吧！……我属于您了！”

“而你，尼西布，你来照顾这个小伙子，”凯拉邦指着布吕诺补充了一句，“我尤其要你负责改变他对我们美妙首都的看法！”

尼西布做了个表示同意的手势，把布吕诺带到更加密集的人群中去了。

“可是，我想起来了！”凯拉邦大人忽然喊道，“您来得正是时候，范·密泰恩朋友，六个星期以后，您在君士坦丁堡就找不到我了。”

“您，凯拉邦?”

“是我！我要出发到敖德萨去！”

“到敖德萨?”

“对了，要是您还在这儿，我们就一起去！总之，您为什么不能陪我去呢?”

“这是因为……”范·密泰恩说。

“我对您说，您要陪我去！”

“这次旅行有点太快了，我打算在这里消除一下疲劳……”

“好吧！您在这儿休息！……然后，您就到敖德萨去休息三个星期！”

“凯拉邦朋友……”

“我就打算这么做，范·密泰恩！我想，您不会刚到就反驳我吧？您知道当我有理的时候，我是不轻易让步的！”

“是的……我知道！……”范·密泰恩回答说。

“何况，”凯拉邦又说，“您不认识我的侄子阿赫梅，而您应该和他认识！”

“确实，您对我说起过您的侄子……”

“也可以说是我的儿子，范·密泰恩。因为我没有孩子。您知道，做生意！……做生意！……我从来没有五分钟的空闲来结婚！”

“只要一分钟就够了！”范·密泰恩认真地说，“而且往往是……一分钟都太多了！”

“所以您在敖德萨会碰到阿赫梅！”凯拉邦又说，“一个迷人的小伙子！……比如说他讨厌做生意，有点像艺术家，有点像诗人，不过很可爱……很迷人！……他不像他的叔叔，但是很听话，而且不发牢骚。”

“凯拉邦朋友……”

“不错！……不错！……我打算好了！……我们是为了他的婚礼而去敖德萨的。”

“他的婚礼？……”

“毫无疑问！阿赫梅要娶一个美人……阿马西娅姑娘……我的银行家塞利姆的女儿，他是一个真正的土耳其人，像我一样！我们要好好庆祝一番！一定妙极了，您也会在场的！”

“不过……我倒更愿意……”范·密泰恩说，还想最后一次提出异议。

“说定了！”凯拉邦说道，“您不打算反对我，对吧？”

“我是打算……”范·密泰恩说。

“您也不能那么做！”

这时候，在广场中央散步的斯卡尔邦特和亚乌德靠近了他们。凯拉邦大人当时正对他的同伴说：

“说好了！至多六个星期之后，我们两人就到敖德萨去！”

“婚礼在什么时候举行呢？”范·密泰恩问。

“我们一到就举行。”凯拉邦答道。

亚乌德对着斯卡尔邦特的耳朵说：

“六个星期！我们有时间行动了！”

“对，不过越早越好！”斯卡尔邦特回答说，“别忘了，亚乌德，不到六个星期，萨法尔大人就要回到特拉布松了！”

这两个人继续走来走去，眼睛窥视着，耳朵在偷听。

在这段时间里，凯拉邦大人也在继续和范·密泰恩聊天，他说道：

“我的朋友塞利姆总是心急，我的侄子阿赫梅更是等不得了，他们希望婚礼马上举行。他们这样做有一个动机，我应该说明一下。塞利姆的女儿必须在十七岁之前结婚，否则就要失去大约十万土耳其镑，这是一个发疯的老姑母以此为条件留给她的遗产。而只要过六个星期，她就十七岁了！但我也给他们讲道理，我说不管你们觉得合适不合适，婚礼不能在下个月底之前举行。”

“那您的朋友塞利姆让步了吗？……”范·密泰恩问道。

“当然！”

“阿赫梅这个年轻人呢？”

“要难一点，”凯拉邦答道，“他爱漂亮的阿马西娅，我也赞成！他有时间，他不在生意场上，他！嗯！您应该明白这些，范·密泰恩朋友，您娶了漂亮的范·密泰恩夫人……”

“是的，凯拉邦朋友，”荷兰人说，“那已经是很久以前的事了……我几乎记不起来了！”

“不过归根结底，范·密泰恩朋友，在土耳其向一个土耳其人打听他后房里的妻妾的消息是失礼的，但并不禁止向一个外国人……范·密泰恩夫人好吗？”

“哦！很好……很好！……”范·密泰恩答道，他的朋友的这些礼节似乎使他局促不安，“是的……很好！……身体总是不大舒服，哎！……您知道……女人嘛……”

“不，我可不知道！”凯拉邦大人大笑着喊道，“女人！我从来都不知道！总有做不完的生意！给吸香烟的人供应马其顿的烟草，给吸水烟筒的人供应波斯烟草，还有和我有商务往来的人，他们在萨洛尼卡、埃尔祖鲁姆、拉塔基亚、巴夫拉、特拉布松，不能忘了我的朋友范·密泰恩，在鹿特丹！三十年来，我都在向欧洲各地寄这些烟草的包裹！”

“也在吸这些烟草！”范·密泰恩说。

“不错，是吸了……就像工厂里的一根烟囱！我要问您世界上还有比这更好的东西吗？”

“当然没有，凯拉邦朋友。”

“我吸烟已经四十年了，范·密泰恩朋友，我忠于我的烟斗，忠于我的水烟筒！这就是我的全部后房，而且没有能值一只东贝基烟斗的女人！”

“我很同意您的意见！”荷兰人答道。

“对了，”凯拉邦又说，“既然我留住了您，就不再把您丢下了，我的小船要来接我穿过博斯普鲁斯海峡。我在斯居塔里的别墅里吃晚饭，我就带您……”

“这个……”

“我对您说，我带您去！现在……您要跟我讲客套了？”

“不，我同意，凯拉邦朋友！”范·密泰恩答道，“我的身心都属于您！”

"您会看到，"凯拉邦大人又说道，"您会看到我为自己建造了多么迷人的住宅，在斯居塔里的半山上，在柏树的浓荫下面，可以眺望博斯普鲁斯海峡和君士坦丁堡的全景！啊！真正的土耳其永远在这个亚洲的海岸上！这边是欧洲，而那边是亚洲，我们那些穿礼服的进步分子，还没有把他们的思想观点搬到那边去！它们在穿过博斯普鲁斯海峡时被淹没了！——这样，我们就在一起吃晚饭了！"

"您愿意怎么安排都可以！"

"您也必须听我安排！"凯拉邦回答。

接着他转过身来：

"尼西布在什么地方？……尼西布！……尼西布！……"

正和布吕诺散步的尼西布听到了主人的声音，两个人就跑了过来。

"这么说，"凯拉邦问道，"这个船夫，他是不带着他的小船来了？"

"带着他的小船？……"尼西布反问道。

"我要用棍子揍他，当然要揍！"凯拉邦喊道，"不错，打一百棍！"

"哦！"范·密泰恩说。

"五百棍！"

"哦！"布吕诺说。

"要是有人反对……就打一千棍！"

"凯拉邦大人，"尼西布答道，"我见到了您的船夫。他刚刚离开宫殿的尖顶，用不了十分钟就可以靠上托普哈内的码头了。”

而当凯拉邦大人在挽着范·密泰恩手臂不耐烦地跺脚的时候，亚乌德和斯卡尔邦特一直在观察着他。

第四章

比任何时候都更加固执的凯拉邦大人反对奥斯曼帝国的当局。

这时船夫已经到达，并且来通知凯拉邦大人他的小船在码头等着他。

在金科尔纳的博斯普鲁斯海峡的水面上有数以千计的船夫，他们的双桨小船头尾都同样细长，以至于向前向后都可以行驶，形状就像十五尺至二十尺的冰鞋，是用一些山毛榉板或者柏树板制成的，朝里的一面还雕着花或漆上了颜色。这些细长的小船在这个分隔两个大陆海岸的雄伟海峡里如此迅速地穿梭往来，互相超越，看起来真是妙不可言。从马尔马拉海直到在博斯普鲁斯海峡北面相对而立的欧洲堡和亚洲堡，这项服务都是由重要的船夫公会负责承担的。

这些人都很英俊，通常穿着名为“布卢丘克”的丝绸衬衣，一件颜色鲜艳绣着金边的“耶列克”，一条白色的棉布短裤，戴一顶土耳其帽，脚上穿一双“耶梅尼斯”，裸露着两腿和双臂。

凯拉邦大人的船夫——就是每天晚上把他送到斯居塔里，每天早晨再把他送回来的船夫，如果说他由于迟到了几分钟而受到冷遇的话，对这一点也无须过于强调。这个冷静的船夫并未过分激动，他也很明白必须让这位了不起的顾客去吼叫一番，他的回答只是指指系在码头上的小船。

于是凯拉邦大人就在范·密泰恩的陪同下，带着布吕诺和尼西布向小船走去，这时候托普哈内广场上的人群里发生了一阵骚动。

凯拉邦大人停了下来。

“发生什么事了？”他问道。

加拉塔区的警察局长在负责开路的卫兵们的簇拥下，这时来到了广场，还带着一面鼓和一个喇叭。鼓声隆隆，喇叭吹响，这个混杂着欧亚各色人等的人群逐渐安静下来了。

“一定又有什么不公道的布告了！”凯拉邦大人自言自语，可以听出他是一个打算无论何时何地都坚持自己的权利的人。

警察局长这时拿出一页照例盖着一些印章的纸张，高声读着下面的法令：

> 奉保安部部长摩希尔的命令，自即日起凡欲穿越博斯普鲁斯海峡从君士坦丁堡到斯居塔里，或者从斯居塔里到君士

坦丁堡者，无论乘坐小船和任何帆船或汽船，均需缴纳十个巴拉的赋税。拒绝缴税者将被处以监禁和罚款。

本月16日立于王宫。

签署：摩希尔

十巴拉相当于法国五生丁，这笔新税引起了一些不满的议论。

“好！一笔新税！”一个“老土耳其人”喊道，不过他对于奥斯曼皇帝在财政上的把戏应该是早就习惯的。

“十个巴拉！半杯咖啡的价钱！”另一个人附和着。

警察局长很清楚在土耳其和在其他所有地方一样，人们议论完了就会缴税的，所以就要离开广场，这时凯拉邦大人向他走了过去。

“这样一来，”他说，“就要向每个要穿越博斯普鲁斯海峡的人收一笔新税了？”

“这是摩希尔的法令。”警察局长答道。

他接着又说：

“怎么！这是有钱的凯拉邦在提出抗议？”

“不错！是有钱的凯拉邦！”

“您好吗，凯拉邦大人？”

“很好……跟一切税收一样好。这么说，这项法令是要执行了？……”

“毫无疑问……从它宣布的时候开始。”

“那要是按照我的习惯，今晚我想坐我的小船回到……斯居塔里……去呢?”

“您就缴十个巴拉。”

“那我每天早晚都要穿越博斯普鲁斯海峡呢?”

“您就每天缴二十个巴拉,”警察局长答道,“对于有钱的凯拉邦只是九牛一毛!”

“真的?”

“我的主人要惹祸了!”尼西布小声地对布吕诺说。

“他应该让步!”

“他!您还不了解他!”

凯拉邦大人叉起双臂,面对面地紧盯着警察局长,用由于怒不可遏而发出嘘声的嗓音说道:

“那好,这就是我的船夫,他刚才告诉我他的小船已经为我准备好了,由于我要带着我的朋友范·密泰恩先生、他的仆人和我的……”

“这就要缴四十个巴拉,”警察局长说,“我再说一遍您缴得起……”

“我缴得起四十个巴拉,”凯拉邦又说,“也缴得起一百个,一千个,十万个和五十万个巴拉,这都可能,可是我一个钱也不缴,但我还是要过去!”

“我为使凯拉邦大人不快而感到遗憾,”警察局长说,“但是不付钱是过不去的!”

“不付钱能过去!”

“不能!”

“能!”

“凯拉邦朋友……”范·密泰恩说道,他是出于一番好意,想对这个最难缠的人讲讲道理。

“让我安静点,范·密泰恩!”凯拉邦怒气冲冲地回答他,“这笔税收是不公道的,叫人恼火!不应该屈服!‘老土耳其人’的政府从来没有敢向博斯普鲁斯海峡的小船征税!”

“那么,新土耳其人的政府需要钱,就毫不犹豫地这样做了!”警察局长说道。

“我们走着瞧吧!”凯拉邦喊道。

“卫兵们,”警察局长向陪同他的士兵们说,“你们要保证新法令的执行。”

“过来,范·密泰恩,”凯拉邦针锋相对,还用脚跺着地面,“过来,布吕诺,跟着我们,尼西布!”

“要缴四十个巴拉……”警察局长说。

“四十下棍子!”凯拉邦大人喊道,他已经怒气冲天了。

然而当他向托普哈内码头走去的时候,卫兵们围住了他,使他不得不往回走。

“放开我!”他挣扎着喊道,“你们当中谁都不许碰我,哪怕是用手指头!以安拉的名义起誓,我要过去!而且是不从我的口袋里掏出一个巴拉就会过去!”

“不错,您会过去,只是您通过的是监狱的大门,”警察局长回答说,因为他也发火了,“而且您要付一大笔罚款才能出狱!”

“我要去斯居塔里!”

“你不缴费就无法穿越博斯普鲁斯海峡到达斯居塔里，而且你别无选择……”

“您这么认为?”凯拉邦大人紧握双拳答道，面孔涨得通红，“您这么认为？……我要去斯居塔里，而且不穿越博斯普鲁斯海峡，所以我也不用缴……”

“确实如此!”

“等我……对了！……等我绕过黑海的时候。”

“为了节约十个巴拉要走七百公里!”警察局长耸着肩膀喊道。

“七百公里，一千，一万，十万公里，”凯拉邦回答说，“只要能省五个，两个，哪怕是只省一个巴拉!”

“可是，我的朋友……”范·密泰恩说。

“再说一遍，让我安静点！……”凯拉邦的回答拒绝了他的干预。

“完了！这下他要上路了!”布吕诺对自己说。

“我要沿着土耳其溯流而上，穿过切索内斯半岛，越过高加索，跨过安纳托利亚到达斯居塔里，不用为你们不公道的税收付一个巴拉!”

“我们走着瞧吧!”警察局长反唇相讥。

“大家都看到了!”凯拉邦大人怒不可遏地喊道，“我今天晚上就出发!”

“见鬼!”亚乌德船长对斯卡尔邦特说，他一字不漏地听完了这场出乎意料的争论，“这下他可能会打乱我们的计划!”

“一点不错，”斯卡尔邦特答道，“这个固执的人只要稍微坚持他的计划，他就要经过敖德萨，而要是他决定在路过时就举行婚礼！……”

“可是……”范·密泰恩又说了，他想阻止他的朋友凯拉邦如此疯狂的举动。

“告诉您别打扰我！”

“那您的侄子阿赫梅的婚礼呢？”

“这件事就是关系到婚礼！”

斯卡尔邦特马上把亚乌德拉到一边：

“连一小时都不能耽误了！”

“确实如此，”马耳他船长答道，“明天早晨我就坐安德里诺布尔的火车到敖德萨去。”

然后这两个人就走开了。

就在这时候，凯拉邦大人突然转向他的仆人。

“尼西布！”他说。

“我的主人。”

“跟我到商行去！”

“到商行去！”尼西布答道。

“您也去，范·密泰恩！”凯拉邦补充说。

“我？”

“您也一样，布吕诺。”

“我……”

“我们一起出发。”

“啊!”布吕诺说，他竖起耳朵仔细听着。

“不错！我邀请过您到斯居塔里吃晚饭,”凯拉邦大人对范·密泰恩说道,“以安拉的名义起誓！您会在斯居塔里吃晚饭的……等我们回来以后!”

“不会在回来之前吗？……”荷兰人回答说，他被这个建议弄得颇为狼狈。

“不会在一个月，一年，十年之前了!”凯拉邦反驳说，他的声调不容许有半点违抗，“不过您既然接受了邀请，您就会吃到我的晚饭!”

“那早就凉了!”布吕诺自言自语。

“凯拉邦朋友，请允许……”

“我什么都不允许，范·密泰恩。过来!”

凯拉邦大人说着向广场中央走了几步。

“没办法反对这个见鬼的人!”范·密泰恩对布吕诺说。

“怎么，我的主人，您要对这样一种异想天开的行为作出让步?”

“我在这里或者别的地方都一样，布吕诺，反正我不再在鹿特丹了!”

“可是……”

“而既然我跟着我的朋友凯拉邦，你也就只能跟着我了!”

“这么复杂!”

“出发吧。”凯拉邦大人说。

接着他最后一次转向警察局长，后者为了激怒他正在阴险地微笑。

“我走了，”他说，“不管你们有什么法令，我要到斯居塔里去而且不用穿过博斯普鲁斯海峡！”

“我会愉快地看到您在这样一次有趣的旅行之后回到这里的！”警察局长答道。

“我回来时看到您在这儿也会非常高兴的！”凯拉邦大人说。

“不过我要预先告诉您，”警察局长补充说，“只要这项税收还有效……”

“那又怎么样？”

“我不会让您穿过博斯普鲁斯海峡回到君士坦丁堡来，除非每人缴十个巴拉！”

“要是你们不公道的税收还有效的话，”凯拉邦大人以同样的口气答道，“我会知道该如何回到君士坦丁堡，而且不让口袋里的一个巴拉掉到您那里去！”

说到这里，凯拉邦大人挽住范·密泰恩的手臂，示意让布吕诺和尼西布跟着，然后消失在人群之中。对于这位执着地捍卫自己利益的“老土耳其人”党的拥护者，人群报以喝彩和欢呼。

此刻从远处传来一声炮响。夕阳刚刚沉没在马尔马拉海的地平线下面，斋戒期结束了，奥斯曼皇帝的忠实的国民们，可以对这漫长的一天的节食进行补偿了。

就像魔杖挥动一样，君士坦丁堡忽然变了样。托普哈内广场上的寂静被兴奋的喊叫声和快乐的欢呼声打破了。烟斗、水烟筒都点了起来，空中弥漫着烟的香气。咖啡店里立刻挤满了又渴又饿的消费者。“亚乌特”——奶酪，“凯马克”——一种煮开的奶油，“克巴布”——切成小块的羊肉片，“巴克拉瓦”——出炉的烘饼，裹着葡萄叶的饭团，煮熟的玉米棒，装橄榄油的桶，装鱼子酱的桶，小鸡肉，涂蜂蜜的油煎鸡蛋薄饼，糖汁，果汁冰糕，冰淇淋，咖啡，东方一切能吃能喝的东西，都出现在店铺门前的桌子上，而一盏盏挂在一根螺旋形铜丝上的小灯，则在摇晃它们的老板的大拇指的作用下上下移动着。

接着，古老的城市和它的新区都着魔似的亮了起来。所有的清真寺，圣索非亚、苏莱玛尼埃、苏丹—阿哈默德；所有宗教的或世俗的建筑，从布尔努宫直到埃乌布山岗全都点上了五颜六色的灯火。清真寺尖塔上的一段段闪光的经文交相辉映，在黑暗的天空中画出了《古兰经》的箴言。被挂着灯笼在波浪中摇晃的小船划出一道道浪花的博斯普鲁斯海峡，就像落满了天空的星星那样熠熠闪光。耸立在岸边的一座座宫殿，亚洲海岸和欧洲海岸上的别墅，斯居塔里，古老的克里索波利斯和它的一层层梯形的房屋，都只显出闪光的轮廓，而且在海水的映照下更加明亮。

远处回响着巴斯克鼓，“卢塔”或吉他、“塔布尔卡”、“勒贝尔”和笛子的乐曲声，与日落时分单调的祈祷声混合在一起。而在尖塔顶上，穆安津①们用在三个音符上延长的声音，向欢庆的城市发出由一个土耳其词和两个阿拉伯词组成的，晚祷的最后一次召唤：“Allah，boekk kebir！”（真主，伟大的真主！）

① 穆安津，在清真寺尖塔上报祈祷时间者，原意为“宣告者”。

第五章

凯拉邦大人以他的方式讨论旅行的方法并离开君士坦丁堡。

欧洲的土耳其目前包括三个主要部分：鲁米利亚（色雷斯和马其顿），阿尔巴尼亚，色萨利，加上一个臣服的省份保加利亚。这是因为自从1878年的条约签订以来，罗马尼亚王国（摩尔达维亚、瓦拉几亚和多布罗加）、塞尔比亚和蒙特内格罗公国都宣布独立，波斯尼亚也被奥地利占领了。

凯拉邦大人打算沿着黑海周围前进，他的路线是首先沿着鲁米利亚、保加利亚和罗马尼亚的海岸到达俄罗斯的边界。

从那里穿过比萨拉比亚、切索内斯、陶里斯岛或者切尔凯西斯地区，穿过高加索和外高加索，这条路线将绕过北部和东部的海岸，直到把俄罗斯和奥斯曼帝国分开的边界。

然后再沿着黑海南面的安纳托利亚海岸，这位最固执的奥斯曼人将在对新的税收分文不付的情况下，在斯居塔里重见博斯普鲁斯海峡。

实际上，这个六百五十土耳其“里”的行程，大约相当于两千八百公里，或者用奥斯曼的公里来计算，也就是每公里等于一匹负重的马用通常的步伐跑一个小时——要走上七百公里。而从8月17日到9月30日共有四十五天。这就是说，必须每二十四小时走上十五公里才能在9月30日回来，这是阿马西娅的婚礼预定举行的最后一天，否则她就不符合为领取她姑母的十万土耳其镑所规定的条件了。总而言之，无论发生什么事情，凯拉邦大人和他的客人在四十五天之前，是不会坐在别墅里摆着晚饭的桌子面前了。

不过要是利用快速的交通工具，例如各地的铁路，是很容易赢得时间缩短漫长的行程的。这样从君士坦丁堡出发，就有一条铁路通向安德里诺布尔，再从岔道通向雅恩波里。再往北去，从瓦尔纳到鲁楚克的铁路与罗马尼亚的铁路相连接，而罗马尼亚的铁路又通过雅西、基斯谢内夫、哈尔科夫、塔甘罗格、纳钦切万穿越南俄罗斯再接上高加索的铁路网。最后有一段从第比利斯到波季的铁路直达黑海海岸，几乎到了土耳其与俄罗斯的边界。然后穿过土耳其的亚洲部分，在到达布尔萨之前确实没有铁路了，但是从布尔萨还有最后一段铁路通到斯居塔里。

然而想让凯拉邦大人听得进这番道理，是不可能的。进入一个火车车厢，为现代工业的发展作出牺牲，这是他，一个四年来尽其所能反对欧洲的一切发明入侵的“老土耳其人”能做的吗?绝对不能！宁可步行也不能在这方面作出让步。

因此当天晚上，当范·密泰恩和他到达加拉塔商行的时候在这一点上就开始了争论。

一听到荷兰人说起奥斯曼和俄罗斯的铁路，凯拉邦大人的答复先是耸了耸肩膀，接着是断然拒绝。

“可是！……”范·密泰恩又说，他认为在形式上也应该坚持一下，但对于说服他的朋友不抱希望。

“我说不行就是不行!”凯拉邦大人反驳说，“再说您属于我，您是我的客人，我对您负责，您只要让我去做好了!”

“好的，”范·密泰恩答道，“只是不坐火车的话，也许会有一个非常简单的办法，使我们不用穿越博斯普鲁斯海峡就到达斯居塔里，而且也不用绕黑海去走一圈?”

“什么办法?”凯拉邦皱着眉头问道，“如果这个办法好，我就接受；如果不好，我就拒绝。”

“这是个绝妙的办法。”范·密泰恩答道。

“快说！我们还要做出发的准备！一小时都不能耽误!”

“是这样的，凯拉邦朋友：我们到黑海上离君士坦丁堡最近的一个港口去，租一艘轮船……”

“一艘轮船!”凯拉邦大人喊道，“轮船”这个词就能使他勃然大怒。

“不……一条船……只是一条帆船，”范·密泰恩赶紧补充说，“一条三桅小帆船，一条单桅三角帆船，一条快帆船，我们到例如安纳托利亚·基尔比的一个港口去！一旦到了海岸的这个地方，我们在一天里就能不慌不忙地从陆路到达斯居塔里，就能嘲笑地为摩希尔的健康干杯了！”

凯拉邦大人让他的朋友讲下去，没有打断他的话。他的朋友也许以为他会欢迎这个建议，因为这个建议非常妥当，又能解决有关自尊心方面的一切问题。

然而在听着这个建议的时候，凯拉邦大人目光闪烁，手指不断地伸曲，两只张开的手握成了拳头，那副样子使尼西布看了很不放心。

“这么说，范·密泰恩，”他说，“总之您是建议我乘船到黑海上去，这样就不用穿过博斯普鲁斯海峡？”

“我看这一着是挺高明的。”范·密泰恩答道。

“您是否有时听说过，”凯拉邦又说，“一种叫作晕船的毛病？”

“当然听说过，凯拉邦朋友。”

“您大概从来没有犯过？”

“从来没有！再说，这么短的海路……”

“这么短！”凯拉邦接着说道，“我相信您是在说‘这么短！’。”

“几乎不到六十公里！”

“可是哪怕只有五十公里，二十公里，十公里，五公里！”凯拉邦大人喊道，“就会让人生病了，永远如此，哪怕只有两公里，一公里，对我来说都太多了！”

“请您还是考虑一下……”

“您知道博斯普鲁斯海峡吧?”

“当然。”

“那好，范·密泰恩，只要稍微刮一点微风，我坐小船过去时就要晕船!”

“晕船?”

“我在池塘里都会晕船！我在浴缸里都会晕船！现在您还敢对我说走这条路吗？还敢建议我租一条三桅小帆船，一条单桅三角帆船，一条快帆船或者其他这类叫人恶心的机器吗？您试试看!”

可敬的荷兰人当然是不敢了，从海上穿过去的问题也就被束之高阁了。

那么该怎样旅行呢？交通相当困难——至少在土耳其本土上是如此——不过也绝不是没法走的。在通常的路途上有一些驿站，因此完全可以带上食品、帐篷、旅行箱，在一个向导的带领下骑马旅行，或者跟着一个驿站信使走就行了。不过信使从一地到另一地的时间是限定的，所以不习惯走长路的人若是跟他走，即使不是不可能也会累得筋疲力尽。

不用说，凯拉邦大人是决不会打算用这种方法绕黑海走上一圈的。他要走得快，不错！但是要走得舒服。这只是一个钱的问题，而这个问题是难不住加拉塔郊区的这个富有的批发商的。

“那好，”范·密泰恩顺从地说，“不过，我们既然不坐火车也不乘船，那又怎么旅行呢，凯拉邦朋友?”

"坐驿站快车。"

"用您的马?"

"用驿站的马。"

"您在整个旅途中都能找到可以使用的马?……"

"会找到的。"

"您要为此付很多钱吧?"

"要付多少钱就付多少钱!"凯拉邦大人答道，他又开始激动起来了。

"那么您要付出一千土耳其镑，也许要付一千五百镑!"

"好吧!几千镑，几百万镑!"凯拉邦喊道，"不错!需要的话付上几百万镑!您的反对意见说完了没有?"

"说完了!"荷兰人答道。

"是时候了!"

这几个词说出来时的声调，足以使范·密泰恩打定主意保持沉默了。

然而他还是让他专横的朋友明白，这样一次旅行需要大量的开销；他在等着从鹿特丹寄来的一大笔钱，打算存在君士坦丁堡的银行里，所以他现在没有钱，还有……

关于这一切，凯拉邦大人让他住嘴，说这次旅行的一切费用都由他负担，说范·密泰恩是他的客人，加拉塔区富有的批发商没有让他的客人付钱的习惯，等等。

对于这个"等等"，荷兰人以沉默表示同意。

如果凯拉邦大人未曾拥有过一辆英国制造的老式车并且已经

试验过的话，他为了这次艰难的行程是会不惜使用往往用牛拉的土耳其两轮马车的，不过他去鹿特丹旅行时用过的老式的驿站马车还一直放在车库里，而且完好无损。

这辆马车可以供三个旅行者舒适地使用。前面在那些天鹅颈项般的弹簧之间，马车的前半部放着一只巨大的装食品和行李的箱子，主车厢后面也有一只箱子，箱子上装有带篷的小车厢，两个仆人可以自如地待在里面。这辆车应该作为邮车使用，因为根本没有车夫的位置。

这辆车的式样看起来有点太老了，无疑会使熟悉现代车辆的人感到可笑；不过它很坚固，有质量上乘的车轴，轮辋宽大、辐条厚实的车轮；它安装在既不太软又不太硬的一流的钢制弹簧上面，足以经得起刚刚在田野里开辟的道路上的一切颠簸。

就这样，范·密泰恩和他的朋友凯拉邦占据了舒适的、装有窗玻璃和皮帘子的主车厢的底部，布吕诺和尼西布栖身于小车厢里，车厢前面有一个可以拉下的玻璃窗。在这个交通工具里，他们连中国都可以去了。非常幸运的是黑海没有一直伸展到太平洋的海岸，否则范·密泰恩一定能够认识一下天朝的帝国了。

然而要采取所有的措施，要办所有的事情，一夜的时间是并不太多的。因此商行的职员们经过了斋戒期间节制饮食的漫长的一天，正想到某个咖啡店去的时候却被动员起来了。此外有尼西布在那儿，他在这种场合办事是极为迅速的。

至于布吕诺，他不得不回到他和主人早晨出来的、佩拉大街的佩斯特旅馆里去，以便把范·密泰恩和他的行李马上运到商行去。顺从的荷兰人在他的朋友的目光注视下，一刻也不敢离开。

“就这样决定了，我的主人?”布吕诺在就要走出商行的时候问道。

“跟这个见鬼的人还能有什么别的办法?”范·密泰恩答道。

“我们要绕黑海走上一圈?”

“除非我的朋友凯拉邦在路上改变主意，而这几乎是不可能的!”

“在一切市集上拍打过的所有土耳其人的脑袋，”布吕诺答道，“我不相信能找到一个像他那么死硬的!”

“你的比较虽然不恭敬，却是非常正确的，布吕诺，”范·密泰恩说，“也正因为我的拳头会在这个脑袋上碰碎，我也就不打它了!”

“我还是希望在君士坦丁堡休息，我的主人!”布吕诺又说，“旅行和我……”

“这绝不是一次旅行，布吕诺，”范·密泰恩答道，“这只是我的朋友凯拉邦为了回去吃晚饭而走的另一条路!”

这种面对事物的方式并不能使布吕诺平静下来。他不喜欢出门，而现在要出门几个星期，也许要几个月，要穿过的一些国家各不相同——他对这一点没什么兴趣，更担心的是这一路都很难走，甚至很危险。此外，这些长途跋涉所带来的疲劳会使他消瘦，从而失去标准的体重——一百六十七斤！——他对此是多么珍惜啊!

于是他那句总是挂在嘴上的悲惨老调又在他主人的耳边响了

起来：

“您会倒霉的，先生，我再对您说一遍，您会倒霉的！”

“我们会看到的，”荷兰人答道，“你还是去找我的行李吧，我要买一本旅行指南来研究这些不同的国家，还要买一个笔记本来记录我的印象。以后你再回到这儿，布吕诺，你就可以休息了……”

“什么时候？……”

“等我们绕了黑海一圈之后，因为我们命中注定要这么做了！”

听到这种连一个穆斯林都不会否认的宿命论的想法，布吕诺摇着头，离开商行到旅馆去了。说实话，这次旅行对他来说没有任何好处！

两个小时以后，布吕诺带着几个脚夫回来了，他们背着没有支架只用粗背带捆在背上的背货架。这是些本地人，穿着衬有毡子的衣服，有凸纹的羊毛长袜，戴一顶绣着彩色丝线的“卡拉”，脚上是双层底的鞋子，总之是一些土耳其人，被泰奥菲尔·戈蒂埃①极其准确地称为“没有驼峰的两脚骆驼”。

然而由于他们背负着许多包裹，他们的背部确实是驼的。这些包裹都被放在商行的院子里，开始装在从车库里拖出来的马车上。

在这时候，凯拉邦大人作为细心的批发商处理着他的事情。

---

① 泰奥菲尔·戈蒂埃（1811—1872），法国诗人和小说家。

他察看了马车的状况，核对了他的日志，对领班作了一些指示，写了几封信，带了一大堆金币，因为在1862年，纸币已经丧失信誉，不再流通了。

由于有一段路程要沿着莫斯科帝国的海岸走，凯拉邦就需要一定数量的俄罗斯货币，他打算用他的奥斯曼镑到塞利姆的银行去兑换，因为他的旅程使他必须经过敖德萨。

准备工作很快就做好了。生活必需品都堆放在马车的箱子里。里面还放了一些武器——谁也不知道会发生什么事情，必须以防万一。此外，凯拉邦大人没有忘记带上两支水烟筒，一支给范·密泰恩，一支给自己，这是一个同时是烟草批发商和土耳其人必不可少的用具。

至于马匹，他们在当晚就预订好了，一早就会送来，从午夜到日出，还有几个小时可以用来吃晚饭和休息。第二天当凯拉邦大人醒来的时候，所有的人都从床上跳下来，穿上了旅行的服装。

马车已经套好，装上了箱子，驿站的马车夫骑在马上只等这些旅行者了。

凯拉邦大人向商行的伙计做出了最后的指示。现在就等出发了。

“这么说，就这样决定了！”范·密泰恩向他的朋友凯拉邦最后说了一遍。

作为回答，凯拉邦指了指车子，车门已经打开了。

范·密泰恩弯着腰，登上踏板，在马车的左边坐好。凯拉邦大人在他旁边坐了下来。尼西布和布吕诺爬到了小车厢里。

“啊！我的信!”当这支喧闹的队伍即将离开商行的时候，凯拉邦说道。

于是凯拉邦放下玻璃窗，把一封信递给一个伙计，吩咐他在当天早晨送到邮局去。

这封信是写给斯居塔里别墅的厨师的，只有这几句话：

“等我回来再吃晚饭。改一下菜单：奶酪面包片，用香料烧的羊肩肉，千万别煮过头了。”

接着马车就晃动起来，驶向郊区的街道，在瓦里德—苏尔塔纳桥上穿过金科尔纳，从“伊埃尼—卡普西”，也就是“新门”出了城。

凯拉邦大人出发了！愿安拉保佑他！

第六章

旅行者们开始遭到一些困难，主要是在多瑙河三角洲。

从行政管理的角度来看，欧洲部分的土耳其划分成一些省份，由苏丹任命的“瓦里”即总督进行统治。省再划分成“桑亚克”，也就是行政区，由一个“穆斯特萨里夫”管理；行政区再划分成“卡扎”，也就是区，由一个“卡伊马康”管理；区再划分成“纳希埃”，也就是市镇，由一个“穆迪尔”或选举的镇长管理。所以它的行政管理系统也和法国差不多。

总之，从君士坦丁堡到边境的道路要穿过鲁米利亚，凯拉邦大人与那里的当局应该只有很少甚至没有任何关系。这条路离黑海海岸最近，可以尽量缩短路程。

这是个旅行的好天气，海上的微风毫无阻碍地吹过这个平坦的地区，气温凉爽宜人。田野上生长着玉米、大麦和黑麦，还有在奥斯曼帝国的南方十分茂盛的葡萄园。接着是一些橡树林、枞树林、山毛榉林、桦树林；然后是一片片的法国梧桐、犹太树、月桂树、无花果树、角豆树，尤其是在靠海的地方有一片片的石榴树和橄榄树，与欧洲同纬度的地势低的地区的树木完全一样。

从伊埃尼门出来，马车走上从君士坦丁堡到舒姆拉的道路，从那里分出一条经过基尔克—基利塞通向安德里诺布尔的岔道。这条路就在铁路旁边，甚至与它交叉，而安德里诺布尔这个欧洲土耳其的第二都城，就是通过这条铁路与奥斯曼帝国的首都连接起来的。

正当马车沿着铁路前进的时候，火车开过来了。一个游客迅速地把头伸出车厢，瞥见了凯拉邦大人的一班人正被有力的马匹拉着飞跑。

这个游客不是别人，正是马耳他船长亚乌德。他正在去敖德萨的路上，靠着火车的速度，他到达的时间要比阿赫梅的叔叔早得多。

范·密泰恩忍不住把喷着蒸汽飞驰的列车指给他的朋友看。

后者按自己的习惯耸了耸肩膀。

“喂！凯拉邦朋友，人家到得可快哪！”范·密泰恩说。

“等到了再说吧！”凯拉邦大人答道。

在旅行的头一天，应该说一个小时都没有耽误。有金钱帮忙在驿站里永远不会碰到任何困难，连马匹都和马车夫一样，乐于被套上来运送一位如此慷慨地支付报酬的老爷。

他们穿过查塔尔介、比于克汗，走在使河流流入马尔马拉海的所有斜坡的边上，穿过乔尔卢河谷，耶尼克伊村，然后穿过加拉塔河谷，传说从前曾经挖掘了一些横穿这个河谷的地下运河，以便把水引向首都。

夜幕降临，马车只在塞拉伊小镇停留一个小时。箱子里带的食品主要是为那些连一顿普通饭菜都难以弄到的地区准备的，所以最好保存起来。于是他们就在塞拉伊马马虎虎地吃了晚饭就又上路了。

布吕诺也许觉得在小车厢里过夜有点艰苦，但尼西布对这种不寻常的境况却处之泰然，而且睡得那么沉，连他的同伴也跟他一起睡着了。

为了避免陡坡与河谷的沼泽地，他们走的是靠近维泽的一条蜿蜒曲折的长路，所以一夜平安无事。范·密泰恩深感遗憾的是没有看一看这个只有七千居民的小城，它几乎都被希腊人占据了，而且还是一个东正教的主教的所在地。不过他不是来考察的，而是陪着专横的凯拉邦大人来的，后者对于收集旅行印象并不关心。

傍晚将近五点钟的时候，这些旅行者已经穿过了布纳尔—伊桑、伊埃乌斯库普等村庄，绕过一个遍布坟墓的小树林，那里安葬着受害者的遗骸，他们是被从前在这个地区横行的一帮强盗杀死的。接着他们到了一个比较重要的城市，有一千六百居民的基尔克—基利塞。这个名称的意思是“四十个教堂”，说明城里有大量的宗教建筑物。范·密泰恩带着布吕诺考察了几个小时，说实话，这只是一个小河谷，房子都盖在河底和两侧。

马车停在一家收拾得很干净的旅馆的院子里，凯拉邦大人和他的同伴们过夜之后在拂晓又出发了。

在8月19日这一天，马车夫们越过卡拉布尔纳尔村，很晚才到达建在布尔加兹海湾上的布尔加兹村。这一夜他们睡在一个“卡尼”里，就是一种简陋的客栈，显然不如他们的驿站马车。

第二天早晨，道路离开黑海海岸，把他们带向阿伊多斯，傍晚到达帕拉瓦迪，这是从舒姆拉通向瓦尔纳的小铁路的一个车站。他们正在穿越位于巴尔干山脉最后几座山脚下面的、多布罗加南端的保加利亚省份。

他们在这里碰到了很大的困难，时而走在泥泞的河谷当中，时而穿过大片异常茂盛的水生植物，马车好不容易才钻过去，把躲在这个起伏不平的地区的土地上数不清的针尾鸭、山鹬、沙鸡都惊得飞了起来。

人所共知，巴尔干半岛形成了一条重要的山脉。它在鲁米利亚与保加利亚之间通向黑海，从北部的山坡上分出许多山梁的分支，几乎一直到达多瑙河。

凯拉邦大人在那里有机会看到他的耐心将经受严峻的考验。

当必须翻越山脉的尽头以便再下去到达多布罗加的时候，山坡陡得几乎无法靠近，转弯处的猛拐使马匹不能同时拉车，窄路两边是悬崖峭壁，适于骑马而不易让车辆通过。这样就要花费许多时间，并且使人心情恶劣而相互指责。有几次不得不卸下马匹、垫起车轮，以便使车辆摆脱困境——尤其是要垫进大量的皮阿斯特，这些金币都落到了威胁着要往回走的马车夫们的口袋里。

啊！凯拉邦大人完全有理由咒骂现在的政府，因为帝国的道路状况如此恶劣，它根本不关心车辆在各个省里是否能顺利通行！但是政府对各种各样的税收、费用和欺压却毫不迟疑，这些情况凯拉邦大人了如指掌！通过博斯普鲁斯海峡要缴十个巴拉！他总是想到这一点，就像被一个固定的念头缠住一样，十个巴拉！十个巴拉！

范·密泰恩在回答这位旅伴的话时，无论说什么都非常小心，公开反驳会引起争吵，所以为了平息他的怒气，范·密泰恩也对土耳其政府大加嘲笑，以至于所有的政府都成了他讥笑的对象。

“然而这是不可能的，”凯拉邦说道，“在荷兰会有这样荒唐的事情?”

“正好相反，是有的，凯拉邦朋友。”范·密泰恩答道，他首先要使他的同伴安静下来。

“我对您说没有!”凯拉邦又说，“我告诉您只有在君士坦丁堡才会有这样的不公道！在荷兰是不是从来没有想到要对小船收税?”

“我们没有小船!”

“这有什么关系!”

“怎么，没有什么关系?”

“哎！你们会有小船的，你们的国王也绝对不敢向它们收税!

这些新土耳其人的政府是世界上最坏的政府，您现在该支持我的看法了吧?”

“最坏的，当然如此!”范·密泰恩回答说，为的是马上结束一场已经开始出现的争论。

为了使这次简单的谈话圆满结束，他拿出了他的荷兰长烟斗，从而使凯拉邦大人也想在水烟筒的烟雾里陶醉一番。车厢里立刻烟雾腾腾，必须放下玻璃窗让它散发出去。不过这种麻醉般的昏沉感觉终于征服了他，使这位固执的旅行者重新变得沉默和安静，直到某个事故又使他回到了现实之中。

在这个荒凉的地区没有一个休息的场所，所以他们就在驿站马车上过了 8 月 20 日到 21 日这一夜。直到将近早晨的时候，他们才走出巴尔干山脉的最后的分支，来到罗马尼亚边境以外多布罗加的便于车辆行驶的土地上。

这个地区就像由多瑙河的一个宽大的拐弯形成的半岛，多瑙河在北方向加拉茨流去以后，又转向东边通过几个出口流入黑海。实际上这种把这个半岛与巴尔干半岛连接起来的地峡，就是切尔纳沃达与库斯当介之间的省份的一部分。这里有一条从切尔纳沃达出发的、至多只有十六公里的小铁路。但是在铁路以南从地形学的观点来看和北方完全一样，可以说多布罗加的平原又在巴尔干山脉的最后几座支脉上形成了。

“好地方”，土耳其人这样称呼这块肥沃的地带。这里的土地属于第一个占领者。游牧的鞑靼人即使没有居住，至少也是走遍了这个地方，在河的旁边则居住着瓦拉几亚人。奥斯曼帝国在这里拥有一个辽阔的地区，其中的谷地刚刚与地面相平，几乎没有凸起，看来更像是伸展到多瑙河河口的一片片森林为止的高原的延续。

这片土地上的道路没有陡坡，马车可以走得更快了。驿站的站长们看到套他们的马时也没有理由埋怨了，有时即使低声埋怨也只是出于习惯。

所以他们走得既迅速又顺利。8 月 21 日那一天的中午，马车在科斯利察换了驿马，当天晚上就到了巴扎尔基克。

凯拉邦大人决定在这里过夜，让所有的人休息一下。这正合布吕诺的心意，不过他为了谨慎起见什么也没说。

第二天一大早，马车套上了新换的马匹，朝着卡拉苏湖驶去。这个湖像一个巨大的漏斗，由地下的泉水汇成的湖水，流入水位降低时的多瑙河。十二个小时走了大约二十四公里，将近晚上八点钟的时候，旅行者们停在从库斯当介到切尔纳沃达的铁路面前正对着梅基迪埃车站，这是一个刚刚形成的城市，但已经有了两万人，而且会变得更加兴旺。

这里的道路被一列火车占据了，要等上整整一刻钟才能通行。凯拉邦大人很不高兴，因为他不能马上越过铁路到商队旅店去，他是应该在那里过夜的。

由此产生了对铁路部门的种种埋怨和指责，因为它不仅使愚蠢地坐上火车的旅客们疲惫不堪，而且还耽误拒绝坐火车的人的行程。

“无论如何，”他对范 · 密泰恩说，“我是绝对不会碰上一次铁路事故的！”

“这谁也不知道！”可敬的荷兰人回答得也许不大谨慎。

“可我知道！我！”凯拉邦大人以不容置辩的口气反驳说。

火车终于离开了梅基迪埃车站，木栏打开了，马车驶了过去。旅行者们在城里一家相当舒适的商队旅店里休息，这个城市的名称就是为了表示对阿卜杜尔—梅基德苏丹的敬意而起的。

第二天，大家毫无阻碍地穿过一块荒僻的平原，到达了巴巴达，不过天太晚了，看来还不如连夜赶路好。第二天傍晚大约五点钟，他们在图尔察停了下来，这是摩尔达维亚最重要的城市之一。

这个城市里有三万到四万人：吉尔吉斯人、诺加伊人、波斯人、库尔德人、保加利亚人、罗马尼亚人、希腊人、亚美尼亚人、土耳其人和犹太人混杂在一起，凯拉邦大人在这里不难找到一个比较舒适的旅馆，他果然找到了。范·密泰恩征得他的同意，抽空游览了图尔察，它的风景如画的盆状地形展开在一个小山脉的北坡上，背景是一个因河流变宽而形成的海湾，几乎正对着分成两部分的伊兹梅尔城。

第二天是 8 月 24 日，马车在图尔察前面穿过多瑙河，冒险穿越由河的两大支流形成的三角洲。第一条是通行轮船的，称为图尔察支流；第二条更靠北面，穿过伊兹梅尔和基里亚，分成五条航道流入黑海，这就是人们所称的多瑙河河口。

在基里亚和边界之外是比萨拉比亚，它向东北方向伸展十五公里左右，就成了黑海海岸的一部分。

不用说，曾经引起许多科学争论的多瑙河这个名称的来源问题，也使凯拉邦大人和范·密泰恩之间进行了一场纯属地理学方面的讨论。在赫西奥德①时代希腊人曾把它称为伊斯特河或希斯特河；罗马军队带来了“多瑙维尤斯”这个词，是恺撒第一个称它为多瑙河；这个词在色雷斯的语言里是“多云”的意思；它来自克尔特语、梵语、古波斯语或希腊语；波普教授和温迪施曼教授在就这个起源进行争论的时候，一个说得有理，另一个也没错；只有凯拉邦大人说多瑙河这个词来自古波斯语的“阿斯达努”，意思是“湍急的河流”，终于像以往一样使他的对手哑口无言。

但是无论多么湍急，水流还是不足以带走全部的水量，而是把河水留在凹陷的河床里，因此必须重视这条大河的洪水。然而凯拉邦大人生性固执，对别人的这些意见置若罔闻，赶上马车去穿越辽阔的三角洲。

他在这个荒僻的地方并不孤单，这条路上有许多野鸭、大雁、白鹮、鹭、天鹅、鹈鹕，就像是伴随他的队伍。不过他忘记了这一点，大自然之所以创造出这些涉禽类或蹼足类的水生鸟类，就必须要有橡皮蹼套或者高跷才能在这个地区出入，因为在雨季之后涨大水的时期，这里往往都被水淹没了。

最近几次洪水使这里的土地泥泞不堪，我们要承认拉车的马匹走起来很不适应。这条在苏利纳流入黑海的多瑙河支流那边只

① 赫西奥德（公元前8世纪—公元前7世纪），古希腊诗人。

有一片辽阔的沼泽地，其中的一条道路几乎无法通行。尽管马车夫们提出劝告，范·密泰恩也表示同意，凯拉邦大人还是命令继续前进，而对于他只能服从。于是发生了这样的事情：将近傍晚的时候，马车自然就陷入了泥坑，不可能靠马把它拉出来。

“这个地区的道路养护得不好！”范·密泰恩认为应该指出这一点。

“它们就是这个样子！”凯拉邦答道，“有这样一个政府它们就只能这个样子！”

“也许我们退回去走另一条路更好一些？”

“正相反，我们最好是继续向前走，决不改变我们的路线！”

“可是怎么走呢？”

“有办法，”这个固执的人回答说，“就是到最近的村庄里去找一些补充的马来。我们睡在车子里还是旅馆里，这没什么关系！”

对于他真是叫人无话可说。马车夫和尼西布被派去找最近的村庄，它一定相当远，他们很可能到日出才能回来。凯拉邦大人、范·密泰恩和布吕诺就只能在这片辽阔的荒原当中过夜，就像被抛弃在澳大利亚中央的荒漠深处一样。非常幸运的是马车在泥坑里虽然陷到了轮毂，却没有再陷下去的危险。

然而夜里一片漆黑。大块的云层低低地集结起来，在黑海海风的吹送下在天空中飞驰。尽管没有下雨，浸透水的土壤却升起一股强烈的潮气，像极地的雾一样湿透了一切。相隔十步就什么都看不见了。只有两盏车灯在沼泽地浓浓的水汽中发出朦胧的光亮，也许把它们熄灭了更好一些。

确实，这点光亮可能会引来不速之客。但是在范·密泰恩指出这一点之后，他的执拗的朋友认为值得讨论，而讨论之后范·密泰恩的意见就再也没有下文了。

然而明智的荷兰人是有道理的，如果他要点花招的话，本来可以建议他的同伴让灯亮着：这样凯拉邦大人就很可能把它们熄灭了。

第七章

拉车的马匹由于害怕而做出了在车夫的鞭子下也做不了的事情。

这时是晚上十点钟。凯拉邦、范·密泰恩和布吕诺把捆在车上的箱子里的食品取出一些作为晚饭吃了以后，沿着脚下一条突起的羊肠小道，吸着烟散步了大约半个小时。

“现在，”范·密泰恩说，“凯拉邦朋友，我们要一直休息到补充的马匹到来的时候，我想您不会有任何反对意见了吧？”

“我看不出有什么好反对的！”凯拉邦在考虑之后答道。对于一个从不缺少反对意见的人来说，这样回答有点异乎寻常。

“我愿意相信在这片绝对荒僻的原野里，”荷兰人补充道，“我们没什么可害怕的了？”

“我也愿意这么相信。”

“没有任何值得担心的攻击?”

“没有……”

“不过这是除了蚊子的攻击之外!”布吕诺说，他刚刚向自己的额头上猛击了一掌，打死了半打这些双翅目的昆虫。

确实，也许是受到灯光的吸引，这些极其贪吃的昆虫一群群地飞来，开始肆无忌惮地围着马车盘旋。

“嗯!”范·密泰恩说，“这里有这么多的蚊子，有一顶蚊帐可并不多余!”

“这根本不是蚊子，”凯拉邦大人挠着颈窝下面说道，“我们缺少的也根本不是一顶蚊帐!”

“那这是什么?”荷兰人问道。

“是一门表亲，”凯拉邦回答说，“这些所谓的蚊子是表兄弟!”

“我要是分得清楚才见鬼呢!”范·密泰恩想，他不认为有必要就这个纯属昆虫学的问题开始一场辩论。

“有趣的是，”凯拉邦指出，“这些昆虫只有雌的才叮人。”

“这些女性的代表我认得很清楚!”布吕诺搔着腿肚子说道。

“我想我们还是明智些回到车上去，”范·密泰恩说，“否则我们就要被吞吃了!”

“不错，”凯拉邦答道，“这些表兄弟在多瑙河下游穿过的地区特别厉害，预防它们的办法只有夜里在床上，白天在衬衫和袜子里撒除虫菊粉……”

“不幸的是我们根本没有这种东西!”荷兰人接着说。

“根本没有，”凯拉邦答道，“可是谁能料想得到，我们会在多布罗加的沼泽里陷入这种困境呢？”

“谁都料想不到，凯拉邦朋友。”

“我听说过，范·密泰恩朋友，一块克里米亚鞑靼人的移民地，土耳其政府在这个河流的三角洲地区让给他们一大片地区，结果这些表兄弟的军团把他们赶出去了。”

“根据我们看到的情况，这段历史绝对不会不可靠！”

“那就回到马车上去吧！”

“我们只是在地上待得太久了！”范·密泰恩答道，他在翅膀的嗡嗡声中躁动不安，振翅的数量每秒达数百万次之多。

凯拉邦大人在就要和他的同伴上车的时候又停了下来。

“尽管没什么可担心的，”他说，“最好还是让布吕诺守夜等着马车夫回来。”

“他不会拒绝的。”范·密泰恩答道。

“我不会拒绝的，”布吕诺说，“因为我的责任就是不拒绝这样做，可是我就会被活活地吃掉的！”

“不！”凯拉邦反驳说，“我不禁要说明这些表兄弟是不在同一个地方叮两次的，所以布吕诺马上就不会再被叮了！”

“是的！……当我被叮了千百次之后！”

“我就是这个意思，布吕诺！”

“不过，我至少可以在小车厢里守夜吧？”

“完全可以，只要你不在里面睡觉！”

“在这么可怕的蚊群当中，我怎么能睡得着？”

“是表兄弟，布吕诺，”凯拉邦答道，“只是表兄弟！……别忘了这一点！”

说完这句话，凯拉邦大人和范·密泰恩进了车厢，留下布吕诺去为他的主人，或者确切地说是为他的主人们守夜。自从凯拉邦和范·密泰恩相遇之后，他不是可以认为自己有两个主人了吗？

在确信马车的门已经关好之后，布吕诺看了看套车的马。它们累得精疲力竭，躺在地上大声地喘息着，呼出的热气与这片沼泽地上的雾气混合在一起。

“魔鬼也没法把它们从这道车辙里拉出来！”布吕诺想着，“应该承认凯拉邦大人是狠了心才走这条路的！总之是跟他有关！”

布吕诺重新爬进拉下了车窗的小车厢，透过车窗他可以看清被灯笼的光束照亮的地方。

除了睁着眼睛，用胡思乱想来克制睡意，想想他的主人带着他跟在最固执的奥斯曼人后面经历的一系列冒险，范·密泰恩的仆人还有什么更好的事情可做呢？

“就这样，他，一个古代的巴塔维亚①的孩子，一个鹿特丹街道上的游荡者，一个默斯码头的常客，一个经验丰富的钓鱼人，一个在故乡的城市里纵横交错的运河边上无所事事的人，被送到了欧洲的另一端！从荷兰到奥斯曼帝国，他一下就跨了过去！而

① 巴塔维亚，即现在的印度尼西亚的雅加达。

刚刚在君士坦丁堡上岸，命运就把他扔到了多瑙河下游的荒原上！在多布罗加的沼泽地当中的一个深夜里，他栖身在一辆驿站马车的小车厢里，马车陷在土里比祖伊德克的哥特式钟楼还要深！这一切都是因为他必须服从他的主人，而他的主人虽然不是被迫却也同样要服从凯拉邦大人。”

“哦！人类的纠纷真是奇怪！”布吕诺一再说道，“我现在正绕着黑海兜圈子，我们是决不会为了十个巴拉这样做的。我很乐意由我来付这笔钱，要是我事先多加考虑，瞒着这个最急躁的土耳其人付了钱就好了！啊，固执的人！固执的人！我肯定从出发到现在，我已经瘦了两斤了！……仅仅四天！……四个星期以后会是什么样子！——好啊！又是这些该死的蚊子！”

无论布吕诺把车窗关得多么严密，十来只库蚊还是钻了进来，并且向这个可怜的人猛攻。他不停地拍打、挠痒，忙于对付蚊子，而凯拉邦大人却不可能听见。

一个小时就这样过去了，接着又过去了一个小时。要是没有这些蚊子令人恼火的进攻，筋疲力尽的布吕诺也许就会睡着了。然而，要在这种环境里睡觉是不可能的。

大概刚过午夜，布吕诺想出了一个主意。他本应该更早想到这一点，因为他是个纯血统的荷兰人，生来就是找烟管而不是找奶妈的乳房的。这个主意就是吸烟，用一口口的烟雾来制止蚊子的侵犯。他怎么没有早点想到呢？如果它们能经得起他就要喷满小车厢的烟酸的气味，那就说明多瑙河下游的沼泽地当中的蚊子有着顽强的生命力。

布吕诺于是从口袋里拿出他的陶瓷烟斗，上面饰有上釉的花朵——和他在君士坦丁堡被无耻之徒抢走的那个烟斗一样。他把烟斗塞满烟草，就像装上准备射向敌人的子弹，然后他用打火机点燃了烟斗，深深地吸了一口荷兰优质烟草的烟雾，吐出了一串巨大的烟圈。

蚊群起初拼命振动翅膀，发出震耳欲聋的嗡嗡声，接着就逐渐退到车厢的最黑暗的角落里去了。

布吕诺只能对自己的手段感到满意。他刚才采用的计谋妙不可言，来犯者正在仓皇撤退。但是他不想抓俘虏，反而马上打开窗户，给了车厢里的蚊子一条生路，因为他很清楚一口口的烟雾足以挡住外面的蚊子了。

布吕诺这样做了以后，得以摆脱了这个纠缠不休的双翅目军团，甚至可以冒险地看看左右的情况了。

夜还是这么黑。刮起了一阵阵大风，有时连车子也摇晃起来，但是它牢牢地扎在地上，甚至扎得太牢了，因此根本用不着担心它会翻过去。

布吕诺尽量向前面看，看北面的地平线上是否有一点灯光，预示着马车夫带着补充的马匹回来了。但是从远处到灯光范围以外的马车前方都是一片漆黑，伸手不见五指。不过当他把目光转向旁边的时候，在大约六十步远的地方布吕诺相信瞥见了一些光点在黑暗中悄无声息地迅速移动着，时而贴着地面，时而比地面高出两三尺。

布吕诺起初寻思那是不是鬼火的磷光，因为沼泽地里必然含有磷化氢，地面上就会产生磷火。

但是如果说他善于推理，他的理智又有可能导致他判断错误的话，拉车的马匹可并非如此，它们的本能是不会弄错这种现象的原因。确实，它们开始显得躁动不安，翕着鼻翼，异乎寻常地打着响鼻。

“哎！这是怎么回事？”布吕诺想道，“一定又遇到什么麻烦了！会不会是狼呀？”

要说这是被马匹的气味引来的狼群，也并非不可能。这些贪婪成性的动物在多瑙河三角洲为数很多。

“见鬼！”布吕诺自言自语，“那可比我们这位固执的人的蚊子或库蚊还要厉害！这一次烟雾对它们不会起任何作用！”

这时马匹已经表现出强烈的不安，这不能不引起他们的注意。它们试图在厚厚的污泥里用后腿猛踢并直立起来，使车子剧烈地摇晃着。那些光点似乎靠近了，风的呼啸声中混合着一种低沉的叫声。

“我想，”布吕诺思量着，“该是通知凯拉邦大人和我的主人的时候了！”

情况确实很紧急。于是布吕诺慢慢地溜到地上，放下马车的踏板，打开车门，钻进主车厢以后又把门关好，车厢里的两个朋友正靠在一起安静地睡大觉。

“我的主人！……”布吕诺低声叫道，同时用手推着范·密泰恩的肩膀。

“让弄醒我的讨厌家伙见鬼去吧！”荷兰人揉着眼睛喃喃

自语。

“问题不在于把人打发到魔鬼那里去，尤其是因为魔鬼可能就在这儿！”布吕诺答道。

“是谁在跟我说话？……”

“是我，您的仆人。”

“哦！布吕诺！……是你？……总之，你叫醒我是对的！我正梦见范·密泰恩夫人……”

“找您麻烦了！……”布吕诺答道，“现在可正好有麻烦呢！”

“发生什么事了？”

“是否能请您叫醒凯拉邦大人？”

“让我叫？……”

“是的！该叫醒他了！”

睡眼惺忪的荷兰人不再多问，摇晃着他的同伴。

没有比土耳其人睡得更沉的了，只要这个土耳其人有一个好胃口和清醒的头脑，范·密泰恩的同伴正是如此。所以必须摇晃多次。

凯拉邦大人的脾气是从不让步，因此连眼皮也没抬，只是低声地哼哼和抱怨。他在睡梦里和醒着的时候一样固执，当然应该让他睡下去。

然而范·密泰恩和布吕诺坚持不懈，凯拉邦大人终于醒了，伸出手臂，睁开蒙眬睡眼，用有点模糊的声音问道：

“嗯！马车夫和尼西布把补充的马匹带来了吗？”

“还没有来。”范·密泰恩答道。

“那为什么叫醒我?”

“因为马匹固然尚未来到,”布吕诺回答说,“倒有些别的非常可疑的动物在那儿,包围着车子要发起攻击!”

“是些什么动物?”

“瞧!”

车门的玻璃窗被拉了下来,凯拉邦把身子俯向外面。

“愿安拉保佑我们!”他喊道,“那是一大群野猪!”

他没有弄错,那确实是野猪。在与多瑙河港湾相接的整个地区这种动物数量极多。它们的攻击极为可怕,所以它们可以归入猛兽之列。

“我们该怎么办?”荷兰人问道。

“它们要是不攻击,我们就待着不动,”凯拉邦答道,“它们要是攻击我们就进行抵抗!”

“这些野猪为什么要攻击我们呢?”范·密泰恩又说,“据我所知它们根本不是食肉动物!”

“是这样,”凯拉邦答道,“不过我们即使不可能被吞吃掉,也有可能被开膛破肚!”

“都一样。”布吕诺平静地提醒说。

“所以我们要准备应付任何不测!”

凯拉邦大人说完就把武器分配好。范·密泰恩和布吕诺各有一把能连发六响的左轮手枪和一些子弹。他是“老土耳其人”,是一切现代发明的公开的敌人,所以只有两把奥斯曼帝国制造的手枪,枪管上饰有金银丝图案,枪托上镶嵌着鳞片和宝石,但是更适于用来装饰军官的腰带，而不是用于真正的战斗。范·密泰恩、凯拉邦和布吕诺只能使用这点武器，所以一定要在有把握的时候才开枪。

这时二十来头野猪已经逐渐靠近并围住了车子。在无疑是吸引它们来到这里的灯光下面，可以看到它们猛烈地东奔西跑，并且用獠牙掘着地面。这些野猪的个头像驴那么大，而且力大无比，一头野猪就能对付一大群猎犬，所以躲在车里的旅行者们在日出以前若是受到两面夹攻的话，处境是非常值得担忧的。

拉车的马完全感觉到这一点。在野猪的叫声中，它们喷着鼻息，向旁边扑去，使人担心它们会弄断绳套或马车的车辕。

忽然响起了几下枪声。范·密泰恩和布吕诺刚刚用各自的手枪向发起攻击的野猪开了两枪。或多或少受了伤的野猪狂吼着在地上打滚，而被激怒的其他野猪则向车子扑去并用獠牙进行攻击。车厢的壁板被戳穿了好几处，而且显然不久就会被捅破。

“哎哟！哎哟！”布吕诺小声惊呼。

“开枪！开枪！”凯拉邦大人反复地说，同时退出他手枪里的子弹，因为他的手枪通常每四枪就有一枪不发火——尽管他自己不愿意承认。

布吕诺和范·密泰恩的手枪又打伤了一些可怕的进攻者，其中几只是直接扑向拉车的马匹的。

在野猪的獠牙威胁下，这些马自然感到害怕，但它们不能自由活动，只能用蹬蹄子来作出反应。如果它们是自由的话，就会扑向田野，那时在它们和野猪之间就只是一个速度问题了。因此它们拼命想弄断绳套以便逃之夭夭。但是绳套是由一股股拧紧的绳子合成的，怎么也拉不断。所以要么是马车的前半部突然断裂，要么是马车在这些马匹猛烈的拉动下被拖出泥坑。

凯拉邦大人、范·密泰恩和布吕诺非常清楚这一点，他们最担心的是车子会不会翻倒。枪声不可能再镇住野猪，它们就要扑到车上来，车里的人也就完了。但是怎样才能避免这样一种可能发生的情况呢？他们不是就要受这群疯狂的野猪的摆布了吗？然而他们并未失去镇静，也毫不吝惜手枪的子弹。

突然，一下更加猛烈的震动摇晃着马车，似乎前半部已经脱开了。

“哎！再好不过了！”凯拉邦喊道，“让我们的马跑到荒原上去吧！野猪就会去追它们，就能让我们安静了！”

然而前半部依旧结实，经得起拖拉，不愧是英国车身制造业的老牌产品，所以它没有在拖拉下让步。让步的倒是马车。在如此剧烈的摇晃下它被拉出了陷到车辙的车轴。吓得发疯的马匹最后一下子把车拉上了比较结实的地面，车子在这个深夜里没有任何向导，只是被这些暴躁的马拉着狂奔。

可是野猪根本没有放弃这场战斗。它们在两边跑着，有一些向马发起攻击，另一些攻打马车，使车子无法和它们拉开距离。

凯拉邦大人、范·密泰恩和布吕诺被抛到了车厢的深处。

“也许我们都会翻倒……”范·密泰恩说。

“也许我们都不会翻倒……”凯拉邦答道。

“必须尽量找到这些向导！”布吕诺明智地提醒说。

他说着拉下前面的玻璃窗，伸出手去看看能否碰到这些向导，但是马匹在挣扎时把他们都甩掉了，现在只能任凭马车在这个沼泽地区盲目地狂奔。要使马匹停下来只有一个办法：同时让追击它们的野猪群也停下来。但是靠这些武器是不够的，子弹都浪费在这群活动的野兽身上了。

路上的每一次颠簸，都使旅行者们彼此撞在一起，或者从车厢的一个角落抛到另一个角落。凯拉邦作为一个优秀的穆斯林顺从着他的命运，两个荷兰人则冷静地一言不发。

一个多小时就这样过去了。马车一直在飞驰，野猪们并未放弃它。

“范·密泰恩朋友，”凯拉邦终于说道，“我要让自己说一说在类似的情况下面，就是一个旅行者在俄罗斯大草原上被一群狼追赶的时候，是多亏了他仆人的崇高的献身精神才得救的。”

“怎么得救的呢?”范·密泰恩问道。

“哦！没有比这更简单的了，”凯拉邦接着说，“仆人拥抱了他的主人，把自己的灵魂托付给上帝，就跳到车子外面去，当狼群停下来吞吃他的时候，他的主人得以拉开了距离并且得救了。”

“非常遗憾的是尼西布不在这儿!”布吕诺泰然自若地答道。

想到这一点，三个人又都陷入了死一般的沉默。

这时夜越来越深了。马车依旧保持着吓人的速度，野猪也无法靠近了扑上去。如果不发生什么意外，例如没有损坏一个轮子，没有过于剧烈的碰撞使马车翻倒的话，凯拉邦大人和范·密泰恩还能有一些得救的机会——哪怕没有布吕诺感到无法胜任的献身精神也行。

另外也应该承认，这些马匹在本能的指引下一直跑在它们走惯的这部分荒原上。它们是在坚定地向着驿站笔直地跑去。

所以当曙光刚刚在东方的地平线上升起的时候，它们离驿站只有几俄里了。

这群野猪还追逐了半个小时，接着渐渐地落后了，但马匹一刻也没有放慢速度，直到离驿站几百步的地方，才筋疲力尽地倒了下来。

凯拉邦大人和他的两个同伴得救了。基督徒的上帝和非基督徒的真主同样受到赞美，因为他们在这个危险的夜晚保佑了荷兰的和土耳其的旅行者。

当车子到达驿站的时候，没有在漆黑的深夜里经历这场冒险的尼西布和马车夫，正要带着补充的马匹出发。这些马就代替了原来的马。凯拉邦大人当然要为那些救了他们的马付一大笔钱。马车的绳套和辕木已经修好，所以连一个小时都没有休息，它又像往常一样朝基里亚奔去。

这个小城也是多瑙河的一个港口，位于基里亚河的支流上。俄国人在把它归还给罗马尼亚之前，把它所有的防御工事都摧毁了。

8 月 25 日傍晚，马车平安无事地到了这个城市。疲惫不堪的旅行者们住进了城里的一家大旅馆，沉睡了十二个小时，消除了前一天夜里的疲劳。

第二天他们一早就出发，很快就到了俄罗斯的边界。

在这里又出了一些麻烦。莫斯科海关的令人恼火的手续使凯拉邦大人的耐心经受了严峻的考验，他多亏了商业上的联系——你说是倒霉或幸运都可以——俄语说得能够让人听懂。由于他固执地反对海关的活动，有一阵大家以为不会让他过境了。

这时范·密泰恩好容易才让他安静下来。凯拉邦于是同意接受检查，让人翻了翻他的箱子，使海关履行了它的权利，不过他还是把这种绝对正确的想法说了好几遍：

“显而易见，所有的政府都是一样的，都不如一块西瓜皮！”

罗马尼亚的边境终于被一口气越过去了，马车驶向黑海海岸朝东北方向勾勒出来的比萨拉比亚。

凯拉邦大人和范·密泰恩离敖德萨只有二十来公里了。

第八章

读者会乐于认识阿马西娅姑娘和她的未婚夫阿赫梅。

阿马西娅姑娘是原籍土耳其的银行家塞利姆的独生女，她正和侍女纳吉布在一幢华美宅第的走廊里散步聊天，阶梯式的花园一直伸展到黑海边上。

阶梯的最后一个平台的梯级浸在水里，从黑海吹来的海风经常拍打着海水，但是这一天却风平浪静，向南半公里的地方，看得见雄伟壮丽的敖德萨。

这座城市——无边的大草原当中的一块绿洲——形成了一幅由宫殿、教堂、旅馆、房屋组成的美景，它们建筑在陡峭的悬崖上，地基笔直地没入海水之中。从塞利姆的宅第甚至可以瞥见树木环绕的大广场，和黎塞留公爵的塑像下面的宏伟阶梯。这位伟大的政治家是这个城市的创立者，而且一直管理着它，直到他投身于解放受到欧洲同盟侵犯的法国领土的斗争为止。

北风和东风使城市的气候干燥，所以在灼热的季节里，这个新俄罗斯首都有钱的居民都不得不到“库托尔”去避暑，而有些人忙于做生意，未能到南方的克里米亚去成月地度假，但他们也想舒适一点，这就是为什么海岸上的别墅日益增多的原因。在这些别墅当中，人们会看到银行家塞利姆的别墅，它的方位毫不客气地把一切冒失鬼都挡在门外。

要是问敖德萨这个名称的来历，它的意思是“奥德修斯之城”，最初是给一个小镇起的名字。它在波将金时代和它的要塞一样都叫作哈基贝，由于移民被新城市的好处所吸引，他们就要求女皇叶卡捷琳娜二世赐给它一个名称。女皇询问了圣彼得堡科学院，院士们翻遍了特洛伊战争的历史，弄清了从前在这段海岸上可能存在过一个名叫奥德修斯的城市：由此在18世纪的末叶产生了敖德萨这个名称。

敖德萨是一个商业城市，现在仍然如此，可以相信它会永远是这个样子。它的十五万居民中不仅有俄罗斯人，而且也有土耳其人、希腊人、亚美尼亚人，总之是由对做生意有兴趣的人组成的国际性的居民点。然而如果说生意，尤其是出口的生意没有商人是做不成的话，缺了银行家也是做不成的。因此新城从一开始就建立了银行，其中塞利姆的银行最初微不足道，现在却已跻身于广场上令人起敬的行列之中。

要是知道塞利姆属于那类比人们所认为的数量要多的、实行一夫一妻制的土耳其人；他只有过一个妻子，现在是鳏夫；他有一个独生女阿马西娅，是凯拉邦大人的侄子阿赫梅的未婚妻；最后他是脑袋一向藏在传统的头巾的褶子里的最固执的奥斯曼人的贸易伙伴和朋友的话，对他也就有了足够的了解。

人所共知，阿赫梅和阿马西娅的婚礼将在敖德萨举行。银行家塞利姆的女儿绝不成为后房的第一个妻子，与数目或多或少的对手们同处于一个自私而反复无常的土耳其人的内室。不！她要独自和阿赫梅返回君士坦丁堡他叔叔凯拉邦的家里，独自一个、不和人分享地生活在她所爱的这个丈夫身边，而他也从童年起就爱着她了。在穆罕默德的国家里，这种前景对于一位少女来说颇为奇特，但事情就是这样，而阿赫梅也绝不是会使她家的习惯破例的男人。

另外大家知道阿马西娅的一个姑母，就是她父亲的一个姐姐，去世时留给了她十万镑的巨大财富，条件是她要在满十七岁之前结婚——这是从未找到过一个丈夫的老处女的花招，她以为她的侄女绝不可能这么早就找到丈夫——大家也知道这个期限在六个星期之后就要到了。若是婚礼不能如期举行，那么这笔财产的绝大部分，就要落到旁系亲属的手里。

即使用一个欧洲人的眼光来看，阿马西娅也是迷人的。哪怕她用洁白的细布面纱、金丝编织的头巾“伊阿什马克”裹住头部，哪怕她额头上的三排装饰的小金片被弄乱了，人们还是看得出她的一头美丽的黑发的发卷在摆动。阿马西娅决不用本国的方式来衬托自己的美貌。她不用“哈努姆”画眉毛，不用“科尔”

涂睫毛，也不用“埃内”擦眼晕。脸上不涂白粉也不擦胭脂，嘴唇上也没有口红，一个打扮得很蹩脚的西方女人，也要比她更会涂脂抹粉。但是她的天生丽质，窈窕身材，优雅步履，在“菲勒介”即一件像长袍一样从脖子到双脚的开司米大外套里仍然看得出来。

这一天，在面向住宅花园的走廊里，阿马西娅穿着一件布尔萨的长衬衫，套一件宽大的“夏尔瓦尔”，外面是绣花的短上衣，一条有着长长的丝绸裙裾的“恩塔丽”袖子上开有缝口，绣着只有在土耳其制作的名为“沃亚”的花边。一条开司米腰带束住了裙裾的两端，这样走起来比较方便。耳环和一枚戒指就是她仅有的饰物。漂亮的丝绒盖住了她腿上的长袜，小巧的双脚隐没在一双饰有金片的鞋子里。

她的侍女纳吉布是个活泼诙谐的少女，是她忠心的伴侣——几乎可以说是她的朋友。纳吉布这时候在她身边跑前跑后，说着笑着，用她坦率随和的好脾气使家里变得轻松愉快。

纳吉布原先是吉卜赛人，绝不是一个奴隶。即使在帝国的一些市场上还能看到买卖埃塞俄比亚人或者苏丹的黑人，奴隶制从原则上来说还是已经废除了。尽管由于土耳其的大家庭的需要而仆人的数量极多——在君士坦丁堡占穆斯林人口的三分之一——这些仆人却绝非处于被奴役的地位，应该承认他们每人仅限于做自己专门的工作，所以没有多少事情可做。

银行家塞利姆家的情况也大抵如此。不过纳吉布从小就被这家人收养，因此具有一种特殊的地位，她专门照料阿马西娅，不用做任何家务。

阿马西娅半躺在一张蒙着华丽的波斯织物的长沙发上，目光浏览着敖德萨那面的港湾。

“亲爱的女主人，”纳吉布过来坐在姑娘脚下的一张坐垫上说道，“阿赫梅还没有到这儿来吗？那阿赫梅大人在做什么呢？”

“他到城里去了，”阿马西娅回答说，“也许他会给我们带一封他叔叔凯拉邦的信来？”

“一封信！一封信！”侍女喊道，“我们需要的不是一封信，而是他的叔叔本人，说真的，叔叔让人等得太久了！”

“耐心点，纳吉布！”

“您随便怎么说都可以，亲爱的女主人！要是您处在我的位置上您就不会这么耐心了！”

“你疯了！”阿马西娅答道，“总不能说是要举行你的婚礼而不是我的婚礼吧？”

“那您以为从侍候一位姑娘变成侍候一位夫人，这不是一件严肃的事情吗？”

“我没法更喜欢你了，纳吉布！”

“我也一样，亲爱的女主人！不过说实话，当您成为阿赫梅大人的妻子的时候，我会看到您是多么幸福，多么幸福，愿他把您的幸福洒一点在我的身上！”

“亲爱的阿赫梅！”姑娘喃喃自语，她在想起她的未婚夫的时候，美丽的眼睛有一会儿变得模糊了。

“好了！您现在一定要闭上眼睛才能看见他了，亲爱的女主人！”纳吉布调皮地说，“他要是在这儿，您只要把眼睛睁开就行。”

“我再说一遍，纳吉布，他是到银行里去看信件去了，所以他会给我们带一封他叔叔的信来。”

“不错！……一封凯拉邦大人的信，凯拉邦大人按照他的习惯，在信里又会说他因为做生意要留在君士坦丁堡，还不能离开他的商行，烟草正在涨价——如果不是跌价的话，他过八天一定会到的——如果不是过十五天的话！……而时间已很紧了，我们只有六个星期，您就必须结婚，否则您的财产……”

“我不是因为财产才被阿赫梅爱上的！……”

“是的……不过不要因为耽误而受到损失！……哎！这个凯拉邦大人……他若是我叔叔的话！……”

“他若是你的叔叔，你会怎么做呢？”

“我什么也不做，亲爱的女主人，因为看来什么也做不了！……不过他要是在这儿，甚至就是今天到达的话……最晚明天我们就到法官那里去登记婚约，后天伊玛目一念完祷告，我们就结婚了，而且是多么美满的婚姻，别墅里要举行十五天庆祝活动，凯拉邦大人如果乐于回到那边去，不用等活动结束就可以走了！”

事情肯定会这样进行，只要凯拉邦叔叔不要再延迟离开君士坦丁堡。到履行公证人职务的毛拉①那里去登记婚约——婚约原

① 毛拉，某些穆斯林地区对伊斯兰教学者的称呼。

则上规定未婚夫要给妻子家具、衣服和厨房用具——接着是宗教仪式，没有什么会妨碍一切手续在纳吉布所说的那么短的时间里完成，但又是必须要使凯拉邦大人像不耐烦的吉卜赛人以她的女主人的名义所要求的那样，能从他的商业事务中抽出几天，因为他作为未婚夫的监护人，他的出席对于婚姻的有效性来说是必不可少的。

这时侍女喊道：

“哎！您看！……看看这条刚刚在花园脚下抛锚的小船！”

“真的！”阿马西娅答道。

于是两个少女向着通到海里的阶梯走去，以便看清楚在这个地方优雅地抛锚的小船。

这是一条单桅三角帆船，它的帆现在吊在收帆索上，海上只有微风，使它得以穿越了敖德萨港湾。它把锚抛在离岸不到一链的距离上，在刚刚消失在宅第脚下的波浪上摇晃。土耳其的旗帜——一块带有一轮银色新月的红布——在它的斜桁顶上飘动着。

“你能读出它的名字吗？”

“能，”少女答道，“瞧！它的船尾朝着我们。它的名字是‘吉达尔号’。”

确实是“吉达尔号”，亚乌德船长刚刚在港湾的这个地方将它抛锚。不过看来它不会停留很久，因为它的帆根本没有收起来，一个水手就会看出它始终处于开航的状态。

“真的，”纳吉布说，“要是坐在这条漂亮的船上到蔚蓝的大海上去散散心，有一点微风吹起它白色的大帆，那真是太美了！”

吉卜赛少女的想象力变幻不定，她瞥见长沙发旁边的一张刷着中国漆的小桌上放着一个小盒子，就跑过去打开，从里面拿出来一些首饰。

“这些漂亮的东西是阿赫梅大人让人带来给你的！”她喊道，“我觉得有一个多小时我们没有仔细看看它们了！”

“你是这么想的？”阿马西娅低声说道，拿起了一根项链和一副手镯，它们在她的手指之间闪闪发光。

“阿赫梅大人希望用这些首饰使您变得更美，可是他不会成功的！”

“你说什么，纳吉布？”阿马西娅回答说，“用这些漂亮的首饰来打扮，哪个女人不会变得更美？看这些维萨普尔的钻石！这是些火红色的宝石，它们好像在看着我，就像我未婚夫的漂亮的眼睛！”

“哎！亲爱的女主人，当您的眼睛看着他的时候，您不是给了他一件与他相称的礼物吗？”

“傻丫头！”阿马西娅说，“这是霍尔木兹的蓝宝石，这些是奥菲拉的珍珠，这些是马斯顿的绿松石！……”

“用您的绿松石来回报他的绿松石！”纳吉布快活地笑着说，“他可没吃亏，阿赫梅大人！”

“纳吉布，幸亏他没在这里听你说话！”

“好吧！要是他在这儿，亲爱的女主人，那就由他本人来对您说这些实话了，而从他的嘴里说出来，价值就和从我的嘴里说出来大不一样了！”

然后纳吉布把放在小盒子旁边的一双拖鞋拿起来，又说道：

“这双拖鞋真漂亮，装饰着花边，亮晶晶的，还绣了一些天鹅的羽冠，是为我知道的一双小脚做的！……瞧，让我来替您试试看！”

“你自己试吧，纳吉布。”

“我？”

“这又不是第一回了，为了使我高兴……”

“当然！当然！”纳吉布答道，“不错！我已经试过您漂亮的梳妆用具……接着到别墅的平台上去……人家差点把我当成了您，亲爱的女主人！这么说我也很美！……可是不！不应该这样，尤其是在今天更不能这样。好了，试试这双漂亮的拖鞋吧！”

“你要我试？”

阿马西娅得意地顺从着纳吉布的任性，纳吉布替她穿上值得炫耀的拖鞋，前面还镶着一些小宝石。

“哦！穿着这双鞋谁还敢走路呀！”吉卜赛少女喊道，“现在谁要嫉妒了？是您的头，亲爱的女主人，它要嫉妒您的脚了！”

“你让我觉得好笑，纳吉布，”阿马西娅道，“不过……”

“还有这双手臂，您让它们全都露着的漂亮手臂！它们为您做了些什么，阿赫梅大人没有忘记它们！我看到那边有与它们十分相称的手镯！可怜的小手臂，她是怎么对待你们的！……幸亏有我在这儿！”

纳吉布笑着给姑娘戴上了两只极美的手镯，它们在白皙温热的皮肤上比在首饰盒里的天鹅绒上更加光亮。

阿马西娅任纳吉布摆弄着。这些首饰全都在向她说着阿赫梅，而在纳吉布喋喋不休的唠叨中，她的眼睛看着一件件首饰，也在默默地回答着她。

“亲爱的阿马西娅!”

姑娘一听到这句话就急忙站了起来。

一位二十二岁的青年来到她的身边，与他的十六岁的未婚妻十分相称。身材高挑，风度翩翩，既神气又优雅；极其温柔的黑眼睛闪着热情的光芒，褐色的发卷在土耳其帽的丝穗下颤动着。阿尔巴尼亚式的胡子纤细柔软，雪白的牙齿——总之是一副很有贵族气派的模样，如果这个形容词能在这个国家里流行的话，因为在这个国家里是没有任何世袭的贵族的。

阿赫梅有意穿着土耳其式的服装，因为他的叔叔认为像一个小职员那样穿欧式服装是丢脸的事情，否则他怎么能成为这位叔叔的侄子呢？他的上衣绣着金边，他的“夏尔瓦尔”裁剪得无可挑剔，没有任何俗气的装饰；他的腰带缠出一道优雅的褶子，土耳其帽上围着一圈用布尔萨棉布做的“萨里克”，脚上是摩洛哥皮的靴子，这是一套对他十分合适的服装。

阿赫梅走到姑娘身边，握住她的手，轻轻地让她坐下，这时纳吉布大声问道：

“那么，阿赫梅大人，今天早晨我们有一封君士坦丁堡来的信吗?”

“没有，”阿赫梅答道，“连我叔叔凯拉邦谈生意的信都没有一封！”

“哦！卑鄙的人！”吉卜赛少女喊道。

“我甚至觉得没法解释，”阿赫梅又说，“邮班没有带来他商行的任何信件，今天通常是他和敖德萨的银行家结算的日子，从来没有耽误过，可是你的父亲根本没有收到他关于结算的信！”

“确实如此，亲爱的阿赫梅，你的叔叔凯拉邦在生意方面是个非常遵守时间的批发商，所以不来信就使人惊讶了！也许有一封电报？……”

“他？发一封电报？可是亲爱的阿马西娅，你很清楚他从不坐火车旅行，同样也不会发电报！即使是为了商业方面的联系，他也不会利用这些现代的发明。我相信他宁可收到一封带来坏消息的信，也不愿意收到一封带来好消息的电报！唉！凯拉邦叔叔啊！……”

“然而你是给他写过信的吧，亲爱的阿赫梅？”姑娘问道，把目光温柔地投向她的未婚夫。

“为了催他到敖德萨来，为了请求他确定一个更近的日子来举行我们的婚礼，我给他写过十封信了！我一再对他说他是一个野蛮的叔叔……”

“说得好！”纳吉布喊道。

“一个冷酷无情的叔叔，但同时又是最好的人！……”

“哼！”纳吉布摇着头。

“一个没有心肝的叔叔，同时又是他侄子的父亲！……但是他回答我说，除了他在六个星期之前到达之外，不能再向他提任何要求了！”

“因此我们必须等待他的善意，阿赫梅！”

“等待，阿马西娅，等待！……”阿赫梅答道，“他抢走了我们多少幸福的日子！”

“人们都要把强盗抓起来，不错！可是强盗也从来没有做过比这更坏的事情！”纳吉布跺着脚喊道。

“有什么办法呢？”阿赫梅又说，“我还要再等等我的凯拉邦叔叔。如果明天他再不回答我的信，我就到君士坦丁堡去，还要……”

“不，我亲爱的阿赫梅，”阿马西娅说着拉住了青年的手，似乎是想把他留住，“婚礼提前几天举行我固然高兴，但是你不在这里会使我更加痛苦！不！留下吧！谁知道是不是有什么情况会改变你叔叔的想法？”

“改变凯拉邦叔叔的想法！”阿赫梅答道，“这就等于改变天体的行程，让月亮代替太阳在早晨升起，改变天空的规律！”

“哎！如果我是他的侄女就好了！”纳吉布说。

“如果你是他的侄女，你会怎么做呢？”阿赫梅问。

“我！……我会跑去抓住他的长袍，”吉卜赛少女回答说，“然后……”

“你就把他的长袍撕破，纳吉布，别的就做不了什么了！”

“那好，我还要使劲拔他的胡子……”

“让他的胡子留在你的手里!”

“可是,”阿马西娅说,“凯拉邦大人毕竟是最好的人哪!”

“当然，当然,”阿赫梅答道,“不过他这么固执，要是他和一头骡子去比赛固执的话，我打赌骡子是不会赢的!”

第九章

亚乌德船长的计划差一点成功了。

这时候，住宅里的一个仆人——按照奥斯曼帝国的习俗，这个人是专门通报客人来访的——出现在走廊的一扇侧门里。

“阿赫梅大人，”他对青年说道，“来了一个陌生人，他想和您说话。”

“是个什么人?”阿赫梅问道。

“一个马耳他船长。他坚决要求您能见见他。”

“那好！我去……”阿赫梅回答说。

“亲爱的阿赫梅，”阿马西娅说，“要是这个船长没有什么特殊的事情要说，你就在这里见他好了。”

“他也许是驾驶这条迷人的帆船的人?”纳吉布提醒说，指着在宅第下面的水里抛锚的小船。

“有可能！”阿赫梅答道，“让他进来吧。”

仆人退了出去，过了一会儿，陌生人在走廊的门里出现了。

他正是亚乌德船长，他驾驶的帆船“吉达尔号”是一条一百来吨的快船，既适于沿着黑海航行，也适于在地中海东岸诸港之间来往。

使亚乌德极为不快的是，他在银行家塞利姆的别墅下面抛锚的时间已经晚了一点。在与萨法尔大人的总管斯卡尔邦特谈话以后，他连一个小时都没有耽误就坐保加利亚和罗马尼亚的火车从君士坦丁堡来到了敖德萨。他比凯拉邦大人早到了几天，因为这个“老土耳其人”动作缓慢，二十四小时才走十五六公里。但是在敖德萨，他碰上了恶劣的天气，不敢冒险把“吉达尔号”驶出港口，只能等着东北风肆虐着欧洲的大地。直到今天早晨，他的帆船才得以在别墅下面抛锚。这样一来，他只比凯拉邦大人提前了很短的时间，而这可能会坏事。

亚乌德必须当天就行动起来，他的如意算盘是先用计策，诡计不成就用武力。但是当天晚上“吉达尔号”必须带着阿马西娅离开敖德萨的锚地，在人们清醒过来追赶他的时候，他的帆船早已借助东北风逃之夭夭了。

这类劫持在黑海海岸的其他地方也在进行，甚至更多。如果说它们在土耳其海域、在安纳托利亚沿岸是经常发生的话，那么它们在由莫斯科当局直接统治的领土上发生也同样可怕。仅仅在几年之前，正是在敖德萨发生过一系列劫持，劫持者至今不知下落。一些属于敖德萨上流社会的少女不见了，可以断定她们是被劫持到船上，卖到小亚细亚可恶的奴隶市场上去了。

这些卑鄙的家伙在这个南俄罗斯首府做过的勾当，亚乌德现在打算为了萨法尔大人再做一次。“吉达尔号”已经不适于他进行这类尝试了，但它的船长却不会从这桩能提取百分之十利润的“生意”面前退却。

这就是亚乌德的计划：把姑娘吸引到“吉达尔号”船上，借口是让她看并且卖给她从沿岸的主要产地买来的各种珍贵衣料。很可能阿赫梅会陪着阿马西娅先去看看，但也许她又会只和纳吉布一起再来？那样就可能在别人来救她之前出海了。如果相反，阿马西娅不受亚乌德花言巧语的诱惑而拒绝上船，亚乌德就要试图用武力劫持她。银行家塞利姆的住宅孤零零地建在港湾深处的一个小海湾里，家里的人根本抵抗不了帆船上的船员。不过在这种情况下就会进行搏斗，人们很快就会知道劫持是在什么情况下发生的。所以对于劫持者来说，最好还是悄悄地行事而不要引起轰动。

“是阿赫梅大人吗？”亚乌德船长进来时问道，他的后面跟着一个水手，腋下夹着一些衣料。

“是我，”阿赫梅答道，“您是？……”

“我是亚乌德船长，驾驶帆船‘吉达尔号’，它现在就停泊在银行家塞利姆的住宅前面。”

“您想做什么呢？”

“阿赫梅大人，”亚乌德答道，“我听说您不久就要举行婚礼……”

“您听说了，船长，这是我心中最重要的事情!”

“我很理解，阿赫梅大人，”亚乌德说着转向阿马西娅，“所以我才想到来让您挑选我帆船上所有的货物。”

“哎！亚乌德船长，您这个主意倒不坏！”阿赫梅说道。

“亲爱的阿赫梅，我还需要什么呢?”姑娘说。

“我知道，”阿赫梅答道，“这些地中海东岸的船长常常有珍贵的东西让人挑选，所以应该看看……”

“对！应该去看看并且买下来，”纳吉布喊道，“我们要让凯拉邦大人破产，好惩罚他的迟到!”

“您的货舱里有些什么东西?”阿赫梅问道。

“我在产地弄来的珍贵衣料，”亚乌德答道，“我一向做这方面的生意。”

“那好！应该让这些少女看看！她们比我内行得多，亲爱的阿马西娅，如果‘吉达尔号’船长的货舱里有一些你中意的衣料的话，我会很高兴的!”

“我对这一点毫不怀疑，”亚乌德说，“何况我还特地带来了各种样品，请你们在上船之前先看一看。”

“让我们看看！让我们看看!”纳吉布喊道，“不过我要提醒您，船长，对我的女主人来说，是没有什么太美的东西的!”

“确实是没有的!”阿赫梅说道。

亚乌德做了个手势，水手打开几件样品，帆船的船长把它们展示给姑娘看。

“这是布尔萨的绣着银边的丝绸，”他说，“它们刚刚才出现在君士坦丁堡的市场上。”

“它们的做工的确很美。”阿马西娅看着这些料子说道，它们在纳吉布灵活的手指下面闪闪发光，就像用光线织成的一样。

“瞧！瞧！”吉卜赛少女不停地喊着，“我们在敖德萨市场上也找不到更好的了！”

“确实如此，这好像是专门为你做的，亲爱的阿马西娅！”阿赫梅说道。

“我还要让您好好看看这些斯居塔里和图尔诺沃的平纹细布，从这块样品上您可以判断它的做工是多么完美，不过要到船上您才会对这些料子的各种各样的图案和颜色的光泽惊叹不已！”

“好吧，说定了，船长，我们去看看‘吉达尔号’！”纳吉布大声地说。

“您是不会后悔的，”亚乌德又说，“但是请允许我再给你们看几样东西。这是有钻石光泽的锦缎，有透明条纹的丝绸衬衣料子，平纹细布，配腰带用的波斯披肩，做裤子用的塔夫绸……”

阿马西娅不知疲倦地欣赏着马耳他船长无比巧妙地在她眼前弄得熠熠闪光的华丽衣料。他差不多可以说既是个优秀的水手，又是个灵活的商人，“吉达尔号”大概习惯于幸运的航行了。所有的女人——土耳其的少妇们也毫不例外——看到这些模仿东方精工制造的衣料都会禁不住诱惑。

阿赫梅很容易就看出他的未婚妻是多么赞叹地注视着它们。显然像纳吉布所说的那样，在敖德萨、君士坦丁堡的市场上，甚至在卢多维克的商店里，以及著名的亚美尼亚商人，都不会提供更美妙的选择。

“亲爱的阿马西娅，”阿赫梅说道，“你不会让这位诚实的船长白忙一阵的，对吧？既然他让你看了这么漂亮的衣料，既然他的船上还带着更美的，我们就到他的船上去看看吧。”

“对！对！”纳吉布喊道，她待不住了，已经在向海边跑去。

“我们还会找到，”阿赫梅补充说，“几块让纳吉布这个疯丫头喜欢的丝绸！”

“哎！”纳吉布答道，“到人们庆祝我的女主人和一位像阿赫梅大人这样慷慨的大人的婚礼那一天，不是也要我为她争光吗？”

“尤其是一位这样亲切的大人！”姑娘说着把手伸给她的未婚夫。

“这就说好了，船长，”阿赫梅说，“您在您的船上等着我们吧。”

“什么时候去？”亚乌德问道，“因为我想能在那儿向你们展示我所有的货物。”

“那么……下午吧。”

“为什么不马上去呢？”纳吉布大声说。

“哦！这么性急！”阿马西娅笑着说道，“她比我还着急看这个流动的市场，看得出阿赫梅答应给她什么礼物了，好让她更加卖弄风情！”

“卖弄风情，”纳吉布用温柔的声音说，“只是为了您才卖弄风情，亲爱的女主人！”

“阿赫梅大人，”这时亚乌德船长开口了，“只要您决定，现在就可以到‘吉达尔号’上去看看。我可以把我的小艇叫过来，让它靠在阶梯下面，只要划几下就把你们送到船上了。”

“那就去叫吧，船长。”阿赫梅回答说。

“对了……上船！”纳吉布喊道。

“既然纳吉布想去，就上船吧！”姑娘接着说。

亚乌德船长吩咐把他带来的样品都重新包起来。

这时他向栏杆走去，一直走到阶梯的尽头，发出了一阵长长的叫声。

帆船的甲板上立刻就活动起来。一条挂在左舷吊艇杆上的大艇被迅速地放到海里，接着不到五分钟，一条细长轻快的小艇在四支桨的划动下靠上了阶梯最下面的梯级。

于是亚乌德船长向阿赫梅大人示意小艇已准备好了。

亚乌德尽管有很强的自制力，也不禁感到一阵激动。这不是实现这次劫持的天赐良机吗？时间紧迫，因为凯拉邦大人随时都可能来。何况在进行围绕黑海的荒唐旅行之前，他从未表示过不想尽快地举行阿马西娅和阿赫梅的婚礼。那样的话阿马西娅成了阿赫梅的妻子，就不再是萨法尔大人在宫殿里等着的姑娘了！

就是这么回事！亚乌德猛然感到想使用暴力的冲动，这种冲动出自他的不知谨慎为何物的野蛮本性。再说形势也很有利，可以趁现在的风向脱离航道。等姑娘不见的消息忽然传开，有人想到要追赶他的时候，帆船已经在大海上了。当然，如果阿赫梅不在，只有阿马西娅和纳吉布到“吉达尔号”上去，亚乌德就会趁这两个毫无警惕的少女在货舱里挑选的时候立即开航出海。很容易把她们关在舱里，在出港之前不让她们叫出声来。如果阿赫梅在场，虽然比较困难一些，但也不是不可能的。至于后来要摆脱这个青年，那么不管他多么有力，即使需要杀死他，也不会使“吉达尔号”的船长感到为难。杀人会使劫持更惊险。萨法尔大人支付的报酬也会更多，如此而已。

亚乌德就这样在阶梯的台阶上等着阿赫梅和他的女伴们登上“吉达尔号”的小艇，同时思考着该怎样下手。轻快的小船在随着和风微微起伏的水面上优雅地摆动，相隔还不到一链的距离。

阿赫梅站在最后一级台阶上，已经扶着阿马西娅坐到小艇的后座上，这时走廊的门开了。接着一个五十多岁的人，穿着像欧洲风格的土耳其衣服，急急忙忙地跑进来喊道：

“阿马西娅？……阿赫梅？……”

这是银行家塞利姆，未婚姑娘的父亲，凯拉邦大人的贸易伙伴和朋友。

“我的女儿？……阿赫梅？……”塞利姆不住地问道。

阿马西娅重新握住阿赫梅伸给她的手，立刻下了小艇跑到阶梯上。

“父亲，发生什么事了？”她问道，“你为什么从城里这么快到这里来？”

“有个重要的消息！”

“是好消息吗？……”阿赫梅问。

“好极了！”塞利姆回答说，“我的朋友凯拉邦派来的一个专差信使刚刚到了我的银行里！”

"真的吗?"纳吉布喊道。

"一个专差信使告诉我他就要到了,"塞利姆说,"而且就在后面不远!"

"我的凯拉邦叔叔!"阿赫梅翻来覆去地说着,"我的凯拉邦叔叔不在君士坦丁堡了?"

"不在,而且我就在这里等着他!"

对"吉达尔号"的船长来说,非常幸运的是谁都没有看到他怒不可遏的样子。阿赫梅的叔叔马上就到,这是他在实现计划的过程中所担心的最严重的意外情况。

"哦!仁慈的凯拉邦大人!"纳吉布叫了起来。

"可是他为什么来呢?"姑娘问道。

"为了你们的婚礼,亲爱的女主人!"纳吉布回答说,"不为这个他到敖德萨来干什么?"

"这话说得不错。"塞利姆说。

"我也这么认为!"阿赫梅说道,"没有这个原因,他为什么要离开君士坦丁堡?他是改变主意了,我可敬的叔叔!他没有通知,就突然放弃了他的商行,他的生意!……他是想给我一个惊喜!"

"啊!他会受到什么样的招待!"纳吉布喊道,"在这里会受到多么热情的欢迎!"

"他的信使一点都没对你说他为什么要来吗,父亲?"阿马西娅问。

"什么都没说,"塞利姆答道,"这个人在马亚基驿站要了一匹马，因为我的朋友凯拉邦要在那里停下来换马的。他到银行来是告诉我，我的朋友凯拉邦不在敖德萨停留，而是直接到这里来，所以我的朋友凯拉邦随时都会出现！”

要是说银行家塞利姆的凯拉邦朋友，阿马西娅和阿赫梅的凯拉邦叔叔，纳吉布的凯拉邦大人，此刻都“缺席”受到最亲切的致敬的话，那当然是不用多说的了，他的到来就意味着尽早地举行婚礼！就是未婚夫妇即将享受的幸福！这样的天作之合甚至不用等到最后的期限就能实现了！啊！凯拉邦大人即使最为固执，也是个最好的人！

亚乌德无动于衷地从头至尾看着这幕合家欢乐的情景，但是他没有让小艇回去，对他来说，重要的是了解凯拉邦大人到底有什么计划。他确实可能是在担心，凯拉邦大人会不会在举行阿马西娅和阿赫梅的婚礼之后，再继续进行围绕黑海的旅行。

这时外面一阵喧哗，其中有一个人的急切的说话声最为响亮。门开了，凯拉邦大人带着范·密泰恩、布吕诺和尼西布出现了。

第十章

阿赫梅迫于形势采取了一个果断的决定。

“您好，塞利姆朋友！您好！愿安拉保佑您和您的全家！”

凯拉邦大人说着有力地握住了他这位敖德萨的贸易伙伴的手。

“你好，阿赫梅侄儿！”

凯拉邦大人把他的阿赫梅侄子紧紧地搂在胸前拥抱着。

“你好，小阿马西娅！”

凯拉邦大人亲了亲准侄媳妇的双颊。

这一切进行得如此迅速，谁都没有来得及回答。

“现在再见了，上路！”凯拉邦大人接着转身向范·密泰恩说道。

这位冷静的荷兰人没有被介绍给大家，他的面孔也毫无表情，就像一出戏的主要场景里出现的某个奇怪的人物。

看到凯拉邦大人如此热情地亲吻和握手，大家都不再怀疑他是为了提前举行婚礼才来的。所以当他们听到他喊“上路”的时候，全都惊得目瞪口呆。

阿赫梅第一个打破了沉默，说道：

“怎么，上路！”

“对！上路，侄儿！”

“您要走，叔叔？”

“马上就走！”

大家又是一片惊愕，范·密泰恩则附在布吕诺的耳边说道：

“说实话，这种行动方式就是我的朋友凯拉邦的性格！”

“太好了！”布吕诺答道。

这时阿马西娅看着阿赫梅，阿赫梅看着塞利姆，而纳吉布则只盯着这个难以置信的叔叔——一个甚至能在来到之前就出发的人！

“走吧，范·密泰恩。”凯拉邦大人向门口走去时又说。

“先生，您能否告诉我？……”阿赫梅问范·密泰恩。

“我能告诉您什么？”荷兰人反问时已经跟上了他的朋友的脚步。

但是凯拉邦大人要出去时又停了下来，向银行家说道：

“对了，塞利姆朋友，”他问道，“您能不能替我把几千皮阿斯特换成卢布？”

“几千皮阿斯特？……”塞利姆回答说，他甚至不再想弄明白了。

“是的……塞利姆……换成俄罗斯的钱，我在经过莫斯科的边境时要用的。”

“可是，叔叔，您总会告诉我们吧？……”阿赫梅喊道，姑娘也附和着。

“今天汇率是多少？”凯拉邦大人问道。

“百分之三点五。”塞利姆答道，他在片刻间又成了银行家。

“什么！三点五？”

“卢布在上涨！”塞利姆回答说，“市场上都看好……”

“好了，塞利姆朋友，对我就只要三点四好了！您听见了！……三点四！”

“对您，好的！……对您……凯拉邦朋友，甚至不收一点手续费！”

银行家塞利姆显然不再知道他在说些什么和做些什么了。

不用说，在走廊那头坐着的亚乌德正极为关注地观察着这一幕，会发生什么对他的计划有利或不利的事情呢。

这时候阿赫梅过来抓住叔叔的手臂，在他就要跨过门槛的时候好不容易拉住了这个性格固执的人，使他走了回来。

“叔叔，”他说，“您在来到的时候拥抱了我们每个人……”

“不对！不对！侄儿，”凯拉邦答道，“是在我要重新上路的时候！”

“那好，叔叔！……我不想反驳您……但是至少要告诉我们您为什么到敖德萨来呢？”

“我到敖德萨来，”凯拉邦回答说，“只是因为我路过敖德萨。如果我根本不路过敖德萨，我就不会到敖德萨来！——确实是这样吧，范·密泰恩？”

荷兰人表示同意后慢慢地低下了头。

“哦！其实您还没有被介绍呢，让我来替您介绍一下！”凯拉邦大人说道。

他说着转向塞利姆：

“我的朋友范·密泰恩，”他说，“我在鹿特丹的贸易伙伴，现在我带他到斯居塔里去吃晚饭！”

“到斯居塔里！”银行家喊了起来。

“看来是这么回事！……”范·密泰恩说。

“还有他的仆人布吕诺，”凯拉邦接着说，“一个正直的仆人，他不愿离开他的主人！”

“看来是这么回事！……”布吕诺的回答像准确的回声。

“现在就上路吧！”

阿赫梅再一次进行干预：

“那好，叔叔，请您相信这里没有人想反对您，不过您若是只因为路过敖德萨才到敖德萨来的话，您从君士坦丁堡到斯居塔里是想走哪条路呀？”

“是绕着黑海走的路！”

“绕着黑海走！”阿赫梅喊道。

一阵沉默。

“哦，是为了这个！”凯拉邦又说，“我从君士坦丁堡绕道黑海到斯居塔里去，你倒说说有什么可吃惊的，有什么特别的呢?”

银行家塞利姆和阿赫梅互相看了一眼。加拉塔的有钱的批发商是不是发疯了?

“凯拉邦朋友，”于是塞利姆说道，“我们绝不是想阻挠您……”

这是开始与固执的人进行任何对话时最常用的一句话。

“……我们绝不是想阻挠您，不过我们觉得要从君士坦丁堡直达斯居塔里只要穿过博斯普鲁斯海峡就行了!”

“现在不再有博斯普鲁斯海峡了!”

“不再有博斯普鲁斯海峡了?……”阿赫梅重复了一遍。

“至少对我来说是没有了！现在过海峡要缴一笔不公道的税，每个人十个巴拉。迄今为止这些水路都不用缴任何赋税，这是新土耳其人的政府强加的，海峡只有对愿意顺从地缴纳这笔税的人才存在!”

“什么！……一笔新税!”阿赫梅喊道，他一下子明白了一种不可救药的固执使他的叔叔投入了什么样的冒险之中。

“不错，”凯拉邦大人更加激动地说，“我正要登上我的小船……到斯居塔里去吃晚饭……和我的朋友范·密泰恩，这笔十巴拉的税刚好就颁布了！……当然，我拒绝缴纳！……他们就不让我过去！……我说我知道如何不用穿过博斯普鲁斯海峡也可以到达斯居塔里！……他们说这办不到！……我说办得到！……这是能办到的！以安拉的名义起誓！我宁可手被砍掉也不会从我的口袋里拿出这十个巴拉来！不会！以穆罕默德的名义起誓！以穆罕默德的名义起誓！他们不了解凯拉邦！”

他们显然是不了解凯拉邦！可是他的朋友塞利姆、他的侄子阿赫梅、范·密泰恩、阿马西娅都了解他，经历了这番波折之后，他们看得很清楚，要使他改变主意是不可能的。因此不必争论了，这样只会使事情变得复杂，还不如接受既成的事实。

只有这样做最为适当，所以大家甚至不用事先协商就取得了一致的意见。

“归根结底，我的叔叔，您是正确的！”阿赫梅说。

“绝对正确！”塞利姆补充说。

“永远正确！”凯拉邦答道。

“必须拒绝一切不公道的要求，”阿赫梅又说，“拒绝，哪怕会使您家破……”

“……人亡！”凯拉邦接着说。

“所以您拒绝付这笔税，并且证明您知道不用穿过博斯普鲁斯海峡就能从君士坦丁堡到达斯居塔里，您做得对！……”

“而且就是不付十巴拉，哪怕因此要花掉我五十万巴拉！”

“不过您不是非常着急出发吧，我想？……”阿赫梅问道。

“非常着急，侄儿，”凯拉邦答道，“你知道为什么我必须在六个星期之前回来！”

“好！叔叔，您是否能和我们一起在敖德萨待上八天？……”

“五天也不行，四天也不行，一天也不行，”凯拉邦回答说，“连一小时也不行！”

阿赫梅看到他的本性又占了上风，就示意阿马西娅说话。

“那我们的婚礼呢，凯拉邦先生?”姑娘拉着他的手问道。

“你的婚礼，阿马西娅?”凯拉邦回答说，“它无论如何不会推迟的，它必须在下个月底之前举行！……那么，它会在这之前举行的！……我的旅行不会使它推迟一天……只要我马上出发，一刻也不耽误!”

大家对于凯拉邦大人的意外到来所抱的一切希望就这样落空了。他说了婚礼不会提前，不过也不会推迟！唉！谁能说得准呢？在这种情况下进行如此漫长而艰难的旅行，其中的一切意外情况又怎么能预料得到呢?

阿赫梅不禁做了个恼火的动作，他的叔叔幸亏没有看到，也没有瞥见阿马西娅额头上的阴云，更没有听到纳吉布的喃喃自语：

“啊！卑鄙的叔叔!”

“此外，”这位叔叔以不容置疑的口吻提出了一个建议，“此外，我打算让阿赫梅陪我一起走!”

“见鬼！这一下可打个正着，很难躲开!”范·密泰恩小声地说。

“躲不开的!”布吕诺答道。

阿赫梅的确受到了迎头痛击。阿马西娅听说未婚夫要走，也惊得呆立在纳吉布身边无法动弹。纳吉布真想把凯拉邦大人的眼珠挖出来。

在走廊深处，“吉达尔号”的船长一字不漏地听着他们的谈话。这一变化显然对他的计划有利。

塞利姆虽然对改变他朋友的决定不抱什么希望，却不得不进行干预，说道：

“那么，凯拉邦，您的侄子是否必须和您一起去绕着黑海走一圈呢?”

“要说必须倒也不是，”凯拉邦答道，“不过我不认为阿赫梅会对陪伴我去感到犹豫!”

“可是……”塞利姆又说。

“可是？……”这位叔叔咬紧牙关说道，他在开始进行任何争论时都是如此。

凯拉邦大人说出最后这个词之后，接着是一分钟的沉默，然而却显得漫长无比。但是阿赫梅已经打定了主意。他对姑娘低声说着，让她明白无论他的出发会使他们感到多么痛苦，最好还是不要拒绝。因为如果没有他，这次旅行可能会由于各种各样的原因耽误时间。有了他则相反，旅行可以尽快结束。他精通俄语，不会浪费一天或一个小时。他会迫使他的叔叔日夜兼程，正如人们所说的那样，他就是费了九牛二虎之力也是值得的。最后，在下个月底之前，也就是阿马西娅为了保住巨额遗产而必须结婚的日期之前，他就会把凯拉邦带到博斯普鲁斯海峡的左岸来了。

阿马西娅没有勇气表示赞同，但她明白这是最好的办法。

“那好，说定了，叔叔!”阿赫梅说，“我陪您去，我也准备好了，不过……”

“哦！这是无条件的，侄儿!”

“算了，没有条件!”阿赫梅答道。

然而他在心里说着：

“我会让您跑的，让您跑得筋疲力尽，嘿！最固执的叔叔啊！”

“那就上路吧。”凯拉邦说。

他又转向塞利姆：

“我用皮阿斯特换的卢布呢？……”

“我会在敖德萨给您的，我要陪您一起去。”塞利姆回答说。

“您准备好了，范·密泰恩？”凯拉邦问道。

“永远是准备好的。”

“那好，阿赫梅，”凯拉邦又说，“拥抱你的未婚妻，好好拥抱她，然后出发！”

阿赫梅已经把姑娘抱在怀里，阿马西娅忍不住流下了眼泪。

“阿赫梅，我亲爱的阿赫梅！……”她不住地说。

“别哭，亲爱的阿马西娅！”阿赫梅说着，“我们的婚礼虽然没有提前可是也不会推迟，我向你保证！……只是分开几个星期！”

“哦！亲爱的女主人，”纳吉布说，“要是凯拉邦大人在离开这里前能断掉一条或两条腿就好了！要不要让我来干这件事情？”

但阿赫梅吩咐吉卜赛少女保持安静，他确实做对了。毫无疑问，纳吉布是个为了留住这个难对付的叔叔什么事都能干出来的女人。

说完了再见，互相亲了最后几个吻。所有的人都动了感情，荷兰人心里也感到一阵痛苦。只有凯拉邦大人对大家的温情视而不见，或者不想看见。

“马车准备好了吗？”他问这时走进走廊的尼西布。

“马车准备好了！”尼西布答道。

“上路！”凯拉邦说，“啊！穿着欧式服装的现代奥斯曼人先生们！啊！甚至不再懂得长胖的新土耳其人先生们！……”

这在凯拉邦大人看来显然是一种不可容忍的堕落。

“……啊！服从马赫穆德的规定的背教的先生们，我要让你们看看还有你们永远无法战胜的老信徒！”

没有人反驳他，凯拉邦大人却越说越来劲了。

“啊！你们打算为了自己的利益垄断博斯普鲁斯海峡！那好，我用不着你们的博斯普鲁斯海峡！我才不在乎你们的博斯普鲁斯海峡！——您说呢，范·密泰恩？……”

“我没什么说的。”范·密泰恩答道。实际上他非常谨慎，连嘴都没有张开！

“你们的博斯普鲁斯海峡！他们的博斯普鲁斯海峡！”凯拉邦大人又用拳头指着南方说道，“幸亏黑海在那边！黑海有一条海滨地带，不是专门让开旅游车的人用的，我要沿着它走，我要绕过去！嗯！我的朋友们，你们从这里能不能看见那些政府的雇员们，当他们看到我连半个巴拉也没有扔到这些政府的乞丐们的碗里，却又出现在斯居塔里的高地上的时候，他们的脸上会做出什么表情！”

应该承认，凯拉邦大人在最后的诅咒中充满了威胁，表现得非常出色。

“走吧，阿赫梅！走吧，范·密泰恩！”他喊道，“上路！上路！上路！”

他已经站在门口，塞利姆却用一句话叫住了他：

“凯拉邦朋友，我有一个简单的问题。”

“不要提什么问题！”

“那好，我只是想提醒您注意一下。”银行家又说。

“哎！我们来得及吗？……”

“听我说，凯拉邦朋友。您绕完了黑海这个圈子之后，一旦到了斯居塔里您要干什么呢？”

“我？……那么我……我……”

“我想您不会在斯居塔里定居，永远不回到君士坦丁堡了吧？您的商行在那里。”

“不会……”凯拉邦有点犹豫地答道。

“其实，我的叔叔，”阿赫梅也提醒说，“您只要稍微坚持一下，不再从博斯普鲁斯海峡过来，我们的婚礼就……”

“塞利姆朋友，没有比这更简单的了！”凯拉邦回答说，避开了使他尴尬的第一个问题，“谁不让您和阿马西娅到斯居塔里来呢？一点不错，要越过他们的博斯普鲁斯海峡，他们要每人付十个巴拉。不过在这件事情里你们的名誉不像我的名誉那样会受到牵连！”

“对！对！一个月以后到斯居塔里来！”阿赫梅喊道，“你在那儿等我，我亲爱的阿马西娅，我们也尽量不让你们等得太久！”

“那好！在斯居塔里见面！”塞利姆回答说，“我们到那里去举行婚礼，不过归根结底，凯拉邦朋友，婚礼举行以后，您不回到君士坦丁堡吗?”

“我要回去的，”凯拉邦大声地说，“当然，我要回来的!”

“那怎么回去呢?”

“那么，要么这种叫人恼火的税收被取消了，我不用缴税就可以穿过博斯普鲁斯海峡……”

“要是没有取消呢?”

“要是没有取消？……”凯拉邦大人说着做了个优美的手势，“以安拉的名义起誓！我要走同一条路，再绕黑海走上一圈!”

第十一章

这个异想天开的旅行故事里发生了一些悲剧。

他们全都出发了！他们离开了这座别墅，凯拉邦大人是为了完成这次旅行，范·密泰恩是为了陪伴他的朋友，阿赫梅是为了跟随他的叔叔，尼西布和布吕诺是因为不可能干别的事情！住宅里现在没什么人了，只有五六个仆人在做着杂务。银行家塞利姆本人刚刚到敖德萨去，以便把旅行者们用奥斯曼的皮阿斯特兑换的卢布交给他们。

别墅的主人只剩下两位少女，阿马西娅和纳吉布。

马耳他船长很清楚这一点。他怀着不难理解的兴趣注视着告别场面的一切变化。凯拉邦大人会把阿马西娅和阿赫梅的婚礼推迟到他回来之后再举行吗？是的，他把婚礼推迟了：亚乌德的赌博中有了第一张好牌。阿赫梅会同意陪伴他的叔叔吗？……他同意了！亚乌德有了第二张好牌。

这样一来，马耳他人有了第三张好牌：阿马西娅和纳吉布现在单独待在别墅里，或者至少是单独待在面向大海的走廊里。他的帆船就在那边，只有半链的距离……他的小艇就在阶梯下面等着他……他的水手们都按照他的眼色行事……他只要想动手就行了。

船长几乎忍不住要用武力来劫持阿马西娅。不过他到底是个谨慎的人，决不愿意冒险，不想留下任何劫持的痕迹，于是他动起脑筋来了。

这时正是大白天，如果使用武力，阿马西娅会呼救，纳吉布会和她一起喊叫，她们的叫声也许会被某个仆人听见！也许有人会看到“吉达尔号”急急忙忙地驶出敖德萨港湾！那就会成为一种迹象，一个初步的证据……不行！最好还是谨慎从事，等天黑了再行动。重要的是阿赫梅不在那儿了……而且不会再在那儿了。

马耳他人于是待在一边，坐在被栏杆遮住一部分的小艇的后面观察着两位少女。她们对这个危险人物的出现几乎没有察觉。

然而，如果再去进行已经谈妥的拜访，阿马西娅和纳吉布也许会同意到帆船上去，或者是为了看看她们想购买的东西，或者是出于任何别的动机——亚乌德想到了这一点——他要看看不等天黑就这样决定是否冒失。

阿赫梅走后，受到打击的阿马西娅沉默不语、若有所思，凝视着伸展在北方的遥远的地平线。那里就是海岸，旅行者们在执拗地沿着它前进。在这条路上，一切耽搁，也许是一切危险，都会使凯拉邦大人和他带着的人不由自主地受到考验！如果婚礼已经举行，她会毫不犹豫地陪着阿赫梅一起去！叔叔怎么会反对呢？他不会不愿意的。不会的！成了他的侄媳妇，她似乎就会对他有些影响，会制止他由于固执而从危险的斜坡上滑下去！可是现在她孤零零的，还要等上好几个星期才能在他们将要结合的斯居塔里别墅里和阿赫梅团聚！

如果说阿马西娅感到忧伤的话，纳吉布却是怒气冲冲，她恨那个固执的人，他是这一切失望的根源。哼！要是事关她自己的婚礼，吉卜赛少女绝不会让人抢走她的未婚夫！她会顶住这个固执的人！不！事情绝不会是这样的结果！

纳吉布走到姑娘身旁，握住她的手，把她领到长沙发上坐下，自己拿了个坐垫坐在她的脚边。

“亲爱的女主人，”她说，“我要是处在您的地位上，就不会因为舍不得而去想阿赫梅大人，而是会去想凯拉邦大人，以便把他骂个痛快！”

“这有什么用？”阿马西娅说。

“我觉得这样就不会那么伤心了！”纳吉布又说道，“您要是愿意我们就把这个叔叔骂个狗血喷头！他活该挨骂，我向您保证对他决不留情！”

“不！纳吉布，”阿马西娅答道，“我们还是谈谈阿赫梅吧！我要想的只有他，我现在想的也只是他！”

“那就说说他吧，亲爱的女主人，”纳吉布说，“说实话，他的确是一个姑娘所能梦想的最迷人的未婚夫了，可是他有一个什么样的叔叔啊！那是个暴君，自私和卑鄙的人，他只要说一句话却不肯说，只要他给我们几天时间，他都拒绝了！一点不错，他就该……”

“谈谈阿赫梅吧！”阿马西娅说道。

“好的，亲爱的女主人！他多么爱您！您和他在一起会多么幸福！啊！他要是没有这个叔叔就十全十美了！那个人是怎么长的？您知道他不娶一个或几个妻子是对的！他那么固执，连他后房里的女奴都会起来造反！”

“你还是在说他，纳吉布！”阿马西娅说，她想的事情自然大不一样。

“不！……不！……我在谈阿赫梅大人！像您一样，我只想着阿赫梅大人！哎！您要挺住！处在他的地位上，我是不会投降的！我会坚持下去！……我本来以为他会更加坚强的！”

“谁告诉你，纳吉布，他对他叔叔的命令没有反抗而是让步就不是显得更坚强？难道你看不到，无论会引起我什么样的痛苦，他最好还是参加这次旅行，以便利用一切可能的办法来尽早结束它，也许还能预防凯拉邦大人由于一贯的固执而可能碰上的危险。不！纳吉布，不！阿赫梅在出发时显示了他的勇敢，他的出发又一次证实了他对我的爱情！”

“您一定是有道理的，亲爱的女主人！”纳吉布答道，她在吉卜赛人的血统的强烈冲动之下是不可能屈服的，“不错，阿赫梅大人出发时显得很坚强，不过要是他能够阻止他的叔叔出发，不就显得更坚强了吗?”

“这难道可能吗，纳吉布?”阿马西娅又说，“我问你，这难道可能吗?”

“对……不可能！……也许吧!”纳吉布答道，“没有不能弯曲的或者必要时折断的铁棒！……啊！这个凯拉邦叔叔！当然只有他该受指责！如果发生了什么意外，只有他该负责任！当我想到他是为了不付十个巴拉而造成了您的……因而也是我的阿赫梅大人的不幸的时候，我就想，是的！……我就想让黑海的水涨满整个世界，看看他是不是还要固执地去绕上一圈?”

“他会去的!”阿马西娅以坚信不疑的声调回答说，“还是谈谈阿赫梅吧，纳吉布，而且我们只谈他一个人!”

这时候亚乌德刚刚离开他的小艇，悄悄地向两位少女走去。听到他的脚步声，两个人都回过头来。她们瞥见他站在身边都大吃一惊，而且有些害怕。

纳吉布先站了起来。

“是您，船长?”她说，“您在这儿干什么?您想干什么?……”

“我什么也不想干，”亚乌德答道，假装对受到这样的接待感到惊讶，“我什么都不想干，只不过来听你们的吩咐，以便……”

“以便……”纳吉布重复了一遍。

“带你们到帆船上去，”船长答道，“你们不是决定去看看货舱挑选你们中意的东西吗?”

“真的，亲爱的女主人，”纳吉布喊道，“我们答应过船长……”

“我们答应过，那是阿赫梅还在这里的时候，”姑娘回答说，“但是阿赫梅走了，我们就没有必要到‘吉达尔号’上去了！”

船长皱了一会儿眉头，然后以更加平静的语气说道：

“‘吉达尔号’不能在敖德萨港湾久停，我可能明天或者最晚后天就要起航。如果阿赫梅大人的未婚妻看了样品觉得满意，想买一些衣料的话，应该利用这个机会。我的小艇就在这儿，我们一会儿就能上船。”

“我们谢谢您，船长，”阿马西娅冷淡地回答说，“但是阿赫梅大人不在，我就不会有什么兴趣去关心这些小玩意了。他本来会陪我们到‘吉达尔号’上去的，他会给我们出主意的……他不在这里了，没有他，我什么都不能做也不想做了！”

“我很遗憾，”亚乌德答道，“尤其是因为我毫不怀疑，如果你们买了这些衣料，阿赫梅大人回来的时候会多么惊喜！机不可失，时不再来，你们会后悔的！……”

“这有可能，船长，”纳吉布回答说，“不过在这种时候我想您最好还是别坚持要我们去了！”

“那好，”亚乌德顺从地说，“不过让我怀着希望，如果过几个星期之后，我在航行中碰巧又把‘吉达尔号’驶到敖德萨的话，请你们千万不要忘记曾经答应到船上去看看。”

“我们不会忘记的，船长。”阿马西娅答道，使马耳他人明白他可以走了。

于是亚乌德向两位少女致意后向阶梯走了几步，接着停了下来，似乎又想起了什么，重新向阿马西娅走去，这时姑娘正想离开走廊。

“还有一句话，”他说，“或者不如说是个建议，一定会使阿赫梅大人的未婚妻感到高兴。”

“怎么回事?”阿马西娅问道，她对马耳他船长在别墅里赖着不走和喋喋不休已经有点不耐烦了。

“我偶然目睹了阿赫梅大人出发之前的情景。”

“偶然?”阿马西娅问道，似乎由于一种预感而变得警惕起来。

“纯属偶然!”亚乌德答道，“我就在那儿，在那条当时供您支配的小艇里……”

“您要向我们提什么建议呢，船长?”姑娘问道。

“一个非常合乎情理的建议。我见到银行家塞利姆的女儿对这次突然的出发感到多么痛苦，那么如果她乐于再看一次阿赫梅大人的话……”

“再看一次!……您说的是什么意思?”阿马西娅说着不由得心跳起来。

“我的意思是说，”亚乌德答道，“一个小时以后，凯拉邦大人一行必然要通过那边您看得见的小海角!”

阿马西娅走了几步，看着船长指出的那条隐约的曲线。

“在那儿?……那儿?……”她问道。

“对。”

“亲爱的女主人，”纳吉布喊道，“我们能不能到那儿去？……”

“没有什么比这更容易的了，”亚乌德说，“在半个小时里，‘吉达尔号’就可以乘风到达这个海角，如果你们想上船，我们马上就起航。”

“好的！……好的！……”纳吉布大声地说，她只把这次海上的航行看成阿马西娅再看一次未婚夫的机会。

但是阿马西娅在反复考虑。对于她的犹豫，船长不禁略显不满，这丝毫没有逃过她的眼睛。她觉得亚乌德的表情对她并无好意，所以又变得怀疑起来。

她离开为了远眺海岸而倚着的栏杆，拉着纳吉布的手回到了走廊里。

“我等着您的吩咐。”船长说。

“不用了，船长，”阿马西娅答道，“在这种情况下再看到我的未婚夫，我觉得给他带来的快乐还不如痛苦多！”

亚乌德明白再也没有什么能改变姑娘对他的拒绝了，于是冷冷地退了出去。

过了一会儿，小艇带着马耳他船长和他的人离开了，不久就靠上了帆船，移到了向着外海的左舷中部。

两位少女还单独在走廊里待了一个小时。阿马西娅又走过来靠在栏杆上，她始终凝视着亚乌德指出的，凯拉邦大人的马车要越过的那个海角。

纳吉布像她一样，观察着这个海岸的拐角，它向东面伸展了将近一公里。

一点不错，一个小时以后，吉卜赛少女叫了起来：

“哎！亲爱的女主人，瞧！瞧！您没看见海边的悬崖顶上有一辆车在跑吗?”

“是的！是的!”阿马西娅答道，“是他们！是他！他!”

“他没法看见您！……”

“不要紧！我觉得他在看我!”

“不用怀疑，亲爱的女主人!”纳吉布回答说，“他的眼睛会发现港湾深处树林里的别墅，也许我们……”

“再见，我的阿赫梅！再见!”姑娘说了最后一遍，好像她的告别能一直传到未婚夫的耳边。

当驿站马车在悬崖的山坡尽头的道路拐角上消失之后，阿马西娅和纳吉布离开了走廊，回到了里屋。

亚乌德在帆船的甲板上看到她们回去了，就命令值班水手监视她们，看看天黑时她们会不会返回走廊。由于诡计不成，到那时他就要使用武力了。

毫无疑问，阿赫梅已经走了，婚礼又碰巧不会在六个星期之内举行，劫持姑娘的事情就不必进行得如此仓促了。但是应该考虑到萨法尔大人会不耐烦，因为他也许就要回到特拉布松了。在黑海上航行是没有把握的，一条简单的帆船可能会耽搁十五天至二十天，所以亚乌德若要在与斯卡尔邦特总管谈妥的日期里准时到达，要紧的就是尽早出发。亚乌德不用说是个无赖，但他却是一个信守诺言的无赖，因此他要马上下手，不能再有片刻的耽误。

情况对他再有利不过了。阿马西娅在傍晚的时候，甚至在她的父亲从银行回来之前，的确又回到了走廊里。这次只有她一个人，趁着天还没黑，姑娘想再看看北面地平线上那个远方的峭壁。她又坐在这个位置上——她以后无疑会常来这里——倚着栏杆若有所思，眼睛里面流露出一种任何距离都无法阻挡的目光。

但是沉思中的阿马西娅没有发觉，一条小艇在暮色中难以觉察地离开了“吉达尔号”。她没有看见它悄无声息地靠近，贴着阶梯偷偷地停在浸没在海水里的梯级旁边。

这时亚乌德带着三个水手爬上了阶梯。

姑娘沉浸在梦中，没有发现他们。

亚乌德突然向她扑去，用那么大的力气恰到好处地抓住了她，使她根本无法反抗。

“来人哪！快来救我！”不幸的姑娘还能呼救。

她的喊声立刻就被堵住了，但是纳吉布已经听见，马上过来找她的女主人。

吉卜赛少女刚刚跨过走廊的门，两个水手就向她扑去，马上制止了她的动作和叫声。

“上船！”亚乌德说。

两位少女被强行带入小艇之后，小艇就向帆船驶去。

“吉达尔号”的锚是笔直的，风帆已经升起，只要起锚就可以开航了。

阿马西娅和纳吉布刚被关进船上的后舱，船就开动了。她们什么也看不见，也无法让人听到她们的喊声。

这时在巨大的斜坡下倾斜着的帆船，已经乘风离开了别墅墙外的小海湾。

不过这次劫持无论多么迅速，还是惊动了几个在花园里忙碌的仆人。

其中一个听到了阿马西娅的呼救声，马上发出了警报。

这时银行家塞利姆回到了住宅里。他得知了刚才发生的一切。他因弄不清是怎么回事而焦虑，寻找着他的女儿……他的女儿不见了。

但是当他看到帆船将要绕过小海湾南端的时候，塞利姆什么都明白了。他穿过花园，跑向“吉达尔号”为了避开海岸的岩石而不得不贴近地绕过的沙嘴上。

“混蛋!”他大声喊道，“你们劫持了我的女儿！我的女儿！阿马西娅！抓住他们，抓住他们！……”

从“吉达尔号”上传来一声枪响，就是对他的呼喊唯一的回答。

塞利姆倒下了，肩膀上中了一颗子弹。

过了一会儿，鼓起风帆的帆船在晚风的吹送下，在住宅的外海消失了。

第十二章

范·密泰恩讲了一个郁金香的故事，读者也许会感兴趣。

驿站马车换马以后，在将近下午一点钟的时候离开了敖德萨。凯拉邦大人坐在主车厢的左边，范·密泰恩坐在右边，阿赫梅坐在中间的位置上。布吕诺和尼西布又爬上了小车厢，他们聊天的时间还不如睡觉的时间多。

强烈的阳光使乡村显得明亮欢快，深蓝色的海水在海岸灰色的峭壁衬托下十分醒目。

主车厢里一开始也像小车厢里那样静悄悄的，好像人在地上就动脑筋，到了车上就打瞌睡。

凯拉邦大人高兴地沉浸在他固执的美梦之中，只想着要把奥斯曼当局“好好地耍一下”。

范·密泰恩思索着这次旅行，不住地问自己一个外地的公民怎么会被抛到黑海海岸的路上，他本来可以平静地待在君士坦丁堡的佩拉郊区的。

阿赫梅果断地决定出发，不过他打定主意，在需要避免耽搁或者要付钱才能越过一个障碍的时候，他绝不吝惜他叔叔的钱袋。他们要走最短的路，也是最快的路。

年轻人反复地思考着这些问题，在小海角的转弯处，他瞥见了海湾深处银行家塞利姆的别墅。他的眼睛盯着那个地方，无疑正是阿马西娅的眼睛盯着他的时候，他们的目光虽然看不到对方，却心心相印。

然后，阿赫梅决心涉及一个最微妙的问题，他转向他的叔叔，问他是否决定了路途上的一切细节。

“是的，侄儿，”凯拉邦答道，“我们要绕着海岸走，决不离开它。”

“那我们现在是朝什么方向走？……”

“朝科布勒沃，离敖德萨大约十二公里，我打算今晚赶到。”

“到了科布勒沃以后呢？”阿赫梅问道。

“我们连夜赶路，侄儿，好在明天中午前到达尼古拉耶夫，那个城市离这个小镇有十八公里。”

“很好，凯拉邦叔叔，确实走得很快！……不过，到了尼古拉耶夫之后您不想只用几天就到达高加索的各个地区吗？”

“怎么走呢？”

“乘俄罗斯南部的火车，经过亚力山德罗夫和罗斯托夫，我们的路就走了足有三分之一了。”

“火车?”凯拉邦喊道。这时范·密泰恩轻轻地碰了一下这个年轻伙伴的肘部，小声地说：

“没用！……无谓的争论！……他讨厌火车！”

阿赫梅不是不知道他的叔叔作为一个忠诚的“老土耳其人”，对于这些过于现代化的交通工具有什么样的看法；但是归根结底，在目前的情况下他觉得凯拉邦大人可以破例地放弃那些可悲的成见。

如果让步，哪怕是一会儿，哪怕在任何一个问题上，凯拉邦就不算是凯拉邦了！

“你说到火车了，是吧?……”他说。

“是的，叔叔。”

“你想让我，凯拉邦，同意干我从来没有干过的事情?”

“我觉得……”

“你想让我，凯拉邦，愚蠢地被一台蒸汽机拖着走?”

“您要是试……”

“阿赫梅，显然你没有考虑你敢于向我建议的事情!”

“可是，叔叔！……”

“我说你没有考虑，因为你竟然能提出这种建议!”

“我向您保证，叔叔，在这些车厢里……”

“车厢?……”凯拉邦说，以一种难以形容的音调重复着这个从外国来的名词。

“是的……这些在铁轨上滑动的车厢……”

“铁轨？……”凯拉邦说，“这些可怕的字眼从哪儿来的，请你说说看，我们讲的是什么语言？”

“这是现代旅客的语言！”

“那你说，侄儿，”这个固执的人说着激动起来，“我从来不愿意爬进车厢让一台机器拖着走，我难道像一个现代旅客吗？当我能够在路上坐马车的时候我难道需要在铁轨上滑动吗？”

“在情况紧急的时候，叔叔……”

“阿赫梅，好好看看我的面孔，并且记住：要是没有马车，我就坐大车；没有大车，我就骑马；没有马，我就骑驴；没有驴，我就用脚走；没有脚，我就用膝盖爬；没有膝盖，我就……”

“凯拉邦朋友，发发慈悲，别说了！”范·密泰恩抓住同伴的手臂喊道。

“我就用肚子爬！”凯拉邦大人答道，“不错！用肚子爬！”

他说着抓住阿赫梅的手臂：

“你难道听说过穆罕默德是坐火车到麦加去的吗？”

对于他的最后一个论据，别人自然是无话可说。阿赫梅本来可以反驳说，穆罕默德的时代如果有火车的话他一定也会坐的。不过阿赫梅当然不再说话，让凯拉邦大人在角落里低声抱怨，任意曲解铁路行话里的一切词汇。

那时的马车在速度方面虽然无法与火车相比，但走得还相当快。在路面平整的道路上，马匹拉着车子用小步奔跑，倒没什么可抱怨的了。驿站里有的是马匹。阿赫梅——他的叔叔乐于让他负责结算一切费用——无比慷慨地支付各种费用和马车夫的“巴克希克”，也就是小费。钞票从他的口袋里不断地飞走，简直就像一位坐着一辆“纸币马车”的骑士，一路上在撒着卢布！

当天马车顺利地沿着海岸前进，经过了小镇舒米尔卡和亚力山德罗夫，傍晚时到了科布勒沃镇。

从那里连夜走到该省的内地，越过与尼古拉耶夫同样高度的布格，通过赫尔松的行政管辖区，旅行者们于8月28日中午时分轻松地到达了这座城市。

马车停在一家条件还可以的旅馆门口，他们有三小时的休息时间，先在旅馆里吃了一顿还过得去的午饭，布吕诺吃得最多。阿赫梅利用这段时间给银行家塞利姆写了一封信，说旅行的情况比较令人满意，同时对阿马西娅写了许多温柔的话。凯拉邦大人则认为，把喝美味的木哈咖啡与吸喷香的烟草之间的餐后点心的时间延长，就是消磨这几小时最好不过的方式。

至于范·密泰恩，他和布吕诺的看法一样，把这次奇特的旅行当作受教育的机会，所以参观了尼古拉耶夫这座城市。它的繁荣显然是以损害它的对手赫尔松的利益为代价的，甚至在政府起地名的时候有可能将赫尔松这个名称取而代之。

阿赫梅首先想要出发，荷兰人当然不会让他久等。

凯拉邦大人喷出了最后一口烟，这时马车夫上了车，车子上路向赫尔松驶去。

穿过这个并不富饶的地区要走十七公里。沿途不时有一些桑树、杨树、柳树。第聂伯河全长将近四百公里，到赫尔松为止。河的附近伸展着长着芦苇的平原，平原上似乎点缀着一些矢车菊，不过这些矢车菊都随着马车的声音似乎振翅飞了起来：其实这些是天蓝色的松鸦，它们闪烁的色彩赏心悦目，但是叽叽的叫声却很难听。

8 月 29 日清晨，凯拉邦大人和他的同伴们过了平安的一夜之后到达了该地的首府，由波将金[1]建立的赫尔松。对于叶卡捷琳娜二世的这位专横的宠臣所建的城市，旅行者们只能感到满意。那里的确有个好旅馆，使他们得以休息了四个小时。城里还有一些食品丰富的商店，马车上的食品储备也因此得到了更新——布吕诺出色地完成了这个任务，他比尼西布要机灵多了。

几个小时以后，他们在阿莱施基这个重要的小镇里换了驿马，重新向着把克里米亚与俄罗斯南部海岸连接起来的佩雷科普地峡驶去。

阿赫梅并未忘记在阿莱施基给敖德萨寄去一封信。当他们在马车里重新坐好，马匹在通向佩雷科普的道路上飞奔的时候，凯拉邦大人问他的侄子，是否把他最好的问候和他自己的问候一起捎给他的朋友塞利姆了。

"是的，当然了，我一点都没有忘记，叔叔，"阿赫梅答道，"我甚至还说我们正在努力尽早地到达斯居塔里。"

"你做得对，侄儿，只要在有邮局的地方，都不要忘了把我们的消息告诉他们。"

"可惜，我们不可能事先知道会在什么地方停留，"阿赫梅提

---

① 波将金亲王（1739—1791），俄国陆军元帅。

醒说，“所以我们虽然发出了信却总是收不到回信!”

“确实如此。”范·密泰恩也说道。

“不过说到这一点，”凯拉邦对他的鹿特丹朋友说道，“我觉得您好像并不急于和范·密泰恩夫人通信? 您对她漠不关心，这位出色的妇女会怎么想呢?”

“范·密泰恩夫人? ……”荷兰人说。

“是啊!”

“范·密泰恩夫人肯定是一位非常正直的夫人! 作为女人，我从未对她有过半点指责，不过作为我生活的伴侣……说到底，凯拉邦朋友，我们为什么要谈范·密泰恩夫人呢?”

“哎! 因为在我的记忆当中，她是一个非常亲切的女人!”

“哦? ……”范·密泰恩说，似乎别人告诉了他一件对他来说是完全新鲜的事情。

“阿赫梅侄儿，我从鹿特丹回来的时候，不是用最好的词语谈论过她吗?”

“一点不错，叔叔。”

“我在旅行当中，不是还为她给予我的接待而兴高采烈吗?”

“哦? ……”范·密泰恩再次感到奇怪。

“然而我要承认，”凯拉邦又说，“她常常会有一些奇怪的念头，心血来潮……头脑发昏! ……不过这些都是女人的性格中必然具有的东西。所以如果不能使她们去掉这些东西的话，最好还是别娶她们! 我就是这么做的。”

“您做得很明智。”范·密泰恩说道。

“她作为一个真正的荷兰人，还总是狂热地喜欢郁金香吗？”

“非常狂热。”

“瞧，范·密泰恩，我们有话直说！我觉得您对您的妻子很冷淡！”

“她带给我的痛苦用冷淡这种说法还过于热情了！”

“您说什么？……”凯拉邦喊道。

“我是说，”荷兰人答道，“我本来也许永远不会对您谈起范·密泰恩夫人，不过既然您提到了她，也有了谈论的机会，我就向您承认了吧。”

“承认？”

“不错，凯拉邦朋友！范·密泰恩夫人和我，我们现在分居了！”

“分居，”凯拉邦大声地说，“是一致同意的吗？”

“是一致同意的！”

“永远如此？……”

“永远如此！”

“那就给我讲讲吧，只要您不太激动……”

“激动？”荷兰人答道，“您为什么要让我感到激动？”

“那就讲吧，讲吧，范·密泰恩！”凯拉邦又说，“我作为土耳其人喜欢听故事，而作为单身汉尤其喜欢听家庭的故事！”

“好吧，凯拉邦朋友，”荷兰人像在说别人的奇遇那样说了起来，“几年来，范·密泰恩夫人和我之间的生活过不下去了。对任何事情都不断地发生争论，对于起床的时间、睡觉的时间、吃饭的时间，吃什么、不吃什么，喝什么、不喝什么，是什么天气、会是什么天气、有过什么天气，放什么家具或者不放什么家具，在这个房间里还是在那个房间里生火，要开哪一扇窗户，花园里要种什么植物、要拔掉什么植物，总而言之……”

“总而言之，事情在发展！”凯拉邦说。

“正如您想的那样，不过主要是在恶化，因为说到底，我是一个性格温和的人，天性顺从，在一切问题上都让步，只是为了不要有任何争吵！”

“这也许是最明智的做法！”阿赫梅说。

“恰恰相反，这是最不明智的做法！”凯拉邦答道，准备就此进行一场辩论。

“我对此一无所知，”范·密泰恩接着说，“但是无论如何，在我们最后一次争执中，我想反抗……我反抗了，是的，就像一个真正的凯拉邦！”

“以安拉的名义起誓！这是不可能的！”阿赫梅的叔叔喊道，他很了解自己。

“而且超过了凯拉邦！”范·密泰恩补充了一句。

“愿穆罕默德保佑我！”凯拉邦答道，“您竟然声称比我更固执！……”

“这显然是不可能的！”阿赫梅说，语调中流露出对他的叔叔了如指掌的自信。

“你们会看到的，”范·密泰恩平静地说，“而……”

“我们什么也不会看到！”凯拉邦喊道。

“请听我讲完。说到郁金香，那正是范·密泰恩夫人和我争论的一个话题。作为爱好者，我们喜欢这些漂亮的郁金香，它们在茎上笔直地开放，品种有一百多个，我拥有的球茎没有低于一千盾的!”

“就是八千皮阿斯特!”凯拉邦说，他习惯用土耳其货币来计算。

“对，大约八千皮阿斯特!”荷兰人回答说，“可是有一天，范·密泰恩夫人竟敢拔掉一棵‘瓦朗西亚’，用一棵‘太阳眼’来代替！这太过分了！我表示反对……她固执己见！……我想抓住她……她逃走了！……她向‘瓦朗西亚’扑过去……把它拔掉了……”

“代价：八千皮阿斯特!”凯拉邦说。

“于是,”范·密泰恩接着说，“我也向她的‘太阳眼’扑去，把它踩断了!”

“代价：一万六千皮阿斯特!”凯拉邦说。

“她又扑向第二棵‘瓦朗西亚’……”范·密泰恩说。

“代价：二万四千皮阿斯特!”凯拉邦说道，似乎他在检查他的现金簿上的账目。

“我对她的答复是踩断了第二棵‘太阳眼’！……”

“代价：三万二千皮阿斯特!”

“吵架还在进行,”范·密泰恩又说，“范·密泰恩夫人控制不了自己，我的头上挨了两枝极美的、价格最昂贵的‘小鳞茎’……”

“代价：四万八千皮阿斯特！”

“她的胸口也挨了三枝！……”

“代价：七万二千皮阿斯特！”

“郁金香球茎像雨点般地落下来，也许是人们从未见过的景象，一共持续了半个钟头！整个花园的球茎都拔光了，花园之后就是暖房，我收集的一切品种都荡然无存了！”

“那么归根结底，您损失了多少？……”凯拉邦问道。

“要是我们像荷马笔下那些节俭的英雄一样，只把对方骂得狗血淋头的话损失就不会这么重了，大约有二万五千盾。”

“二十万皮阿斯特！”凯拉邦说。

“可是我出气了！”

“这就很值得了！”

“后来，”范·密泰恩又说，“我在清理了我的那份财产并且存入君士坦丁堡的银行之后就走了。接着就和我忠实的布吕诺离开了鹿特丹，他决心不再回到我的家里去，除非范·密泰恩夫人离开那里……到了一个更美好的世界……”

“不生长郁金香的世界！”阿赫梅说。

“那么，凯拉邦朋友，”范·密泰恩又说，“您曾经固执得使您付出二十万皮阿斯特的代价吗？”

“我！”凯拉邦答道，对他的朋友的这种评价有些不快。

“当然有的，”阿赫梅说，“我的叔叔有过这种情况，我至少就知道一次！”

“请您说说是哪一次。”荷兰人说道。

“就是这次为了不付十个巴拉而绕黑海走一圈的固执！他为此要付出比您的郁金香雨更大的代价！”

“付出的代价总是值得的！”凯拉邦大人语气冷淡地反驳说，“不过我认为，范·密泰恩朋友为了他的自由而付出的代价并不太高！这还仅仅是跟一个女人打交道！穆罕默德允许他的信徒们能娶多少就娶多少女人，因为他很了解迷人的女性！”

“当然！”范·密泰恩答道，“我认为管十个女人不像只管一个女人那样困难！”

“更不困难的是，”凯拉邦以教训的口吻说，“根本就不要女人！”

这时马车到了一个驿站。他们换马之后连夜赶路。到第二天中午旅行者们已经非常疲倦，但是在阿赫梅的坚决要求之下，决定一小时也不耽误，在越过波尔舒瓦—科帕尼和卡朗察克之后，到达了佩雷科普海湾深处的佩雷科普镇，这里就是把克里米亚和俄罗斯南部连接起来的地峡的开端。

第十三章

他们驾驶着什么样的马车转弯抹角地穿越了古代的陶里斯岛。

克里米亚！这个古代人称为陶里斯岛的切索内斯是一个四边形，或者不如说是从最迷人的意大利海岸挖出去的一个规则的菱形，一个半岛，后来被费迪南·德·雷赛布先生①用小折刀划了两下而成了一个岛屿；它是大地的一个角落，是一切急于争夺东方帝国的民族的目标，它是古代博斯普鲁斯海峡的一个王国，公元前600年被埃拉克利亚人所征服，接着先后征服它的是米特里达梯人、阿兰人、哥特人、汉人、匈牙利人、鞑靼人、热那亚人，后来穆罕默德二世使它成了属于帝国的一个富裕的省份，而

① 费迪南·德·雷赛布（1805—1894），法国外交官，苏伊士运河的开拓者。

叶卡捷琳娜二世最终在1791年把它归入了俄罗斯的版图！

这个受到诸神祝福但又被人们争夺的地区，怎么会不交织着各种神话传说呢？人们不是曾经想在锡瓦基的沼泽里重新找到这个尚无定论的阿特朗特民族的宏伟工程的遗迹吗？古代的诗人们不是把地狱的一个地区安放在凯尔贝利安海角附近，它的三个码头形成了看守地狱之门的三头犬吗？伊菲格涅娅、阿伽门农和克吕堂涅斯特拉的女儿，在陶里斯岛成了狄安娜的女祭司之后，不是差点把被风吹到帕特尼尤姆海岸上的弟弟奥瑞斯忒斯祭献给贞洁的女神吗？

现在的克里米亚，仅仅是它的南部面积就胜过了群岛大大小小的岛屿：它的查迪尔-达赫峰海拔一千五百米，犹如一张可以设宴招待奥林匹斯诸神的大桌子。它的由森林构成的地表一直伸展到海边：一丛丛野栗树、柏树、橄榄树、犹太树、扁桃树、金雀花，还有被普希金歌颂的瀑布。有了这一切，它无疑是从黑海到北海由各个省份组成的王冠上的最美的宝石。这里的气候凉爽宜人，无论是北方还是南方的俄罗斯人，都要到这里来躲避北部冬季的严寒，或者逃过夏天的干风。在陶里斯岛的南端这个像羊头一样挡住黑海波浪的阿伊亚海角，周围不是建立了一片片城堡、别墅、村舍。“亚尔塔”“阿卢普卡”是属于沃龙索夫亲王的，他外表上是个封建主，内心却梦想着东方；“基西尔-塔什”是属于帕尼亚托夫斯基伯爵的；“阿尔泰克”是安德烈·加里宁亲王的；“玛尔桑塔”“奥尔康达”“埃利克里克”是皇室的产业，而令人赞美的“利瓦迪亚”王宫，及其潺潺的泉水，变幻的激流和冬季的花园则是整个俄罗斯的女皇最喜欢的隐居地。

此外，最好奇、最敏感、最艺术、最浪漫的精神，似乎都能在这个大地的角落——一个会合了欧亚的真正的小宇宙——满足自身的憧憬。这里会集了鞑靼人的村庄、希腊人的小镇、东方的城市：带尖塔的清真寺；穆安津和苦行僧；举行俄罗斯宗教仪式的寺院；可汗们的宫殿；隐藏着某些传奇故事的隐居地；人们从四面八方前来朝拜的圣地；一座属于卡拉伊特部落的犹太人的山岭；还有一条凹得像著名的塞德隆河谷的一个分支的若萨法特河谷，无数可以接受末日审判的人听到喇叭声都应该到这里集合。

范·密泰恩会有多少奇迹可以游览！他在这个被奇特的命运带来的地方能够记下多少印象！然而他的朋友凯拉邦不是为了观光才旅行的，再说阿赫梅对克里米亚的好去处全都见过，所以不会同意给他一个小时去走马观花地看一下。

“也许，毕竟有可能，”范·密泰恩思量着，“我可能在路过的时候，对这个备受赞美的古代的切索内斯，留下一点浮光掠影的印象？”

事情绝非如他所料。马车要走最短的路，于是沿着从北到西南的一条斜路走下去，无论是古代陶里斯岛的中心还是南面都没有经过。

实际上，这样一条路线是在一次商议时决定的，当时对荷兰人的想法连问都没问。如果说在穿越克里米亚的时候，可以不用去绕亚速海兜这样一个圈子——至少有一百五十公里——的话，那么从佩雷科普笔直地穿到刻赤半岛，还可以缩短一部分路程。

然后从伊埃尼卡雷海峡的那边，塔曼半岛就有大路直通高加索海岸了。

因此马车就在狭窄的地峡上行驶，地峡像一根橘树枝，克里米亚就像吊在树枝上的一个漂亮的橘子。一边是佩雷科普海湾，另一边是西瓦克沼泽，更为人所知的名称是普特里德海。这是一个辽阔的池塘，面积有二十亿平方米，其中的水来自陶里斯岛和亚速海，格尼垂断口就成了它的水道。

旅行者们路过时可以看到这个西瓦克沼泽，它平均只有一米深，某些地方的含盐度几乎已经饱和。由于在这种条件下结晶的盐开始自然沉淀，人们就可能使这个普特里德海成为地球上最多产的盐田之一。

不过应该承认，沿着这个西瓦克沼泽走的时候，是没有什么好闻的气味的。空气里混杂着一些硫化氢酸，进入这个湖里的鱼类几乎立即死去了。所以它可以说与巴勒斯坦的阿斯法尔提特湖不相上下。

铁路修在这些沼泽当中，从亚力山德罗夫通向塞瓦斯托波尔。因此在夜里凯拉邦大人就会惊恐不安地听到在铁轨上奔驰的火车头嘶叫时震耳欲聋的汽笛声，而普特里德海的浑浊的湖水则时时撞击着铁轨。

第二天是 8 月 31 日，白天的道路都在绿油油的田野当中。橄榄树丛的树叶被微风吹得翻转过来，像万点水银一样簌簌地抖动。还有绿得发黑的柏树，雄伟的橡树，高大的野草莓树。山坡上长着一层层葡萄，这里生产的法国葡萄酒还不算太差。

在阿赫梅的指使下，靠着他大把的卢布，马匹时刻准备拉车，兴奋的车夫们也专走最短的路。傍晚时他们穿过了多尔特镇，几公里之外就又是普特里德海的岸边了。

这个地方是个有趣的环礁湖，与亚速海之间只隔了一个不高的、由堆积的贝壳构成的沙岛，平均宽度在四分之一公里左右。

这个地方名叫阿拉巴沙嘴。它从阿拉巴村向南伸展到格尼垂，向北是坚实的土地，只是在这里穿过一条三百尺宽的水道，像上面所说的那样，亚速海的海水就从这里进来。

太阳升起的时候，凯拉邦大人和他的同伴们被潮湿、浓厚而有害的雾气所包围。这些雾气后来在阳光的照射下才逐渐散去。

原野也变得荒凉起来，树木越来越少。看得到一些高大的单峰驼在自由地吃草使这个地区好像是阿拉伯沙漠的一部分。有一些木制的大车路过，车上没有一个铁的部件，涂着沥青的车轴摩擦时发出刺耳的声响。这些方面都非常原始，但是在乡村的农舍里，在偏僻的农庄里，依然有着鞑靼人的慷慨的招待。每个人都能进去，在主人的桌边坐下，吃光不断地端上来的菜肴，吃饱喝足以后就扬长而去，付出的全部报酬就是只说一句“谢谢”。

不用说，旅行者们从不滥用这些不久就会消失的、淳朴的古老风俗，他们总是到处以卢布的形式，为他们的路过留下足够的标记。傍晚时分拉车的马匹在长时间奔跑后筋疲力尽，停在沙嘴南端的阿拉巴镇上。

那里的沙地上耸立着一座要塞，房子四散地盖在它的脚下。到处都有大量的茴香，它们真的是游蛇集中的地方；还有一些收成极好的西瓜地。

晚上九点，马车停在一个看起来挺寒酸的旅馆门口。不过应该承认这已经是当地最好的旅馆了。在切索内斯的这些边远地区，可不能再摆什么架子。

“阿赫梅侄儿，”凯拉邦大人说，“我们跑了几天几夜，都只在驿站里停留，所以要是在一张床上，哪怕是旅馆的一张床上躺几个钟头，我是不会不高兴的。”

“我就更是喜出望外了。”范·密泰恩伸着懒腰补充说。

“什么！要耽误十二个小时！”阿赫梅喊道，“六个星期的旅行当中的十二个小时！”

“你是想就此进行一场辩论？”凯拉邦问道，声调里有点与他十分相称的威胁的味道。

“不，叔叔，不！”阿赫梅答道，“在您需要休息的时候……”

“是的！我需要休息，范·密泰恩也需要休息，我想还有布吕诺，就是尼西布也是巴不得的！”

“凯拉邦大人，”被直接点名的布吕诺答道，“我把这个想法看成是您从未有过的最好的想法，尤其是为了使我们睡得好而准备了一顿丰盛的晚餐的话！”

布吕诺的建议来得正是时候。马车上的食品储备差不多吃光了。重要的是在到达刻赤之前绝不能再吃箱子里的东西。刻赤是刻赤半岛上的重要城市，到那里可以充分地更新食物的储备。

遗憾的是如果说阿拉巴旅馆的床铺即使对于如此重要的旅客来说也还是过得去的话，饭菜却不能尽如人意。在一年中的无论什么时候，到陶里斯岛边远地区来冒险的旅游者总是不多的。只有一些盐商，他们的马匹或大车常常来往于从刻赤到佩雷科普的路上，这些人就是阿拉巴旅馆的老主顾，他们不难侍候，能够睡硬板床，有什么就吃什么！

因此凯拉邦大人和他的同伴们就不得不满足于一顿非常粗劣的饭菜，也就是烩肉饭。这种饭菜自古就有，但现在是米饭多而鸡块少，骨头多而鸡肉少。何况这只鸡这么老，所以肉也这么坚硬，几乎和凯拉邦本人不相上下，然而这个固执的人的坚固的臼齿也决不让步，在这种情况下他依然和平时一样寸步不让。

在这道规定的饭菜之后，接着是一罐真正的"酸乳酪"，或者说是凝固的牛奶。它来得正是时候，有助于把烩肉饭咽下去。然后端上来的是相当开胃的烘饼，人们都知道它在本地的名称"卡特拉马斯"。

布吕诺和尼西布分享的食物不如主人多，或者说比主人少，反正怎么说都可以。当然，他们的下颌比鸡肉更坚硬，但是没有显示的机会。桌上的烩肉饭被代之以一种黑乎乎的东西，被烟熏得像炉膛深处的一块使用多年的壁炉板一样。

"这是什么东西?"布吕诺问道。

"我也说不准。"尼西布说。

"怎么，您是本地人还不知道？……"

"我不是本地人。"

"差不多吧，因为您是土耳其人!"布吕诺答道，"那好，伙计，尝尝这只干'鞋底'吧，再告诉我它到底是什么!"

一向听话的尼西布就把这只“鞋底”咬了一大口。

“怎么样？……”布吕诺问道。

“就这样，当然不是什么美味！不过还是可以吃的！”

“是的，尼西布，那是在饿得要命而又没有别的东西可以充饥的时候！”

于是布吕诺也尝了尝，像决心不惜一切进行任何冒险的人一样。

总而言之，靠着他们两位用酒精兑成的几杯啤酒的帮助，这些东西还是咽得下去的。

但是尼西布忽然叫了起来：

“哎！愿安拉帮帮我！”

“您中什么邪了，尼西布？”

“我刚才吃的是不是猪肉？”

“猪肉！”布吕诺说道，“哦！这就对了，尼西布！一个像您这样优秀的穆斯林是不能吃这种味美但不洁的动物的！好吧，如果这道不知名的菜是猪肉的话我觉得您只有一件事情要做……”

“什么事情？”

“既然猪肉已经被您吃了，那您就安安静静地把它消化了吧！”

尼西布非常遵守穆罕默德的戒律，所以还是感到不安，不知所措，布吕诺只好去向旅馆老板打听情况。

尼西布终于放心了，可以毫不后悔地消化了。这道熏黑的菜甚至不是肉而是鱼，叫作“舍巴克”，是一种海鲂。人们把它像鳍一样劈成两半，在太阳下晒干，再挂在炉膛上用烟熏，然后生吃，或者说差不多是生吃。这种东西大量出口到位于亚速海东北部深处的罗斯托沃港口。

主仆们只能满足于阿拉巴旅馆里的这顿简单的晚餐。他们觉得床铺比马车上的坐垫还要硬，但他们最终还是没有去受路上的颠簸，而是不再动弹，何况在这些很不舒适的房间里的睡眠，也足以使他们从前几天的疲劳中恢复过来了。

第二天，9月2日，太阳刚刚升起，阿赫梅就起床了，而且忙着去找驿站换马。前一天的马在拉了那么长的难走的路之后筋疲力尽，至少要休息二十四小时才能重新上路。

阿赫梅打算把套好马匹的车子拉到旅馆，使他的叔叔和范·密泰恩只要上车就能驶向刻赤半岛。

驿站就在那儿，在村庄的尽头。屋顶饰有弯曲的木条，像低音提琴的琴颈，但是却看不出有任何可换的马匹。马厩是空的，即使付金币，站长也不可能提供马匹。

阿赫梅被这种意外情况弄得十分沮丧，只得回到旅馆里。凯拉邦大人、范·密泰恩、布吕诺和尼西布都准备出发，正在等着马车的到来。其中一个人——用不着说他的名字了——开始显得很不耐烦。

“哎！阿赫梅，”他大声问道，“你怎么自己回来了，是不是要我们到驿站去找马车呀？”

“可惜的是找也没用，叔叔！”阿赫梅答道，“连一匹马都没有！”

“没有马？……”凯拉邦问。

“只有明天我们才能有马！”

“只有明天？……”

“不错！这就要损失二十四个小时！”

“要损失二十四个小时！”凯拉邦喊道，“可我不打算损失十个小时，哪怕是五个小时，一个小时也不行！”

“不过，”荷兰人提醒他的已经开始发火的朋友，“要是没有马呢？……”

“会有的！”凯拉邦大人答道。

他做了一个手势，大家就跟着他走了。

一刻钟以后，他们来到了驿站，在门口停了下来。

驿站站长懒洋洋地站在门口，他很清楚人家不能强迫他拿出他没有的东西。

“您没有马了吗？”凯拉邦问道，口气已经是不大好商量了。

“我只有你们昨天晚上牵来的马，”站长答道，“它们不能走路。”

“那么请您说说，您的马厩里为什么没有替换的马？”

“因为它们都被一位土耳其的大人拉走了，他要去刻赤，从那儿穿过高加索以后再去波季。”

“一位土耳其的大人！”凯拉邦叫了起来，“一定是个欧洲式的奥斯曼人！一点不错！他们在君士坦丁堡的街道上挡住你还不够，就连到克里米亚去的路上都能碰到他们！他是个什么人？”

“我知道他叫萨法尔大人，就这些。”驿站站长平静地答道。

“那好，您为什么胆敢把剩下的马都给这个萨法尔大人？”凯拉邦问道，声调里充满了轻蔑。

“因为这个游客昨天早晨到了驿站，比你们早了十二个小时，那时候有马可换，我没有任何理由不给他。”

“恰恰相反，还有马！……”

“还有马？……”站长重复了一遍。

“一定还有，因为我要来。”

对这样的论据能说些什么？范·密泰恩想进行干预，结果被他的朋友用肘部撞了一下。驿站站长用嘲笑的神情看了凯拉邦大人一眼，正想回到屋里去，凯拉邦却叫住了他，说道：

“归根结底，这些都不用去管它！不管您有没有马，我们马上就要出发！”

“马上？……”驿站站长问道，“我再对您说一遍我没有马。”

“去找！”

“在阿拉巴都没有马了。”

“去找两匹，找一匹，”凯拉邦答道，他开始控制不住自己了，“去找半匹……但是要去找！”

“不过……要是没有呢？……”随和的荷兰人以为有必要委婉地重复一遍。

“必须要有！”

“也许您能够给我们套车的母骡或公骡？”阿赫梅问驿站站长。

“我在这个省里从来没有见过母骡和公骡！”站长答道。

“那么他今天能看到一头了，”布吕诺指着凯拉邦在主人的耳边小声地说，“而且是一头有名的骡子。”

“那么驴呢？……”阿赫梅问道。

“驴跟骡子一样都没有！”

“连驴都没有！……”凯拉邦大人喊道，“哈！您在嘲笑我，站长先生！这个地方没有驴！不管是什么。难道没有任何套车的东西？没有任何代替马来拉车的东西？”

固执的人这样说着，发怒的目光向着聚在驿站门口的十来个当地人扫来扫去。

“他能让他们来拉马车！”布吕诺说。

“是的！……他们或者我们！”尼西布答道，他对主人了如指掌。

既然没有马，也没有骡和驴，他们显然是不能出发了，也就是不得不耽误二十四个小时了。阿赫梅为此和他的叔叔一样恼火，但仍然想让叔叔面对这种不可能有马的现实，这时凯拉邦大人喊了起来：

“谁给我套车的马就给他一百卢布！”

阿拉巴的当地人激动得一阵战栗。其中一个人果断地站了出来。

“土耳其大人，”他说，“我有两峰单峰驼要卖！”

“我买了！”凯拉邦答道。

谁也没见过用单峰驼来拉驿站马车，这回算是见着了。

不到一个小时交易就谈妥了，而且价格不低。这算不了什么，凯拉邦大人付了双倍的价钱。两峰单峰驼好歹被披上鞍辔，套上车辕，它们的老主人在大笔小费的承诺下也成了车夫，神气活现地坐在驼峰前面。然后，千真万确，这辆使阿拉巴当地人目瞪口呆，但旅行者们却满意至极的马车，就奇特地被骆驼拉着在通向刻赤的路上用大步小跑起来。

傍晚时分，他们顺利地到达了离阿拉巴十二公里的阿尔京村。

驿站里没有马，而且在萨法尔大人路过之后都是如此。必须下决心在阿尔京村过夜，以便让骆驼休息一下。

第二天早晨，9 月 3 日，马车还是照老样子行驶，白天从阿尔京村走出了十七公里，到了马里央塔尔村，在那里过夜后天一亮就离开，走了十二公里，于傍晚时到达刻赤。一路上平安无事，但是颠簸得厉害，因为强壮的骆驼没有受过拉车的训练。

总之，凯拉邦大人和他的同伴们从 8 月 17 日出发以来，经过十九天的奔波，已经走完了路程的七分之三——也就是七百公里中的三百公里。所以他们的速度还是相当快的，如果他们在今后的二十六天里保持这个速度直到 9 月 30 日，他们是应该能够在原定的期限内结束环绕黑海之行的。

“可是，”布吕诺常常对他的主人说，“我总是预感到会有倒霉的结局！”

“对于我的朋友凯拉邦？”

“对于您的朋友凯拉邦……或者所有陪着他的人！”

第十四章

凯拉邦大人在地理学方面比他的阿赫梅侄子所料想的要强得多。

刻赤城位于陶里斯岛东端的刻赤半岛上。在这个狭长的半岛的北面，呈新月形。一座山峰雄伟地俯瞰着它，山顶上曾经耸立过一座卫城，这就是米特里达梯山。米特里达梯①是罗马人的可怕而无情的敌人，差点儿把他们赶出了亚洲。这位大胆勇敢的将军，通晓多种语言的专家，传奇般的毒物学家，在这座曾是博斯普鲁斯海峡王国的首都的城市对面拥有他的位置，的确再恰当不过了。正是在这个地方这位蓬特王国的国王，可怕的欧巴特尔，由于他钢铁般的身体经得起任何毒药，他无法毒死自己，就让一

① 米特里达梯六世，即欧巴特尔（约公元前132—前63），蓬特国国王，长期与罗马人交战，在被庞培击败后让一个士兵把自己刺死了。

个高卢士兵用剑把自己刺穿了。

这就是在半个小时的休息时间里，范·密泰恩认为应该向同伴们上的短短的历史课。这堂课使他的朋友凯拉邦得出了这个答案：

“米特里达梯只是一个笨蛋!”

“为什么?”范·密泰恩问道。

“他要是真想毒死自己的话，只要到我们那个阿拉巴旅馆里去吃晚饭好了!”

听到这句话，荷兰人相信不能再继续赞扬这位美人莫尼姆的丈夫了。不过他指望给他留下的几个小时里，能够好好地游览一下这个伟人的首都。

马车穿过城市，它奇特的套车方式使各族居民万分惊讶。这个城里有大量的犹太人，也有鞑靼人、希腊人，甚至有俄罗斯人——居民一共大约有一万二千人。

阿赫梅一到“君士坦丁旅馆”，首先关心的是打听第二天早晨有没有马匹可换。使他极为满意的是，这一次在驿站的马厩里有的是马。

“幸好，”凯拉邦注意到，“萨法尔大人没有把这个驿站里的马都拉走!”

不过，阿赫梅的没有耐心的叔叔对这个竟敢走在他前面而且把驿站的马都拉走的讨厌鬼还是怒气冲天。

无论如何，单峰驼是没有用了，他就把它们转卖给一个到伊埃尼卡雷海峡去的沙漠商队的主人，不过这两峰活骆驼只卖了死骆驼的价钱。爱记仇的凯拉邦就把这笔明显的损失记在萨法尔大人的负债表上。

这个萨法尔当然不会再在刻赤了——这无疑使他避免了与他的对手进行一场最严肃的辩论。两天前他离开了这座城市，坐上了去高加索的火车。幸亏如此，他不在这些决定要沿着海岸走的旅行者们的前面了。

“君士坦丁旅馆”里的一顿丰盛的晚餐，在相当舒适的房间里好好地睡了一夜，使主仆们忘掉了一切不快。阿赫梅给敖德萨寄去的一封信，也可以说旅行正在按计划进行。

第二天是9月5日，由于出发的时间定在上午十点钟，认真的范·密泰恩黎明即起，好去游览城市。这次阿赫梅准备陪他一起去。

于是两人穿过刻赤的宽阔的、两边有石板人行道的大街，街上野狗乱窜，一个波希米亚人负责用棍子打死它们，是公认的刽子手。不过这个刽子手夜里肯定喝酒去了，因为阿赫梅和范·密泰恩费了一些力气才摆脱这些危险畜生的獠牙。

在由海岸的转弯处形成的海湾深处，用石块砌成的码头一直延伸到海峡的两岸，使他们散步时更加方便。那里耸立着总督的宫殿和海关的建筑物。由于缺水，船只都在靠外海的地方抛锚，刻赤港为它们提供了一个合适的锚地，离检疫站不远。自从该城在1774年让予俄罗斯以后，这个港口就生意兴隆，里面还有一个供佩雷科普的各个盐场放盐的仓库。

“我们有时间登上去吗？”范·密泰恩指着米特里达梯山问

道，山上现在建了一座希腊人的寺庙，装饰着刻赤省大量拥有的战利品——寺庙代替了从前的卫城。

“嗯！”阿赫梅说，“可不能让凯拉邦叔叔等着！”

“也不能让他的侄子等着！”范·密泰恩微笑着说。

“确实如此，”阿赫梅又说，“在这次旅行当中我几乎只考虑马上回到斯居塔里去！您理解我的意思吗，范·密泰恩先生？”

“是的……我理解，年轻的朋友，”荷兰人答道，“虽然范·密泰恩夫人的丈夫完全有权利不理解您！”

说了这个已被鹿特丹的家庭生活所证实的感想之后，由于离出发还有两个小时，两人就开始攀登米特里达梯山。

从高处眺望刻赤海湾，只见一派雄伟的景象。南面呈现出半岛的顶端，东面在伊埃尼卡雷海峡之外，两个围绕塔曼海湾的半岛构成了圆形。纯净的天空使人可以瞥见地形的起伏，而这些“库尔干”，也就是古代的坟墓，则布满了原野，直至最微小的珊瑚礁。

阿赫梅认为到了该回旅馆的时间了，他指给范·密泰恩看一个装有栏杆的宏伟的台阶，它从米特里达梯山通向城里，直到市场。一刻钟以后，两人又见到了凯拉邦大人，他正在徒然地想和旅馆的主人——一个最平心静气的鞑靼人辩论一场。他们到得正是时候，因为他正在为没有找到机会发火而生气呢。

马车在那儿，套上了来自波斯的好马，这种马的买卖在刻赤是一种重要的贸易。每个人都坐好之后，马车就奔驰起来，使人再也不会去怀念单峰驼那使人疲倦的小跑了。

阿赫梅在接近海峡时并非没有感到某种不安。因为他想起了在赫尔松改变路线时发生过的事情。由于侄子的坚决要求，凯拉邦大人同意决不去绕亚速海，以便走最短的路穿越克里米亚。但是在这样做的时候，他大概想到一路上的每个地方都不会没有坚实的土地。他弄错了，而阿赫梅没有做任何事情来消除他的误解。

他可以成为一个非常优秀的土耳其人，一个极其出色的烟草批发商，却并不精通地理学。阿赫梅的叔叔很可能不知道，亚速海的海水流入黑海是通过一条宽阔的水道，它是古代西米里族人的博斯普鲁斯海峡，名称是伊埃尼卡雷海峡，因此他就不得不穿越这条位于刻赤半岛和塔曼半岛之间的海峡。

然而凯拉邦大人的侄子早就知道他讨厌海洋。当他面对这条航道，而且由于水流或者水太浅而必须从约有二十海里的最宽处穿过去的时候，他会说些什么呢？要是他固执地拒绝冒险呢？要是他主张重新走过克里米亚的整个东海岸，再沿着亚速海的滨海地带一直走到高加索的头几条山梁呢？那样旅行该延长多少路程！要耽误多少时间！要损失多少利益！怎么能在9月30日前赶到斯居塔里？

这就是在马车穿越半岛时阿赫梅的想法。两点钟以前它就要到达海峡，叔叔就会知道是怎么回事了。是否现在就使他对这种严重的意外情况有所准备比较适宜？然而应该采取什么样的巧妙手段，才能使谈话不至于恶化成辩论，辩论不至于恶化成吵架？如果凯拉邦大人固执己见，那就无论什么都改变不了他的想法，不管你乐意不乐意，他都会迫使马车从刻赤返回去。

所以阿赫梅拿不定主意。他如果承认自己的诡计，就有可能使他的叔叔大发雷霆！更好一点的办法，是不是他自己应该装得愚昧无知，在以为会发现道路的地方看到一条海峡的时候，假装惊讶得手足无措?

“愿安拉帮帮我吧!”阿赫梅思量着。

他顺从地等待着穆斯林的真主来帮他摆脱困境。

刻赤半岛被古代形成的一条长长的、人们称之为阿科斯围墙的壕沟分开。从城里直到检疫站的道路是沿着壕沟的，相当好走，到通向海岸的斜坡上就变得滑溜溜的，很难走了。

所以上午马车走得不快，使范·密泰恩对切索内斯的这一部分有了更加完整的了解。

总起来说，这里是荒凉的俄罗斯大草原。一些穿越草原的商队沿着阿科斯围墙寻找歇脚的地方，宿营地呈现出一派东方式的动人景象。原野上覆盖着无数的“库尔冈”，也就是帐篷，看起来就像一座巨大的公墓，并不令人愉快，然而考古学家们却深深地挖掘了同样多的坟墓，里面的大量财富，如伊特鲁立亚的花瓶、衣冠冢里的宝石、古代的首饰，现在都装饰着刻赤寺院的围墙和博物馆的展厅。

将近中午的时候，天边出现了一座巨大的方形塔楼，四角各有一座小塔楼：这是耸立在伊埃尼卡雷镇上的要塞。在南面，刻赤海湾的尽头呈现出俯瞰黑海海岸的奥布卢姆海角。然后出现了两端形成“里曼”即塔曼海湾的海峡。远方是亚洲海岸上的高加索的模糊轮廓。这条海峡显然像大海的一条支流，范·密泰恩了解他的朋友凯拉邦对大海的反感，所以神色异常惊讶地看着阿赫梅。

阿赫梅示意他别作声。非常幸运的是叔叔还在睡觉，根本没有看到黑海和亚速海的海水混合在这条水道里，它最狭窄的地方宽度也有五海里到六海里。

“见鬼！”范·密泰恩想道。

确实令人遗憾的是凯拉邦大人没有晚生几百年！如果他现在来进行这次旅行的话，阿赫梅也就用不着这样担心了。

因为这个海峡逐渐被沙淤塞，由于含贝壳的沙子的堆积，它最终成了一条水流湍急的狭窄的航道。如果说在一百五十年以前彼得大帝的舰队还能越过它去包围亚速海的话，现在的商船却不得不等待南风把水推过来，到十尺至十二尺深的时候才能通航。

然而这是 1882 年，不是 2000 年，所以必须接受当时的水文地理条件。

这时马车已经驶下通向伊埃尼卡雷的斜坡，使躲在深草丛里的大鸨惊得振翅乱飞。马车在镇上最大的旅馆门口停下，凯拉邦大人醒了过来。

“我们到驿站了吗?”他问道。

“对！到伊埃尼卡雷驿站了。”阿赫梅答了一句话。

大家下车走进旅馆，让马车到驿站去了。马车应该从驿站驶向上船的码头，那里有一条渡船，专门运送步行、骑马和坐大车的旅客，甚至把从欧洲到亚洲或从亚洲到欧洲的沙漠商队渡过河去。

伊埃尼卡雷镇上做着各种赚钱的生意：盐、鲟鱼子酱、油脂、羊毛，居民几乎全是希腊人，其中一部分捕捞鲟鱼的水手醉心于驾驶有两块三角帆的小船，沿着海峡和附近的海岸进行短途航行。伊埃尼卡雷具有重要的战略地位，这就是为什么在 1771 年，俄罗斯把它从土耳其人手里夺去之后进行加固的原因。它是黑海的一个门户。黑海的安全有两个关键：一个是伊埃尼卡雷，另一个就是塔曼。

休息了半个小时以后，凯拉邦大人示意同伴们出发，他们就朝着有渡船等着他们的码头走去。

凯拉邦的目光起初东看西看，接着发出了一声惊呼。

“您怎么了，叔叔？”阿赫梅很不自然地问道。

“这是一条河吗，这个？”凯拉邦指着海峡说。

“不错，是一条河！”阿赫梅答道，他觉得应该让叔叔蒙在鼓里。

“一条河！……”布吕诺喊道。

他主人的一个手势使他明白不该刨根问底。

“不对！这是一条……”尼西布说。

他没能说完。他正要对这里的水文地理加以形容的时候，他的同伴布吕诺用手肘猛撞他一下打断了他的话。

这时凯拉邦大人一直在注视着这条挡住去路的河流。

“它很宽哪！”他说。

“的确……非常宽……可能是涨了几次大水！”阿赫梅答道。

“大水！……是雪融化后引起的！”范·密泰恩补充说，以便支持他年轻的朋友。

“雪融化了……在九月里？”凯拉邦转向荷兰人问道。

“也许是的……雪融化了……多年的积雪……高加索的积雪！”范·密泰恩回答着，自己也不太清楚在说些什么。

“可是我没有看到能够过这条河的桥啊！”凯拉邦又说。

“对，叔叔，桥不再有了！”阿赫梅说着把两只手半合成一个望远镜的样子似乎为了更清楚地看到这条所谓的河流上的所谓的桥。

“不过应该是有一座桥的……”范·密泰恩说道，“我的旅行指南上提到了有一座桥……”

“哦！您的旅行指南上提到了有一座桥？……”凯拉邦皱着眉头盯着他的朋友的面孔问道。

“是的……这座著名的桥……”荷兰人结结巴巴地说，“您很清楚……欧兴桥①……古人所说的 Pontus Axenos……”

“真是太古了，”凯拉邦的话从他半闭的嘴唇中嘘嘘地吹出来，“它经不起雪融化以后产生的大水……多年的积雪……”

“是高加索的！”范·密泰恩总算补充了一句，不过他已经是绞尽脑汁了。

阿赫梅站得稍远一点。他不知道该如何回答他的叔叔，不想引起一场结局显然不妙的争论。

① 欧兴桥，黑海的古名。

“那好，侄儿，”凯拉邦以冷淡的口气说道，“既然没有或者不再有桥了，我们怎么过这条河呢？”

“哦！我们完全能够找到一个地方涉水而过！”阿赫梅漫不经心地说，“只有这么少的水！……”

“刚刚没过脚后跟！……”荷兰人在旁边帮腔，他显然还是不说话的好。

“好吧，范·密泰恩，”凯拉邦大声地说，“您把长裤卷起来，走到河里去，我们跟着您！”

“可是……我……”

“快点！……卷起来！……卷起来！”

忠心的布吕诺认为应该使他的主人摆脱困境。

“这么做没什么好处，凯拉邦大人，”他说，“我们不用把脚弄湿就能过去，有一条渡船。”

“哦！有一条渡船？”凯拉邦答道，“幸亏有人想到了在这条河上放一条渡船……好代替那座被冲垮的桥……那座著名的欧兴桥！……为什么不早说有一条渡船？——它在什么地方，这条渡船？”

“它在这儿，叔叔，”阿赫梅答道，指着系在码头上的渡船，“我们的马车已经在里面了！”

“真的！我们的车子已经在里面了？”

“是的，而且是套好的！”

“套好的？是谁让这么做的？”

“没有人让这么做，叔叔！”阿赫梅答道，“驿站站长自己把它赶来了……他一向是这么做的……”

“自从不再有桥之后，对吧?”

“何况，叔叔，也没有别的办法可以继续旅行了!”

“还有一个办法，阿赫梅侄儿！就是回去，从北面绕过亚速海!”

“要多走二百公里，叔叔！那我的婚礼呢？斋月 30 日的日期呢？您是不是忘了斋月 30 日了？……”

“一点没忘，侄儿！在这个日期之前我就回来了！走吧!”

阿赫梅此刻非常激动。他的叔叔会执行往回走的荒唐计划吗？或者相反，他会在渡船里坐好并穿越伊埃尼卡雷海峡?

凯拉邦大人向渡船走去。范·密泰恩、阿赫梅、尼西布和布吕诺跟随着他，不想给他以任何挑起可能爆发的激烈争论的借口。

凯拉邦在码头上停了好一会儿，注视着周围。

他的同伴们都停了下来。

凯拉邦进了渡船。

他的同伴们也跟着他进去了。

凯拉邦坐上了驿站马车。

其他人也爬了上去。

接着渡船解缆离开码头，被水流带向对岸。

凯拉邦不说话，人人都沉默不语。

幸运的是水面非常平静，船夫们毫不费力地操纵着渡船，随着水的深浅时而用长篙，时而用宽桨，可是有一阵大家都担心要出什么事故了。

确实有一股从塔曼海湾的南面的沙嘴转过来的不大的水流，从侧面抓住了渡船。使它有可能不在这个海角靠岸，而是被带向海湾的深处，那样就要穿越五公里而不是一公里了。凯拉邦大人很容易不耐烦。也许会下令往回走。

但是在上船之前，阿赫梅已经向船夫们说了一些话——其中卢布这个词重复了好几次——所以他们操纵得如此灵活，完全成了渡船的主人。

因此在离开伊埃尼卡雷海峡码头一个小时之后，旅行者们的马匹和车子都靠上了南面的沙嘴，它的俄文名称是伊乌叶那亚-科萨。

马车顺利登岸，水手们拿到了一笔可观的卢布。

从前这个沙嘴形成了两个岛屿和一个半岛，也就是说它被一条航道分成了两个地方，马车是不可能通过的。但是这些沟渠现在都被填满了，所以从沙嘴到塔曼镇的四俄里，马车一口气就能越过去。

一个小时以后，马车就进镇了，凯拉邦大人看着他的侄子，只说了一句话：

“显而易见，亚速海的海水和黑海的海水在伊埃尼卡雷海峡里相处得还不错!”

而这就够了，说明阿赫梅侄子的河流也好，范·密泰恩朋友的欧兴桥也好，对他来说从来都不是问题。

第十五章

凯拉邦大人、阿赫梅、范·密泰恩和他们的仆人扮演了蝾螈的角色。

塔曼只是一个外表相当凄凉的镇子，由于年久失修而房子陈旧，茅屋褪色，木质教堂的钟楼四周不断地有隼在盘旋。

马车在塔曼一穿而过。所以范·密泰恩既没有看到重要的军营，也没有看到法纳戈利亚要塞和特姆塔拉干的遗址。

如果说刻赤的居民和风俗属于希腊的话，塔曼就属于哥萨克。荷兰人只能在路过时顺便看看两者的对比。

马车始终走最短的路，沿着塔曼海湾的南岸走了一个小时。但这点时间已足以使旅行者们认识到，这里是个非常难得的狩猎场所，在地球上的其他任何地方也许都碰不到了。

确实，鹈鹕、鸬鹚，不用说还有一群群的大鸨都躲在这些沼泽地里，数量多得令人难以置信。

“我从未见过这么多的水鸟！”范·密泰恩公正地指出，“可以随便向这些沼泽打一枪！没有一粒铅弹会落空的！”

荷兰人的意见没有引起任何争论。凯拉邦大人根本不是个打猎的人，阿赫梅实际上完全在考虑别的事情。

马匹从左面的海岸拐向东南的时候惊起了一大群野鸭，一场辩论由此开始。

“它们有一个连！”范·密泰恩喊道，“简直有整整一个团！”

“一个团？您是想说有一个军！”凯拉邦耸了耸肩膀反驳说。

“毫无疑问，您说得对！”范·密泰恩接着说道，“足足有十万只鸭子呢！”

“十万只鸭子！”凯拉邦喊道，“您是不是要说二十万？”

“哦！二十万！”

“我甚至要说三十万，范·密泰恩，但还是说得不够！”

“您说得对，凯拉邦朋友。”荷兰人谨慎地答道，他不想把同伴刺激得向他头上扔过来一百万只鸭子。

不过归根结底是他说得对。十万只鸭子！它们的移动已经是够动人的了，何况这块阳光下的鸭云在海湾上投下了一个移动的巨大阴影。

天气晴朗，路面平坦。马车疾驶，各个驿站的马匹随时可以更换，在半岛的路上走在他们前面的萨法尔大人已经不见了。

不用说，他们是连夜赶往已经模糊地出现在天边的、高加索的头几道山梁。既然在刻赤的旅馆里过了一整夜，就谁也不会想到在三十六个小时之前离开马车了。

但是在傍晚要吃晚饭的时候，旅行者们停在一个兼营旅馆的驿站里。他们不大清楚高加索沿海地带物产如何，吃饭是否方便，所以最好还是节约在刻赤储备的食品。

旅馆很普通，但食品并不缺少。老板或许是出于不信任，或许是本地的习惯使然，要他们边吃边付钱。

因此他拿面包来的时候就说：

“这是十戈比！”

阿赫梅就付了十戈比。

鸡蛋端上来的时候，他说：

“这是八十戈比！”

阿赫梅就付了他要的八十戈比。

名叫“克瓦斯”的饮料，多少钱！鸭子，多少钱！盐也要钱？对！盐，多少钱！

阿赫梅都一一照付。

直到桌布，直到餐巾，直到凳子，都要分别在事先结账，就连刀子、杯子、勺子、叉子、盘子也不例外。

不难理解，凯拉邦大人不用多久就要发火，他最终为了这顿晚饭买下了整套必需的餐具，虽然大加指责，老板却不动声色，像范·密泰恩那样处之泰然。

吃完晚饭，凯拉邦在退还这些东西时损失了一半的钱。

“还多亏他没有要你付消化的钱！”他说，“他是个什么样的人，他有资格当奥斯曼帝国的财政部长！这是一个对博斯普鲁斯海峡的小船每划一下桨都收税的人!”

不过晚饭还是吃得不错的，布吕诺认为这一点最重要。接着他们连夜出发——那是一个阴暗而没有月亮的夜。

这是一种奇特而又不无魅力的印象：在一片黑暗当中，感到自己被小跑的马拉着穿过一个陌生的地区，这里的村子彼此相隔很远，一些罕见的农庄也星散在大草原上。道路平坦时马儿的铃铛声，马蹄在地上踏出的不规则的节奏，车轮在沙质地面上的摩擦声，与常被雨水冲刷的车辙的撞击声，车夫的响鞭，灯笼消失在黑暗中的微光，加上车子有时猛然与树木、大石块、竖立在路堤上的指路杆相撞，这个由各种声音和变幻不定的影像构成的整体，使旅游者不能无动于衷。因为在有点幻想般的半睡半醒的状态中，他听得见这些声音，看得见这些影像。

凯拉邦大人和他的同伴们不可能摆脱这种感觉，而且它不时地会变得非常强烈。透过主车厢前面的玻璃窗，他们半闭着眼睛，注视着马匹的巨大的影子，映在灯笼微光下的道路前方任意变化，硕大而活动的影子。

大约夜里十一点钟的时候，一种奇怪的声音使他们从睡梦中醒了过来。这是一种呼啸声，像汽水开瓶一样，不过要响十倍，可以说是某个锅炉的排气管在放出压缩的蒸汽。

拉车的马停了下来，车夫觉得控制不了他的马了。阿赫梅想知道发生了什么事情，就马上放下玻璃窗，把身子探出车外。

“怎么回事？我们为什么不走了?”他问道，“这种声音是什么地方来的?”

“这是泥火山。”车夫答道。

“泥火山？”凯拉邦喊道，“谁听说过泥火山？说实话，你让我们走的是一条有趣的路，阿赫梅侄儿！”

“凯拉邦大人，您和您的同伴们都请下车。”这时车夫说道。

“下车！下车！”

“是的！……我劝你们跟在马车后面步行穿过这个地区，因为我控制不了我的马，它们可能会惊得狂奔的。”

“好吧，”阿赫梅说，“这个人讲得有道理。应该下车！”

“要走五六俄里，”车夫补充说，“也许八俄里，不过不会再多了！”

“您决定了吗，叔叔？”阿赫梅问道。

“我们下车吧，凯拉邦朋友，”范·密泰恩说，“泥火山？……应该看看这会是什么样子。”

凯拉邦大人虽然表示反对，也终于下了决心。大家都下了车，跟在一步步前进的马车后面，在灯笼的微光下走着。

夜黑得伸手不见五指。荷兰人本来想哪怕是稍微看看车夫所说的自然景象，看来是弄错了。但是这些时时充满空中的震耳欲聋的呼啸声，却除非是聋子才不会听见。

总而言之，如果是白天的话，人们就会看到这种景象：一片辽阔的大草原上鼓起了一些喷发的小丘，就像在赤道非洲的某些地方能碰到的巨大的蚁穴。从这些小丘里喷出沥青般的气体，名称确实就叫“泥火山”，尽管火山活动与产生这种现象毫无关系。这只是淤泥、石膏、石灰石、黄铁矿，甚至石油的混合体，它在氢气、含碳气体有时是含磷气体的推动下比较猛烈地爆发出来。这些小丘逐渐鼓起，终于破裂以释放喷发的气体，当这些第三纪的土壤在一段或长或短的时间里变空以后就陷了下去。

在这种情况下产生的氢气是石油缓慢但持久地分解的结果，它混有上述各种杂质。由于雨水或泉水的不断渗透，把氢气封闭在内的岩壁在水的作用下碎裂，氢气就喷发出来，正如有人确切地说过的那样，就像一只装满汽酒的瓶子由于气体的喷出而变得空无一物了。

这类喷发的小丘在塔曼半岛的地面上比比皆是，在地形相似的刻赤半岛上也并不罕见，但它们不靠近驿站马车所走的道路——这就是旅行者们在此之前对它们一无所知的原因。

这时它们穿行在这些烟雾腾腾的巨大的瘤子之间，四周喷发着车夫向他们解释过的液态的泥浆。他们有时候离它们那么近，这些气味独特的气流就扑面而来，他们就像在逃离工厂的大煤气罐一样。

“哎！”范·密泰恩辨别出有煤气的气味后说，“这条路可不是没有危险，但愿不要发生什么爆炸。”

“您说得对，”阿赫梅答道，“为了谨慎起见，应该熄掉……”

车夫在这个地区常来常往，他和阿赫梅的看法一样，因为马车上的灯笼忽然熄灭了。

“其他人注意不要吸烟！”阿赫梅向布吕诺和尼西布说道。

“放心吧，阿赫梅大人！”布吕诺赶紧答道，“我们可不想被炸飞！”

“怎么，”凯拉邦喊道，“现在这儿就不让吸烟了?”

“不能吸，叔叔，”阿赫梅立刻回答说，“不能……至少在几俄里之内不能吸!”

“连一支香烟也不行?”固执的人又说道，他已经以一个老烟鬼的敏捷动作用手指卷着一大撮东贝基烟草。

“晚一点，凯拉邦朋友，晚一点……为了我们大家的利益!”范·密泰恩说道，“在这个草原上吸烟和在火药库里一样危险。”

“真是个好地方!”凯拉邦喃喃自语，“烟草商在这里会发财才见鬼呢！走吧，阿赫梅侄儿，就算要晚几天，还是去绕亚速海的好!”

阿赫梅一言不发。他根本不想为此进行一场辩论。他的叔叔埋怨着把烟草放进口袋，他们继续跟着马车向前走，在这个漆黑的夜里还勉强可以分辨出马车笨重的形状。

为了不至于摔倒，要紧的是走得极为小心，道路上不时有被雨水冲刷成的沟沟坎坎，一步一步很不踏实。路在转向东面的时候稍微高了一些，幸运的是虽然烟雾腾腾，却连一丝风也没有，所以蒸汽直接升到空中而没有落到旅行者的身上，否则真要难受死了。

他们就这样小心翼翼地走了大约半个小时。辕马在前面不住地嘶叫和立起来，车夫几乎控制不住。当车轮滑进车辙里的时候，车轴就咯吱咯吱直响，不过我们知道马车很坚固，它在多瑙河下游的沼泽里已经受过考验了。

再过一刻钟，他们可能就会平安地越过这个充满喷气小丘的地区了。

突然，在路的左边出现了强烈的亮光，一个小丘刚刚着了火，喷出了一股烈焰使半径一俄里范围内的草原都被照亮了。

“是有人吸烟了！”阿赫梅喊道，他比同伴们走得稍前一点，现在赶紧后退。

谁都没有吸烟。

前面忽然传来了车夫的叫声，和鞭子的噼啪声混在一起。他已经无法驾驭他的马了。辕马惊恐地狂奔起来，车子被拖着飞驶而去。

他们都站住了。在这个黑暗的夜里，大草原呈现出一种可怖的景象。

果然，这个小丘上冒出的火焰刚刚点着了邻近的小丘。它们一批接一批地爆炸，发出强烈的光芒，就像一束束火花交叉的焰火一样。

现在草原上是一片无边的火光。光芒下面映出了几百个喷火的巨大瘤子。它们的气体在喷出的液态物质中燃烧，有些闪着石油的暗光，有些则因为含有白色的硫黄、黄铁矿或铁的碳酸盐而显得五彩缤纷。

同时从地下的泥灰岩里传来了沉闷的吼声。在装得太满的喷发物质的推动下，大地会不会裂开成为一个火山口？

这里有着一种潜在的危险。凯拉邦大人和同伴们本能地彼此拉开了距离以减少共同遭到灭顶之灾的可能性。但是不能停下，必须赶快走，重要的是尽快穿过这个危险的地区。道路被照亮了，似乎还是好走的。它在小丘之间绕来绕去，穿过这片着火的草原。

“向前走！向前走！”阿赫梅吼道。

大家一声不吭，但是都服从他。现在看不见马车了，只能朝它消失的方向冲去，天边好像仍然笼罩在夜的黑暗之中……那里就是这个要越过去的小丘地区的边缘。

突然就在路上响起了一声更强烈的爆炸。一股火舌从一个巨大的、刚刚在地面上鼓了一阵的小丘里喷了出来。

凯拉邦被火舌喷倒在地上，大家看到他在火焰中挣扎，他如果站不起来的话就要完了。

阿赫梅一下子扑过去救自己的叔叔，在燃烧的气体烧伤他之前把他拉了出来，他已经被放出的氢气窒息得晕过去了。

“叔叔！叔叔！”阿赫梅喊着。

范·密泰恩、布吕诺、尼西布在把他抬到路边之后，都想试着向他的肺里送一些空气。

终于听到了有力的和令人放心的哼哼声，凯拉邦结实的胸膛开始加速起伏排出肺里有毒的气体。接着他长长地吸了口气，恢复了知觉和生命力，他的第一句话就是：

“你现在还敢对我说，阿赫梅，去绕亚速海也并不更好吗？”

“您是对的，叔叔！”

“永远如此，侄儿，永远如此！”

凯拉邦大人刚刚说完这句话，被强光照亮的大草原又变得一片漆黑，所有的小丘都突然同时熄灭了，简直像一个布景工的手刚刚关上了舞台的电闸。一切都变黑了，尤其是因为他们眼睛的视网膜上还保留着刚刚熄灭的强光的印象，所以就觉得更黑了。

发生了什么事情？这些小丘为什么会着火，既然没有任何火星靠近它们的喷气口？

原因可能是这样的：在一种接触空气就会自燃的气体的影响下，产生了与 1840 年的塔曼郊区大火相同的现象。这种气体就是含磷的氢气，来自这些泥灰岩层里的水生动物的尸体。它着火后就引燃了含碳的氢气，其实就是煤气。因此，也许是受了某些气候条件的影响，这种自发的燃烧现象随时都可能发生，而且没有任何预测的方法。

从这个角度来看，刻赤半岛和塔曼半岛的道路存在着严重的危险而且很难躲避，因为他们已经身受其害。

所以凯拉邦大人说随便哪一条路都比急躁的阿赫梅让他们走的路要好，他的说法是不错的。

不过归根结底，大家都幸免于难——叔叔和侄儿当然烧焦了一些头发，而他们的同伴则毫发无损。

离这里三俄里的地方，车夫和他的马都停在那里。火焰刚刚熄灭，他就点亮了马车的灯笼，在这点微光的指引下，旅行者们虽然疲乏，但却平安地和他会合了。

每个人重新坐到自己的位子上之后又出发了，后半夜过得很平静。但是范·密泰恩对这种景象却保留着生动的回忆，如果在他的一生中，机遇会把他带到新西兰的那些盆状的丘陵地区，看到喷发的气体在层层燃烧的话，也不会使他更赞叹不已了。

第二天，9 月 6 日，在离塔曼十八公里的地方，马车在绕过基西尔-塔什海湾之后穿越阿纳帕镇，傍晚将近八点钟时停在拉耶夫斯卡亚镇上，这是高加索地区的边界。

第十六章

波斯烟草和小亚细亚烟草的优点。

高加索位于俄罗斯南部，从西向东全是高山和无边的高原，长度约为三百五十公里。北面伸展着哥萨克人的地区，斯塔夫罗波尔行政管辖区，以及游牧民族卡尔穆克和诺加伊斯的大草原；南面是格鲁吉亚的首都第比利斯以及库塔伊斯、巴库、伊丽莎白特波尔、埃里温的行政管辖区，以及明格雷利亚、伊雷特里亚、阿布卡西亚、古里埃尔等省份。高加索的西面是黑海，东面是里海。

高加索主要山脉南面的整个地区也叫外高加索，只与土耳其和波斯交界处的阿拉拉特山，根据《圣经》记载，是洪水以后挪亚方舟靠岸的地方。

这个重要的地区有许多民族，有些定居，有些游牧，有卡兹特维尔人、亚美尼亚人、吉尔吉斯人；北部有卡尔穆克人和诺加伊斯人，蒙古族的鞑靼人；南部有土耳其族的鞑靼人、哥萨克人。

按照在这方面最有资格的学者的说法，正是在这个半欧洲半亚洲的地区产生了今天布满欧亚的白种人。他们也把这个种族称为“高加索人种”。

俄罗斯的三条大路穿过这个巨大的屏障，俯瞰它的是四千米高的夏特厄尔布鲁士山，四千八百米高的卡兹别克山——和勃朗峰[①]一样高，以及五百六十米高的厄尔布鲁士山的顶峰。

第一条路在战略和通商方面都很重要，沿着黑海海岸从塔曼通向波季；第二条路从莫斯多克经达里亚尔山口通向第比利斯；第三条路从基兹里亚尔经杰尔宾德通向巴库。

在这三条道路当中，凯拉邦大人和他的侄子一样，当然都要走第一条路。何必进入高加索群山的迷宫，招来许多困难，最后还要迟到呢？这是一条直达波季的路，在黑海的东海岸上也并不缺少城镇和村庄。

从罗斯托夫到弗拉基高加索，然后从第比利斯到波季自然都有铁路，这两条铁路之间几乎只相距一百俄里，因此本来是可以连续加以利用的。但是阿赫梅明智地避免建议采用这种交通方式，因为在谈到陶里斯岛和切索内斯的铁路时，他的叔叔已经显得很不高兴了。

---

① 勃朗峰，法国中部最高的山峰。

一切都很令人满意。这辆坚不可摧的驿站马车只有几处稍微修了一下，就在9月7日一早离开了拉耶夫斯卡亚镇，奔驰在海岸的道路上。

阿赫梅决心以最快的速度赶路。要在规定的日期赶到斯居塔里，他的行程还剩下二十四天。他的叔叔在这一点上和他的意见是一致的。毫无疑问，范·密泰恩更喜欢随意旅行，收集更为持久的印象，根本不想在一个最近的日子里到达，但是他们不征求范·密泰恩的意见。他不是别的，是到他的朋友凯拉邦家里去吃晚饭的客人。那么把他带到斯居塔里就行了，他还能再要求什么呢?

布吕诺为了尽心尽责，在俄罗斯的高加索进行冒险的时候，向他的主人提出一些建议。荷兰人听他说完以后，问他有什么办法。

“那好，我的主人，”布吕诺说，“为什么不让凯拉邦大人和阿赫梅大人两人沿着黑海去无休无止地奔跑呢?”

“离开他们，布吕诺?”范·密泰恩问道。

“离开他们，是的，主人，在祝他们旅途愉快之后就离开他们!”

“我们留在这儿?”

“不错，留在这儿，既然不幸的命运把我们带到这里，我们就不慌不忙地游览一下高加索！毕竟这里和君士坦丁堡一样，我们都能躲过范……”

“别说出这个名字，布吕诺!”

“我不会说的，主人，绝不会使您不高兴！不过都是因为她，我们才被卷进这样一场冒险之中！坐着驿站马车日夜奔波，差点儿陷进沼泽或者在荒野里被烤熟。说实话，这太过分了，这实在太过分了！所以我向您建议，绝不要为此同凯拉邦大人争论——您不会占上风的！——而是让他走，同时用一句亲切的话告诉他您会到君士坦丁堡去找他的，当您乐于回到那里去的时候！”

“这么做不合适。”范·密泰恩说。

“但是很慎重。”布吕诺答道。

“那么你觉得自己是很值得同情的了？”

“太值得同情了，再说，我不知道您是否发现，我开始消瘦了！”

“不太瘦，布吕诺，不太瘦！”

“不！我很清楚，再照这个样子吃饭，我很快就会变成骨头架子了！”

“你称过了吗，布吕诺？”

“我在刻赤就想称的，”布吕诺答道，“可是我只找到一台称信件的秤……”

“用那杆秤没法称吗？”范·密泰恩笑着问道。

“没法称，我的主人，”布吕诺严肃地答道，“可是不用多久，它就足够称您的仆人了！——您看，我们是否让凯拉邦大人走他的路？”

当然，范·密泰恩对这种旅行方式也并不高兴，因为他为人正直，性格稳重，从来不匆匆忙忙地办任何事情。不过要得罪他的朋友凯拉邦，抛弃他，这种想法是如此令人不快，他不能让步。

“不行，布吕诺，不行，”他说，“我是他的客人……”

“一个客人，”布吕诺喊道，“一个不是走一公里而是被迫走七百公里的客人!”

“这无所谓!”

“请允许我对您说您错了，我的主人!”布吕诺反驳说，“我是第十次跟您说了！我们的倒霉事情还没有完呢，而且我有一种预感，您也许会比我们更倒霉!”

布吕诺的预感会实现吗？未来会告诉我们的。无论如何，事先通知了他的主人，他就尽到了作为忠诚的仆人的责任，既然范·密泰恩决定要继续这次荒诞无稽而又劳累不堪的旅行，他当然也只能跟着了。

这条海滨的路几乎一直是沿着黑海的海岸延伸的。有时它离岸稍远一点是为了避开地面上的某个障碍，或者通向某个旁边的村镇，但至多只偏离几俄里。几乎与这条路平行的高加索山脉的最后的分支，刚刚消失在这些人迹罕至的海岸的边缘后面。在东方的地平线上耸立着它终年积雪的顶峰，就像一根用长短不齐的鱼刺伸向天空的鱼骨。

下午一点钟，他们在离拉耶夫斯卡亚镇七公里的地方，开始走上沿着泽姆小海湾的道路，以便再走八公里到达格朗西克村。

看得出这些村镇彼此相距不远。

在黑海各县的海滨地带，差不多每隔一段距离就有一个县。

不过除了这些房屋集中，但有时也不比村庄大多少的地方之外，这个地区几乎荒无人烟，经商的多是沿海航行的人。

这条位于山脉脚下和大海之间的狭长地带令人赏心悦目。地面上树木繁茂，都是一片片的橡树、椴树、胡桃树、栗树、法国梧桐，野葡萄四处伸展的蔓枝像热带森林里的藤一样缠绕在树上。田野上到处都有鸣叫着飞起来的夜莺，而大自然则是这些肥沃的土地的唯一的播种者。

将近中午的时候，旅行者们碰到了一个卡尔穆克人的游牧部落，这些人分成“乌鲁斯”，每个乌鲁斯包括几个“科托纳”。这些科托纳是真正的流动村落，由一些“基比卡斯”即帐篷组成。帐篷按酋长的意愿随处扎营，有时在草原上，有时在绿油油的山谷里，有时在水流边上。人们都知道这些卡尔穆克人源自蒙古人。他们从前在高加索地区数量极多，但是在俄罗斯政府的限制下——如果不是欺压的话，他们已经大量地迁移到亚洲去了。

卡尔穆克人保持着特有的风俗习惯，范·密泰恩在他的记事簿上写着这些男人穿一条肥大的长裤，一双摩洛哥皮的靴子，一件“卡拉特”，也就是一种宽大的外套，还有一顶用一块包着羊皮的布缠成的方帽子。女人的服装和男人的差不多，只是少了一根腰带，多了一顶帽子，这顶帽子里露出了扎有彩色丝带的发辫。孩子们几乎赤身裸体，冬天为了取暖就蹲在炉边，睡在热乎乎的灰烬里。

个头矮小但很结实，是出色的骑手，敏捷灵活，靠一些用水煮熟的加有马肉片的面糊为生；然而是冷酷无情的酒鬼，经验丰富的盗贼，一字不识，极端迷信不可救药的赌徒，这就是在高加索大草原上不断地跑来跑去的游牧者。马车穿过他们的一个科托纳，几乎没有引起他们的注意。他们稍微停下手里的活儿看看这些旅行者，因为至少有一个游客在很有兴趣地观察他们，也许他们曾向在路上奔驰的马车投去羡慕的目光。不过对于凯拉邦大人来说，幸运的是他们没有在那里停留，才得以在没有用马去交换卡尔穆克人扎营的小木桩的情况下到达了下一个驿站。

绕过泽姆海湾以后，马车走上了一条夹在海滨的头几座山梁之间的窄道，但是穿过山梁之后就明显地宽了起来，变得好走了。

晚上八点钟，到了格朗西克村。他们在这里换了马，简单地吃了晚饭，在九点钟又出发了。他们连夜赶路，天空时而多云，时而布满星星。秋分时天气不好，他们在浪涛的拍岸声中，于第二天早晨七点钟到达贝雷戈瓦亚村，中午到达哥舒巴村，晚上六点到达邓金斯克村，午夜到达纳布斯克村，第三天早晨八点到达格罗温斯克村，一点到达拉科夫斯克村，再过了两个小时就到了杜夏村。

阿赫梅本来不想抱怨什么。旅行平安无事，他感到很高兴。但是平安无事却使范·密泰恩觉得恼火。他的记事簿上确实只有一堆堆枯燥乏味的地理名称，没有一点新的观感，没有任何值得记住的印象！

在杜夏村，马车要停两个小时，因为驿站站长要去找他的正在放牧的马匹。

“那好，”凯拉邦说，“我们利用这个机会尽量舒舒服服地吃顿晚饭吧。”

“对，吃晚饭。”范·密泰恩也说。

“让我们好好吃一顿，要是可能的话！”布吕诺望着自己的肚子小声地说。

“也许这次休息，”荷兰人又说，“会给我们带来一点旅途中缺少的意外事情！我想年轻的阿赫梅朋友会允许我们去透透空气的吧？……”

“直到马来了为止，”阿赫梅答道，“现在已经是这个月的第九天了！”

杜夏旅馆相当普通，建在名叫德西姆塔的小河边上，湍急的河水是从附近的山梁上流下来的。

这个村子很像哥萨克人的村子“斯塔米斯迪”，有栅栏和大门上面有个方形的小塔楼，有哨兵日夜监视。房屋都在浓密的树荫下面，高高的茅屋顶，涂有黏土的木板墙，住在里面的居民的生活即使不算富裕，至少也不至于贫困。

此外，由于与东部俄罗斯乡村的不断接触，哥萨克人几乎已经完全失去了原有的特性。但是他们依然勇敢灵活、警惕性高，适合当军事防线上的警戒卫士，因而无论是在对长期造反的山民的追捕中，还是在马上的比武或竞赛中，他们都被视为世界上第一流的骑手。

这些本地人的服装已经和高加索山民的服装互相混同，但是从他们的优雅动人的体形上，还可以辨认出他们源自一个优秀的种族，在高高的皮帽下面也不难看出这些坚强有力的面孔，浓密的胡子盖满了整个颧颊。

当凯拉邦大人、阿赫梅和范·密泰恩在旅馆的餐桌旁边坐下的时候，端上来的饭菜是从附近的“杜坎”里拿来的：猪肉商，屠夫食品杂货商往往在这种杜坎里同操一业。这顿晚餐有一只烤火鸡，加牛奶干酪块的玉米面蛋糕，这种蛋糕名叫“加夏普里”；必不可少的传统菜“布利尼”，就是一种加酸奶的油煎鸡蛋薄饼；然后是鱼，几瓶浓啤酒，几小瓶伏特加，这是烈性的烧酒，它在俄罗斯人当中的消耗量令人难以置信。

说实话，在黑海边缘的一个偏僻小村的旅馆里，是不能再要求吃得更好了，加上胃口大开，所以客人们对这顿改变旅途中单调食谱的晚餐大加赞赏。

吃完晚饭，阿赫梅离开餐桌，布吕诺和尼西布还在大吃他们那份火鸡和传统的鸡蛋饼。他按照习惯自己到驿站去，以便催促更换拉车的马匹。必要的话，除了车夫的小费之外，对于和驿站站长讲好的每匹马每俄里五个戈比的价钱，哪怕多付十倍也行。

在等他的时候，凯拉邦大人和他的朋友范·密泰恩来到一个青翠的亭子里，河水潺潺地流过亭子下面长满苔藓的柱子。

如此悠闲地沉浸在甜蜜的梦想之中，这种机会真是绝无仅有，东方人称之为“至高无上的享受”。

此外，对于一顿值得好好消化的晚餐来说，水烟筒的作用也成了必不可少的补充。两支水烟筒被仆人从马车里拿来交给了吸烟的人，在命运赐给他们的这种消磨时光的温馨中显得十分和谐。

两支水烟筒立刻就装满了烟草。当然不用说，凯拉邦大人按照自己的习惯装的是波斯的东贝基烟草，范·密泰恩装的则是他常用的小亚细亚的拉塔基亚烟草。

然后两支烟筒就点着了。两位吸烟者互相挨着躺在一张长凳上。长长的金蛇烟管上缠着金丝，末端是一个波罗的海的琥珀吹口，它在两个朋友的嘴唇里找到了自己的位置。

芳香的烟雾在被清水巧妙地变凉之后才到嘴里，很快就在空气中弥漫开来。

凯拉邦大人和范·密泰恩有一阵沉浸在水烟筒提供的这种远胜于烟斗、雪茄、香烟的无比的快乐之中，默默地半闭着眼睛，就像被烟雾托在空中的鸭绒一样飘飘欲仙。

“啊！这才是纯粹的享乐！”凯拉邦终于说道，“要消磨一个小时，我不知道还有什么比和自己的水烟筒讲知心话更好的方式了！”

“这种谈话不会发生争论，”范·密泰恩答道，“只会使人更愉快！”

“所以，”凯拉邦又说道，“土耳其政府用税收来打击烟草，使它的价格涨了十倍，这样做是考虑得太不周到了！由于这种愚蠢的想法，水烟筒的用途就会逐渐消失，而且总有一天会消失的！”

“这确实会令人遗憾，凯拉邦朋友！”

“至于我，范·密泰恩朋友，我对烟草偏爱到这种程度，宁可死去也不会放弃它。是的！死也不会！我在阿穆拉特四世时代生活过，这个暴君想以死刑来强迫禁烟，但是人们只会在看到我的头和肩膀掉下来之后，才会看到我的烟斗从嘴唇上掉下来！”

“我的想法和您一样，凯拉邦朋友。”荷兰人说着接连猛吸了两三口。

“别吸这么快，范·密泰恩，求求您，别吸这么快！您这样来不及品味美妙的烟雾，使我觉得您像一个囫囵吞枣的饕餮之徒！”

“您总是有道理的，凯拉邦朋友。”范·密泰恩答道，他无论如何都不想用争吵来干扰如此温馨的安宁。

“总是有道理的，范·密泰恩朋友！”

“不过说实话，凯拉邦朋友，我感到惊讶的是，我们这些烟草批发商会从我们自己的商品中获得那么多的乐趣！”

“那是为什么？”凯拉邦问道，他不时地向后靠一下。

“这是因为，糕点师傅通常都讨厌糕点，糖果商通常都讨厌糖果，我觉得一个烟草商应该害怕……”

“听我说一句话，范·密泰恩，”凯拉邦答道，“只说一句话，请您听一听！”

“哪一句话？”

“难道您曾经听说一个酒商蔑视他出售的饮料吗？”

“当然没有！”

“那好，酒商或者烟草商完全是一回事。”

“对了！”荷兰人答道，“我觉得您的解释真是妙极了！”

“不过，”凯拉邦继续说道，“既然您在这方面好像要跟我争论……”

“我不想跟您争论，凯拉邦朋友！”范·密泰恩赶紧回答。

“想的！”

“不想，我向您保证！”

“归根结底，既然您就我对烟草的兴趣提出了一种带有一点挑衅性的看法……”

“请您相信……”

“不……不！”凯拉邦说着激动起来，“我会理解含沙射影的话……”

“我没有说过任何含沙射影的话。”范·密泰恩答道，他不太清楚为什么——也许是刚刚吃的丰盛的晚餐的影响——开始对这种固执感到不耐烦了。

“说过，”凯拉邦反驳说，“现在该轮到我对您说一句了！”

“那就说吧！”

“我不明白，不！我不明白您竟敢在一支水烟筒里吸拉塔基亚烟草！这样缺乏鉴赏力就算不上是一个自重的吸烟者！”

“但是我认为我完全有权利吸它，”范·密泰恩回答说，“既然我更喜欢小亚细亚的烟草……”

“小亚细亚！真的！说到烟草，小亚细亚远不及波斯！”

“这要看情况！”

“东贝基烟草即使洗了两遍，依然保持着浓烈的特色，比拉塔基亚烟草不知好多少倍！”

“我完全相信!”荷兰人喊道，“过分的浓烈的特色，是因为含有颠茄!”

“适量的颠茄只会提高烟草的质量!……”

“适用于那些想慢慢地毒死自己的人!”范·密泰恩反唇相讥。

“这根本不是毒药!”

“这是一种毒药，而且是最厉害的一种!”

“难道我因此就死了吗?”凯拉邦吼道，这关系到他的事业，他把一口烟全吞了下去。

“没有，但是它会使您死去的!”

“那好，即使在我死的时候，”凯拉邦重复着，他的声音强烈得令人担心，“我还是主张东贝基烟草比被称为拉塔基亚烟草的干草要好!”

“对这样一种谬论决不能放过去!”范·密泰恩说，他也激动起来了。

“可是它能过去!”

“您竟敢对一个买了二十年烟草的人说这种话!”

“而您竟敢对一个卖了三十年烟草的人说相反的话!”

“二十年!”

“三十年!”

进入了这个辩论的新阶段，两个争论的人同时站了起来。然而当他们激烈地指手画脚的时候，烟嘴从他们的嘴里掉了下来，烟管也落在地上了。两人立刻把它们捡了起来，同时还在继续争论，以致开始进行人身攻击。

“显而易见，范·密泰恩，”凯拉邦说道，“您确实是我认识的最最固执的人！”

“不如您，凯拉邦，不如您！”

“我！”

“您！”荷兰人控制不住地吼了起来，“您就看着从我嘴里吐出的拉塔基亚烟草的烟雾吧！”

“那您呢，”凯拉邦以牙还牙，“就看着我吐得像一块芬芳的云彩一样的东贝基烟草的烟雾吧！”

两个人就在他们的烟嘴上吸得连气都喘不过来！两个人都把烟雾向对方脸上喷去！

“您就闻闻吧，”一个说，“我的烟草的气味！”

“您就闻闻吧，”另一个重复着，“我的烟草的气味！”

“我会迫使您承认，”最后范·密泰恩说道，“说到烟草，您是一窍不通！”

“那您呢，”凯拉邦反唇相讥，“你连最差的吸烟者都不如！”

这时两个人都在火头上，嗓门大得连外面都听见了。他们显然就要破口大骂，就像在战场上那样向对方扔炸弹。

然而这时阿赫梅出现了。布吕诺和尼西布也听到了声音，跟着他走了进来，三个人停在亭子的门口。

“瞧！”阿赫梅大笑着叫了起来，“我的叔叔凯拉邦吸着范·密泰恩先生的水烟筒，而范·密泰恩先生吸着我叔叔凯拉邦的水烟筒！”

尼西布和布吕诺都齐声附和。

确实如此，两个争吵的人在捡起他们的烟嘴时对错了烟筒，因此都没有发现在炫耀他们所偏爱的烟草的优良品质的时候，凯拉邦吸的是拉塔基亚烟草，而范·密泰恩吸的是东贝基烟草！

毫无疑问，他们也忍不住笑了起来，所以归根结底，他们高高兴兴地握了手。正如两个朋友一样，任何争论，哪怕是关于一个如此严肃的问题的争论，也不可能损害他们的友谊。

“马车套好了，”阿赫梅说，“我们该出发了！”

“那就出发吧！”凯拉邦说。

范·密泰恩和他把差点成为战斗武器的水烟筒交给布吕诺和尼西布，大家很快就在马车里坐好了。

不过在上车的时候，凯拉邦忍不住小声地对他的朋友说：

“既然您已经品尝过了，范·密泰恩，现在请您承认东贝基烟草要比拉塔基亚烟草好得多！”

“我宁可承认这一点！”荷兰人答道，他为自己敢于顶撞他的朋友而感到后悔。

“谢谢，范·密泰恩朋友，”凯拉邦被他这种委曲求全的态度所感动，说，“您的承认我永远不会忘记！”

两个人以有力的握手巩固了一份永远不会破裂的新的友好条约。

这时车子被马拉着奔驰在海岸的路上。

晚上八点钟，到了阿布卡西亚的边界，旅行者们在驿站里休息，一直睡到第二天早晨。

第十七章

这个故事的第一部以一次更为严重的冒险而结束。

阿布卡西亚是高加索地区的一个单独的省份，那时它还没有公民制度，只有军事制度。它的南面是因古尔河，河水成了库塔伊斯行政管辖区的主要部分之一明格雷利亚的边界。

这是一个美丽的省份，高加索最富裕的省份之一，然而统治它的制度却不适于利用它的财富。农民刚刚开始拥有过去全部属于占统治地位的王公贵族们的土地，这些王公贵族是一个波斯王朝的后裔。因此当地人还处于半野蛮状态，勉强有了时间概念，没有文字，讲一种邻省的人都听不懂的方言——这种方言如此贫乏，甚至没有足够的词汇来表达最基本的概念。

范·密泰恩在路过的时候，对于这个地区与他刚刚走过的更为文明的地区之间的对比，当然不会不加注意。

在路的左面的田野里生长着玉米，难得有麦子；山羊和绵羊有人照料和看管，水牛、马和奶牛在牧场里随意游荡；美丽的树林，有白杨树、无花果树、胡桃树、橡树、椴树、法国梧桐、长长的黄杨和冬青树丛，这就是阿布卡西亚省的外貌。正如一位勇敢的女旅行家卡拉·塞雷娜夫人指出的那样："如果在明格雷利亚、萨姆尔扎干和阿布卡西亚这三个毗邻的城市之间进行比较的话，可以说它们各自的文明与围绕它们的山脉文化的进步是成正比的：明格雷利亚的社会发展最快，它有树木繁茂的高原并且已经开发；萨姆尔扎干较为落后，地形高低起伏，比较荒凉；阿布卡西亚则几乎处于原始状态，只有一些无人问津的荒山秃岭。因此在高加索的所有地区，将是阿布卡西亚最晚享受个人自由的利益。"

越过边界之后，旅行者们的第一次休息是在加格里村。这是个美丽的村庄，有一个迷人的圣伊帕塔教堂，它的圣器室现在成了食物储藏室；一座同时是军医院的堡垒；一条名叫加格兰斯卡的激流，不过现在是干涸的。村庄的一边是大海，另一边是遍布果园的田野，生长着高大的洋槐，种着一丛丛芬芳的玫瑰。远处不到五十俄里的地方，绵延着位于阿布卡西亚和西尔卡西亚之间的山脉，那里的居民被俄罗斯人打败，在 1859 年的血战之后放弃了这个美丽的沿海地带。

晚上九点钟，马车到这里过夜。凯拉邦大人和他的同伴们在村中的一个"杜坎"里休息，第二天早晨又出发了。

它们走了六公里，中午在皮祖恩达换了辕马。范·密泰恩在这里有半个小时欣赏教堂，里面住着西高加索的老主教。它的砖砌的穹顶上面从前盖有一层铜板。内殿是按照正十字排列的；墙上都有壁画，正面笼罩在百年老榆树的阴影之中，在6世纪拜占庭帝国时代，这座教堂算得上是最值得注意的建筑物之一了。

马车在同一天经过了古都亚迪和古尼斯塔这两个小村庄，在奔驰十八公里之后，旅行者们在午夜来到苏库姆卡雷村休息了几个小时，这个村庄建在一个宽阔的向南一直伸展到科多尔海角的海湾外面。

苏库姆卡雷村是阿布卡西亚的大门，但是这座城市在最后一次高加索战争中被摧毁了一部分。城里拥挤着希腊人、亚美尼亚人、土耳其人、俄罗斯人，比阿布卡斯的人还要多。在16世纪阿穆拉赫时代，即奥斯曼帝国的统治时期曾建有要塞，现在是军人执政，所以从敖德萨和波季来的轮船都载有大量的游客，他们是来参观建立在从前的要塞附近的那些军营的。

上午九点钟出发之前，他们吃了一顿富有格鲁吉亚风味的早餐：鸡汤泡酸面包片，用橘黄色酸奶调味的碎肉杂烩——在两个土耳其人和一个荷兰人看来也不过如此而已。

经过了树木葱茏的凯拉苏尔山谷里的凯拉苏里村以后，旅行者们越过了离苏库姆卡雷村二十七俄里的科多尔。马车沿着巨大的乔林前进，它比得上真正的原始森林，古藤缠绕，荆棘丛生，只有用刀斧或火烧才能制服它们。森林里自然有的是蛇、狼、熊、豺——就像热带美洲的一个角落被扔到黑海的海岸上来了。但是开垦者的斧头已经在砍伐世世代代杳无人迹的森林，由于工业的需要，这些高大的树木不久就会消失，用作房屋的大梁或船只的骨架。

这个地区的首府是奥特舍姆西里，它包括科多尔；萨姆尔扎庭——海边的重要村镇，位于两条水流之上；伊罗里——它的拜占庭时期的教堂值得一看，不过因为没有时间就看不成了。这一天走过了加吉达和安纳克利法，是辕马奔跑的时间最多、距离也最长的日子之一。所以在晚上将近十一点钟的时候，旅行者们到达了阿布卡西亚的边界，涉水渡过因古尔河，又走了二十五俄里就到了库塔伊斯行政管辖区的省份之一明格雷利亚的首府勒杜卡雷。

夜里剩下的几个小时用来睡觉。可是无论多么疲乏，范·密泰恩还是一大早就起来了，至少在出发之前去游览一下总是有好处的。然而他发现阿赫梅起得跟他一样早，而凯拉邦大人则还睡在这家主要旅馆的相当好的房间里。

“已经起床了?”范·密泰恩瞥见就要出去的阿赫梅时问道，“难道年轻的朋友想陪我在早晨散散步吗?”

“我哪有时间，范·密泰恩先生?”阿赫梅答道，“我不是要去准备路上吃的食品吗? 我们就要经过俄罗斯和土耳其的边界了，在拉齐斯坦和安纳托利亚的沙漠里可不容易搞到吃的东西! 您就知道我一刻也不能耽误了!”

“不过做完这些事情以后，您不是还有几个小时可以支配吗?”

“做完这些事情以后，范·密泰恩先生，我要去看看我们的马车，让一个修理工来把几个螺母紧一紧，给车轴上油，检查一下马嚼子是否松开了，换掉一些蹩脚货，不能到了边界那边才需要修理！所以我想把马车修得完好无损，打算让它和我们一起走完这次惊人的旅程！”

“好！不过做完这些事情呢？……”范·密泰恩又问道。

“做完了这些事情，我要去换驿马，到驿站去解决这些问题！”

“很好！不过做完这些事情呢？……”范·密泰恩依然说道，他不放弃自己的想法。

“做完了这些事情，”阿赫梅答道，“就要到出发的时间了，我们就出发，所以现在我不能陪您了。”

“等一下，年轻的朋友，”荷兰人又说，“请允许我向您提一个问题。”

“说吧，不过要快，范·密泰恩先生。”

“您一定知道，这个有趣的明格雷利亚省是怎么回事了？”

“差不多吧。”

“富有诗意的法兹河灌溉着这个地区，它金色的波光从前碰撞着耸立在河边的宫殿的大理石台阶？”

“一点不错。”

“流经这里的是这条神奇的科尔基斯河，伊阿宋和他的阿尔戈英雄们在精于魔术的美狄娅的帮助下，到这里来夺取金羊毛，看守金羊毛的是一条可怕的毒龙，何况还有会吓人地喷出神火的牡牛！”

“我不否认。”

“最后，也是在这儿，在这些耸立在天边的山岭里，在这块俯视着现在的库塔伊斯城的科莫利悬岩上，伊阿佩托斯和克吕墨涅的儿子普罗米修斯由于勇敢地盗取了天火，被宙斯下令锁在这里，而且有一只恶鹰永远啄食他的肝脏!”

“没有比这再真实的了，范·密泰恩先生——不过我再说一遍，我很忙！您还要说到什么时候?”

“就说这句话，年轻的朋友，”荷兰人露出最亲切的神情说道，“在从明格雷利亚直到库塔伊斯的这个地方待上几天，对这次旅行会很有好处，而且……”

“这么说，”阿赫梅答道，“您是向我们建议在勒杜卡雷待一段时间?”

“哦！只要四五天就够了……”

“您会向我的叔叔凯拉邦提这个建议吗?”阿赫梅不无狡黠地问道。

“我！……永远不会，年轻的朋友!”荷兰人回答说，“这会成为一个辩论的题目，而自从那次令人遗憾的水烟筒争吵以来，我向您担保，我再也不会和这个善良的人发生任何争论了。”

“您这样做很明智!”

“不过，现在我不是在对可怕的凯拉邦，而是在对我年轻的朋友阿赫梅说话。”

“您弄错了，范·密泰恩先生，”阿赫梅握着他的手答道，“您此刻根本不是对您的年轻的朋友说话!”

“那我是在对谁说话？……”

“对阿马西娅的未婚夫，范·密泰恩先生，而您很清楚阿马西娅的未婚夫是一刻也不能耽误的！”

阿赫梅说完就去忙准备出发的事情了。沮丧的范·密泰恩只能在忠实但使人泄气的布吕诺的陪伴下，在勒杜卡雷村漫无目的地溜达了一圈。

中午时旅行者们已准备好出发了。马车经过仔细的检查和修理，完全能够在良好状态下长途跋涉。储备食品的箱子已经装满，在这方面本来没有什么可担心的了，哪怕走上无数俄里——或者不如说“阿加尺”，因为在旅途的后半部就要穿过土耳其的亚洲省份了。不过阿赫梅是个谨慎的人，只会为免除了食物和交通方面的一切担忧而高兴。

想到旅行将要平安无事地结束，凯拉邦大人也极为满意。当他出现在博斯普鲁斯海峡的左岸，嘲弄奥斯曼当局和颁布不公道的税收法令的人的时候，他作为“老土耳其人”的自尊心会得到多么大的满足，这一点是不用多说的。

最后，勒杜卡雷离土耳其边境只有大约九十俄里，用不了二十四小时，最固执的奥斯曼人就会重新踏上奥斯曼帝国的土地。他终于要到家了。

“上路，侄儿，愿安拉继续保佑我们！”他心情愉快地喊道。

“上路，叔叔！”阿赫梅答应着。

两个人在主车厢里坐好，范·密泰恩也跟着上去，他还徒然地试图瞥见希腊神话里的那座高加索的山峰，普罗米修斯曾在上面为自己的渎神付出代价！

他们在噼啪的鞭声和健壮的辕马的嘶叫声中出发了。

一个小时以后，马车通过了从 1801 年起属于明格雷利亚的古里埃尔的边界。它的首府波季是黑海的重要港口，有铁路通向格鲁吉亚的首都第比利斯。

道路略微向上伸向一块肥沃的原野。这里那里分布着一些村庄，房屋并不集中而是分散在种着玉米的田野上。没有什么比这种房子更奇特的了，它们不是用木头而是用麦秆编成的，就像一个篾匠的工艺品。范·密泰恩当然要把这个特点记载在他的旅行记事簿上，但他在穿越古代的科尔西德的时候，期待的可不是这类毫无意义的细节！总之，当他到达波季的利翁河的河岸时也许会更加幸运，因为那条河就是古代的法兹河，而如果他还是个不错的地理学学者的话，它就是伊甸园的四条水流之一！

过了一个小时，旅行者们停在从波季通向第比利斯的铁路面前，这里是离萨卡里奥车站一俄里的一个铁路与道路相交的道口。如果想缩短路程，从河的左岸到达波季的话，这里就是必经之路。

因此辕马就停在关闭的道口拦木前。

主车厢的玻璃窗是放下的，所以凯拉邦大人和他的两个同伴就能直接看到眼前发生的事情。

车夫开始喊道口看守人，这人起初根本没有露面。

凯拉邦把头伸出车门。

“这个该死的铁路公司，”他喊道，“是不是还想耽误我们的时间？这根拦木为什么还挡着车子？”

“大概是有一列火车马上要开过来了！”范·密泰恩只说了一句。

“为什么有一列火车要来？”凯拉邦反驳说。

车夫还在喊着，但是毫无结果。没有人出现在看守人的小屋门口。

“让安拉拧断他的脖子！”凯拉邦吼叫起来，“他要是再不来，我自己知道该怎么打开！”

“冷静点，叔叔！”阿赫梅说着拉住了准备下车的凯拉邦。

“冷静？……”

“对，那个看守人来了！”

确实，道口看守人从他的小屋里出来，不慌不忙地向辕马走去。

“我们能不能过去？”凯拉邦冷冷地问道。

“你们可以过去，”看守人答道，“波季的火车要过十分钟才来。”

“那就打开您的拦木，别让我们白耽误时间！我们急着要走！”

“我这就给你们打开。”看守人答道。

他说着先推开那一头的拦木，然后来推马车前面的拦木，不过都是慢吞吞的，对旅行者们的要求漠不关心。

凯拉邦大人已经很不耐烦了。

道口终于完全打开了，马车开始穿过铁道。

这时从对面来了一队旅客。一位土耳其大人骑着一匹高头大马，在四个骑兵的护送下正要越过道口。

这显然是个重要人物。大约三十五岁，高高的身材，具有在亚洲人当中少有的庄重。面容英俊，一双只有在激情燃烧时才充满活力的眼睛，额头阴沉，黑黑的胡子弯弯曲曲地垂到胸前，一口洁白的牙齿，两片紧抿的嘴唇：总之是一个专横的人，他由于自己的地位和财富而有权有势，习惯于实现自己的一切愿望，达到自己的一切目的，任何反抗都将遭到最大限度的反击。在接近于阿拉伯人的土耳其人的本性之中，还存在着野蛮的成分。

这位大人穿着一件简单的旅游服，是按照富裕的奥斯曼人的式样裁剪的，他们不是欧洲人而是亚洲人。他穿一件深颜色的长袍，无疑是想要掩盖他的富人的身份。

当马车来到道口当中的时候，和这队骑兵碰个正着。由于拦木很窄，不能让马车和骑兵同时通过，因此必须有一方退回去。

马车和骑兵都停了下来，但是看来这位陌生的大人不想让凯拉邦大人过去。土耳其人对土耳其人，事情就可能要麻烦。

“靠边!”凯拉邦向骑兵们喊道，他们的马头顶住了辕马的马头。

“您自己靠边!”新来者针锋相对，似乎决心寸步不让。

“我是先到的!”

“那好，您就慢一点过去!”

“我不会让步的!”

“我也不会!”

嗓门提高了，争论下去恐怕情况不妙。

“叔叔！……”阿赫梅说，“这有什么关系……”

“侄儿，这很有关系！”

“朋友！……”范·密泰恩说。

“别烦我！”凯拉邦答话的声调使荷兰人坐在角落里动弹不得。

这时看守人介入进来，喊道：

“你们快点！快一点！……波季的火车就要来了！……快一点！”

可是凯拉邦大人几乎没有听见！他打开车门，来到铁道上，后面跟着阿赫梅和范·密泰恩，布吕诺和尼西布也赶紧从小车厢里下来。

凯拉邦大人径直向骑士走去，并且抓住了他的马缰绳：

“您给不给我让开？”他粗暴地吼道，已经控制不住自己了。

“绝对不让！”

“我们走着瞧！”

“瞧什么？……”

“您还不认识凯拉邦大人！”

“您也不认识萨法尔大人！”

他确实是萨法尔大人，在南高加索各省匆匆游览之后正要到波季去。但是萨法尔这个名字，这个在刻赤驿站里抢走了马匹的人的名字，只是加剧了凯拉邦的怒火。向这个他已经咒骂了好久的人让步，绝不可能！宁可让他的马脚把自己踩死。

“哈！您就是萨法尔大人?”他吼道，“那好，向后退，萨法尔大人!”

“向前走!”萨法尔说着示意随从的骑兵打开通路。

阿赫梅和范·密泰恩知道没有什么能使凯拉邦让步，就准备过来帮他的忙。

“快过去！快过去吧!”看守人不停地喊着，“快过去吧！……火车来了!”

虽然还看不到被弯道挡住的火车，但大家都确实听到了火车头呼啸的声音。

“退后!”凯拉邦吼道。

“退后!”萨法尔吼道。

这时火车头发出了尖厉的鸣笛声。看守人惊慌失措，摇着旗子想拦住火车……太晚了……火车转过了弯道……

萨法尔大人看到自己已来不及通过道口，立刻退了回去。布吕诺和尼西布跳到旁边去了。阿赫梅和范·密泰恩抓住凯拉邦，刚刚急忙把他拖走，车夫则赶紧拉住他的马使劲推到拦木外面。

就在这时火车飞驰而过，但是撞上了未能完全避开的马车后部，把它碾成碎片后消失了，火车上的旅客甚至没有感觉到与这个小障碍的碰撞。

凯拉邦大人怒不可遏，想向他的对手扑去，但是对手却倨傲地推着马穿过铁道，甚至对他不屑一顾，带着他的四个随从，骑上马在另一条沿着河的右岸的路上消失了。

“胆小鬼！卑鄙的家伙！……”被他的范·密泰恩朋友拉住

的凯拉邦喊着，“只要我碰到他！……”

“是的，不过在碰到他之前，我们没有驿站马车了！”阿赫梅看着被甩在铁路外面的马车不成样子的残骸说道。

“算了！侄儿，算了！我还不是过来了，而且是先过来的！”

这是纯粹的凯拉邦才说得出来的话。

这时候几个在俄罗斯负责监视道路的哥萨克人走了过来，他们看到了铁路道口发生的一切。

他们的第一个动作就是走到凯拉邦面前，用手抓住了他的衣领。凯拉邦对此表示抗议，他的侄子和朋友的干预没有效果，这个最固执的人就进行了更猛烈的反抗。他在违反铁路管理规章之后，处境会由于抗拒当局命令而更加恶化。

跟哥萨克人就像跟警察一样讲不清道理。对他们的反抗也不会长久。不管凯拉邦大人在火头上干了些什么，他被带到萨卡里奥车站去了，阿赫梅、范·密泰恩、布吕诺和尼西布还在粉碎的马车面前呆呆地站着。

“我们现在的处境真是妙不可言！”荷兰人说道。

“还有我的叔叔呢！”阿赫梅说，“我们总不能把他丢下吧！”

二十分钟以后，从第比利斯来的火车到达波季，在他们眼前驶过。他们注视着……

在一个小房间的窗户上，出现了凯拉邦大人蓬头散发的脑袋。他气得满脸通红，眼睛充血，怒不可遏，这不仅是因为他被抓了起来，而且也是由于有生以来第一次，这些残忍的哥萨克人要强迫他坐火车旅行！

但重要的是不让他单独留在这种处境之中，必须尽快使他摆脱仅仅由于他的固执才导致的尴尬局面，以免耽误下去不能按时回到斯居塔里。

所以阿赫梅和同伴们丢掉不能再使用的马车，租了一辆大车，让车夫把他的马套上，尽可能快地在通向波季的道路上疾驰。

六公里的路两个小时就到了。

阿赫梅和范·密泰恩一到镇上，就跑到警察局，要求让不幸的凯拉邦恢复自由。

他们在警察局里知道了事情的结果，使他们对这个犯了轻罪的人的命运，对会不会再耽误时间都比较放心了。

凯拉邦大人违章在前，抗拒警察在后，所以付了一大笔罚款后又被交到哥萨克人的手里，正在被押送出境的路上。

要紧的是尽快和他会合，并且为此弄到一种交通工具。

至于萨法尔大人，阿赫梅想了解他怎么样了。

萨法尔大人已经离开波季。他刚刚登上了在小亚细亚各地停靠的轮船。但是阿赫梅没法弄清这个高傲的人要到什么地方去，只是看到了地平线上那艘把他带向特拉布松的轮船的最后的航迹。

第二部

第一章

凯拉邦大人因为坐了火车旅行而大发雷霆。

大家一定还记得，范·密泰恩由于未能游览古代的科尔基斯河而痛心，打算去看看神话中的法兹河以弥补损失。这条河现在的名称不大和谐，叫利翁河，它流入波季，在黑海海岸上形成了小小的港口。

事实上，可敬的荷兰人还是不得不像往常一样打消自己的希望！他确实应该去追寻伊阿宋和阿尔戈英雄们的足迹，跑遍这位勇敢的埃松之子来夺取金羊毛的著名的地方！不！他马上要做的是离开波季，去追寻凯拉邦大人的足迹，与他在土耳其和俄罗斯的边境会合。

因此，范·密泰恩又一次失望了！当时已经是下午五点钟了，他们打算第二天即9月13日早晨出发。所以范·密泰恩只能把波季当成一个公园那样走马观花，这里耸立着古代要塞的遗址，建在桩基上的房子里住着六七千人，还有宽阔的街道两旁是蛙声不绝的沟渠，一座灯塔俯瞰着人来人往的港口。

范·密泰恩只有这么少的时间，也就只能用这种想法来安慰自己了：赶紧离开这个位于利翁和卡帕察之间的沼泽当中的城镇，他就不会染上恶性的疟疾——这种病在这个有害健康的海滨地带是极为可怕的。

在荷兰人这样胡思乱想的时候，阿赫梅在忙着替换驿站马车，如果不是它的主人的极端不慎，原来那辆马车还能用好长时间呢。不过要找一辆旅行的车子，无论是新车还是旧车，在波季这个小城里显然是不能指望的。"俄国的佩雷克拉德那亚""卡拉巴"倒是能碰到，而且凯拉邦大人的钱袋就在这里，要多少钱都可以支付。可是这类车辆归根结底只是比较原始的大车，没有任何起居设备，与旅行用的轿式马车不可同日而语。无论辕马多么健壮，这类大车也跑不过驿站马车，何况在旅程结束之前还可能会出现耽搁！

然而要看到阿赫梅在选择交通工具方面甚至无法犹豫！既没有马车，也没有大车！现在什么车都没有！而重要的是尽快见到他的叔叔，以免他由于固执再惹出什么麻烦来。因此他决定骑马走完这段位于波季和土俄边境之间的二十多公里的路程。他是个优秀的骑手，这是不用说的，尼西布过去常常陪他骑马散步。范·密泰恩当然也受过一些马术训练，所以在阿赫梅询问他的时候，他虽然不像布吕诺那样显得令人难以置信地机灵，却也是愿意跟着一起走的。

于是决定第二天早晨出发，当天晚上到达边境。

做完这些事情以后，阿赫梅给塞利姆的银行写了一封长信。开头当然是“亲爱的阿马西娅”！他在信里讲了路途上的一些波折，在波季发生的事故，他为什么离开了他的叔叔，现在打算去重新会合。他还补充说归期不会因此而耽误，他会把握好剩下的时间和路程，让马匹和人都尽快地赶路。他再三叮嘱她不要误了约会，要在预订的日期，哪怕提前一点，与她的父亲和纳吉布到达斯居塔里别墅。

阿赫梅还写了不少赞美姑娘的话。从波季到敖德萨有定期的邮船，这封信第二天就能带走。所以不到四十八个小时，它就能被送到目的地，被打开后仔细阅读，也许会被按在一个胸脯上，身在黑海另一头的阿赫梅相信听到了她心跳的声音。事实上这两个情人此刻的距离最为遥远，正处在一个椭圆的两端，是阿赫梅的叔叔以不可救药的固执在迫使他沿着这个椭圆的曲线向前走！

当他在这样写信安慰阿马西娅、让她放心的时候，范·密泰恩在做些什么呢？

在旅馆里吃完晚饭之后，范·密泰恩就在波季的街道上，在“中央公园”的林荫下，沿着城边港口的码头和海堤饶有兴致地漫步。不过他是一个人，布吕诺这次没有跟着他。

布吕诺为什么没有走在他的身边，哪怕是为了就现实的复杂和未来的危险向他说说自己恭敬的，然而是正确的看法呢？

这是因为布吕诺有了一个想法。如果说在波季没有轿式马车和驿站马车的话，一台磅秤也许是会有的。对于这个消瘦了的荷兰人来说，这是一个绝无仅有的机会可以准确地称一下现在的体重，以便与原来的体重进行比较。

布吕诺于是离开旅馆，一声不吭地留心带着主人的旅行指南，因为他不懂俄国的计量，旅行指南上有换算的方法。

在海关履行职务的港口码头上，总是有几架大磅秤，秤盘上可以轻而易举地称一个人。

布吕诺对此没有感到一点为难。花上几个戈比，海关职员们就顺从了他的奇想。他们把一个大秤砣放在磅秤的一个秤盘上，布吕诺则多少有点忐忑不安地站在另一个秤盘上。

使他非常痛苦的是，装有秤砣的秤盘始终在地上不动。无论布吕诺怎样使劲——也许他以为吸足了气就能使自己重一些——也无法把秤砣提起来。

“见鬼！”他说，“我担心的就是这个！”

有人用一个比较轻的秤砣换下了第一块……秤盘还是没有动。

“这怎么可能呢！”布吕诺叫了起来，感到全身的血都在涌向他的心口。

就在这时，他的目光停在一张善良的、对他充满关切的面孔上。

“我的主人！”他喊道。

那确实是范·密泰恩，他到码头上来散步，恰巧走到职员们称量他仆人的地方。

“我的主人，”布吕诺又叫了一声，“您在这儿?”

“是我，”范·密泰恩答道，“我很高兴看到你正在……”

“称我的体重……是的！”

“那结果如何呢？……”

“结果就是我不知道是不是有足够轻的秤砣能称我现在的体重！”

布吕诺在回答时的面部表情是如此痛苦，使范·密泰恩连一句责备的话也说不出来了。

“怎么！”他说道，“自从我们出发以来，你瘦成这个样子了吗，可怜的布吕诺？”

“您看看吧，主人！”

果然有人在秤盘上放了第三个秤砣，比前两个秤砣要轻得多。

这一次布吕诺渐渐地把它抬了起来——两个秤盘在同一根水平线上保持平衡。

“总算起来了！”布吕诺说，“不过这个秤砣有多重呀？”

“不错！这个秤砣有多重？”

用俄国的计量法它正好是四磅，一磅不多，一磅不少。

范·密泰恩马上拿过布吕诺递给他的旅行指南，参照着两个国家的计量比较表计算起来。

“怎么样，主人？”布吕诺问道，好奇当中包含着某种焦虑，“俄国的磅合多少斤重？”

“大概合荷兰的十六磅半。”范·密泰恩在心算了一会儿后答道。

“那么一共？……”

“一共正好是七十五磅半，或者是一百五十一斤！”

布吕诺绝望地叫了一声，跳出磅秤的秤盘，使另一个秤盘猛然砸在地上。他倒在一只凳子上，差点晕了过去。

“一百五十一斤！”他翻来覆去地说着，似乎失去了生命的九分之一。

的确在出发的时候，布吕诺有八十四磅，或者说一百六十八斤，而现在只有七十五磅半也就是一百五十一斤了。这就是说他瘦了十七斤！而走完的二十六天旅程还是比较好走的，没有真正的忍饥挨饿，也并非累得要命。现在痛苦开始了，到什么时候才会停止？布吕诺用了将近二十年的时间，靠着遵守一种全面的保健方法，才使自己的肚子圆了起来，以后它会变成什么样子呢？他一直保持的这种说得过去的体重会下跌到什么程度呢？特别是现在没有一辆驿站马车，要穿过一些资源贫乏的地区，会有疲劳和危险，这次荒唐的旅行面临的条件就不一样了！

这就是范·密泰恩的焦虑的仆人的想法。他的脑海里出现了一个转瞬即逝的可怕幻觉，看到了变成骷髅的布吕诺！

他立刻毫不犹豫地打定了主意。他站了起来，拉着无力反抗的荷兰人在走回旅馆时停在码头上。

“主人，”他说道，“什么事都有个限度，哪怕是人的愚蠢也有个限度，我们不能再这样下去了！”

范·密泰恩以在任何情况下都一贯保持的冷静听了仆人的表白。

“怎么，布吕诺，”他问道，“你是建议我们在高加索这个偏僻的角落里待着不走了?”

“不，主人，不是的！我只是建议您让凯拉邦大人按他的意思回到君士坦丁堡去，我们则乘波季的一艘客轮不慌不忙地回到那里去。大海不会使您病倒，我也不会生病，不会消瘦下去——但如果还是这么旅行下去的话，我是一定会瘦下去的。”

“这个主意从你的角度来看也许是明智的，布吕诺，”范·密泰恩答道，“不过从我的角度来看就是另一回事了。在已经走完四分之三的路程时抛弃我的朋友凯拉邦，这未免太过分了！”

“凯拉邦大人根本不是您的朋友，”布吕诺答道，“再说他不是也不可能是我的朋友，我不能为了满足他的反复无常的自尊心而继续消瘦下去！您说走完了四分之三的路程，确实如此，可是剩下的四分之一要穿过一个半开化的地区，我觉得会碰到许许多多的困难！您个人现在还没有碰到任何不愉快的事情，主人，不错；但是我再对您说一遍，您如果执迷不悟，就要小心！……您会倒霉的！”

布吕诺坚持预言他将会碰到严重的麻烦，而已不可能平安无事地脱身，使范·密泰恩颇为忧虑。这些建议出自一贯忠诚的仆人之口，对他的确有些影响。确实，到俄罗斯边界以外去旅行，穿越几乎不受土耳其当局控制而由帕夏管辖的、特拉布松和安纳托利亚北部的人迹罕至的地区，至少是值得三思而行的事情。范·密泰恩的性格本来就有点软弱，因此自己也觉得有些动摇。布吕诺不会看不到这一点，所以他更加坚决地提出要求，找出许多论据来证明他的理由，让主人看他的由于肚子日益缩小而在腰带上飘动的衣裳。出于一种深刻的信念，他说得头头是道、令人信服，甚至富有口才，终于使他的主人赞同了他的看法，即必须把自己的命运与凯拉邦朋友的命运区别开来。

范·密泰恩在反复思考，他注意地听着，听到有道理的地方就点头。当这次严肃的谈话结束的时候，他担心的就只是要为此和他的不可救药的旅伴进行一场争论了。

“那好，”布吕诺进行安排，他对什么都有话说，“现在情况很有利，既然凯拉邦大人不在那里，就不要跟凯拉邦大人讲什么礼节了，让他的侄子阿赫梅到边境去见他好了！”

范·密泰恩否定地摇着头。

“这么做只有一点麻烦。”他说。

“什么麻烦？”布吕诺问道。

“就是我在离开君士坦丁堡的时候几乎没有带钱，现在钱袋都空了！”

“主人，您不能让君士坦丁堡的银行汇一笔足够的钱来吗？”

“不能，布吕诺，这是不可能的！我在鹿特丹的存款不可能已经……”

“所以我们回去时必需的钱就没有了？……”布吕诺问道。

“我必须找凯拉邦朋友帮忙！”范·密泰恩答道。

这句话可不能使布吕诺放心。如果他的主人重新见到凯拉邦大人，对他讲自己的计划，就会发生争论，范·密泰恩是不会占上风的。可是怎么办呢？直接找年轻的阿赫梅？不！这是没有用的！阿赫梅绝不会帮范·密泰恩想办法抛弃他的叔叔，所以这一点是根本不能考虑的。

讨论了好久之后，主人和仆人终于作出了这样的决定：他们和阿赫梅一起离开波季，到土俄边境和凯拉邦大人会合。到了那里以后，范·密泰恩借口身体不适，再也经不起路上的折腾，宣布他无法再这样旅行下去了。在这种情况下他的朋友凯拉邦不能强人所难，也不会拒绝给他必需的钱，让他从海上回到君士坦丁堡去。

“没关系！”布吕诺想道，“我的主人和凯拉邦大人就此进行的谈话毕竟是非常严肃的！”

两个人回到旅馆，阿赫梅正等着他们。他们对自己的计划一字不提，因为说出来也会碰钉子的。大家吃了晚饭就睡觉了。范·密泰恩梦见凯拉邦把他剁成了肉酱。他们一大早就醒了，发现门口有四匹准备“奔驰”的马。

令人奇怪的是布吕诺在骑上马鞍时的愁眉苦脸的样子。他对凯拉邦大人产生了新的不满，但是没有别的办法，只好也骑着马上路。幸好他骑的是一匹矮小的老马，不可能发脾气，很容易制服。范·密泰恩和尼西布的马也不用担心。只有阿赫梅有一匹相当矫健的马，然而作为优秀的骑手，他唯一要操心的却是限制它的速度，以免把同伴们甩得太远。

他们在早晨五点钟离开波季。走了二十俄里之后，在尼科拉亚镇吃了第一顿饭；又走了十五俄里，在将近十一点钟时吃了第二顿饭；再走二十俄里，到下午两点钟，阿赫梅在巴图姆稍事休息，这里是属于莫斯科帝国的拉齐斯坦的北部。

这个港口过去属于土耳其，它非常恰当地位于乔罗克河，也就是古代的巴蒂斯河的河口。土耳其丢掉了它真是可惜，因为这个辽阔的港口拥有一块优良的锚地，能够容纳大量的，哪怕是排水量极大的船只。至于这座城市，它只是一个重要的集市，全是木头建筑，中央有一条大街。但是俄罗斯的手过分地伸向了外高加索地区，它抓住了巴图姆，正如它后来抓住拉齐斯坦最后的边界一样。

阿赫梅几年前在这里待过，他知道还没有回到自己的国家。于是他越过乔罗克河河口的古尼埃赫，到达离巴图姆二十俄里的马克里亚罗村，然后又走了十俄里才到了边境。

在这里的大路边上，在一队虎视眈眈的哥萨克人的监视之下，有一个人在等着他们。他的双脚站在奥斯曼帝国的边界以内，那副狂怒的样子不难想象却又难以形容。

那就是凯拉邦大人。

当时是傍晚六点钟，而从昨天午夜——他被驱逐出俄国边境的确切时间——以来凯拉邦大人就一直怒气冲冲。

一个搭在路边的非常简陋的窝棚，不能遮风避雨，门也关不上，住得可怜，吃得更差，这就是他歇脚的地方，或者不如说是他的避难所。

在离这儿半俄里的地方，阿赫梅和范·密泰恩各自看见了自己的叔叔和朋友，于是催马前进，在离他几步远的地方下了马。

凯拉邦大人来回地走着，指手画脚地和自己说话，或者不如说和自己争论，因为没有人在那里反对他。他似乎没有看到他的同伴们。

“叔叔！”阿赫梅让尼西布和布吕诺看守着他和荷兰人的马匹，伸出双臂喊道，“叔叔！”

“我的朋友！”范·密泰恩也喊着。

凯拉邦抓住了两个人的手，指着在路边走动的哥萨克人吼道：

“坐火车！这些卑鄙的家伙强迫我坐火车！……我！……我！……”

显而易见，使凯拉邦大人怒火冲天的就是被迫采用这种不配让一个真正的土耳其人使用的交通方式了。他对此无法容忍！他和萨法尔大人的相遇，与这个肆无忌惮的人争论以及后来发生的一切，他的驿站马车被撞碎，使他陷入无法旅行的困境，所有这些与这件异乎寻常的事情相比都不值一提了：坐了火车！他，一个老信徒！

“是的！真卑鄙！”阿赫梅答道，他认为在这种时候千万不能反驳他的叔叔。

“不错，是卑鄙！”荷兰人接着说，“不过，凯拉邦朋友，您毕竟没碰到什么严重的事情……”

“哎！当心您说的话，范·密泰恩先生！”凯拉邦叫道，“没什么严重的事情，这是您说的？”

阿赫梅示意荷兰人说错话了。他的老朋友刚刚称他为“范·密泰恩先生”，而且在继续质问他：

“告诉我您讲的可耻的话是什么意思：没什么严重的事情?”

“凯拉邦朋友，我指的是没有任何铁路上经常发生的事故，出轨，撞车……”

“范·密泰恩先生，还不如出轨的好!”凯拉邦喊道，“不错!以安拉的名义起誓！还不如出轨的好！丢掉了胳膊、腿脚和脑袋，您听见没有，也比受了这样的耻辱之后还活着的好!”

“请您相信，凯拉邦朋友！……”范·密泰恩又说，他不知道该怎样弥补他所说的冒失的话。

“问题不在于我能相信什么!”凯拉邦回答着向荷兰人走去，“而是您相信什么！……对于三十年来自以为是您的朋友的人刚刚碰到的事情，您根本不放在心上!”

这样谈下去显然要把事情弄糟，阿赫梅想转移一下话题。

“叔叔，”他说，“我认为可以肯定，您误解了范·密泰恩先生……”

“是吗?”

“或者不如说是范·密泰恩先生没把意思说清楚！他完全像我一样对这些该死的哥萨克人让您遭受的一切感到无比的愤怒!”

幸亏这些话都是用土耳其语讲的，“该死的哥萨克人”对此一窍不通。

“不过，总而言之，叔叔，另一个人应该为您遭受的一切负责！就是那个恬不知耻地挡住您通过波季的铁路道口的人，就是那个萨法尔！……”

“对！是那个萨法尔!”凯拉邦喊道，他被侄子及时地转移了注意力。

“千真万确，就是那个萨法尔！”范·密泰恩赶紧附和，“我想说的就是这一点，凯拉邦朋友！”

“可耻的萨法尔！”凯拉邦说道。

“可耻的萨法尔！”范·密泰恩顺着对方的口气说道。

他甚至想使用一个更加有力的形容词，但是没想出来。

“要是我们能够碰上他！……”阿赫梅说。

“要是能够回到波季去！”凯拉邦吼叫起来，“要他为自己的蛮横无理付出代价，向他挑战，挖他的心肝，把他交给刽子手！……”

“刺他个满身窟窿！……”范·密泰恩认为应该加上一句，他为了重新获得岌岌可危的友谊也变得残酷了。

这个无疑会被公认为是地道的土耳其式的建议，使他得到了他的朋友凯拉邦的握手。

“叔叔，”于是阿赫梅说道，“这时候去找这个萨法尔是没有用处的！”

“为什么，侄儿？”

“这个人不在波季了，”阿赫梅又说，“当我们到达波季的时候，他刚刚坐上沿着小亚细亚海岸航行的轮船。”

“小亚细亚海岸！”凯拉邦喊道，“可是我们的路程不也是沿着这条海岸吗？”

“一点不错，叔叔！”

“那好！”凯拉邦说道，“如果这个可耻的萨法尔让我在路上碰到的话，他就要倒霉了！”

在说出了这句“真主的誓言”之后，凯拉邦大人无法再说出更可怕的话，他不作声了。

然而现在没有驿站马车，他们怎么旅行呢？骑着马走路这是不能认真地向凯拉邦大人建议的，他的肥胖使他一向反对骑马。如果说骑着马使他感到不舒服的话，其实马要比他更痛苦。所以最好回到最近的肖帕村去。只有几俄里路，凯拉邦就走着去——布吕诺也要步行，因为他已经疲乏得不能骑马了。

“您什么时候向他要钱呀？……”他把主人拉到一边问道。

“到肖帕村再说！”范·密泰恩答道。

不过眼看涉及这个敏感问题的时刻越来越近，他心里也有点忐忑不安。

过了一些时候，旅行者们走到了沿着拉齐斯坦海岸的斜坡下面的大路上。

凯拉邦大人最后一次转过身来，向哥萨克人伸出拳头，他们曾那么不客气地让他登上了火车的一节车厢。到了海岸的转弯处他就看不见莫斯科帝国的边界了。

第二章

范·密泰恩决定向纠缠不休的布吕诺让步及后来发生的事情。

“一个奇特的国家！”范·密泰恩在旅行笔记上写道，并且记下了一些浮光掠影的印象。妇女们在地里劳动，干各种重活，而男人却纺麻和织毛衣。

善良的荷兰人没有弄错。在拉齐斯坦这个遥远的省份，也就是开始进行旅程的后半部分的地方，情况依然如此。

这是一个鲜为人知的地区，这块从高加索边境开始，位于夏尔舒特山谷、楚罗克山谷与黑海海岸之间的地区，属于土耳其的亚美尼亚。自从法国人泰德罗勒来过之后，很少有旅行者到特拉布松的这些由帕夏管辖的县里来冒险。它们位于这些一直伸展到凡城湖的山岭之间，围住了亚美尼亚的首都埃尔祖鲁姆，这个有十二万居民的首府。

然而这个地区在历史上却有过一些丰功伟绩。这些高原是幼发拉底河的两条支流的发源地，色诺芬①率领他的“万人军”战败后离开这里来到了法兹河畔。这条法兹河根本不是流入波季的利翁河：它是从高加索地区流下来的库尔河，而且离凯拉邦大人和他的同伴们现在就要穿越的拉齐斯坦不远。

啊！范·密泰恩如果有时间的话，他无疑会提出多少宝贵的，连荷兰的博学者也一无所知的观察报告！作为将军、历史学家和哲学家的色诺芬，当初离开卡尔杜克地区和这座舍尼尤姆山——希腊人曾在山上向望眼欲穿的欧兴桥的波浪欢呼——与陶克人和夏利布人交战，范·密泰恩为什么就不能发现战场的确切地点呢？

但是范·密泰恩既没有时间游览也无暇进行研究，或者不如说有人不让他这么做。当布吕诺又来怂恿他的主人，去向凯拉邦大人借分手后必需的钱的时候，范·密泰恩总是答道：

“到肖帕村再说！”

于是大家向肖帕村走去。可是在那里是否能够找到一种交通工具，一辆随便什么车子，来代替在波季的铁路道口被轧碎的舒适的马车呢？

这是一个很严重的问题，还有将近二百五十公里的路程，但是离当月30日这个日子只有十七天了。凯拉邦大人到那天就必

① 色诺芬（公元前430—前354），古希腊历史学家，曾任波斯王子征召的希腊雇佣军领袖。

须回到那里！阿赫梅打算到那一天在斯居塔里的别墅里重逢等着他举行婚礼的阿马西娅姑娘！因此不难明白叔侄两人都同样急不可耐。所以怎样走完后半部分的旅程就使人感到十分为难。

要在小亚细亚的这些偏僻的小村里找到一辆驿站马车或者大车都是绝对不能指望的事情。他们只能被迫使用一种当地的交通工具，而这种交通工具当然必定是极为简陋的。

就这样，凯拉邦步行，布吕诺牵着他和主人的马，因为范·密泰恩宁可走在他的朋友的身边；尼西布骑在马上，率领着这支小小的队伍，一行人心事重重地走着。阿赫梅先走了，以便到肖帕村去准备住所，弄一辆车，等太阳出来就重新上路。

他们默默地走得很慢。凯拉邦大人忍住内心的怒火，只是反复地说着这几个字眼："哥萨克人、铁路、车厢、萨法尔！"范·密泰恩寻思着说明他打算要分手的机会，可是看到他的朋友的怒气随时都可能一触即发，也就无机可乘、不敢开口了。

他们在晚上九点钟到达肖帕村。由于这段路是步行，所以必须休息一整夜。旅馆条件一般，但是他们累得要命，全都一连睡了十个小时，而阿赫梅则在当晚就到乡村里去找交通工具了。

第二天是 9 月 14 日，七点钟的时候，一辆套好的两轮轻便马车已经停在旅馆门口了。

这辆简陋的车子有两个轮子，里面只能勉强挤进三个人，怎么能不使人怀念从前那辆驿站马车呢！车辕上套着两匹马，要拉这么重的车子可真不算多。非常幸运的是，阿赫梅让人把一块篷布拉在木头的框架上盖住了马车，因此可以遮风挡雨。在没有更好的交通工具之前也就只能如此，因为要想有更好的车子，更加舒适地到达特拉布松，看来是不大可能了。

不难理解，在看到这辆马车的时候，范·密泰恩无论多么达观，布吕诺虽然累得要命，都忍不住做了一个鬼脸，但凯拉邦大人只看了他们一眼，他们就立刻变得正经起来。

“我能找到的就是这些了，叔叔！”阿赫梅指着马车说道。

“我们需要的就是这些！”凯拉邦答道，他无论如何都不想让人看出他对那辆出色的驿站马车的任何怀念。

“不错……”阿赫梅又说，“这辆马车里垫着厚厚的干草……”

“我们就会像王公一样了，侄儿！”

“一些舞台上的王公！”布吕诺小声地说。

“嗯？”凯拉邦哼了一声。

“再说，”阿赫梅又说道，“我们离特拉布松只有六十公里了，我相信到那里就可以换一辆更好的车子。”

“我再说一遍，这一辆就足够了！”凯拉邦一边说，一边皱着眉头观察，看看是否会突然发觉同伴们的脸上有想要反驳的样子。

但是在这道可怕的目光的重压下，所有的人都摆出一副毫无表情的面孔。

他们的安排如下：凯拉邦大人、范·密泰恩和布吕诺坐在马车里，车夫骑其中的一匹马，注意每走一段就换骑另一匹；惯于吃苦的阿赫梅和尼西布骑马跟随，他们希望这样能不耽误太多的时间就到达特拉布松。到了那个重要的城市里，他们就打算用尽可能舒适的方法来结束这次旅行。

在那次撞车中，两支水烟筒幸免于难，得以物归原主。除此之外，马车上还装了一些食品和用具，于是凯拉邦大人就示意出发。在这段海滨地带，村庄彼此都挨得很近，极少有超过五公里的。因此他们的休息和食物补充都很方便，连性急的阿赫梅也同意在途中适当休息，尤其是因为村庄的“杜坎”里的食物十分充足。

“上路!”当他的叔叔在马车里坐好之后，阿赫梅又说了一遍。

这时布吕诺靠近范·密泰恩，以几乎是专横的严肃语气说道：

“主人，您什么时候向凯拉邦大人提那个建议呢?”

“我还没有找到机会，”范·密泰恩含糊其词地答道，“何况我觉得还没有充分准备好……”

“这么说，我们就要爬到那里面去了?”布吕诺用不屑一顾的手势指着马车说道。

“对……是暂时的!”

“可是您什么时候决定要这笔使我们获得自由的钱呢?”

“到下一个村庄再说。”范·密泰恩答道。

“到下一个村庄? ……”

“不错! 到阿尔夏瓦!”

布吕诺不赞成地摇了摇头，到马车里坐在主人的后面。沉重的车子在倾斜的路面上跑得还相当快。

但天气可不怎么样。看起来有暴风雨的云层在西面堆积着，可以感觉到地平线那边的风暴的威胁。这段海岸经受来自外海的气流的直接冲击，走起来不大容易。天有不测风云，而穆罕默德的忠实信徒们比其他任何人都更懂得听天由命。不过令人担心的是黑海不再长久地表明它符合它的希腊文名称“欧兴桥”，意思是非常好客，而是会显得像它的土耳其文名称 Kara Dequitz，这个兆头就不大妙了。

非常幸运的是这里不是旅途要穿过的高山地区。那里根本就没有路，必须冒险地穿越连樵夫的斧头都没有碰过的森林，马车要在那里通过几乎是不可能的。这里的海岸比较好走，村庄之间总是有路可通的。道路在阿尔卑斯山的果树当中，核桃树、栗树的林荫下，月桂树和玫瑰丛中穿行，两旁是野葡萄纠缠在一起的蔓枝。

不过，如果说这条边界对于旅行者来说是容易通过的话，它的低凹部分却对健康不利。那里伸展着散发恶臭的沼泽，从 5 月到 8 月流行地方性的伤寒。幸亏现在是 9 月份，凯拉邦大人和他的同伴们的健康不会有任何危险。疲劳可以，但是不能生病，不过如果永远不能痊愈的话，也就能够永远长眠了。当最固执的土耳其人这样推理的时候，他的同伴们都无话可说。

将近上午九点钟的时候，马车在阿尔夏瓦村停了下来。他们打算一个小时以后出发，以至于范・密泰恩无法说出向他的朋友凯拉邦借钱的了不起的计划。

因此布吕诺问他：

“怎么样，主人，办成了吗？……”

“没有，布吕诺，还没有。”

“不过是时候了……”

“到下一个村庄再说！”

“到下一个村庄？……”

“不错，到维兹。”

从金钱的角度来看，布吕诺依赖他的主人，正如他的主人依赖凯拉邦大人一样。所以他又在马车里坐好，但这一次是掩饰着恶劣的心情。

“他怎么了，这个小伙子？”凯拉邦问道。

“没什么，”范·密泰恩赶紧回答，以便转移话题，“也许是有点累了！”

“他！”凯拉邦反驳说，“他的脸色好极了！我甚至觉得他发胖了！”

“我！”布吕诺十分激动地喊道。

“是的！他不难成为一个漂亮和仁慈的土耳其人，肥胖得庄重而威严！”

布吕诺听到这句不合时宜的恭维话正要发作，却被范·密泰恩抓住了手臂，也就不作声了。

马车一直在有节奏地奔驰，若不是由于颠簸引起的强烈震动而造成一些与其说是痛苦的、不如说是令人不快的感觉的话，真是没什么可说的了。

路上并非人迹罕至。有些拉兹人从蓬蒂克的阿尔卑斯山的斜坡上下来，经过这条路去干他们的行业或者做生意。范·密泰恩如果不那么关心布吕诺对他的“质询”的话，本来是能够在他的小本子上记下高加索人与拉兹人之间在习俗方面的差别的。他们戴一顶弗里吉亚帽，帽带像发型一样缠绕在头的周围，代替了格鲁吉亚的无边圆帽。这些山民高大健壮，皮肤白皙，优雅灵活，胸前交叉着两条子弹带，就像畜牧神的笛子的吹管一样。他们常用的武器是一支短枪，一把插在有铜饰的腰带上的宽刃匕首。

路上也有些赶驴子的人，他们向沿海的村庄运送在中部地区收获的各种各样的农产品。

总而言之，即使是在这样的条件下，只要天气不会变坏，不那么吓人，旅行者们对旅途也是没有什么可抱怨的。

上午十一点钟，他们到达古代皮克西特的维兹，它的希腊文名称是“黄杨”，周围茂盛的植物就足以证明这一点。他们在这里简单地吃了午饭——看来凯拉邦大人是觉得太简单了，这一次他心情恶劣地抱怨了一阵。

因此范·密泰恩又没有找到机会向他说出自己的打算。于是在出发的时候布吕诺又把他拉到一边问道：

“怎么样，主人？”

“那么，布吕诺，到下一个村庄再说。”

“什么？”

“不错，到阿尔塔申！”

布吕诺被这样一种软弱激怒了，嘟嘟囔囔地在马车里躺了下来，而他的主人则向动人的景色投去深情的一瞥，因为荷兰的清洁与意大利的秀丽在这里融合在一起了。

在阿尔塔申的经过与在维兹和阿尔夏瓦一样。他们傍晚三点钟在这里换马，四点钟又出发了。不过在布吕诺的严肃催促下，他的主人无法再等待时机，就保证在到达决定要过夜的阿蒂纳村之前提出自己的要求。

到这个村庄要走五公里，这就使当天走的路程达到了十五公里。说实话对于这么一辆车来说已经很不错了。但是天就要下雨，路会变得很难走，看来要耽误时间了。

阿赫梅担心地眼看天气变得越来越坏。挟有暴风雨的云层越来越厚，空气闷得使人难以呼吸。到夜里或傍晚，海上必定会有狂风暴雨。几声雷响过之后，由于放电的作用，天空就会刮起狂风，而狂风又会使水蒸气变成暴雨。

然而马车只能容纳三个人。阿赫梅和尼西布都无法到篷布下面躲雨，再说篷布也许经不起风暴的袭击。因此骑手们也和别人一样，必须尽快赶到下一个村庄。

凯拉邦大人有两三次把头伸到篷布外面，看着越来越阴沉的天空。

“天气变坏了?”他说。

“是的，叔叔，”阿赫梅答道，“但愿我们能在下暴雨之前到达驿站!”

“等雨一下你就到马车里来。”

“那谁把位子让给我呢?”

“布吕诺！这个勇敢的小伙子可以骑他的马……”

“当然。”范·密泰恩赶紧补充说，他不能为了他忠实的仆人而拒绝……

不过可以肯定的是他在回答时没有看布吕诺，他不敢这样做。布吕诺竭力克制自己才没有发作，他的主人清楚地感觉到了这一点。

“最好还是加紧赶路，”阿赫梅又说，“如果暴风雨来了，马车的篷布一下子就会湿透，位子也没法坐了。”

“把马赶得快一点，”凯拉邦对车夫说，“用鞭子使劲抽！”

车夫也和旅行者一样急于到达阿蒂纳，所以甩起鞭子来毫不留情。但是可怜的牲口难以忍受沉闷的空气，在尚未平整的碎石路上实在跑不起来。

将近傍晚七点钟的时候，他们的马车与“查帕尔”交错而过，凯拉邦大人和他的同伴们是多么羡慕啊！那是英国的信使，每两个星期把欧洲的邮件送到德黑兰一次。他只要十二天就能从特拉布松到达波斯的首都，带着两三匹驮着箱子的马，还有一些宪兵护送。但是在驿站里他比任何别的旅客都要优先，所以阿赫梅担心到达阿蒂纳之后，恐怕只能找到一些筋疲力尽的马匹了。

幸亏凯拉邦大人根本没有想到这一点，否则他又有一个合理的机会来抱怨一番，而且他是绝对不会放过的！

何况他也许正在寻找这个机会呢。那好，范·密泰恩终于把机会提供给他了。

荷兰人已经答应了布吕诺的要求，不能再退让，终于冒险地提出来了，不过要尽可能地灵活。恶劣的天气在他看来是进入正题之前的一个非常合适的开场白。

“凯拉邦朋友，”他起初以一个不想提任何建议、倒是想征求意见的口气说道，“您对这种天气有什么想法？”

“我的想法？……”

“对！……您知道，现在是秋分了，叫人担心的是，旅程的后半部分不如前半部分顺利！”

“那就让它不顺利好了，就这样！”凯拉邦冷冷地答道，“我没有权利改变气候条件！我不能支配大自然，我清楚这一点，范·密泰恩！”

“不能……当然是这样的，”荷兰人回答说，这个头开得不大妙，“我想说的不是这些，可敬的朋友！”

“那您想说什么呢？”

“归根结底，这也许只是一场风暴的假象，或者至多是一场会过去的暴风雨……”

“一切暴风雨都会过去的，范·密泰恩！它们多少会持续一段时间……就像辩论一样，不过它们会过去的……随后就是好天气……当然如此！”

“除非天气没有受到重大的影响！……”范·密泰恩提醒说，“如果不是在秋分时期……”

“既然现在是秋分，”凯拉邦答道，“就应该听天由命！我没法让现在不是秋分！范·密泰恩，您对此有什么要责备我的吗？”

“没有！……我向您保证……责备您……我，凯拉邦朋友。”

范·密泰恩答道。

事情显然进行得不顺利。如果身后没有布吕诺，没有他那无声的怂恿，范·密泰恩也许就会放弃这次危险的谈话，以后再说。但是现在没有退路——尤其是凯拉邦在皱着眉头质问他：

“您是怎么了，范·密泰恩？您好像有什么心事？”

“我？”

“不错，是您！瞧，您有话就直说好了！我不喜欢别人对我板着面孔，又不肯说是为了什么原因！”

“我！对您板着面孔？”

“您是不是有什么话要责备我？我是邀请您到斯居塔里去吃晚饭，我不是在带您到斯居塔里去吗？我的马车在那条该死的铁路上被轧碎了，这难道是我的错吗？”

哎！是的！这是他的错，而且只是他的错！但是荷兰人小心地不去责备他。

“现在天气不好，我们又只有一辆小马车，这是不是我的错？瞧！您倒说呀！”

惶惑的范·密泰恩不知该如何回答，因此只能问他的没什么耐心的同伴，若是天气坏得使旅行十分困难的话，是打算待在阿蒂纳还是特拉布松。

“困难不等于不可能，对吧？”凯拉邦答道，“我打算在月底到达斯居塔里，那么即使大自然的一切都反对我们，我们也要继续赶路！”

范·密泰恩于是鼓起他的全部勇气，以一种显然还在犹豫的声调提出了他的了不起的建议。

“那么，凯拉邦朋友，”他说道，“如果您不太介意的话，我请您允许……让布吕诺和我……是的……允许我们待在阿蒂纳。”

“您要求我允许你们待在阿蒂纳？……”凯拉邦一字一顿地问道。

“是的……允许……同意……因为没有您的同意，我是绝对不想……不想……”

“离开我们，对吧？”

“哦！是暂时的……时间很短！……”范·密泰恩赶紧补充说，“我们太累了，布吕诺和我！我们更乐于走海路到君士坦丁堡去。……对！……走海路……”

“走海路？”

“不错……凯拉邦朋友……唉！我知道您不喜欢海！……我说这些不是为了反对您！……我非常清楚任何海上航行都会使您不愉快！……因为我觉得您继续沿着海滨的路走是自然而然的事情……只是我已经累得走不了这段艰难的路程了……而且……仔细看看，布吕诺都瘦了！……”

“哈！……布吕诺瘦了！”凯拉邦说道，甚至没有转过头去看那个倒霉的仆人，他正在用手不停地指着自己消瘦的身体上飘动的衣服。

“所以，凯拉邦朋友，”范·密泰恩又说，“如果我们待在阿蒂纳村，能够在更合适的条件下回到欧洲去，请您不要过分埋怨我们！……我再说一遍，我们会在君士坦丁堡和您见面……或者不如说是在斯居塔里，对……在斯居塔里。当年轻的朋友阿赫梅举行婚礼的时候，让人们等着的不会是我！”

范·密泰恩把他想说的话都说出来了，他等待着凯拉邦大人的回答。这样一个合乎情理的要求，得到的会是简单的同意呢，还是怒气冲冲的斥责？

荷兰人低着头，不敢把眼睛抬起来看他的可怕的同伴。

“范·密泰恩，”凯拉邦以一种比人们所能指望的更为平静的声调答道，“范·密泰恩，您要承认您的建议有理由使我震惊，甚至具有挑衅的性质……”

“凯拉邦朋友！……”范·密泰恩喊道，这句话使他以为要发生什么暴力行为了。

“请您让我说完！”凯拉邦说道，“您完全应该想到这种分别不可能不使我感到真正的痛心！我甚至要说，我绝不会料到这种建议会出自一位跟我做了三十年生意的贸易伙伴……”

“凯拉邦！”范·密泰恩叫道。

“哎！以安拉的名义起誓！就让我把话说完吧！”凯拉邦喊道，无法控制这个对他来说是十分自然的动作，“不过，归根结底，您是自由的！您既不是我的亲人，也不是我的仆人！您只是我的朋友，而一位朋友是什么都可以做的，哪怕是断绝建立了多少年的友谊！”

“凯拉邦！……我亲爱的凯拉邦！……”范·密泰恩连声喊着，这样的责备使他深受感动。

“您如果愿意待在阿蒂纳，就待在阿蒂纳好了；或者您如果愿意待在特拉布松，就待在特拉布松吧！”

说完这句话，凯拉邦大人就斜靠在他的角落里，似乎身旁是一些无关的陌生人，只是偶然同路的旅伴。

总之，如果说布吕诺对事态感到非常高兴的话，范·密泰恩还是为造成了朋友的痛苦而觉得伤心。但是归根结底，他的计划成功了，而且认为没有理由取消他的建议，尽管他也许有过这个想法，何况还有布吕诺呢。

剩下的就是金钱问题。或者在当地待一段时间，或者在其他条件下结束这次旅行，根据情况来借一笔款子，这应该是没有困难的。范·密泰恩在鹿特丹商行里的重要股份，马上就要存入君士坦丁堡银行，凯拉邦大人只要按照荷兰人给他的支票收回借出的款项就行了。

“凯拉邦朋友……”经过几分钟无人打破的沉默之后，范·密泰恩说道。

“还有什么事情，先生？”凯拉邦好像是在回答某个讨厌的人。

“到阿蒂纳的时候……”范·密泰恩又说道，“先生”这个字眼刺痛了他的心。

“好了，到了阿蒂纳，”凯拉邦答道，“我们就分手了！这已经说定了！”

“是的，当然……凯拉邦！”

确实，他不敢说：凯拉邦朋友！

“是的……当然……所以我要请您给我留一些钱……”

“钱！什么钱？……”

“一小笔钱……您可以收回……在君士坦丁堡银行……”

“一小笔钱？”

“您知道我动身的时候几乎没有带钱……由于您一直慷慨地支付旅途的费用。”

“这些费用只跟我有关！”

“好吧！……我不想争论……”

“我不会让你们花一镑，”凯拉邦答道，“一镑也不花！”

“我对您非常感激，”范·密泰恩回答说，“不过现在我连一个巴拉也没有，因此我不得不向您……”

“我根本没有钱借给您，”凯拉邦冷冷地答道，“我剩下的钱只够路上要用的了！”

“可是……您会给我的吧？……”

“告诉您，一个子儿也没有！”

“什么？……”布吕诺说道。

“我觉得布吕诺也敢说话了！……”凯拉邦的声调充满了威胁。

“当然。”布吕诺反唇相讥。

“住嘴，布吕诺！”范·密泰恩说道，他不想让仆人的介入对他们的讨论火上浇油。

布吕诺不作声了。

“亲爱的凯拉邦，”范·密泰恩接着说，“毕竟只是一笔微不足道的钱，让我能在特拉布松待上几天……”

“不管是不是微不足道，先生，”凯拉邦说道，“请不要指望向我借任何东西!"

"一千皮阿斯特就够了!……"

"一千没有,一百没有,十个没有,一个也没有!"凯拉邦反驳说,他开始发火了。

"什么!一个也没有?"

"一个也没有!"

"那么……"

"那么,您只能和我们一起继续这次旅行,范·密泰恩先生。您什么都不会缺少!但是要给您留下一个皮阿斯特,一个巴拉,半个巴拉,让您随意溜达……绝不可能!"

"绝不可能?……"

"绝不可能!"

说出"绝不可能"的这种口气使范·密泰恩,甚至使布吕诺都明白这个固执的人的决定是不可更改的,只要他说不行,那就是一百个不行!

凯拉邦这位从前的贸易伙伴,不久前的朋友的拒绝,深深地伤害了范·密泰恩。这很难解释清楚,因为人的内心,尤其是一个冷静而克制的荷兰人的内心都包含着一些秘密。但是布吕诺被激怒了!什么!还要在这种条件下,也许还要在更恶劣的条件下旅行?他还要继续走这条荒唐的道路,这条荒诞的旅程,坐车、骑马、步行,谁知道?而这一切只是为了让奥斯曼帝国的一个固执的人满意,连自己的主人在他面前也要发抖!他还要失去所剩无几的肚子,而凯拉邦大人尽管碰到挫折和疲惫不堪,却依然威严地胖得滚圆！

是这样的！可是怎么办呢？布吕诺除了抱怨也没有别的办法，只能躲在他的角落里抱怨。有一阵他想独自留下，让范·密泰恩去承受这样一种专制的一切后果。但是他面临着钱的问题，就像他的主人连他的工资都付不出一样，所以只能跟着走了！

在进行这场争论的时候，马车在艰难地行驶着。天空的乌云厚得可怕，似乎压在大海上。拍岸的浪涛在低沉地咆哮，表明外海已经波浪滔天，地平线上也已经刮起了风暴。

车夫拼命赶着他的马，可怜的牲口吃力地走着。阿赫梅也在一边吆喝。他是多么急于到达阿蒂纳村，但是暴风雨来得比他们更快，这一点现在是毫无疑问了。

凯拉邦大人闭着眼睛一言不发。范·密泰恩受不了这种沉默，宁可让他的老朋友骂个痛快。他感觉到凯拉邦是在积聚着对他的怨气，这股怨气一旦爆发出来该多么可怕！

范·密泰恩终于坐不住了，他俯在凯拉邦的耳边，用布吕诺听不到的声音说道：

“凯拉邦朋友！”

“什么事？”凯拉邦问道。

“我怎么会听任这种离开您的想法呢，哪怕只是离开一会儿？”范·密泰恩又说。

“对呀！怎么会呢？”

“说实话，我不明白！”

“我也不明白！”凯拉邦答道。

这就够了，范·密泰恩用手寻找着凯拉邦的手，凯拉邦以有力的握手表示欢迎这次悔过，使荷兰人的手指上长时间地保留着被他握过的痕迹。

这时是晚上九点钟，夜色一片漆黑。狂风暴雨猛烈地席卷而来，地平线上电闪雷鸣，滂沱大雨几次令人担心马车会颠翻在路上，辕马筋疲力尽，惊恐不安，不时停下脚步直立起来，向后倒退，车夫好不容易才控制住它们。

在这种情况下会怎么样呢？在这块被西风直接袭击的海边的山坡上不能休息，没有避雨的地方，要到村庄里去还要半个小时。

非常担心的阿赫梅不知道该怎么办，这时在海岸的转弯处出现了一道相当于步枪射程的强光，那是耸立在村庄前面的悬崖上的灯塔，它的灯光在黑暗中显得非常明亮。

因为是在夜里，阿赫梅想请求守卫灯塔的人接待他们，信号站里应该是有人的。

他敲了一下盖在灯塔脚下的小屋的门。

再过一会儿，凯拉邦大人和他的同伴们就要顶不住铺天盖地的暴风雨了。

第三章

布吕诺向他的同伴尼西布耍了一个值得原谅的花招。

一间粗糙的木屋，分隔成两个有窗户开向大海的房间；一根用工字钢制成的立柱上安装着一个反光的仪器，也就是反射灯，大约有六十尺高，这就是阿蒂纳灯塔及其附属建筑，没有比这更简陋的了。

但尽管如此，这个灯塔却对附近海域的航行发挥着巨大的作用。它是几年前才竖立起来的。因此，在面向西方的阿蒂纳小海港的难以通过的航道被照亮之前，有多少船只曾在这个亚洲大陆的死胡同里搁浅！在北风和西风的推动下，轮船即使开足马力也难以摆脱搁浅的困境，帆船就更是只能靠迂回曲折的航行来与风对抗了。

设在灯塔脚下木屋里的信号站有两个看守员。第一个房间是他们公用的客厅，第二个房间里有两张床铺，但他们从未一起使用过，因为其中一人夜里要值班，除了维修灯塔之外，还要在有船只在没有领航员的情况下冒险进入阿蒂纳的航道时发出信号。

随着外面的敲门声，小屋的门打开了。在飓风——正是飓风——的猛烈推动下凯拉邦大人一下子扑了进去，后面跟着阿赫梅、范·密泰恩、布吕诺和尼西布。

“你们要干什么？”一个看守员问道，他的同伴被声音惊醒后马上走了过来。

“能留我们过夜吗？”阿赫梅问。

“留你们过夜？”看守员说，“如果你们只需要一个避风雨的地方，就住在这间屋子里好了。”

“一个等到天亮的避难所，”凯拉邦答道，“再来点填肚子的东西。”

“好的，”看守员说，“不过你们到阿蒂纳村上的某个旅馆里去要更好一些。”

“这个村庄有多远？”范·密泰恩问道。

“在悬崖后面，离灯塔大约一里路。”

“在这么恶劣的天气里走一里路！”凯拉邦喊道，“不，朋友们，不！……这里有一些长凳，我们可以在上面过夜！……要是我们的马车和马匹能在你们的小屋后面躲躲风雨的话，我们就没什么可要求的了！……明天天一亮，我们就到村里去，愿安拉帮我们找到一辆车子，要更加合适……”

“尤其是要更快！……”阿赫梅补充说。

“不要高低不平！……”布吕诺在牙缝里喃喃自语。

“但是不要说这辆马车的坏话！……”凯拉邦大人反驳说，并且向范·密泰恩的好记恨的仆人投去严厉的目光。

“大人，”看守员又说，“我再说一遍我们的小屋由您使用。许多旅行者已经在这里躲避过恶劣的天气，而是满足于……”

“我们自己也会感到满足于一切！”凯拉邦答道。

说完这句话，旅行者们就进行安排，要在这间小屋里过夜了。无论如何，他们只能庆幸找到了一个实在谈不上舒适的避难所，听着狂风暴雨在门外肆虐了。

睡觉当然是不错的，不过条件是睡前要吃点什么，指出这一点的当然是布吕诺，他还提醒说马车里储备的食品已经一无所有了。

“关于这一点，”凯拉邦问道，“有什么东西可以给我们的，朋友们……当然是付钱的！”

“不管好不好，”一个看守员答道，“有什么就吃什么，除了灯塔里我们剩下的很少一点食品之外，你们就是用帝国所有的金皮阿斯特也弄不到别的东西！”

“这就够了！”阿赫梅答道。

“对！……要是够吃的话！……”布吕诺自言自语，极度的饥饿使他直咽唾沫。

“请到那个房间里去，”看守员说，“桌子上的东西你们都可以用！”

“布吕诺侍候我们吃饭，”凯拉邦吩咐，“尼西布去帮车夫存放马车和马匹，尽可能避开风雨！”

主人做了一个手势，尼西布马上出去了，以便尽量安排好一切。

与此同时，凯拉邦大人、范·密泰恩和阿赫梅，后面跟着布吕诺，进了另一个房间，在一个燃烧着木柴的火炉前面的一张小桌旁坐了下来。桌上粗糙的盘子里剩有一些冷了的肉块，它们在饥饿的旅行者看来成了美味佳肴。布吕诺眼看他们狼吞虎咽，似乎认为他们吃得太多了。

“但是别忘了布吕诺和尼西布！”在咀嚼了一刻钟——可敬的荷兰人的仆人觉得没完没了——之后，范·密泰恩提醒说。

“当然不会，”凯拉邦大人答道，“没有理由让他们比主人更饿得要命！”

“他确实非常仁慈！”布吕诺喃喃地说。

“绝不能把他们当成哥萨克人！……”凯拉邦补充说，“哼！那些哥萨克人！……要绞死一百个……”

“哦！”范·密泰恩惊叹一声。

“一千个……一万个……十万个……”凯拉邦用有力的手摇着他的朋友说道，“那样剩下的还是太多了！……不过夜深了……我们睡觉吧！”

“对，这样更好！”范·密泰恩答道，他刚才不适时宜地“哦！”了一声，差点挑起了对莫斯科帝国的大部分游牧部落的大屠杀。

当尼西布回来和布吕诺一起吃饭的时候，凯拉邦大人、范·密泰恩和阿赫梅又回到了第一个房间里，人们裹着外套躺在长凳上，都想用睡眠来打发这个风雨交加的长夜。不过显而易见，在这种环境里是很难入睡的。

这时布吕诺和尼西布在桌子旁边面对面地坐着，准备把盘子里和水壶里剩下的东西吃个精光。布吕诺总是指挥尼西布，尼西布对布吕诺总是十分恭敬。

“尼西布，”布吕诺说道，“在我看来，当主人们吃完饭的时候，仆人们的权利就是吃他们愿意剩下的东西。”

“您总是感到饿吗?”尼西布颇为赞同地问道。

“总是饿，尼西布，尤其是我有十二个钟头什么都没吃了!”

“看不出来!”

“看不出来！……可是您没看见吗，尼西布，八天来我又瘦了十磅！我的衣服变得太宽大了，比我胖两倍的人都能穿!”

“您碰到的事情真是奇怪，布吕诺先生！我呢，这么过日子反而胖了!”

“哦！你胖了！……”布吕诺喃喃自语，斜着眼睛打量着同伴。

“我们看看盘子里有点什么东西。”尼西布说。

“嗯!”布吕诺说道，“没剩下什么东西……而且当东西只能勉强够一个人吃的时候，两个人吃肯定是不够的!”

“在旅途当中，应该有什么就吃什么，布吕诺先生!”

“哈！你变成哲学家了，”布吕诺想着，“哈！你在发胖！……你！”

于是他把尼西布的盘子拿到自己面前，问道：

“哎！那您吃的是什么见鬼的东西？”

“我不知道，不过很像是剩的羊肉。”尼西布说着又把盘子拿到自己面前。

“羊肉？……”布吕诺喊道，“喂！尼西布，当心！……我想您是弄错了！”

“那就看着吧。”尼西布说着把刚才叉起来的一块肉向嘴里送去。

“不！……不！……”布吕诺说着用手止住了他，“别着急！以穆罕默德的名义起誓，正像您所说的，我很担心这是某种不洁净的动物的肉——不用说，不洁净指的是对土耳其人，而不是对基督徒！”

“您这么认为，布吕诺先生？”

“请允许我向您担保，尼西布。”

于是布吕诺把尼西布挑选的肉块拿到自己的盘子里，借口说尝一尝，咬了几口就全吞下去了。

“怎么样？”尼西布问道，不免有点担心。

“对了，”布吕诺答道，“我没有弄错！……这是猪肉！……太可怕了，您差点儿吃了猪肉！”

“猪肉？”尼西布喊道，“这是禁止的……”

“绝对禁止。”

“可是我觉得……”

“见鬼，尼西布，您完全可以把它让一个比您更内行的人看看!”

“那怎么办呢，布吕诺先生?”

“要是处在您的位置上，我就只吃这块羊奶干酪。”

“这没有油水!”尼西布答道。

“不错……不过看起来好极了!”

布吕诺说着把干酪放在同伴面前。尼西布开始吃了，心里不大高兴。布吕诺则大口地嚼着更有营养的，被他不恰当地称为猪肉的东西。

“为您的健康干杯，尼西布!”他说，从放在桌上的水壶里倒了满满一大杯。

“这是什么饮料?”尼西布问道。

“嗯！……”布吕诺支吾其词，“好像是……”

“到底是什么?”尼西布说着把他的杯子伸过去。

“里面有点烧酒……”布吕诺答道，“一个优秀的穆斯林是不能让自己……”

“可我不能只吃不喝呀!”

“不喝? ……不！……这个水壶里有清水，您喝这个就行了，尼西布！你们这些土耳其人多么幸福，习惯喝这种有益于健康的饮料!”

当尼西布喝水的时候，布吕诺在自言自语：

“发胖吧，发胖吧，小伙子……发胖吧！……”

这时尼西布在转过头去的时候，瞥见壁炉上面放着另一盘菜，里面还剩着一块刺激食欲的肉。

“啊！”尼西布喊道，“这回我可以好好地吃一下！……”

“对……这一次，尼西布，”布吕诺答道，“我们要像好伙伴那样平分！……说实话，您只能吃这块羊奶干酪真使我难受！”

“这块该是羊肉了，布吕诺先生！”

“我想是的，尼西布。”

布吕诺把肉拿到自己面前开始切，尼西布贪馋地盯着。

“不错吧。”尼西布说。

“不错……是羊肉……”布吕诺答道，“这应该是羊肉！……再说，我们在路上碰到过多少群这些有趣的四足动物啊！……说真的，这让人相信这个地区只有羊肉！”

“好了吗？……”尼西布把碟子伸过去问道。

“等一等……尼西布……等一等！……为您考虑，我最好还是有把握一些好……您明白，这儿……离边境才几公里……几乎还是在俄罗斯的厨房里……而俄罗斯人……不能信任他们！”

“我跟您再说一遍，布吕诺先生，这一次不可能再错了！”

“不可能……”布吕诺答道，他刚刚尝了一下这道菜，“这真是羊肉……不过……”

“嗯？……”尼西布问道。

“可以说……”布吕诺一边回答，一边一口接一口地吞着他放在自己盘子里的肉。

“别这么快，布吕诺先生！”

“嗯！……如果这是羊肉的话……就有一股膻味！”

“哦！……这我很清楚！……”尼西布喊道，他虽然冷静，也开始要发火了。

“当心，尼西布，当心！”

布吕诺说着急忙把最后几口肉吞了下去。

“完了，布吕诺先生！……”

“不错，尼西布……完了……我完全清楚了！……这一次您说得非常正确！”

“这是羊肉？”

“真正的羊肉！”

“您吞吃了！……”

“吞吃，尼西布？……哦，这个词我不能同意！……吞吃？……不！……我只是尝了尝！”

“我可吃了一顿饱饭了！”尼西布可怜巴巴地说道，“布吕诺先生，我觉得您完全可以留下我那一份，不要全都吃光，来证明这是……”

“羊肉，一点不错，尼西布！我的良心迫使我……”

“应该说是您的肚子！”

“认出了它！……归根结底，您没有什么可遗憾的！”

“有的，布吕诺先生，有的！”

“没有！……您不能吃它！”

“那是为什么？”

“因为它嵌了猪油，尼西布，您一定明白……嵌了猪油……而猪油绝不是正统的东西！”

布吕诺说着从桌边站了起来，像一个饱餐一顿的人那样摸摸自己的肚子，然后回到客厅里，尼西布狼狈不堪地跟在后面。

凯拉邦大人、阿赫梅和范·密泰恩躺在木凳上无法入睡，外面的暴风雨愈加猛烈了。屋子的木板被刮得咯咯作响，令人担心灯塔会不会彻底断裂。狂风吹打着门和护窗板，就像破城用的可怕的羊头撞锤在撞击一样，所以只得用支柱把它们顶得结结实实的。但从嵌在墙上的柱子的晃动来看，不难想见在五十尺的高处狂风的威力。灯塔能否经得住打击，灯光能否在波涛汹涌的大海里照亮阿蒂纳的航道，都是值得怀疑的，这种怀疑里面包含着一切可能发生的最严重的情况。这时是晚上十一点半了。

“这儿根本没法睡觉!”凯拉邦说道，他站了起来，迈着小步在厅里走来走去。

“是没法睡，”阿赫梅回答说，“要是飓风再猛烈一点，这间小屋就值得担心，所以我认为我们要做好准备，以防万一!”

“您是不是睡着了，范·密泰恩，难道您能睡得着?”凯拉邦问道。

于是他走过去摇晃他的朋友。

“我在打瞌睡。”荷兰人答道。

“这才是心平气和的人能做的事情！在没有人能够入睡的地方一个荷兰人却能打瞌睡!”

“我从来没有见过这样的黑夜!”一个看守员说道，“海边在刮大风，谁知道阿蒂纳的岩石上明天会不会堆满沉船的残骸!”

“是不是看到一条船了?”阿赫梅问道。

“没有……”看守员答道，“至少在日落之前没有。当我爬到灯塔上去开灯的时候，看到外海上什么也没有。幸亏如此，因为阿蒂纳的海域很危险，即使这个灯塔能照亮小海港以外五公里的地方，船只也是很难靠岸的。”

这时一阵更猛烈的狂风把屋门吹开了，似乎屋子刚刚裂成了碎片一样。

但是凯拉邦大人扑过去把这扇门使劲向外推，与狂风搏斗着，并且在看守员的帮助下终于把门关上了。

“这扇门太固执了！”凯拉邦喊道，“可是我比它更固执！”

“可怕的风暴！”阿赫梅叹息说。

“的确可怕，”范·密泰恩答道，“几乎比得上那些穿过大西洋袭击我们荷兰海岸的风暴！”

“哦！”凯拉邦说道，“几乎比得上！”

“想想看，凯拉邦朋友，那些风暴是穿过大洋从美洲吹到我们那儿去的！”

“范·密泰恩，难道大洋的怒吼能跟黑海相比吗？”

“凯拉邦朋友，我不想反驳您，不过，实际上……”

“实际上，您是想这么比的！”凯拉邦答道，他的心情不那么好是有道理的。

“不！……我只是说……”

“您是说？……”

“我说与大洋相比，与大西洋相比，严格地说，黑海只是一个湖！”

“一个湖！……”凯拉邦抬起头来叫道，“以安拉的名义起誓！我觉得您说的是一个湖！”

“您愿意的话，也可以说是一个巨大的湖！……”范·密泰恩答道，他尽量表达得缓和一些，“一个无边的湖……不过是一个湖！”

“为什么不是一个池塘呢？”

“我根本没有说是一个池塘！”

“为什么不是一个水坑呢？”

“我根本没有说是一个水坑！”

“为什么不是一个脸盆呢？”

“我根本没有说是一个脸盆！”

“没有！……范·密泰恩，可是您这样想过！”

“我向您保证……”

“好了，就这样！……一个脸盆！……那就让一场洪水来把您的荷兰扔到这个脸盆里去吧，您的荷兰就在里面全部淹没了！……脸盆！”

凯拉邦大人咬牙切齿地反复说着这个字眼，在房间里走来走去。

“可是我肯定没有说过脸盆！”范·密泰恩小声地说，模样十分狼狈，“相信我，年轻的朋友，”他接着对阿赫梅说道，“这种说法我连想都没有想过！……大西洋……”

“算了，范·密泰恩先生，”阿赫梅答道，“现在不是争论这种问题的时候！”

“脸盆！……”固执的人在牙缝里反复地说。

他停下来面对面地盯着他的荷兰朋友，由于他威胁要把荷兰的领土淹没在欧兴桥的波浪里，这个荷兰人也不敢捍卫他的祖国了。

在接下来的一个小时里，暴风雨仍然愈演愈烈。两个看守员非常担心，不时从屋子的后门出去察看塔顶上的木架，信号灯就在木架的顶上摇晃，累得要命的客人们又在厅里的凳子上躺了下来，徒然地想睡一会儿觉。

将近凌晨两点，迷迷糊糊的主仆们突然被剧烈地震动了，门窗上的挡雨板被风卷走，窗玻璃在巨响中裂成了飞舞的碎片。

与此同时，在短暂的寂静中，从外海上传来了一声炮响。

第四章

在雷鸣电闪中发生的一切。

所有的人都站了起来，急忙走到窗边去看大海，被狂风击碎的浪涛暴雨般地袭击着灯塔的小屋。天黑得伸手不见五指，即使只隔几步也什么都看不见，地平线每隔一会就被浅黄色的巨大闪电所照亮。

借着一次闪电的亮光，阿赫梅注意到海上有一个时隐时现的小点。

“这是不是一条船？”他喊道。

“如果是一条船的话，那是它开的炮吧？”凯拉邦接着说道。

“我到塔上的瞭望台去看看。”一个看守员说着走向一架连接灯塔里的台阶的木制小楼梯。

“我陪您去。”阿赫梅说。

在这时候，凯拉邦大人、范·密泰恩、布吕诺、尼西布和另一个看守员不顾狂风和浪花，始终站在破碎的窗洞面前。

阿赫梅和他的同伴很快就爬上了塔顶支撑木架的平台。在由一些横木连接起来的两根工字小梁形成的框架里，有一架六十多级的楼梯，这就是灯塔的顶部，上面安装着发光的仪器。

风暴如此猛烈，这样爬上去当然是非常艰难的。木架牢固的梯级在底座上摇晃着，阿赫梅有时觉得在楼梯的栏杆上贴得这么紧，甚至担心再也分不开了。不过他趁每次短暂的平静爬上两三个梯级，终于跟着像他一样艰难的看守员到达了顶上的瞭望台。

从那儿看到的是多么扣人心弦的景象啊！大海涌起的巨浪扑在岩石上撞得粉碎，溅起的浪花像大雨一样掠过塔顶的灯光。山一样的波涛在外海翻腾，在模糊的光线下还能看出波涛顶上白色的轮廓。低低的云层在黑暗的天空里疾驰，有时在云层的空隙之中可以发现一些更高、更密集的云团，从中放出一些长长的、青灰色的闪光，无声地现出一片白色，大概是远方某处暴雨的反光。

阿赫梅和看守员靠在塔顶瞭望台的栏杆上。他们分别站在平台的左面和右面，注视和搜索着已经瞥见的那个活动的小点。或者说是炮响所在的位置。

他们不说话，因为彼此都无法听见，但是眼前的视野却很开阔。凝聚在反射器里的灯光成了他们的屏幕，不会使他们眼花缭乱，而是用光束为他们照亮半径有几海里的水面。

然而他们难道不担心灯光会突然熄灭吗？此刻一阵狂风刮到

面前，灯光几乎全部消失了。与此同时，被风暴惊得乱飞的海鸟扑向发光的仪器，像被灯火吸引来的巨大的昆虫一样，在保护仪器的铁格架子上撞碎了脑袋，狂风的呼啸中夹杂着它们震耳欲聋的叫声。风刮得如此猛烈，木架的顶部可怕地晃得厉害。对此不必吃惊：欧洲的灯塔上用砖石砌成的钟楼，有时被狂风吹得连钟锤都失灵而不动了。何况这些木制的框架不可能像石头的建筑那样坚固。博斯普鲁斯海峡的波浪都足以使凯拉邦大人生病，那么在这里他一定感觉到真正的晕船是什么滋味了。

阿赫梅和看守员极力想在短暂的平静中重新发现那个他们已经瞥见的活动的小点。然而要么是这个小点消失了，要么是闪电没有照亮它所在的位置。如果那是一条船的话，它完全可能在飓风的打击下沉没了。

阿赫梅忽然用手指指着天边，他的目光不可能看错。一个吓人的东西刚刚在海面上直立起来，几乎碰到了云层，随即又昙花一现地消失了。

两根水泡形的柱子，上半部是气，下半部是水，顶部合成一个圆锥点，中间被风卷成了一个巨大的凹形，飞快地旋转而来，经过时把海水都变成了漩涡。风势稍微平静的时候，就能听见一种尖厉的呼啸声，强烈得足以传到很远的地方。这两根柱子高耸入云，“之”字形的闪电在它们巨大的上半部划出了一道道条纹。

这是两股海上的龙卷风，这种现象的出现的确令人恐惧，其真正的起因现在还没有完全确定。

突然，在离一股龙卷风很近的地方传来了一阵低沉的爆炸声，随之而来的是强烈的闪光。

“这次是一声炮响！”阿赫梅回答说，用手指指着他注意的方向。

看守员马上集中全力盯着这个点。

“对！……在那里……在那里！……”他说道。

在一次特大的闪电的亮光中，阿赫梅刚刚瞥见了一条普通吨位的船只在与风暴搏斗。

这是一条单桅三角帆船，已经损坏得不能驾驶了，巨大的斜桁成了碎片，它根本不可能抵抗，完全失去控制地被刮向岸边。狂风下面就是岩石，两股龙卷风合在一起向它袭来，使它不可能逃脱灭顶之灾。沉没或者被击成碎片，只是片刻间的事情。

然而这条帆船仍在抵抗。也许，它如果能逃脱龙卷风的引力的话，会找到一条把它带进港口的水流？即使没有帆，它利用海岸上的风势或许能重新进入由灯塔指明方向的航道？这是唯一的机会了。

所以帆船试图对付最近的那股要把它吸进去的龙卷风，这些炮声不是求救而是抵抗。必须用炮弹打断这根旋转的风柱。他们成功了，但并未完全获胜，一发炮弹在龙卷风约三分之一的高处穿了过去，使它分为两段，像某种神奇的动物在空中飘荡，然后它们又合在一起旋转起来，所到之处吸进大量的空气和海水。

这时是凌晨三点钟，帆船一直向航道的尽头飘去。

一阵狂风刮得木架连底座都晃动起来。阿赫梅和看守员担心它会拔地而起。工字梁咯咯作响，有可能脱开把它们与整个框架连接在一起的栏杆。必须尽快下去到小屋里去躲避。

阿赫梅和看守员这样做了，但并非没有困难，脚下的楼梯已经变了形。不过他们还是下来了，又出现在通向厅里的第一个梯级上。

“怎么样?”凯拉邦问道。

“是一条船。”阿赫梅答道。

“遇难了？……”

“是的，”看守员回答说，“除非它直接驶入阿蒂纳的航道!”

“可是它做得到吗?”

“如果它的船长认识这条航道就能做到，再说灯塔也给它指明了方向!”

“没有什么办法给它指路……救救它吗?”凯拉邦问道。

“毫无办法!”

突然一道巨大的闪电照亮了整个小屋，接着就是一声惊雷。凯拉邦和他的同伴们都被震得无法动弹。他们即使没有被雷电直接击中，至少也被迂回曲折地击中了，所以他们在这里没有被雷劈死真是奇迹。

与此同时，传来了一阵可怕的隆隆声。一个庞然大物压塌了屋顶。飓风从这个空隙中掠过，使厅里面目全非，板壁都坍在地上。

老天保佑，他们都没有受伤。屋顶被掀开了，可以说在向右面滑去，而他们则躲在左面靠门的角落里。

“出去！出去!”一个看守员喊着向岸边的岩石扑了过去。

大家都学着他的样子到了岩石上，才弄清了这场灾难的原因。

灯塔在一次电闪时被雷击中，底部断裂。木架的上部倒了下来，砸穿了屋顶。接着飓风在顷刻间就把小屋摧毁了。

现在没有灯光来照亮可以避难的小港口的航道了！帆船即使不被龙卷风吞没，也没有办法来防止自己在暗礁上撞得粉碎。

当由空气和海水组成的风柱在它周围旋转的时候，可以看到它无可奈何地直立起来。在它的西北方至多五十尺的地方露出了一块巨大的岩石，与它只有半链的距离，这条小船肯定会在那里撞碎以后沉没。

凯拉邦和他的同伴们在岸边走来走去，恐惧地望着这幕扣人心弦的景象，却无力去援救遇难的船只。肆虐的狂风把夹着沙子的海浪打在船上，它自己几乎无法抵抗。

阿蒂纳港口的一些渔民跑了过来——也许是为了争夺马上就要被激浪冲向岩石的这条帆船的残骸。但是凯拉邦大人、阿赫梅和他们的同伴不打算这样做，他们要尽一切努力来援助遇难的人。如果可能的话，他们还要为帆船的船员们指明航道的方向，没有什么水流能使它避开左右的暗礁进入航道吗?

“火把！……火把！……”凯拉邦喊道。

立刻有人从海边松树上折下一些含树脂的枝干，插在倒塌的屋墙上点了起来。正是它们的冒着烟的火光，或多或少地代替了已经熄灭的灯光。

然而帆船仍在漂流。在闪电的亮光下，看得见水手们在操纵船只。船长企图升起一张前帆，以便驶向岸边的火光。但是帆刚升起，就被飓风撕去了帆边，布片一直被卷到悬崖上，像海燕这种风暴中的鸟儿一样飞翔。

小船的船体时而升得极高，时而没入深渊，如果海底有岩石的话，它就完了。

“这些不幸的人!”凯拉邦喊道，“朋友们……你们没有一点办法救救他们吗?”

“没有!”渔民们答道。

“没有！……没有！……那好，谁能救他们，我给一千皮阿斯特！……一万……”

但是他慷慨的报酬却无法被人接受！跳进波涛汹涌的大海，在航道的顶端和帆船之间游一个来回，这是根本不可能的事情！如果有一种新型的器械即射缆枪的话，也许能和帆船连接起来，然而现在没有射缆枪，而且阿蒂纳小港连一条救生艇都没有。

“可是我们总不能让他们淹死啊!”凯拉邦反复地说，他看着这种景象再也忍不住了。

阿赫梅和全体同伴都像他一样惊恐不安，也像他一样无能为力。

突然，从帆船的甲板上传来一声尖叫，使阿赫梅跳了起来。他觉得他的名字——对！他的名字！——在狂风恶浪里被人呼叫着。

的确，在短暂的寂静中，这种叫声反复地传来，他听得很清楚：

“阿赫梅……救救我！……阿赫梅！”

谁能够这么叫喊？一种无法克制的预感使他的心跳得要蹦出来了！……这条帆船，他似乎认识……他见过它！……在哪儿？……不就是在他动身的那天在敖德萨的银行家塞利姆的别墅前面吗？

“阿赫梅……阿赫梅！……”

这个名字还在回响着。

凯拉邦、范·密泰恩、布吕诺、尼西布都走到年轻人身边，他把双臂伸向大海一动不动，似乎惊呆了一样。

“你的名字！……这是你的名字？”凯拉邦念叨着。

“是的！……是的！……”他说，“是我的名字！”

忽然，从地平线的一头到另一头，一道闪电在两秒钟里照亮了整个天空。在这次无边的闪光里，帆船清晰得就像用一支电笔在白纸上画出来的一样，它高大的桅杆刚刚被雷电击中，在狂风中像火把一样燃烧起来，在帆船的后部，两个少女抱在一起，嘴里还在喊道：

“阿赫梅！……阿赫梅！……”

“她！……是她！……阿马西娅！……”年轻人跳到一块岩石上喊道。

“阿赫梅！……阿赫梅！”这回轮到凯拉邦喊了。

他赶紧向侄儿走去，不是为了拉住他，而是为了在必要时帮助他。

“阿赫梅！……阿赫梅！”

这个名字最后一次穿过天空，不可能再有怀疑了。

“阿马西娅！……阿马西娅！……”阿赫梅喊着。

接着他扑到浪花里消失了。

这时一股龙卷风刚刚吹到帆船前面，把它卷进自己的旋涡，扔向左边的暗礁扔向西北方的岩石。小船撞碎时发出了比狂风更响的爆裂声，一眨眼就沉没了。龙卷风也在撞击这块岩石的时候，像一颗巨大的炸弹那样爆炸后消失了，它的有海水的底部回到了大海里，上半部旋转的气体则升上了天空。

人们会以为帆船上的人全都完了，去援救两位少女的勇敢的救生员也完了！

凯拉邦想投身到汹涌的波涛里去帮助侄儿……他的同伴们不得不拼命拉住他，才阻止了他进行必死无疑的冒险。

可是在这时候，在依然照亮天空的闪电的亮光下，他们又看见了阿赫梅。他刚刚以超人的毅力爬上了岩石。怀里抱着一个遇险的女人！……另一个拉住他的衣服，和他一起爬了上来！……不过除了她们，再也没有一个人露出水面……毫无疑问，龙卷风袭击船只时跳海的全体船员都淹死了，两位少女是这次海难的幸存者。

阿赫梅在离开水面后停了一会儿，看了一下与航道顶端之间的距离，至多十五英尺。于是他乘着一个大浪后退、使沙滩上只有几英寸水的时候背着被救的少女向岸边的岩石游去，另一个少女跟着他，一起幸运地到了岩石上。

一分钟以后，阿赫梅就在同伴们当中了。他把救起的少女交给他们之后就由于激动和疲惫而倒在地上。

“阿马西娅！……阿马西娅！”凯拉邦喊道。

不错，这就是阿马西娅……他留在敖德萨的阿马西娅，他的朋友塞利姆的女儿！就是她在这条帆船上，在离这儿三百公里的黑海的那一头出了事，和她在一起的是她的女仆纳吉布！发生了什么事？……但是此刻阿马西娅和吉卜赛少女都不可能告诉他：她们两人都昏过去了。

凯拉邦大人把姑娘抱在怀里，一个灯塔看守员稍微托着纳吉布。阿赫梅恢复了知觉，但是昏昏沉沉，好像什么都想不起来。然后大家向阿蒂纳村走去，一个渔民把自己的小屋让给他们栖身。

阿马西娅和纳吉布被放在壁炉前，炉里的葡萄枝在熊熊燃烧。

阿赫梅向姑娘俯下身去，托着她的头，呼唤她……对她说话：

“阿马西娅！……亲爱的阿马西娅！……她听不见我说话了！……她不回答我！……啊！她要是死了，我就不活了！”

“不！……她没有死，”凯拉邦喊道，“她在呼吸！……阿赫梅！……她活着！……”

这时纳吉布刚刚站了起来，接着就扑到阿马西娅的身上。

“女主人……亲爱的女主人！……”她说道，“不错！……她还活着！……她的眼睛又张开了！”

姑娘的眼皮确实抬起了片刻。

“阿马西娅！……阿马西娅！”阿赫梅喊道。

“阿赫梅……亲爱的阿赫梅！”姑娘回答他。

凯拉邦把他们两人紧紧地抱在胸前。

“可是这条帆船是怎么回事？”阿赫梅问道。

“阿赫梅大人，就是您离开敖德萨之前我们想去看看的那条船！”纳吉布回答说。

“‘吉达尔号’，亚乌德船长？”

“对！……就是他劫持了我们两个人！”

“他是为谁干的呢？”

“我们不知道！”

“这条帆船要开到哪里去？”

“我们也不知道，阿赫梅，”阿马西娅答道，“有你在这儿，我什么都忘了！……”

“我可忘不了，我！”凯拉邦大人叫道。

此刻他若是回头的话，就会瞥见一个在小屋门外窥视他们的人飞快地溜走了。

那是亚乌德，船员中唯一的幸存者。他没有被人看见，几乎立刻就撒腿开溜了。

马耳他船长听到了一切。他现在知道，由于不可思议的命运，阿赫梅在阿马西娅就要死去的时候，出现在“吉达尔号”遇难的地方！

走过了村庄里的最后几座房屋之后，亚乌德在大路的转弯处站住了。

“从阿蒂纳到博斯普鲁斯海峡的路很远，”他想道，“我会有办法执行萨法尔大人的命令的!”

第五章

在从阿蒂纳到特拉布松的路上的谈话和所见所闻。

这两个未婚的情人幸福地重新相聚，感谢安拉赐给他们如此幸运的巧合，把阿赫梅正好带到了这条帆船就要在风暴中沉没的地方，给他们留下了悲喜交加、终生难忘的印象，这是不用多说的了。

当然不难想到，对于离开敖德萨以后发生的事情，阿赫梅和他的叔叔凯拉邦是多么急于知道，而阿马西娅也会在纳吉布的协助下，马上把事情的经过非常详细地讲述出来。

不用说有人为两位少女找到了替换的衣服，阿赫梅自己也换上了本地服装，然后主仆们都坐在噼啪作响的炉火前的木凳上，再也不用担心屋外已成强弩之末的风暴了。

当得知在跟着凯拉邦大人踏上去切索内斯的路程后不久就在

塞利姆的别墅里发生的事情时，他们是多么激动啊！亚乌德在小海湾里，就是银行家塞利姆的住宅下面抛锚，绝不是为了向少女们兜售珍贵的布料，而是为了进行可憎的劫持，整个过程令人想到这件事情是早有预谋的。

两位少女被劫持之后，帆船立刻就出海了。所以她们两人还不知道塞利姆听到了她们的叫喊，当“吉达尔号”绕过小海湾的最后几块岩石的时候，这个不幸的父亲赶到了，而且被帆船甲板上开的一枪击中后倒在地上——也许死去了！——因此未能追赶，也没有派手下的任何人去追赶劫持者。

关于两位少女在船上的经过，阿马西娅没有什么可说的。船长和船员们对纳吉布和她都很尊重，显然是遵守着某种权威的嘱托。她们住的是船上最舒适的房间，她们在房间里吃饭和休息，也可以随时登上甲板，但是感觉到受着严密的监视，那是防止她们在绝望的情况下想以死来摆脱等待着她们的命运。

阿赫梅心情沉重地听着这段经历。他思忖着在这次劫持当中，船长是为了自己的利益，打算把这两个女囚送到小亚细亚的市场上去卖掉——这种卑鄙的交易确实并不罕见！——还是为了安纳托利亚的某个富裕的大人的利益而犯下这桩罪行。

尽管向她们直接提出了这个问题，但无论是阿马西娅还是纳吉布都无法回答。她们每当绝望地哀求或哭泣的时候，都就此问过亚乌德，然而他总是拒绝作出解释，因此她们既不知道帆船的船长是为谁效劳，也不知道“吉达尔号”要把她们带到哪里去——这是阿赫梅最想知道的事情。

关于在海上的航行，一开始有几天风平浪静，帆船行驶得很稳，但是很慢。船长对如此耽误时间极为不快，不想掩饰他的焦躁。两位少女由此得出结论——阿赫梅和凯拉邦大人也有同感——亚乌德曾保证要在约定的日期赶到……可是赶到哪里呢？……谁都不知道，尽管可以肯定“吉达尔号”要去的是小亚细亚的某个港口。

终于刮风了，帆船就向东方，或者用阿赫梅的话来说是向日出的地方驶去。它就这样平安无事地走了两个星期，有几次与战舰或商船，或者在无边的黑海海面上有固定航班的轮船交错而过。这种时候亚乌德船长总是迫使她们回到自己的房间里去，担心她们发出什么会被人看到的求救信号。

天气越来越不好，后来变得坏透了。在“吉达尔号”遇险的前两天刮起了一场猛烈的风暴。阿马西娅和纳吉布完全明白船长为被迫改变航线而恼火，因为风暴把船刮向他根本不想去的地方。于是两位少女对于被这场风暴带走感到某种庆幸，因为她们离“吉达尔号”要到达的地点越来越远了。

“是的，亲爱的阿赫梅，”阿马西娅在结束叙述时说道，“想到我面临的命运，看到我离开了你，被带到你永不会再见到我的地方，我的决心已经下定了！……纳吉布是知道的！她也无法阻止我这样做！……就是在帆船到达该死的海岸之前……我就跳到海里去！……可是风暴来了！……本来要使我们死去的风暴却救了我们！……我的阿赫梅，你在汹涌的波涛当中出现在我的面前！……不！……我永远不会忘记……”

“亲爱的阿马西娅……”阿赫梅答道，“是安拉要你得救，而且是被我救出来！……不过若不是我抢在叔叔的前面的话，那就是他跳下去救你们了！”

“以穆罕默德的名义起誓，我一定会这样做的！”凯拉邦喊道。

“也就是说一位如此固执的大人有如此仁慈的心肠！”纳吉布忍不住小声地说。

“哎！这个缠着我的小丫头！”凯拉邦说道，“不过，朋友们，你们要承认我的固执有时候是有好处的！”

“有时候？”范·密泰恩问道，对此颇为怀疑，“我倒很想知道……”

“当然，范·密泰恩朋友！如果我听从阿赫梅的怪念头，如果我们在克里米亚和高加索坐了火车，而不是沿着海岸走的话，那么在遇难的时候阿赫梅能在那儿救他的未婚妻吗？”

“当然不能，”范·密泰恩又说，“不过凯拉邦朋友，如果不是您迫使他离开敖德萨的话，劫持肯定也不会发生……”

“哦！您是这样推理的，范·密泰恩！您是想就此同我争论？”

“不！……不！……”阿赫梅说道，他清楚地感觉到在这场争论中荷兰人不会占上风，“何况现在来讨论对或不对都已经有点为时已晚，还不如休息一下……”

“明天好上路！”凯拉邦说。

“明天，叔叔，明天？……”阿赫梅答道，“阿马西娅和纳吉布是否需要……”

“哦！我身体很好，阿赫梅，明天……”

“哎！侄儿，”凯拉邦喊道，“现在小阿马西娅在你身边，你就不那么着急了！……可是快要到月末了……那个决定命运的日子……涉及不可忽视的利益……你会允许一个老批发商比你更注重实际！……所以每个人都尽量睡好，明天一找到交通工具我们就上路！”

于是大家在渔民的屋子里尽可能舒适地安顿下来，就与凯拉邦和他的同伴们在阿蒂纳的一家旅馆里一样。经历过如此激动的场面之后，人人都高兴地休息了几个小时。范·密泰恩梦见他还在同他的难对付的朋友争论，凯拉邦则梦见自己面对着萨法尔大人，并且把安拉和穆罕默德的一切诅咒都用在他的身上。

只有阿赫梅无法合眼。他对亚乌德劫持阿马西娅的目的感到担心，并不是为了过去，而是为了将来。他考虑的是随着“吉达尔号”的沉没，是否所有的危险都消失了。当然，有理由相信没有一个船员能在这次灾难中幸存，他并不知道船长已经安然脱险。不过这场灾难很快就会传遍附近的海域，亚乌德为之效劳的人——无疑是某个富裕的大人，也许是安纳托利亚的某个省的总督——立刻就会知道，会难以重新找到姑娘的踪迹吗？在特拉布松和斯居塔里之间，他们要经过的这个几乎荒无人烟的省份会不会险象环生，有着种种布置的陷阱和预谋的诡计？

阿赫梅于是决定保持最严密的警戒。他不再离开阿马西娅；他将率领这支小队伍，必要时选择一个可靠的向导，能够带领他们走海岸上最短的路。

同时阿赫梅也决定让银行家塞利姆即阿马西娅的父亲了解他的女儿被劫持之后发生的事情。首先最重要的是让塞利姆知道阿马西娅已经得救了，所以他一定要在约定的时间，也就是半个月之后到达斯居塔里。但是从阿蒂纳或者特拉布松寄一封信，到达敖德萨的时间就太长了。因此阿赫梅决定瞒着叔叔——电报这个词会使他跳起来的——通过特拉布松的线路给塞利姆发一封电报。他也在电报中说明危险也许并未完全消除，所以塞利姆应该带一支小队伍来。

第二天，当阿赫梅见到姑娘的时候，他向她讲了自己的计划，至少是讲了一部分，没有强调她可能还会碰到的危险。阿马西娅从这些话里只明白了一点，就是她的父亲马上就会放心了。由此她也急于到达特拉布松，好在那里瞒着凯拉邦叔叔发出这封电报。

睡了几个小时之后，大家都起床了。凯拉邦比谁都着急，范·密泰恩忍受着朋友的种种任性，布吕诺勒着宽大的衣服里所剩无几的肚子，只是用单音节来回答他的主人了。

阿赫梅首先搜索了阿蒂纳这个无关紧要的村庄。从名称上看，它就是从前欧兴桥的“雅典”。所以他在村里还看到了一些多利安柱式的柱子，是帕拉斯①神庙的遗址。但如果说范·密泰恩对这些废墟感兴趣的话，阿赫梅对它们却是无动于衷。他多么

① 帕拉斯，司艺术、科学等的希腊女神。

想找到一辆不像在土俄边界上用的马车那样粗糙简陋的车子啊!可是仍然要用那辆马车，而且是留给两位少女的。因此必须找到别的坐骑，马、驴、母骡或公骡，以便使主仆们能够到达特拉布松。

啊！凯拉邦大人想到在波季铁路上被轧碎的驿站马车时是多么惋惜！他认为萨法尔是万恶之源，对那个傲慢的家伙进行了多少指责、痛骂和威胁!

对于阿马西娅和纳吉布来说，没有什么比坐马车旅行更有趣的了。不错，这真是新奇，出乎意料！她们不会把这辆马车去换皇帝的华丽的四轮马车，她们在篷布下面会多么自在，车里垫的新鲜的干草在每个驿站都可以方便地更换！她们不时地把身边的座位让给凯拉邦大人、年轻的阿赫梅、范·密泰恩先生。这些骑士就像在护送公主！……总而言之是妙不可言!

不用说这些想法都来自疯丫头纳吉布，她一向只看到事情的好的一面。至于阿马西娅，她怎么还会抱怨呢？经过了这么多考验之后，阿赫梅就在她的身边，旅行就要在如此短暂的时间里，如此愉快地结束了！终于要到达斯居塔里了！……斯居塔里!

“我可以肯定，”纳吉布一再说，“踮起脚尖就能看到它!”

实际上，在这支小队伍里只有两个人在抱怨：由于没有一辆更快的马车，凯拉邦大人担心会耽误时间；布吕诺则是因为到特拉布松还要走三十五公里——骑在骡背上的三十五公里!

到了那里，正如尼西布一再对他讲的那样，就一定能找到更适合在安纳托利亚的大平原上行驶的交通工具了。

就这样，在9月15日这一天将近上午十一点钟的时候，这支队伍离开了阿蒂纳小村庄。风暴曾经是如此猛烈，所以不能持久。现在天地一派宁静，被狂风吹散的云彩升到高空停了下来，几乎一动不动。阳光不时地照射下来，使景色富有生气。只有大海在沉闷地波动，拍击着悬崖底部的岩石。

凯拉邦大人和他的同伴们走的是通向西拉齐斯坦的道路，他们尽快赶路，以便在傍晚之前越过特拉布松的帕夏管辖区的边界。这些道路一点也不偏僻，路过的一些沙漠商队里的骆驼都有一百来峰之多。它们脖子上挂的各种铃铛的声音震耳欲聋，它们身上装饰的绒球和扎着贝壳的饰带，又以鲜明而多变的色彩令人目不暇接，这些沙漠商队是来自波斯或者回到波斯去的。

海滨地带也不比路上荒凉。这里聚集着大群的渔民和猎人。天黑的时候渔民们摇着后面用燃烧的树脂照亮的小船，成群结队地在海上捕捞一种名叫“卡姆西”的鳀鱼，这种鱼在整个安纳托利亚海岸，直到亚美尼亚中部各省的消费量都大得惊人。至于猎人，他们对渔民们的“卡姆西”毫不羡慕，因为他们更喜欢丰富的猎物。在小亚细亚的这部分海岸上，群集着无数的海鸟，名叫“库卡利纳”，种类属于鹳鹬，使他们能够提供成千上万的供不应求的鸟皮，昂贵的价格补偿了他们花费的时间和辛劳，以及在猎捕时所费的炸药。

将近下午三点钟，这支小队伍在马帕弗拉村小憩。村庄在马帕弗拉河的河口，清澈的河水与附近河流的一股含有石油的水流混在一起。这时吃晚饭为时尚早，不过因为要很晚才能到达宿营的地方，所以先吃点东西看来还是明智的。这至少是布吕诺的看法，而且他的意见不无道理地占了上风。

凯拉邦大人和他的同伴们在旅馆里坐好，餐桌上不用说有许多“卡姆西”，这也是小亚细亚的这些帕夏管辖区里的人最爱吃的菜肴。根据顾客的爱好端上来陈的或新鲜的鳀鱼，同时还有一些备受欢迎的大菜。这些客人吃得津津有味，心情极好！这难道不是这个世界上的万事万物的最好的调味品吗？

“那么，范·密泰恩，”凯拉邦说道，“作为您的朋友和贸易伙伴，我迫使您跟着我做了这样一次旅行，您还在为我的固执——合情合理的固执——而遗憾吗？”

“不，凯拉邦，不！”范·密泰恩答道，“只要您乐意，我会重新开始这样的旅行！”

“以后再说吧，以后再说吧，范·密泰恩！那你呢，小阿马西娅，你对这个抢走了你的阿赫梅的坏叔叔是怎么看的呀？”

“您永远是我知道的那样，是世界上最好的人！”姑娘答道。

“也是最随和的人！”纳吉布补充说，“我甚至认为凯拉邦大人不再像从前那样固执了！”

“好！这个疯丫头在嘲笑我了！”凯拉邦哈哈大笑说道。

“不是嘲笑，大人，不是的！”

“是的，小丫头！……呵！你说得对！……我不和你争论！……我不再固执了！……范·密泰恩朋友本人也无法向我挑衅了！”

“哦！……这要等着瞧！……”荷兰人答道，不大信服地摇着头。

“我已经考虑过了，范·密泰恩!”

“要是人家和您谈起某些话题呢?”

“您错了！我发誓……”

“不要发誓!”

“要！……我要发誓！……”凯拉邦答道，开始有点激动了，“为什么我不要发誓?”

“因为信守一个誓言往往是很难的事情!”

“无论如何也不如守住自己的舌头那么难，范·密泰恩，因为在这时候您肯定乐于反对我……”

“我，凯拉邦朋友?”

“您！……我一再跟您说我不会对任何事情固执己见了，同时我也请您不要固执地和我唱反调!”

“好了，您错了，范·密泰恩先生，”阿赫梅说道，“这次是大错特错了!”

“绝对错了！……”阿马西娅微笑着说。

“完全错了!”纳吉布接着说。

看到大多数人都反对他，荷兰人认为还是不说话的好。

实际上，尽管发生了这么多的事情，尽管他受到了许多教训，尤其是这次极不慎重地开始，有可能结局不妙的旅行，凯拉邦大人真像他所想的那样改正了吗？等着瞧吧。不过说实话，大家肯定都是同意他的意见的！说这个固执的头脑现在改好了，还是有点值得怀疑的!

“上路!”凯拉邦在吃完饭之后说道,“这顿晚饭不坏。不过我知道还有一顿更好的晚饭!”

“在哪儿?”范·密泰恩问道。

“是我们要在斯居塔里吃的晚饭!”

他们在将近四点钟的时候出发,晚上八点平安抵达小村庄利兹,这里沿岸的沙滩上布满了暗礁。

这儿只能在一个条件很差的商队旅店里过夜,差得使两位少女宁愿待在马车的篷布下面。要紧的是让马匹和骡子能够消除疲劳,幸亏槽里有的是稻草和大麦。凯拉邦大人和他的同伴们只垫了一层草,不过是干燥和新鲜的,他们也就随遇而安了。明天夜里,他们不是就在特拉布松这座重要的城市里,享受它的最好的旅馆里的一切舒适的设备了吗?

至于阿赫梅,床铺好坏对他都无所谓,一些摆脱不了的念头使他无法入睡。他总是担心姑娘的安全,认为“吉达尔号”的沉没并未消除所有的危险。因此他带着武器在旅店周围守夜。

阿赫梅做得对:他有理由担心。

这一天亚乌德果然一直在盯着这支小队伍,由于阿赫梅和两位少女都认识他,所以他沿着队伍的踪迹走,小心地不让人看见。他窥视着、设想着一些重新抓住逃脱了的猎物的计划。不管怎样,他给斯卡尔邦特写了信,按照在君士坦丁堡见面时的约定,萨法尔大人的这位总管早该到特拉布松了。所以亚乌德约他第二天在离城市一公里的里萨尔商队客店里见面,但是对帆船沉没及其灾难性的后果只字未提。

因此阿赫梅守夜是做得太对了。他的预感没有欺骗他。亚乌德在夜里甚至走到离旅店很近的地方，弄清了少女们是睡在马车上，幸运的是他及时发现了阿赫梅在警惕地守夜，因此得以溜走而没有被发觉。

但是这一次马耳他船长没有跟在队伍后面，而是向西走上了通往特拉布松的道路。对他来说，重要的是赶在凯拉邦大人和他的同伴们的前面。在他们进城之前，他要和斯卡尔邦特商量一下。因此他让从阿蒂纳动身以来骑的那匹马拐了一个弯，朝着里萨尔商队客店疾驰而去。

安拉是崇高的，不错！不过说实话，他还可以把事情办得更加高尚一点，当这批混蛋船员在“吉达尔号”的海难中丧身的时候，不该让亚乌德船长幸存下来！

第二天是 9 月 16 日。天刚亮，大家就心情愉快地起床了。只有布吕诺例外，他在考虑到斯居塔里之前他还要掉多少斤肉。

“小阿马西娅，”凯拉邦大人搓着手兴奋地说道，“过来让我拥抱你！”

“我很高兴，叔叔，”姑娘说，“您允许我这样称呼您了？”

“我允许你，亲爱的女儿！你甚至可以把我叫作你的父亲了。阿赫梅难道不是我的儿子吗？”

“完全是，凯拉邦叔叔，”阿赫梅说道，“所以我刚才给您下了命令，这是一个儿子对他的父亲的权利！”

“什么命令？”

“马上出发。马都套好了，今晚我们必须到达特拉布松。”

“我们会到的，”凯拉邦喊道，“明天太阳一出我们再从那儿出发！那么，范·密泰恩朋友，您已经写上有一天要见到特拉布松了！”

“不错，特拉布松！……多么优美的城市名！”荷兰人答道，“特拉布松和它的丘陵，如果我这本编得极好的旅行指南没错的话，那是‘万人军’在德拉贡蒂乌斯率领下进行竞技和操练的地方！说实话，凯拉邦朋友，我是不会不乐意看到特拉布松的！”

“那么从这次旅行里，范·密泰恩朋友，您要承认留下了了不起的回忆。”

“它们还可以更全面一些！”

“总之您是没有什么可抱怨的！”

“还没完呢！……”布吕诺在他的主人的耳边说道，犹如一个不祥的预兆在向人提醒天有不测风云！

队伍在早晨七点钟离开旅店。天气越来越好，晴朗的天空下面一些晨雾正在阳光下消散。

中午他们停在古代奥菲斯河畔的名叫奥夫的小村庄里，希腊的大家族都起源于此。他们动用马车上所带的已经所剩无几的食品，在一个简陋的旅馆里吃了午饭。

再说旅馆老板也没什么心思来管他的顾客，他担心的可不是这一点。不是！这个老实人的妻子病得很重，而当地根本没有医生。要是从特拉布松请一个医生来的话，对于一个可怜的旅馆老板来说又太昂贵了。

因此在范·密泰恩朋友的协助下，凯拉邦大人认为应该代理

“哈基姆”或医生的职责，并且开了一张药方，是几种普通的药，在特拉布松很容易买到。

“愿安拉保佑您，大人!”旅馆老板娘的丈夫看着他说，“不过买这些药要花多少钱呢?”

“二十来个皮阿斯特。”凯拉邦答道。

“二十来个皮阿斯特!”旅馆老板叫了起来，“哎!用这个价钱我可以另外买一个老婆了!”

他说着就走了，并且对顾客们好心的建议表示感谢，不过根本不打算采纳。

“这是一个讲究实际的丈夫!”凯拉邦说，“您本来应该在这个地方结婚的，范·密泰恩朋友!”

“也许如此!”荷兰人答道。

傍晚五点钟，旅行者们在苏尔姆内村休息和吃晚饭。他们在六点钟又出发了，打算在黄昏后赶到特拉布松。不过耽误了一些时间：在离城市两公里的地方，将近晚上九点钟的时候，马车的一个轮子破裂了。因此只得在路边的一个客店里过夜——常来小亚细亚这个地区的旅客们都很熟悉的客店。

第六章

凯拉邦大人将要在里萨尔商队客店里碰到的新人物。

里萨尔商队客店像所有这类建筑一样，完全适合于为进入特拉布松之前来此小憩的旅客们服务。他的老板——人们称之为客店的看守者——是个土耳其人，名叫基德罗斯，精明狡猾、诡计多端，在他的种族里可谓出类拔萃，管理这个客店极为细心。他尽力满足过往旅客的要求，以便获得他精打细算的最大的利益。他总是赞成他们的意见——即使在结账时也是如此，显示出对如此体面的旅客们完全俯就的态度，其实他事先就把账目加以夸大，得出的总数依然非常有利可图。

里萨尔商队客店的布局如下。一个四面围墙的大院子，大门朝着田野的方向。门的每一边有两个哨亭，挂着土耳其的旗帜，在道路不安全的情况下，从哨亭顶上能够监视附近的动静。厚厚的墙壁上有一些门通向互相隔开的、旅客们来过夜的房间，因为白天很少有人居住。院子边上有一些埃及无花果，当中午阳光充足时就在沙地上投下少许阴影。院子中央有一口与地面相平的井，连着一部永远在旋转的戽斗水车，水车可以把水倒在一个半圆形的水池里。外面的草料棚里是一排马厩，马匹在这里有足够的食料和垫圈的干草。后面有一些木桩用来拴对舒适的马厩不那么习惯的骡子和骆驼。

这天晚上，客店里没有完全住满，一些旅客中有的到特拉布松去，有的到东方各省、亚美尼亚、波斯或者库尔德斯坦去。二十来个房间有人住了，这些客人大部分已经休息。

将近九点钟，只有两个人在院子里散步。他们激烈地交谈着，有时停下来也只是为了到外面不耐烦地张望一下。

“我跟您再说一遍，萨法尔大人，”后面这个人说道，“这里就是里萨尔商队客店，亚乌德信上定的约会就在这里，就是今天！”

“这条狗！”萨法尔喊道，“怎么搞的，他还没来？”

“现在他该不会迟到吧？”

“为什么想把阿马西娅姑娘带到这儿来，而不是直接带到特拉布松去？”

可以看出，萨法尔和斯卡尔邦特都不知道“吉达尔号”的沉没，以及由此产生的一切后果。

“亚乌德寄给我的信，”斯卡尔邦特又说，“来自阿蒂纳港口，它对被劫持的姑娘只字未提，只是请我今晚到里萨尔商队客店来。”

“而他还没在这里！”萨法尔大人喊道，向门口走了两三步，“哼！他要当心我等得不耐烦了！我预感到出了什么灾难……”

“为什么，萨法尔大人？黑海上天气很不好，帆船很可能还没有到达特拉布松，大概被丢在阿蒂纳港了……”

“是谁告诉我们的，斯卡尔邦特，说亚乌德想劫持那个姑娘的时候，首先会在敖德萨取得成功？”

“亚乌德不仅是一个勇敢的水手，萨法尔大人，”斯卡尔邦特答道，“也是一个非常机灵的人！”

“光靠机灵也是不够的！”马耳他船长声调平静地答道，他已经在商队客店的门槛旁边一动不动地站了一会儿了。

萨法尔大人和斯卡尔邦特立刻回过头来，总管喊道：

“亚乌德！”

“你总算来了！”萨法尔大人粗暴地说着向他走去。

“是的，萨法尔大人，”船长恭敬地欠身答道，“是的！……我来了……总算来了！”

“那银行家塞利姆的女儿呢？”萨法尔问道，“难道说你在敖德萨没有成功？……”

“银行家塞利姆的女儿，”亚乌德答道，“是被我劫持了，那是在大约六个星期以前，在她的未婚夫阿赫梅被迫跟他的叔叔去绕着黑海旅行之后不久。我马上把船驶向特拉布松。但是在秋分的天气里，帆船被推向东方，虽然我尽了一切努力，它还是在阿蒂纳的岩石上搁浅了，我的全部船员都葬身海底。”

“你的全部船员！……”斯卡尔邦特喊道。

“是的！”

“那阿马西娅呢？……”萨法尔马上问道，看来对“吉达尔号”的沉没无动于衷。

“她得救了，”亚乌德回答说，“她和我同时劫持来的年轻的女仆一起得救了！”

“不过要是她得救了……”斯卡尔邦特问道。

“她在哪里？”萨法尔喊叫着。

“大人，”马耳他船长答道，“命运对我不利，或者不如说对您不利！”

“你快说！”萨法尔的态度里充满了威胁。

“银行家塞利姆的女儿，”亚乌德回答说，“被她的未婚夫阿赫梅救了起来，是最令人遗憾的巧合刚刚把他带到了遇难的地方！”

“被他……救了？……”斯卡尔邦特叫了起来。

“那么这时候在哪里？……”萨法尔问。

“这时候，这个姑娘在阿赫梅、阿赫梅的叔叔和几个人的陪同下，正向特拉布松走去。从那里他们再赶到斯居塔里去参加要在月底之前举行的婚礼！”

“笨蛋！”萨法尔大人吼着，“你让阿马西娅跑了，而不是由你自己把她救出来！”

“我会不惜我的生命这样做的，萨法尔大人，”亚乌德答道，

"如果'吉达尔号'沉没时这个阿赫梅不在那儿的话，她此刻就在您的宫殿里了!"

"哎，你不配接受委托给你的任务!"萨法尔反驳说，无法克制强烈的怒火。

"请听我说，萨法尔大人，"这时斯卡尔邦特开口了，"只要冷静一点，您就会看到亚乌德尽了他的一切努力!"

"一切努力!"马耳他船长也说。

"在完成我的命令的时候，"萨法尔回答说，"一切努力也是不够的!"

"过去的事情已经过去了，萨法尔大人!"斯卡尔邦特又说，"我们要看看现在，研究一下我们还有什么机会。银行家塞利姆的女儿在敖德萨本来可能不被劫持……然而她被劫持了!她本来可能在'吉达尔号'沉没时淹死……可是她活着!她本来可能已经成了阿赫梅的妻子……可是还没有!……因为根本没有失败!"

"没有!……根本没有!……"亚乌德说道，"从阿赫梅和他的同伴们离开阿蒂纳的时候起，我就跟随和窥视着他们!他们在路上没有什么警惕，路还很长，从特拉布松到博斯普鲁斯海峡，要穿过整个安纳托利亚!而阿马西娅和她的女仆都不知道'吉达尔号'要开到什么地方去!再说，没有人认识萨法尔和斯卡尔邦特，所以难道不能把这支小队伍引到某个圈套里去，还有……"

"斯卡尔邦特，"萨法尔冷冷地说，"这个姑娘，我非要不可!如果命运跟我作对，我会和它搏斗!我的愿望绝不能得不到满足!"

“会满足的，萨法尔大人！”斯卡尔邦特答道，“不错！在特拉布松和斯居塔里之间，在这些偏僻的地区，有可能……甚至很方便……引开这支小队伍……也许给他们一个向导让他们迷路，然后派一队您雇用的人去攻打他们！……不过这就要用武力了，如果计谋能够成功，那还是用计谋的好！”

“怎么用计呢？”萨法尔问道。

“你是说，”斯卡尔邦特问马耳他船长，“你是说阿赫梅和他的同伴们现在正慢慢地向特拉布松走去？”

“是的，斯卡尔邦特，”亚乌德回答说，“我还要补充一句，他们今天一定在里萨尔商队客店里过夜。”

“那么，”斯卡尔邦特问道，“不能在这儿想什么办法，找个什么麻烦……把他们留住……把姑娘和她的未婚夫分开？”

“我更相信武力！”萨法尔粗暴地说。

“那好，”斯卡尔邦特说，“计谋不成我们就用武力！不过让我待在这儿观察……”

“别说话，斯卡尔邦特，”亚乌德抓住总管的手臂说，“这里有人！”

果然有两个人刚刚进了院子。一个是基德罗斯，商队客店的看守者；另一个是一位重要人物——至少听起来是如此——应该向读者介绍一下。

萨法尔大人、斯卡尔邦特和亚乌德躲进院子的一个黑暗的角落里，从那里可以随意地听这两个人的谈话，何况这两个人毫不拘束，说话的声音既响亮又傲慢。

那是一个库尔德的大人，名叫亚纳尔。

亚洲的这个山区包括古代的阿西里亚和梅迪亚，在现代的地理学里称为库尔德斯坦。它与波斯和土耳其相邻，因此又分成土耳其的库尔德斯坦和波斯的库尔德斯坦。土耳其的库尔德斯坦构成了切勒祖尔和莫苏尔的帕夏管辖区，以及凡城和巴格达的帕夏管辖区的一部分，共有几十万居民，其中就有这位并非最不重要的亚纳尔大人。他是和他的妹妹，即尊贵的萨拉布尔，在前一天晚上到达里萨尔商队客店的。

亚纳尔大人和他的妹妹在两个月之前离开莫苏尔以后随意旅游，他们两人要去特拉布松，打算在那里住几个星期。尊贵的萨拉布尔——在她家乡的帕夏管辖区里人们这样称呼她——的年龄在三十岁到三十二岁之间，已经是三位库尔德大人的遗孀了。这几个丈夫为妻子的幸福所能做的，仅仅是贡献了他们不幸过于短暂的一生。他们的遗孀的身材容貌依然非常动人，因此乐于用第四个丈夫的安慰来弥补前三个丈夫的损失，但是只要对她稍有了解，就可以知道她尽管出身高贵而又富裕，这件事情也很难实现。因为她作为库尔德人举止焦躁，性格粗暴，足以吓退任何敢于前来求婚的人。她的兄长亚纳尔成了她的保护人、卫士，他建议她去旅行——旅途中会有多少机遇呀！所以这两个人就离开了库尔德斯坦，来到了去特拉布松的路上。

亚纳尔大人四十五岁，身材高大，神情急躁，相貌凶恶——是皱着眉头来到世上的假充好汉的人。鹰钩鼻，深陷在眼眶里的眼睛，剃光的脑袋，巨大的唇髭，使他显得更像亚美尼亚人而不像土耳其人。头上戴一顶高高的毡帽，帽子上围着一块鲜红的丝绸，穿一件袖子开口的长袍，一件绣着金边的上衣，一条一直垂到脚踝的宽大的长裤。脚上是饰有绦带的、靴筒上有褶子的皮靴；腰上束一条羊毛围巾，上面插着一整套的匕首、手枪和弯刀，他的模样确实可怕。所以基德罗斯老板和他说话时总是极其恭敬，态度就像一个面对装了弹丸的枪口而不得不求饶的人。

“是的，亚纳尔大人，”这时基德罗斯说道，每说一句话都伴以最肯定的手势，“我跟您再说一遍，法官今晚就要到这里来，明天早晨天一亮他就要进行调查。”

“基德罗斯老板，”亚纳尔答道，“您是这个商队客店的老板，如果您不能保证旅客们在这里的安全，安拉就会把您掐死！”

“当然，亚纳尔大人，当然！”

“那么昨天夜里，歹徒、盗贼或者别的什么人进了……竟敢进了我的妹妹，尊贵的萨拉布尔的房间！”

亚纳尔用手指指着院子有面墙上的一扇开着的门。

“无赖！”基德罗斯喊道。

“在他们被发现、逮捕、审判和吊死之前，我们不会离开这个商队客店！”

前一天夜里是否真有人来偷盗，基德罗斯老板似乎并不能确定。可以肯定的是，那位得不到安慰的遗孀由于这种或那种原因醒来，离开了她的房间，受到惊吓而大叫着喊她的兄长，整个商队客店都乱成一团，歹徒乘机逃脱，没有留下痕迹。

不管怎样，斯卡尔邦特一字不漏地偷听了他们的谈话，马上就考虑这件奇遇里有什么可以利用的地方。

“而且我们是库尔德人!”亚纳尔大人又趾高气扬地说道，以便更加突出这个字眼的重要性，“我们是莫苏尔的库尔德人，是库尔德斯坦的富丽堂皇的首都的库尔德人，我们决不容许使库尔德人遭受任何损失，除非通过法律来给予公正的补偿!”

“可是，大人，是什么损失呢?”基德罗斯老板壮着胆子问道，同时谨慎地向后退了几步。

“什么损失?”亚纳尔吼叫起来。

“是的……大人! ……昨天夜里，歹徒是想进入您的尊贵的妹妹的房间，可最后却什么都没有偷走……”

“什么都没有偷走! ……”亚纳尔大人答道，“什么都没有……不错，但这全靠我的妹妹的勇气，全靠她的毅力! 她用起手枪来不是和弯刀一样熟练吗?”

“一样，”基德罗斯老板又说，“这些歹徒不管是什么人，他们都逃跑了!”

“他们逃跑就对了，基德罗斯老板! 尊贵的、无畏的萨拉布尔能把他们来两个就消灭两个，来四个就消灭四个! 所以今天夜里，她还是要和我一样全副武装，谁敢靠近她的房间就要倒霉了!”

“您很清楚，亚纳尔大人，”基德罗斯老板接着说，“什么都不用担心，这些盗贼——如果是盗贼的话——不敢再冒险……”

“什么! 如果是盗贼的话!”亚纳尔大人以雷鸣般的声音吼道，“您以为他们是些什么人，这些强盗?”

“也许……是一些自以为是的人……一些疯子！……”基德罗斯答道，他在尽力维护他的商队客店的声誉，“对！……为什么不是……被尊贵的萨拉布尔的魅力吸引……引来的……某个钟情者呢？”

“以穆罕默德的名义起誓，”亚纳尔大人把手按在他那套武器上说道，“这就有好戏看了！这关系到一个库尔德女人的名誉！有人想玷污一个库尔德女人的名誉！……这样一来光是逮捕、监禁和尖桩刑就不够了！……最可怕的刑罚也不够用……除非这个大胆的家伙拥有能够弥补他的错误的地位和财产！”

“发发慈悲吧，请您冷静一点，亚纳尔大人，”基德罗斯老板答道，“也耐心一点！调查会弄清谁是罪犯的。我再说一遍，法官就要来了。是我自己到特拉布松去找他的，他听我讲了事情的经过之后，向我保证他有一个办法——一个可靠的办法——能发现歹徒，不管他们是什么人！”

“那是什么办法？”亚纳尔大人以嘲笑的声调问道。

“我不知道，”基德罗斯老板答道，“不过法官肯定这个办法绝对可靠！”

“好吧！”亚纳尔大人说道，“我们明天再看吧。我要回到房间里去了，不过我要守夜……带着武器守夜！”

这个可怕的人说完就向自己的房间走去，他的房间与妹妹的相邻。他在门口又停了一下，向商队客店的院子里伸出一只威胁的手臂。

“一个库尔德女人的名誉不是开玩笑的！”他以可怕的声

音喊道。

接着他消失了。

基德罗斯老板欣慰地发出了一声长长的叹息。

“总算走了，”他想，“我们看看这一切怎么收场！至于盗贼，万一有的话，最好他们已经逃走了！”

这时斯卡尔邦特在小声地与萨法尔大人和亚乌德交谈。

“不错，”他对他们说，“多亏这件事情，也许有一些办法可想！”

“你打算怎么办？……”萨法尔问道。

“我打算就在这儿让这个阿赫梅碰上也许倒霉的事情，使他在特拉布松待上几天，甚至使他离开他的未婚妻！”

“好的，不过这个计策若是失败……”

“那就用武力！”斯卡尔邦特答道。

这时候基德罗斯老板瞥见了他刚才没有看到的萨法尔、斯卡尔邦特和亚乌德。他向他们走去，以最亲切的语气问道：

“大人们有什么需要吗？……”

“有一些旅客马上要到商队客店里来过夜。”斯卡尔邦特答道。

此刻从门外传来了一些声音。是一支队伍的声音，马匹和骡子都在门口停了下来。

“一定是他们来了？”基德罗斯老板说道。

他说着向院子深处走去，以便看到新来的人。

“果然是的，”他站在门口又说道，“是一些骑马来的旅客！

从他们的模样来看一定是些有钱的人！……我至少要迎上去为他们效劳！”

于是他出去了。

但与此同时，斯卡尔邦特一直走到院子的入口处，看着外面。“这些旅客，就是阿赫梅和他的同伴们吧？”他问马耳他船长。

“就是他们！”亚乌德答道，他迅速地后退，以免被人认出来。

“他们？”萨法尔大人喊道，他也向前走着，但没有走出商队客店的院子。

“是的！……”亚乌德回答说，“那就是阿赫梅，他的未婚妻，她的女仆……两个仆人……”

“我们要做好准备！”斯卡尔邦特说，并且示意亚乌德躲起来。

“你们已经能听见凯拉邦大人的声音了吧？”马耳他船长又问道。

“凯拉邦？……”萨法尔立刻叫了起来。

于是他赶紧向门口走去。

“您怎么了，萨法尔大人？”斯卡尔邦特非常吃惊地问，“为什么凯拉邦这个名字使您这么激动？”

“他！……就是他！……”萨法尔答道，“就是这个旅客我已经在高加索的铁路上碰到过了……他想和我对抗，不让我的马通过！”

“他认识您？”

“对……我在这里不难和他接着吵下去……留住他……”

“哎！这可留不住他的侄子！”斯卡尔邦特答道。

“我完全可以把侄子和叔叔一样除掉！”

“不！……不！……不要争吵！……不要发出声音！……”斯卡尔邦特回答时坚持自己的意见，“相信我，萨法尔大人，这个凯拉邦不可能怀疑您在这儿，他不知道亚乌德是为了您才劫持银行家塞利姆的女儿！……您这样做就可能什么都完了！”

“那好吧！”萨法尔说道，“我就走了，我信任你的灵活，斯卡尔邦特，但一定要成功！”

“我会成功的，萨法尔大人，您只要让我去做好了！回到特拉布松去吧，就在今天晚上……”

“我会回去的。”

“你也去，亚乌德，马上离开商队客店！”斯卡尔邦特又说，“他们认识你，别让人家把你认出来！”

“他们来了！”亚乌德说。

“都走吧！……让我一个人在这儿！……”斯卡尔邦特喊着，用手推“吉达尔号”的船长。

“可是怎么能走开又不被他们看见呢？”萨法尔问道。

“从这儿走！”斯卡尔邦特答道，打开嵌在左面墙上的一扇门，门外就是田野。

萨法尔大人和马耳他船长立刻走了出去。

“是时候了！”斯卡尔邦特想，“现在要紧的是看得清楚和听得明白！”

第七章

特拉布松的法官以一种相当巧妙的方法进行调查。

果然，在把马车和坐骑留在外面的马厩里之后，凯拉邦大人和他的同伴们刚刚走进了商队客店。基德罗斯老板陪着他们，万分热情地向他们再三鞠躬致敬，他把那盏光线微弱的提灯放在院子的一个角落里。

“不错，大人，”基德罗斯弯着腰反复地说，“进来吧！……请进！……这里就是里萨尔商队客店。”

“我们离特拉布松只有两公里吗？”凯拉邦大人问道。

“至多只有两公里！”

“好！让人照顾好我们的马匹。我们明天天一亮就要用的。”

阿赫梅正领着阿马西娅向一张长凳走去，让她和纳吉布坐下，凯拉邦向他转过身来。

“行了！”他用愉快的声调说道，“自从我的侄儿找到这个小丫头以来，他就只照顾她，我就不得不来准备住旅店的事情了！”

“这是很自然的，凯拉邦大人！否则当叔叔有什么用处？”纳吉布答道。

“可不要怨我！”阿赫梅微笑着说。

“也不要怨我！”姑娘接着说。

“我谁也不怨！……就连这个诚实的范·密泰恩也不怨，他倒是有过那种想法的……对！……打算在路上抛弃我的那种不可原谅的想法！”

“哦！我们不谈这些了，”范·密泰恩说道，“现在不谈，永远不谈！”

“以穆罕默德的名义起誓！”凯拉邦大人喊道，“为什么不谈它了？……对这一点完全可以稍微争论一下……或者对任何别的问题……这样就会刺激您，使您热血沸腾！”

“我相信，叔叔，”阿赫梅提醒说，“您已经决定不再争论了。”

“完全正确！你说得对，侄儿，不过万一有人和我争论的话，我总是会有百倍的理由的！”

“我们等着瞧吧！”纳吉布自言自语地说。

“何况，”范·密泰恩又说，“我想更需要做的事情是能好好地睡上几个钟头！”

“可是这里能让我们睡觉吗？”布吕诺喃喃自语，心情总是那么恶劣。

“您有房间让我们过夜吗?”凯拉邦问基德罗斯老板。

“是的，大人，”基德罗斯老板回答说，“完全能够满足您的需要。”

“好！……很好！……”凯拉邦大声地说，“明天我们就在特拉布松，然后再过十来天，就到斯居塔里了！……我们要在那里吃一顿丰盛的晚饭……就是我邀请您来吃的晚饭，范·密泰恩朋友!”

“您是欠着我们这顿饭呢，凯拉邦朋友!”

“一顿晚饭……在斯居塔里？……”布吕诺在他的主人的耳边说道，“不错！……只要我们有一天能到那个地方!”

“好了，布吕诺，”范·密泰恩说道，“拿出点勇气来吧，真见鬼！……哪怕是为了我们的荷兰的荣誉!”

“唉！我很像我们的荷兰，”布吕诺用手在过于宽大的衣服里面触摸着说道，“像它一样，我身上只剩下肋骨①了!”

斯卡尔邦特在一边听着旅行者们的谈话，窥视着对他有利的时机施展诡计。

“喂，”凯拉邦问道，“哪个房间是给这两个姑娘的?”

“是这一间。”基德罗斯老板指着一扇开在左面墙上的门答道。

“那么，晚安，小阿马西娅，”凯拉邦说，“愿安拉让你做一些好梦!”

---

① 在法语里“肋骨”和“海岸”是同一个词。

“您也一样，凯拉邦大人，”姑娘回答说，“明天见，亲爱的阿赫梅！”

“明天见，亲爱的阿马西娅。”年轻人在拥抱了阿马西娅之后说。

“你来吗，纳吉布？”阿马西娅问。

“我跟着您，亲爱的女主人，”纳吉布答道，“不过我很清楚一个钟头以后我们又该谈论谁了！”

两位少女从基德罗斯老板为她们打开的门走到房间里去了。

“现在，这两个勇敢的小伙子睡在什么地方呢？”凯拉邦指着布吕诺和尼西布问道。

“在外面的一个房间，我来带他们去。”基德罗斯老板回答说。

他说着向院子深处的门走去，示意布吕诺和尼西布跟着他。这两个在一整天的奔波之后精疲力竭的“勇敢的小伙子”，不用别人邀请，向他们的主人道了晚安之后就跟着走了。

“现在该动手了，否则就永远没有机会了！”斯卡尔邦特想着。

凯拉邦大人、范·密泰恩和阿赫梅在商队客店的院子里散步，等着基德罗斯回来。叔叔心情很好，一切都符合他的愿望，他将在约定的期限到达博斯普鲁斯海峡的岸上。他已经在为奥斯曼帝国的官员看到他出现时的尴尬表情而高兴！对于阿赫梅来说，回到斯居塔里，就是举行盼望已久的婚礼！对于范·密泰恩来说，回去……反正就是回去了！

“哎，怎么回事？是不是把我们忘了？……我们的房间呢？”凯拉邦大人不久就问道。

他转过身来，瞥见了慢慢地走到他身边的斯卡尔邦特。

“您是要安排给凯拉邦大人和他的同伴们的房间吗？”他欠身问道，就像是商队客店里的一个仆人。

“是的！”

“那就是！”

斯卡尔邦特说着用手指了指右面那扇门，它通向一条走廊，里面是库尔德女旅客的房间，亚纳尔大人正在旁边守夜。

三个人都进了走廊，但他们还没来得及把门关上，就响起了惊人的骚动、喊叫和嘈杂声。一个极其可怕的女人的声音传了出来，立刻又加上了一个男人的声音！

凯拉邦大人、范·密泰恩、阿赫梅对发生的事情一无所知，马上就退到了商队客店的院子里。

各种各样的门立即就在不同的方向打开了，一些旅客从他们的房间里走了出来。阿马西娅和纳吉布听见声音也出来了。布吕诺和尼西布从左面过来，接着在昏暗中出现了凶恶的亚纳尔的身影。最后，一个女人从凯拉邦大人和他的同伴不慎进入的走廊里冲了出来！

“抓贼啊！……杀人啦！……抓凶手！”这个女人叫着。

这就是尊贵的萨拉布尔，高大结实、步伐有力、目光炯炯、肤色红润、头发乌黑、嘴唇蛮横，露出令人担心的牙齿——总之就是变成女人的亚纳尔大人。

显而易见，当闯入者把门打开的时候，这个女旅客还在她的房间里守夜，因为她还没有脱掉白天的服装：一件在袖子和上身绣着金边的呢长袍，一件有菱形纹饰的闪光的丝绸外套，用一条围巾束在腰上，上面插着嵌有金银丝的手枪，还有放在绿色摩洛哥皮刀鞘里的弯刀。头上是一顶喇叭口的土耳其帽，围着色彩鲜艳的帽檐，挂着一个像钟锤那样长长的饰物。脚上穿着红色的皮靴，一条东方女人穿的长裤，裤子的末端塞在靴子里。一些旅客认为库尔德女人穿着这套服装就像一只胡蜂！对了，尊贵的萨拉布尔完全符合这种比较，而且这只胡蜂的刺特别可怕！

“什么样的女人！”范·密泰恩小声地说。

“还有个什么样的男人！”凯拉邦大人指着她的兄长亚纳尔说道。

亚纳尔正在吼着：

“又是一次新的谋杀！把所有的人都抓起来！”

“我们要做好准备，”阿赫梅在他的叔叔耳边小声地说，“因为我担心我们就是这场吵闹的原因！”

“唔！谁也没有看见我们，”凯拉邦答道，“连穆罕默德本人也认不出我们来！”

“发生什么事了，阿赫梅？”姑娘问道，她刚刚跑到未婚夫身边。

“什么事都没有！亲爱的阿马西娅，”阿赫梅答道，“没事！”

这时基德罗斯老板出现在院子深处的大门口，喊道：

“不错！您来得正是时候，法官先生！”

被从特拉布松召来的法官确实刚刚到达商队客店。他要在这里过夜，以便在第二天开始对这库尔德人的要求进行调查。他带着书记员停在门口。

“怎么，”他说，“这些混蛋又犯了昨晚未遂的罪行吗？”

“好像是的，法官先生。”基德罗斯老板答道。

“把商队客店所有的门都关好，”法官声音严肃地吩咐，“没有我的允许任何人不得离开！”

他的命令立刻得到执行，旅客们全都成了囚犯，商队客店暂时成了他们的监狱。

“现在，法官，”尊贵的萨拉布尔说道，“我要把这些歹徒诉诸法律，他们竟敢又一次攻击一个没有防卫能力的女人……”

“不仅是对一个女人，而且是对一个库尔德女人！”亚纳尔大人补充说，并且做了一个威胁性的手势。

不难想象，斯卡尔邦特在专心致志地注视着这个场面。

法官有一张狡猾的面孔，两只深陷的眼睛，尖鼻子，绷紧的嘴唇消失在胡须里面。他尽力盯着所有关在商队客店里的人的面孔，但还是很难看清，因为只有放在院子角落里的一盏提灯在发出微弱的亮光。他迅速地看了一遍，就同尊贵的女旅客说话。

“您能肯定，”他问她，“昨天夜里有一些歹徒企图进入您的房间吗？”

“我肯定！”

“他们刚才又重新干这种罪恶的勾当了吗？”

“是他们或者别的人！”

“只有一会儿?”

“只有一会儿!”

“您能认出他们吗?”

“不能! ……我的房间很暗，这个院子也一样，我没法看清他们的面孔!”

“他们人多吗?”

“我不知道!”

“我们会知道的，妹妹，”亚纳尔大人喊道，“我们会知道的，要让这些无赖倒霉!”

这时凯拉邦大人在范·密泰恩的耳边反复地说:

“没什么可担心的! 谁都没有看到我们!”

“幸亏如此，”荷兰人答道，他对这件事情结局如何还不大放心，“因为跟这些见鬼的库尔德人搞在一起，事情会对我们不利!”

法官一直在走来走去。他似乎拿不定主意，使两个申诉人大为不快。

“法官，”尊贵的萨拉布尔把双臂交叉在胸前说道，“法律在您的手里不起作用吗? ……我们难道不是苏丹的臣民，不该受到他的保护吗? ……一个像我这样的女人要成为这样一桩谋杀的受害者，而那些不可能逃跑的罪犯却会逃脱惩罚吗?”

“她的确很漂亮，这个库尔德女人!”凯拉邦大人非常正确地指出了这一点。

“漂亮……但是可怕!”范·密泰恩答道。

“您决定怎么办，法官?”亚纳尔大人问道。

“拿蜡烛来，拿火把来!”尊贵的萨拉布尔喊道，“让我来看看……找找……我也许能认出胆敢……”

“这样做没有用，”法官说道，“是我负责发现罪犯!”

“不用火把?”

“不用火把!”

法官说着向书记员示意，他在做了一个肯定的手势以后，就从大门出去了。

这时候荷兰人忍不住小声地对他的凯拉邦朋友说道:

“不知道为什么，可是我对这件事情的结局总是不大放心!”

“嘿，以安拉的名义起誓!您永远胆小怕事!”凯拉邦答道。

大家都不说话，等着书记员回来，都怀着一种合乎情理的好奇心。

“这么说，法官，”亚纳尔大人问道，“您打算在黑暗当中认出……”

“我?……不!……”法官答道，“我要让一只聪明的动物来做这件事情。在我进行的调查当中，它已经不止一次地给我非常巧妙的帮助了。”

“一只动物?”女旅客叫道。

“一只母山羊……一只精明狡猾的畜生，如果罪犯还在这里的话，它知道该怎样把他揭露出来。而罪犯应该还在这里，因为从发生谋杀开始没有人能够离开商队客店的院子。”

“他是个疯子，这个法官!”凯拉邦大人喃喃自语。

这时书记员进来了，拖着一只母山羊的角，把它带到院子当中。

这是一种可亲的动物，它们体内有时会有结石，就是据说具有保健功效的胃石，在东方极受重视。这只山羊口鼻灵敏，胡子微微翘起，目光敏锐，总之从它的“气质”来看，似乎配得上它的主人让它扮演的占卜者的角色。在整个小亚细亚、安纳托利亚、亚美尼亚、波斯都分布着一群群山羊，数量极多，它们以耳目灵敏、嗅觉发达和惊人的灵巧而引人注意。

这只山羊——法官对它的洞察力极为赏识——的个头一般，肚子、胸部和脖子都是白色，但额头、下巴和背上的中线却是黑色的。它优雅地躺在沙地上，神情狡黠地摇动着小小的角，看着这一群人。

“多漂亮的家畜！”尼西布叫道。

“可是这个法官想干什么？”阿马西娅问道。

“大概是一些巫术，”阿赫梅答道，“这些无知的人就要上当了！”

这也是凯拉邦大人的看法，他毫不掩饰地耸着肩膀，而范·密泰恩则有些不安地注视着这些准备工作。

“怎么，法官，”这时尊贵的萨拉布尔说道，“您是要这只山羊来认出罪犯吗？”

“就是它。”法官答道。

“它会回答吗？”

“它会回答！”

“怎么回答呢?”亚纳尔大人问道。作为库尔德人他完全允许任何看来是迷信的东西。

“没有比这更简单的了,”法官回答说,“每个旅客都要一个接一个地过来,把手放在这只山羊的背上,一旦感觉到是罪犯的手,这只敏感的家畜马上就会叫一声。”

“这个家伙只是市集上的一个巫师!”凯拉邦自言自语地说。

“不过,法官,从来没有……”尊贵的萨拉布尔提醒说,“一只普通的动物从来……”

“您就瞧着吧!”

“为什么不呢?……”亚纳尔大人答道,“所以尽管我在这桩罪行里不可能受到控告,我也要做个榜样,先试一下。”

亚纳尔说着走到一动不动的山羊身边,把手放在它的背上,从脖子一直抹到尾巴。

山羊没有出声。

“该别人了。”法官说。

集合在商队客店的院子里的旅客们就学着亚纳尔大人的样子一个接一个地抚摸着动物的脊背,但他们显然都不是罪犯,因为山羊根本没有发出揭露罪犯的叫声。

第八章

事情的结局出人意料，尤其对于范·密泰恩更是如此。

在进行试验的时候，凯拉邦大人把他的范·密泰恩朋友和阿赫梅侄子拉到一边，与他们进行了一场谈话。这个不可救药的人忘了他对任何事情都不再固执的决心，还要向他人强加他的看法和行事方式。下面就是他们谈话的片段。

“哎！朋友们，”他说，“我觉得这个巫师是个头号的傻瓜！”

“为什么？”荷兰人问道。

“因为没有什么能够阻止罪人——比如是我们——假装抚摸这只山羊，把手放在它的背上，其实没有碰到它！这个法官至少应该在光线充足的情况下才这样做，好防止一切作弊的行为！……而在暗处这样做是荒唐的！”

"确实如此。"荷兰人也说。

"我就要照我的想法去做，"凯拉邦又说，"而且我坚决要求你们学我的样子。"

"哦！叔叔，"阿赫梅说道，"不管摸不摸它的背，您都很清楚这只动物对无辜的人不会比对罪人多叫几声的！"

"当然，阿赫梅，不过既然法官先生做事简单到这种程度，我就想比他更简单，我不碰到它的家畜！……我请你们也像我这样做！"

"可是，叔叔……"

"哎！这一点没有什么可争论的！"凯拉邦答道，他已经开始激动了。

"不过……"荷兰人说。

"范·密泰恩，如果您天真到去摸这只山羊的背的话，我是不会原谅您的！"

"那好！为了完全服从您，凯拉邦朋友，我根本不会碰它！……再说也没什么关系，在暗处人家不会看见我们！"

大部分旅客都做过了试验，山羊还没有指控任何人。

"轮到我们了，布吕诺。"尼西布说。

"我的上帝！这些东方人把这只家畜带来该多么愚蠢啊！"布吕诺答道。

他们先后去抚摸山羊的背，它对他们和对前面的旅客一样，没有出声。

"可它什么都没说，您的动物！"尊贵的萨拉布尔向法官质问。

“耐心点!”法官神情狡黠地摇着头答道，“如果山羊没有叫，这是因为罪犯的手还没有碰到它。”

“见鬼！只剩下我们了!”范·密泰恩小声地说，他不大清楚为什么感觉到某种隐约的不安。

“轮到我们了。”阿赫梅说。

“对！……我先去!”凯拉邦答道。

在走过他的朋友和侄子面前的时候，他小声地重复着：

“千万别碰它!”

然后他把手放在山羊上面，假装慢慢地抚摸它的背，其实连一根毛也没有碰着。

山羊没有叫。

“这就让人放心了!”阿赫梅说。

于是照着叔叔的样子，他的手几乎没有碰到山羊的背。

山羊没有叫。

轮到荷兰人了。荷兰人是最后一个，他想做一下法官命令的试验。他向这只动物走去，它似乎在从下面看着他。不过他也不愿意使他的凯拉邦朋友不高兴，因此就让自己的手在山羊背上轻轻地掠过。

山羊没有叫。

在场的人惊讶地“哎!”了一声，接着又满意地“哦!”了一声。

“显而易见，您的山羊只是一只畜生！……”亚纳尔用雷鸣般的声音吼道。

“它没有认出罪犯，”尊贵的库尔德女人也叫了起来，“可是罪犯就在这里，因为谁都出不了这个院子！”

“嗯！”凯拉邦说，“这个法官，带着他的狡猾的家畜，他不是非常可笑吗，范·密泰恩？”

“确实如此！”范·密泰恩答道，现在他对试验的结果已经完全放心了。

“可怜的小山羊，”纳吉布对她的女主人说道，“它什么都没说，是不是要惩罚它呀？”

这时每个人都看着法官，他的眼睛像宝石一样在暗处狡黠地炯炯发光。

“现在，法官先生，”凯拉邦用有点挖苦的口气说道，“现在您的调查结束了，我想，没有什么妨碍我们回到房间里去了吧……”

“不能就这么算了！”女旅客恼火地喊叫着，“不能！不能就这么算了，犯了一桩罪行……”

“哎！库尔德夫人！”凯拉邦有点尖刻地反驳，“当有教养的人想去睡觉的时候，您不是要阻止他们吧？”

“您用什么口气说话，土耳其先生！……”亚纳尔大人喊道。

“用合适的口气，库尔德先生！”凯拉邦大人反唇相讥。

由于罪犯没有被认出来，斯卡尔邦特以为自己的计策失败了，现在颇为满意地看着凯拉邦大人和亚纳尔大人的争吵，从中也许会出现有利于他的计划的复杂情况。

这两个人确实吵得越来越厉害，凯拉邦宁可被捕和判刑，也不肯败下阵来。阿赫梅正想插进去帮他的叔叔，法官却说话了：

“你们都站好，拿一些灯火来！”

基德罗斯老板听到命令立刻执行。过了一会儿，商队客店的四个仆人带着火把进来了，院子立刻亮了起来。

“每个人都把右手举起来！”法官说道。

所有的右手都按照命令举了起来。

所有的手掌和手指头都是黑的——除了凯拉邦大人、阿赫梅和范·密泰恩的手。

法官立刻指着这三个人说道：

“歹徒……就是他们！”

“我们？……”荷兰人叫了起来，对这种出乎意料的肯定摸不着头脑。

“对！……就是他们！”法官又说道，“他们是否怕被山羊揭露出来，这无关紧要。可以肯定的是，他们自知有罪，所以不去摸这只动物的背，而它的背上涂了一层炭黑，他们只是把手悬空地抹过去，因此就暴露了自己的罪行！”

立刻响起一阵赞许的——对法官的机智极为赞许——低语，凯拉邦大人和他的同伴们则沮丧地低下了头。

“这么说，”亚纳尔大人说道，“是这三个歹徒昨晚竟敢……”

“哎！昨天晚上，”阿赫梅喊道，“我们在离里萨尔商队客店十公里的地方！”

“谁能证明这一点？……”法官反驳，“无论如何，只是片刻间的事情，是你们企图进入这位尊贵的女旅客的房间!”

“那好，是的，”凯拉邦吼道，为如此愚蠢地落入了这个圈套而大发雷霆，“不错！……是我们进了这条走廊！但只是因为我们弄错了……或者不如说是商队客店的一个仆人弄错了!”

“真的!”亚纳尔大人挖苦地说道。

“毫无疑问！有人把这个夫人的房间指给我们，说那是我们的房间！……”

“让别人说说!”

“完了，要抓起来了，”布吕诺在一边想着，“叔叔，侄子，还有我的主人!”

事实是不管平时多么坚定，凯拉邦大人也是万分狼狈，尤其是在法官转向范·密泰恩、阿赫梅和他说话的时候。

“把他们送到监狱里去!”

“对！……去坐牢!”亚纳尔大人重复了一遍。

于是所有的旅客，加上商队客店的人全都喊了起来：

“去坐牢！……去坐牢!”

总之，看到情势急转直下，斯卡尔邦特不禁要为自己所做的事情喝彩。凯拉邦大人、范·密泰恩、阿赫梅都被关进监狱，这样就使他们中断了旅行，耽误了举行婚礼的时间，而尤其是能够马上使阿马西娅和她的未婚夫分开，从而使他更方便地采取行动，重新实现败在马耳他船长手里的企图。

阿赫梅想到这件事情的后果，想到要与阿马西娅分开，不禁怨恨起他的叔叔来。难道不是由于凯拉邦大人的新的固执，才使他们陷入如此尴尬的处境吗？他不是阻止他们，一再禁止他们抚摸这只山羊，以此来和这个天真的法官捣乱，却不知道法官比他们更精明吗？他们如此轻率地落入了这个圈套，有可能至少要坐几天牢，这都是谁的错？

凯拉邦大人也在暗暗地怒火中烧，因为他考虑到要想按时到达斯居塔里的话，完成这次旅行的时间就所剩无几了。又是一次无益而荒唐的固执，可能会连累他侄子的整个命运！

至于范·密泰恩，他局促不安地看看右面，看看左面，身体不住地晃来晃去，几乎不敢抬起眼睛来看布吕诺，似乎又听到了布吕诺一再对他说的那句不祥的话：

“我不是早就提醒您了，先生，您早晚会倒霉的！”

他把这句简单的责备送给了他的朋友，罪有应得的凯拉邦：

“是啊，您为什么要阻止我们把手放在这只不伤人的动物的背上呢？”

凯拉邦大人生平第一次无言以对。

这时“去坐牢”的喊声叫得更响亮了，不用说，斯卡尔邦特喊得比别人更响。

“对，去坐牢，这些歹徒！”喜欢报复的亚纳尔翻来覆去地说，“必要时完全准备协助当局维护治安。把他们送到监狱里去！……去坐牢，三个人都去！……”

“对！……三个人都去……除非其中有一个人认罪！”尊贵的萨拉布尔答道，她不想让两个无辜的人为一个罪犯付出代价。

“这完全公正！”法官接着说，“那么，你们当中是谁企图进入那个房间？”

三个被告犹豫了一阵，不过时间不长。

凯拉邦大人请求法官让他和两个同伴谈一下。得到允许以后，他把阿赫梅和范·密泰恩拉到一边，以不容置疑的口气说道：

“朋友们，实际上只有一件事情要做了，我们当中必须有一个人为这件没什么要紧的蠢事承担责任！”

听到这里，荷兰人像有什么预感似的竖起了耳朵。

“而选择是不能含糊的。阿赫梅不久以后必须在斯居塔里，以便举行他的婚礼！”

“是的，叔叔，是的！”阿赫梅答道。

“我当然也必须去，因为我要以监护人的身份参加婚礼！”

“嗯？……”范·密泰恩说。

“所以，密泰恩朋友，”凯拉邦接着说，“我认为不可能再有异议了，您必须作出牺牲！”

“我……作出……”

“您必须认错！……有什么危险？……不就是坐几天牢吗？……小事一桩！……我们会把您弄出来的！”

“不过……”范·密泰恩答道，别人支配起他来似乎不讲什么方式。

“亲爱的范·密泰恩先生，”阿赫梅接着说道，“必须这样做！……我以阿马西娅的名义求求您了！……难道您愿意让她因为不能按时到达斯居塔里而断送前程吗？……”

“哦！范·密泰恩先生！”听着这场谈话的姑娘也过来说道。

“什么……你们要……”范·密泰恩反复地说。

“哼！”布吕诺想到，他很清楚发生的事情，“他们又要让我的主人干一件新的蠢事了！”

“范·密泰恩先生！……”阿赫梅又说。

“瞧……做一件好事吧！”凯拉邦说着抓住他的手，几乎要把它捏碎了。

这时候“坐牢去！坐牢去！”的喊声越来越激烈。

不幸的荷兰人不知如何是好，也不知该听谁的话。他不断地点头表示同意，接着又加以否认。

随着法官的一个手势，商队客店的仆人上来抓他们三个人的时候，范·密泰恩以不能令人信服的声音说道：

“别动手！别动手！……我想是我曾……”

“好！”布吕诺说，“这下完了！”

“没有成功！”斯卡尔邦特想着，忍不住猛然做了一个沮丧的手势。

“是您？……”法官问荷兰人。

“我！……是的……我！”

“仁慈的范·密泰恩先生！”姑娘在这位可敬的人耳边小声地说。

“哦！是的！”纳吉布附和着。

尊贵的萨拉布尔这时在干什么呢？这个聪明的女人正不无兴趣地打量着这个敢于向她进攻的男人。

“所以，”亚纳尔大人问道，“是您竟敢进入这位尊贵的库尔德女人的房间？”

“是的！……”范·密泰恩答道。

“可是您看起来不像小偷！”

“小偷！……我！……一个批发商！我！一个荷兰人……来自鹿特丹！啊！不是小偷！……”范·密泰恩喊着，他面对这种指控，忍不住发出了合理的怒吼。

“那么……”亚纳尔说道。

“那么……”萨拉布尔说，“那么……您是想玷污我的名誉吗？”

“一个库尔德女人的名誉！”亚纳尔大人喊道，用手按住了弯刀。

“这个荷兰人的确不错！”尊贵的女旅客反复地说，做出了一些媚态。

“那好，您全身的血也不够补偿这样一种侮辱！”亚纳尔又说道。

“哥哥……哥哥！”

“您如果拒绝改正您的错误的话……”

“哼！”阿赫梅说。

“您要娶我的妹妹，否则……”

“以安拉的名义起誓！”凯拉邦想，“现在问题又复杂了！”

“娶？……我！……娶！……”范·密泰恩把双手举向天空念叨着。

“您拒绝？”亚纳尔大人吼道。

“我怎么敢拒绝！……我怎么敢拒绝！……”范·密泰恩吓得要命地说，“可是我已经……”

范·密泰恩没有来得及说完。凯拉邦大人刚刚抓住了他的手臂，说道：

“一句话也别说了！……同意！……必须如此！……别犹豫！”

“我同意？我……已经结过婚的人！……我，”范·密泰恩反驳，“我，重婚者！”

“在土耳其……重婚，三重婚……四重婚！……都是完全允许的！……您就说同意！”

“可是……”

“娶吧，范·密泰恩，娶吧！……这样一来，您连一个小时的牢都不用坐了！我们继续一起旅行！一旦到了斯居塔里，您就尽快娶她，我们就可以向新的范·密泰恩夫人问候了！”

“这一次，凯拉邦朋友，您是在要求我做一件不可能的事情！”荷兰人答道。

“必须同意，否则一切都完了！”

这时亚纳尔大人抓住了范·密泰恩的右臂，说道：

“必须同意！”

“必须同意！”萨拉布尔也过来抓住他的左臂说道。

“既然必须同意！”范·密泰恩答道，他的两腿已经站不住了。

“怎么！我的主人，您在这方面还要让步吗？”布吕诺走过来说道。

“有什么办法，布吕诺！”范·密泰恩小声地说，声音微弱得几乎听不见。

“好了，站直了！”亚纳尔大人喊道，一下子把他未来的妹夫拉了起来。

“站稳了！”尊贵的萨拉布尔又说了一遍，也让她未来的丈夫站得笔直。

“这个样子才像库尔德人的妹夫……”

“和一个库尔德女人的丈夫！”

范·密泰恩在双重的推力下立刻站直了，只是脑袋在不断地摆动，似乎已有一半脱离了肩膀。

“一个库尔德女人！……”他喃喃自语，“我……鹿特丹的公民……娶一个库尔德女人！”

“什么都不用怕！……这个结婚是闹着玩的！”凯拉邦大人在他的耳边小声地说。

“这些事情千万不要闹着玩！”范·密泰恩用可怜得滑稽的声调答道，使他的同伴们几乎忍不住要哈哈大笑。

纳吉布向女主人指着女旅客的容光焕发的面孔，低声说道：

“她如果不是一个追求另一个丈夫的寡妇，就算我看错了！”

“可怜的范·密泰恩先生！”阿马西娅答道。

“我宁可坐八个月的牢房，”布吕诺摇着头说，“也不愿意过八天像这种结婚的日子！”

这时亚纳尔大人转向在场的人大声地说：

“明天在特拉布松，我们将举行范·密泰恩大人和尊贵的萨拉布尔的盛大的订婚仪式!”

听到“订婚”这个词，凯拉邦大人和他的同伴们，特别是范·密泰恩，都觉得这件事情还不像他们所担心的那样严重。

不过这里应该指出，按照库尔德斯坦的习俗，正是订婚仪式才使得婚姻变得不可分离。这种仪式可以与某些欧洲民族的公证结婚，以及在宗教结婚之后使夫妇结合的仪式相比。在库尔德斯坦，订婚仪式之后的丈夫确实还只是未婚夫，然而是与他所选择的女人——或者像现在这样与选择他的女人——完全联系在一起的未婚夫。

这就是亚纳尔大人正式向范·密泰恩所作的解释，他最后说：

“所以，在特拉布松做未婚夫!”

“在莫苏尔做丈夫!”尊贵的库尔德女人温柔地补充说。

当商队客店的大门刚刚打开，斯卡尔邦特就要离开的时候，他说着对未来充满威胁的话：

“计谋失败！……现在该用武力了!”

接着他就消失了，没有引起凯拉邦大人和他的同伴当中任何人的注意。

“可怜的范·密泰恩先生!”阿赫梅看着荷兰人狼狈不堪的样子不住地说道。

“好!”凯拉邦回答说，“应该笑才对呢！没有法律效力的订婚仪式！过十天就不存在这个问题了！这不算！”

“当然如此，叔叔，不过在这之前，给这个专横的库尔德女人当十天未婚夫这是要算的了！”

五分钟以后，商队客店的院子里就没有人了。客人们都回到房间里去过夜了。不过，范·密泰恩就要被可怕的亚纳尔的目光所监视，而刚刚在倒霉的荷兰人的身上收场的这出悲喜剧的舞台也终于恢复了宁静。

第九章

范·密泰恩与尊贵的萨拉布尔订婚，荣幸地成为亚纳尔大人的妹夫。

一块米利都的移民地上居民在公元前 479 年建立的一个城市，曾被米特里达梯征服，落入庞培政权之手，受过波斯人和斯基泰人的统治，在君士坦丁大帝时代信仰基督教，后来信仰异教直至 6 世纪，被贝利萨留①解放，在查士丁尼②时代富裕起来，先属于被拿破仑一世视为祖先的科姆奈纳家族，然后在延续了 256 年的特拉布松帝国灭亡之时，即将近 15 世纪中叶属于穆罕默德二世苏丹——应该承认这座城市在世界的历史上是有权利占有一席之地的。所以在前半部分的旅行中，范·密泰恩想到要参观

① 贝利萨留（约 505—565），拜占庭帝国将军，曾任皇帝查士丁尼的侍卫。
② 查士丁尼（483—565），拜占庭帝国皇帝。

一座如此著名的、被所有的骑士小说选为冒险圣地的城市就十分高兴，我们也就不会奇怪了。

然而范·密泰恩过去感到高兴是因为无忧无虑。在这条环绕着古代的欧兴桥的旅途上，他只要跟着他的朋友凯拉邦就行了。但是现在他是这个牢牢地管束着他的尊贵的库尔德女人的未婚夫——至少是临时的，只有几天——他再也没有心情欣赏特拉布松在历史上的光辉了。

在9月17日将近上午九点钟的时候，也就是在离开里萨尔商队客店两个小时之后，凯拉邦大人和他的同伴们，亚纳尔大人，他的妹妹和他们的仆人，浩浩荡荡地进了现代帕夏管辖区的首府。它建筑在阿尔卑斯山的一块原野当中，有山谷、山岭、起伏不定的水流——很容易使人想起中欧的某些景色：可以说瑞士和蒂罗尔①的一些地方被搬到黑海海岸的这个部分来了。

离埃尔祖鲁姆三百二十五公里的特拉布松，这个亚美尼亚的重要首府，现在有一条道路直接通往波斯，途经居米什卡内、贝布尔和埃尔祖鲁姆——这条路是土耳其政府开辟的，这也许使它重新获得了一些从前在贸易方面的价值。

这座都市被一条丘陵分成两个盆状的城市。一个是土耳其的城市，围着建有巨大塔楼的城墙，从前由海边的古老城堡加以保护。它的清真寺不少于四十个，它们的尖塔高过了柑树、橄榄树和别的树的景色宜人的树丛。另一个是基督教的城市，生意兴

① 蒂罗尔，奥地利地名。

隆，有巨大的集市，大量供应地毯、布料、首饰、武器、古币、宝石等等。港口有每周一次的轮船，直接通向黑海的所有要津。

这座城市里的居民有四万人：土耳其人、波斯人、举行亚美尼亚仪式和拉丁仪式的基督教徒、信仰东正教的希腊人、库尔德人和欧洲人，他们按照各自的处境或者到处活动，或者默默无闻。不过在那一天，居民的人数多了五倍，因为信徒们都从小亚细亚各地会集到这里，来参加纪念穆罕默德的盛大节日。

这样一来，这支小队伍就不大容易找到合适的住处，来度过要在特拉布松停留的二十四小时，因为凯拉邦大人打算第二天就出发到斯居塔里去。确实要想在月底之前到达的话，那就连一天都不能耽误了。

凯拉邦大人和他的同伴们只是在土耳其城之外才找到住的地方。那是一家法国-意大利旅馆，在一个已经挤满客人，全是商队客店和旅馆的区里，靠近基乌尔-梅丹广场，位于城里贸易最发达的地方。不过旅馆相当舒适，足以使他们在这一天一夜里得到充分的休息，阿赫梅的叔叔也就找不出任何理由来向旅馆老板发火了。然而当凯拉邦大人及其一行来到这里，以为从此即使不能说不再疲劳，至少也是不会再有危险的时候，在居住着他们的死敌的土耳其城市里却在酝酿着一个对付他们的阴谋。

萨法尔大人的宫殿建筑在博斯特普山梁开头的分支上，山坡缓缓地斜向海边。斯卡尔邦特总管离开里萨尔商队客店之后，就在一个小时以前来到了这里。

萨法尔大人和亚乌德船长正在这里等着他。斯卡尔邦特首先向他们讲了昨天夜里发生的事情，说凯拉邦和阿赫梅本来要去坐牢，从而使阿马西娅失去防卫能力，但是范·密泰恩的愚蠢的忠诚挽救了他们。这三个人出于共同的利益商量了一番，作出了一些在斯居塔里和特拉布松之间的二十二公里的路程上对旅行者们构成直接威胁的决定……他们的计划要到将来才能知道，但是可以说在当天就开始执行了：萨法尔大人和亚乌德把即将举行的纪念活动丢在一边，已经离开特拉布松，向西走上了从安纳托利亚通向博斯普鲁斯海峡的大路。

斯卡尔邦特自己待在城里。凯拉邦大人、阿赫梅和两位少女都不认识他，他完全可以自由行动。在这场要以武力来代替诡计的阴谋中，他要扮演重要的角色。

斯卡尔邦特也可以混在人群之中，在基乌尔-梅丹广场上闲逛。这里不是里萨尔商队客店，他在黑暗中向凯拉邦大人及其侄子说一会儿话还怕他们认出来。现在他能够十分安全地窥视他们的行踪。

正是在这种情况下，他看见了刚到特拉布松不久、沿着路面很差的街道向港口走去的阿赫梅。港口里的各种沿海航行的帆船，在卸下老主顾的货物之后就搁在岸边，而商船则因为水不够深就停得更远一点。

一个搬运工刚刚向阿赫梅指明了电报局的位置，斯卡尔邦特得以了解到阿马西娅的未婚夫向敖德萨的银行家塞利姆发了一封长长的电报。

“哼！”他想道，“这封电报永远收不到了！塞利姆中了亚乌德开的致命的一枪，我们就不用为此担心了！”

他确实更放心了。

然后阿赫梅就回到了基乌尔-梅丹的旅馆，纳吉布陪着阿马西娅在等着他，已经有点不耐烦了。姑娘则相信再过几个小时，塞利姆别墅里的人对她的命运都可以放心了。

“写封信到敖德萨的时间太长，”阿赫梅说，“何况我总是担心……”

阿赫梅说到这里顿住了。

“你担心什么，亲爱的阿赫梅？……你想说什么？”阿马西娅有点惊讶地问道。

“没什么，亲爱的阿马西娅，”阿赫梅答道，“没什么！……我是想提醒你的父亲在我们到的时候，甚至在我们到达之前就在斯居塔里，以便做好各种准备，使我们的婚礼没有任何耽搁！”

实际上阿赫梅始终担心在“吉达尔号”遇难之后，亚乌德又会搞什么阴谋，再次进行劫持，所以他要提醒塞利姆危险可能仍然存在。不过他不想在余下的旅途中让阿马西娅担惊受怕，因此对自己的忧虑避而不谈——何况这些忧虑还很模糊，只是他的一些预感。

阿马西娅感谢阿赫梅能想到用电报来使她的父亲放心——哪怕因为使用了电报会引起凯拉邦叔叔的诅咒。

这时候范·密泰恩朋友怎么样了呢？

范·密泰恩朋友有点不由自主地成了尊贵的萨拉布尔的未婚夫，亚纳尔大人的可悲的妹夫！

他怎么能反抗呢？一方面，凯拉邦反复对他说必须牺牲到底，否则法官要把他们三个人都送进监狱，这样旅行的结局就大为不妙了；还有这个婚姻在多妻制的土耳其是有效的，而在范·密泰恩已经结婚的荷兰就会被一笔勾销，因此他可以选择作为只有一个妻子的人待在他的祖国，或者作为重婚者待在奥斯曼皇帝的国家里。但是范·密泰恩已经作出了“选择”：他宁可在任何地方都做个单身汉。

另一方面，那兄妹两人不可能放松他们的猎物。除了到博斯普鲁斯海峡以后不再和他们做伴之外，最好还是使他们满意，以免他们行使所谓的姐夫和妻子的权利。

所以范·密泰恩不打算进行任何反抗，而是顺其自然，听天由命。

幸好凯拉邦大人达到了他的要求：在去莫苏尔结婚之前，亚纳尔大人和他的妹妹陪他们一直走到斯居塔里，并且参加阿马西娅和阿赫梅的婚礼；再过两三天，库尔德的未婚妻才和她的荷兰未婚夫到她的祖先的地方去。

应该承认，布吕诺虽然想到他的主人由于难以置信的软弱而必然会有这样的结果，但在眼看主人受到这个可怕的女人的摆布时还是颇为同情。不过也应该承认，看到范·密泰恩穿着这个古怪国家的可笑的服装，想到将要举行的订婚仪式，布吕诺还是不禁狂笑起来，凯拉邦、阿赫梅和两位少女好不容易才制止了他。

“怎么！是您，范·密泰恩，”凯拉邦喊道，“穿着这套东方的服装，这真的是您吗？”

“是我，凯拉邦朋友。”

“这是库尔德人的服装？”

“是库尔德人的服装！”

“哎！您穿着真是挺合身的，我肯定您在习惯之后，会觉得这套衣服比欧洲的又紧又窄的服装更加方便！”

“您真是仁慈，凯拉邦朋友。”

“瞧，范·密泰恩，不要愁眉苦脸的！您就当今天是狂欢节，只是为一场不存在的婚礼化化装！”

“我最担心的不是化装。”范·密泰恩答道。

“那是什么？”

“是结婚！”

“嘿！！临时的结婚，范·密泰恩朋友。”凯拉邦答道，“萨拉布尔夫人要为她用来安慰寡妇的幻想付出沉重的代价！对了，当您告诉她您在鹿特丹已经结婚，所以对订婚不承担任何义务，当您按照法定的手续休掉她的时候，我也要在场，范·密泰恩不能允许强迫男人娶妻！确实如此！仅仅要他们同意就已经太过分了！”

听着这些理由，可敬的荷兰人最终也就逆来顺受。亚纳尔大人和他的妹妹显然不愿久等，一旦抓住就马上吊上去，婚礼的绞架是现成的，他们就想把这个冷静的荷兰人绑在上面。

但是也不要认为库尔德斯坦通行的订婚仪式在任何方面都是马马虎虎或漫不经心的。不！亚纳尔在非常仔细地监督一切，而在这个大城市里什么都不缺，能够使这场婚礼举行得尽可能地隆重。

事实上在特拉布松的居民当中，有一部分是库尔德人。亚纳尔和萨拉布尔因此找到了一些在莫苏尔的相识和朋友。这些体面的人看到他们尊贵的女同胞第四次为一个丈夫的幸福作出贡献，都把参与这个场合视为一种责任。所以在未婚妻方面就有一伙宾客出席订婚仪式，而凯拉邦、阿赫梅和他们的同伴则殷勤地为未婚夫增加光彩。还必须知道的是，自从范·密泰恩在穿莫苏尔和埃尔祖鲁姆的大人们的传统服装时与朋友们讲了最后几句话之后，他就受到严密的监视，再也不能单独和朋友们待在一起了。

只有布吕诺钻了个空子，溜到他身边用不祥的声音说了好几遍：

“当心！主人，当心！您干这件事情可冒着很大的危险哪！”

“唉！我能怎么办呢，布吕诺?”范·密泰恩以屈从的声调答道，“无论如何，即使这是一件蠢事，它也能使我的朋友们摆脱困境，以后的事情就无所谓了！”

“嗯！”布吕诺摇着头说，“结婚，主人，这是结婚，而……”

说到这里，有人叫荷兰人，所以谁也无法知道这个忠实的仆人会怎样说完这句威胁性的话了。

中午时分，亚纳尔大人和另一些看起来很有身份的库尔德人来找未婚夫，并且直到婚礼结束都不离开他。

订婚仪式上的花结在盛大的场面里被系了起来。未婚夫妇在系花结时的神态都无可指责。范·密泰恩毫未流露出内心的不安，尊贵的萨拉布尔则为一个北欧的男人被一个北亚的女人牵着而自豪！的确，荷兰和库尔德斯坦联姻是多么辉煌啊！

身穿结婚礼服的未婚妻光彩照人——显然是她碰巧带着旅行的一套服装，应该承认她这次是有备无患了。没有什么像她金色的呢绒长袍那样富丽堂皇，它的袖子和上衣绣满了金银丝的花边！没有什么比这条束在她腰上的围巾更加绚丽多彩，它用小花线交织而成，覆盖着用布卢斯的名为“堂贝”的细布钩成的无数皱褶。没有什么比这条萨罗尼克的薄纱裙更庄重的了，她的脚上穿的是用镶着珍珠的细摩洛哥皮制成的靴子！这顶喇叭口的土耳其帽的帽檐上缀着色彩鲜艳的花朵，一条绣着花边的帽带一直垂到腰际。各种首饰和金坠子从额头垂到眉毛，用小小的蔷薇花饰做成的耳环上有一些小链条在闪闪发光，上面有用金子制成的一弯新月。腰带上是鲜红的扣子，天蓝色的金银丝别针，形状像一棵印度的棕榈树。还有两排闪光的项链镶嵌着刻有名字的玛瑙，每个上面都刻着一位伊玛目①的名字！没有！在特拉布松的街道上人们从未见过更美的未婚妻，现在它们都应该铺上大红的地毯，就像从前君士坦丁七世诞生的时候一样。

如果说尊贵的萨拉布尔显得雍容华贵的话，范·密泰恩大人也同样高雅出众，他的朋友凯拉邦对他大加赞赏，这些话出自一个始终忠于东方服装的老信徒之口，自然是不带讽刺意味的。

必须承认，这套服装赋予范·密泰恩先生以一种军人气概、一种高傲的神态、一副自命不凡的表情、某种粗野的东西，总之与他作为鹿特丹批发商的气质大相径庭。他的轻柔的细布外套上

① 伊玛目，伊斯兰教的教长。

镶贴着棉织品的饰物，宽大的红绸缎长裤塞在镶有马刺的皮靴里，靴筒上的无数褶皱在闪着金光。他的开领长袍的袖子一直垂到地上。他的土耳其帽上粗得令人难以置信的帽带，表明了尊贵的萨拉布尔的丈夫即将在库尔德斯坦占据的地位。

特拉布松的巨大集市提供了所有这些装束。都是定做的，把范·密泰恩打扮得不可能更漂亮了。它还提供这些出色的武器，使这位未婚夫束在腰上的镶有花边和饰物的腰带成了一个武器库：嵌有金银丝的匕首，双刃的刀身是用大马士革钢打成的，把儿是绿玉的；手枪的枪把雕刻得像一个宠儿的颈圈；刀刃呈锯齿形的短刀，黑色的刀把上镶着银质的方块和圆形的球饰；最后是一柄钢制的长枪，枪杆上刻有扁平的金色浮雕，末端就像古代长柄弯刀的波浪形的刀身。

哈！库尔德斯坦可以毫不担心地向土耳其宣战了！奥斯曼帝国皇帝的军队有朝一日能够战胜，靠的也不是这样的士兵啊！可怜的范·密泰恩，谁能说你有一天不会被打扮成这种滑稽可笑的样子！幸亏像凯拉邦大人和在他之后的阿赫梅，以及在阿赫梅之后的阿马西娅和纳吉布，还有在她们之后除了布吕诺之外的每个人所说的那样：

“嘿！这是闹着玩的！”

订婚仪式进行得体面，不过除可怕的哥哥及其同样可怕的妹妹觉得未婚夫有点冷淡以外，一切都很顺利。

特拉布松有的是法官，他们履行政府官员的职责，要求荣幸地为这样一份契约进行登记——尤其是这样做不会没有一些好处；但恰恰是那位在里萨尔商队客店的案件里显示了预见能力的法官来承担这个光荣的任务，并且用美好的言辞对未来的夫妇表示祝贺。

契约签字以后，未婚夫妇及其一行在无数民众的簇拥下，到了关闭的城里的一座清真寺。它从前是一座拜占庭的教堂，墙壁上装饰着有趣的镶嵌画。那里回响着库尔德的歌曲，就特色和节奏而言，要比土耳其或亚美尼亚的歌曲更有表现力、更和谐，总之是更有艺术性。一些乐器发出金属般的叮当声，两三支小笛子的尖音格外突出，为在这种情况下足够清脆的合唱配上了奇特的和声。接着伊玛目念了一段简单的经文，终于使范·密泰恩成了未婚夫。凯拉邦大人在向尊贵的萨拉布尔表示衷心祝贺时一再说是未婚夫——当然是话里有话的。

以后婚礼将在库尔德斯坦结束，庆祝活动要持续几个星期。范·密泰恩要在那里适应库尔德的风俗习惯——或者至少是尝试适应。确实，当妻子来到新房前面的时候，她的丈夫突然出现在她的面前，用双臂抱住她的肩膀，就这样一直把她带到她的房间里。这种习俗是为了消除她的羞耻感，因为绝不能让她觉得自己是心甘情愿地进入一个陌生的住宅的。处于这个幸福时刻的范·密泰恩，也不能做任何违反该国习俗的举动，不过幸运的是这个时刻还远着呢。

现在，订婚仪式自然而然地与纪念穆罕默德升天之夜的活动结合起来了。这一次由于政治和宗教方面的竞争，在发生了一些特殊的情况之后，帕夏管理区的伊玛目们的领袖颁布法令，把这个纪念日就定在这一天。

当天晚上，在为此而豪华地布置的该城最大的宫殿里，成千上万的信徒们赶来参加这个把他们从亚洲所有信仰伊斯兰教的地方吸引到特拉布松来的仪式。

尊贵的萨拉布尔不能放过这个向公众显示她的未婚夫的机会。至于凯拉邦大人、他的侄子、两位少女，要度过晚上的这几个小时，还有什么比盛装参加这个美妙的场面更好的呢？

确实，在这个把现世的一切梦想都放到来世实现的东方国家里，怎么会不美妙呢？这个纪念穆罕默德的节日，可以用各种色彩来加以描绘，但哪怕是借用世界上最伟大的诗人们的韵律、形象和句子，也是很难描写出来的。

“财富在印度，”有一句土耳其谚语说道，“头脑在欧洲，排场在奥斯曼帝国。”

富有诗意的纪念活动确实在无可比拟的豪华排场中进行。小亚细亚最美的姑娘们显示了她们舞蹈的魅力和迷人的美貌。根据伊斯兰教的传说——基督教的传说是对它的模仿——直到穆罕默德去世的日子，即伊斯兰教历10年（公元632年），天堂都向一切沉睡在缥缈空间里的信徒们关闭，以等待穆罕默德的到来。到了那一天他骑着马出现了，半马半鹰的有翅怪兽在耶路撒冷的神庙前等着他。然后他神奇的坟墓离开地面升上天去，悬停在大顶和天地之间，处于伊斯兰教天堂的中央，所有的人都醒来向穆罕默德致敬。向信徒们允诺的永远幸福的时期终于开始了，而穆罕默德则成为一尊光彩夺目的神，阿拉伯半岛上空的星星，就像无数的仙女在安拉光辉的额头周围盘旋。

总而言之，这个纪念日就像是实现了一位最深刻地感受到了东方国家的诗意的诗人的梦想，他在谈到伊斯兰教的苦行僧们在跳节奏奇特的轮舞时的心醉神迷的表情时说道：

“他们在这些安慰他们的幻觉里看到了什么？是穆罕默德的天堂里结着红宝石果实的绿宝石森林，琥珀和没药堆成的山岭，金刚石的亭子和珍珠的帐篷！”

第十章

这个故事的主人公们日夜兼程。

第二天是 9 月 18 日，当阳光刚刚把城里最高的清真寺尖塔镀成金色的时候，一支小队伍就从筑有防御工事的围墙的一个城门里出来，最后告别了富有诗意的特拉布松。

这支到博斯普鲁斯海峡去的小队伍，由一个向导带领沿着海岸的道路前进，凯拉邦大人很愿意让这个向导为他们效劳。

这个向导确实对安纳托利亚的北部地区了如指掌：他属于在当地被称为“木瘤人”的流浪者。

人们用这个字眼来指某些樵夫，他们的职业就是在安纳托利亚和小亚细亚的这个地区跑来跑去，因为这里到处生长着大量的胡桃树。这些树上长着一些硬度极高的木瘤或天然的突起，因此这种木头可以用来做任何木器工具，是极其难得的材料。

听说这些外地人要离开特拉布松回到斯居塔里去，这个木瘤人就在昨天晚上来表示愿意为他们效劳。他看起来很聪明，对这些错综复杂的道路非常熟悉。他对凯拉邦大人向他提的问题都回答得很清楚。因此得到了报酬优厚的保证，而且如果他能够使这支小队伍在十二天——阿马西娅和阿赫梅举行婚礼的最后期限——之前到达博斯普鲁斯海峡的高地上的话，他获得的报酬还会加倍。

阿赫梅询问了这个向导，尽管在他冷漠的面孔上、在他谨慎的态度里有一种使他们不快的东西，却又说不清是为什么，所以阿赫梅也认为没有理由不相信他。何况对于要以极快的速度走完的旅途来说，有这么一个一生都在这里跑来跑去、熟悉这个地区的人是再好没有，没有比他更令人放心的了。

木瘤人就这样成了凯拉邦大人和他的同伴们的向导，由他来决定这支小队伍的方向。他负责选择休息的地方，安排宿营，保证所有人的安全，当答应他若能在规定期限里到达斯居塔里，给他的酬金就会加倍的时候，他就回答说：

“凯拉邦大人完全可以相信我的热情，既然他建议为我的效劳付双倍的价钱，那我也保证，如果他在十二天之前没有回到他在斯居塔里的别墅，我就一分钱也不要。”

“以穆罕默德的名义起誓！这是一个适合我的人！”凯拉邦在向侄子提到这段话时说道。

“是的，”阿赫梅答道，“不过，无论这个向导多么合适，我们也别忘了在安纳托利亚的这些道路上不要轻率地冒险！”

“嘿！你总是担心！”

“凯拉邦叔叔，要我真正相信没有任何危险，除非我们到了斯居塔里……”

“和你结婚之后！那好！”凯拉邦握着阿赫梅的手说道，“好吧，我答应你，再过十二天，阿马西娅就是最多疑的侄子的妻子了。”

“但她也是……”

“最优秀的叔叔的侄女！”凯拉邦喊道，说完哈哈大笑。

这支小队伍的交通工具是这样的：两辆“塔利卡”即相当舒适的四轮敞篷马车，天气不好时可以把篷拉起来。拉车的马有四匹，每辆车两匹，另外有两匹备用马。尽管花了高价，但是能在特拉布松找到这些车辆，阿赫梅还是非常高兴，因为这样旅行就舒适多了。

凯拉邦大人、阿马西娅和纳吉布坐在第一辆马车里，尼西布坐在后座上。第二辆马车当中端坐着尊贵的萨拉布尔，身旁是她的未婚夫，对面是她的兄长，还有作为跟班的布吕诺。

骑在马上的一个是阿赫梅，一个是向导，他时而在走得极快的马车的门边奔驰，时而向前走一点为大家开路。

由于这个地方不太安全，旅行者们都带着长枪和手枪，这还不算亚纳尔大人和他的妹妹的腰带上的武器，以及凯拉邦大人的打不响的出色手枪。阿赫梅注意防范任何袭击，虽然向导向他担保在这些道路上尽可放心。

总之用这些交通工具在十二天里走完大约两千公里，即使在这个驿站稀少的地区无马可换，即使每天夜里都让马匹休息，也没有什么克服不了的困难了。因此除非出了什么意外的或不大可能的事故，这次环绕黑海的旅行是会按期完成的。

从特拉布松伸展到西诺普的地区，被土耳其人称为亚尼克。亚尼克以外才是安纳托利亚本土，即从前的比蒂尼亚，现在成了亚洲土耳其的最辽阔的帕夏管理区之一。它包括从前的小亚细亚的西部，首府是库台赫，主要的城市有布卢斯、斯米尔纳、安戈拉等等。

这支小队伍在早晨六点钟从特拉布松出发，走了五公里之后，于九点钟到达了普拉塔纳。

普拉塔纳就是古代的赫姆亚萨。要到达这里必须穿过一片长着大麦、小麦、玉米的谷地，这里大片的烟草也十分茂盛。凯拉邦大人对这块亚洲土地上的物产赞不绝口，这些烟草的叶子不用加工就干燥成金黄色的了。他的贸易伙伴和朋友范·密泰恩如果不是被禁止除了尊贵的萨拉布尔之外不得欣赏任何东西的话，很可能是更加无法克制要赞美一番的冲动的。

这个地区全都生长着漂亮的树木，有能与荷尔斯泰因和丹麦最雄伟的树木相媲美的冷杉、松树、山毛榉，以及野生的榛、醋栗、覆盆子。布吕诺多少有点羡慕地注意到，当地的人年龄很小就已经有了肥大的肚子，这使他这个已经骨瘦如柴的荷兰人深感屈辱。

中午他们越过名叫福尔的小村庄，左面的后方是蓬蒂克的阿尔卑斯山的头几条山脉。道路上农民们交错而过，有的到特拉布松去，有的从那里回来。他们穿着褐色的粗羊毛衣服，头戴土耳其帽或者羊皮帽，身边的妻子身着几块有条纹的棉布，在红色的羊毛衬裙上十分显眼。

这个地区多少都与色诺芬有关，是由于“万人军”的著名撤退才出名的。不过倒霉的范·密泰恩是在亚纳尔的威胁的目光下穿过这个地区的，连问一问向导的权利都没有！因此他已经吩咐布吕诺代他打听，并且在途中记下一点东西。布吕诺考虑的可不是这位希腊将军的功勋，所以在离开特拉布松的时候，他忘了指给主人看这座俯瞰海岸的丘陵，从马克罗尼埃纳省归来的“万人军”，就是在这座丘陵顶上向黑海的波浪发出热情的欢呼的。说实话，一个忠实的仆人是不该这么做的。

在白天走了大约二十公里之后，队伍在迪尔波里停下来过夜。在这里用羊羔的胃做成的“卡伊瓦克”，羊奶变温后形成的奶皮，由酸奶通过凝乳酶的方法制成的奶酪，大受长途跋涉后胃口极好的旅行者们的欢迎。而且还有各种各样的羊肉，尼西布可以开怀大嚼，不用担心触犯伊斯兰教的法律，布吕诺也无法捉弄他了。

他们在 9 月 19 日一大早离开了这个小小的村庄，在白天穿过了塞普和它的只能停靠三四条吃水不深的商船的小港口。向导对这些在平原当中有时几乎看不出来的道路都一清二楚，这是没话可说的，所以一直在他的带领下走了二十五公里，在很晚的时候他们到了凯雷苏姆。

凯雷苏姆建在一座丘陵脚下，两边都很陡峭。这里是古代的法尔纳西亚，“万人军”曾在此停留十天以恢复力量。山上有俯瞰港口入口处的遗址，看起来景色如画。

凯拉邦大人本来很容易在这里大量储备樱桃木的烟斗管，这是一种交易量很大的商品，在这个帕夏管辖区里确实到处都是樱桃树。范·密泰恩也认为应该把这个历史事实告诉他的未婚妻：正是从凯雷苏姆这个地方，古罗马的行省总督吕居留斯把第一批樱桃树引进了欧洲，使它们适应了欧洲的气候。

萨拉布尔从未听过这个有名的品位家说话，对于范·密泰恩渊博的论述似乎兴趣不大。范·密泰恩始终受着这个傲慢的人的控制，活像是人们所能想象的最忧郁的库尔德人。可是他的朋友凯拉邦不知是不是开玩笑，不断地称赞他这身新服装，布吕诺听到了只是耸耸肩膀。

“不错，范·密泰恩，不错!”凯拉邦反复地说，“您穿着太合身了，这件长袍，这条头巾，要成为一个真正的库尔德人，您只缺亚纳尔大人那样吓人的大胡子了!”

“我从来没有长过胡子。”范·密泰恩答道。

“你没有胡子?”萨拉布尔喊叫着问道。

“他没有胡子?”亚纳尔大人以最蔑视的口气重复了一遍。

“至少你几乎没有，尊贵的萨拉布尔!”

“那好，你会有的，”专横的库尔德女人又说，“我来负责让你长胡子!”

“可怜的范·密泰恩先生!”年轻的阿马西娅小声地说，同时温柔地看了他一眼作为报答。

“好！这一切都会以哈哈大笑而结束的！”纳吉布一再说，而布吕诺则犹如一只不祥的鸟那样摇着头。

第二天是9月20日，在沿着据说是吕居留斯为了把安纳托利亚与亚美尼亚各省连接起来而建造的罗马大道走了一段之后，这支小队伍乘着风和日丽的好天气走过了阿普塔尔村，将近中午时又走过了奥尔都村。这段路沿着一些雄伟的森林的边界，它们一层层地叠在丘陵上，树木的种类极其丰富，有橡树、千金榆、榆树、槭树、法国梧桐、李树、杂种的橄榄树、刺柏、白色和黑色的桑树、胡桃树和埃及无花果。葡萄藤茂盛得就像温带国家里的常春藤，一直缠到高高的树梢。这还没算小灌木、山楂树、小劈榛树、铁线莲、接骨木、欧植树、茉莉、圣柳；也没算各种各样的植物，开蓝色花朵的番红花、鸢尾、杜鹃花、山萝卜、黄水仙、马利筋、锦葵、矢车菊、紫罗兰、东方的细皮小柑橘等等。还有野郁金香，是的，还有郁金香！范·密泰恩看着它们的时候，尽管会引起对第一次婚姻的不愉快的回忆，却依然唤醒了他身上作为业余爱好者的全部本能！说实话，第一个范·密泰恩夫人的存在，现在倒成了防止第二个夫人的结婚企图的一种保证。毫无疑问，可敬的荷兰人是幸运的并且由于在举行第一次婚礼时已经结婚而幸运十倍！

经过耶苏恩、布卢安海角之后，向导带着这支小队伍穿过古城波雷莫尼尤姆的废墟，走向法蒂萨村，人和马匹都在那里舒舒服服地睡了一整夜。

头脑始终保持清醒的阿赫梅，迄今为止尚未发现任何可疑之处。从特拉布松出来到现在走了五十多公里，在这期间没有任何危险威胁凯拉邦大人和他的同伴们。喜怒不形于色的向导在赶路和休息的时候，总是能聪明机警地摆脱困境。可是阿赫梅对这个人感到有些无法克制的怀疑，所以他在确保大家的安全方面绝不掉以轻心，总是不露痕迹地保持警惕。

21日拂晓，他们离开了法蒂萨。将近中午的时候，位于从前的厄努斯河口的乌尼埃赫港口和它的建筑工地都落在右面了。然后道路伸展着通过长着大麻的辽阔原野，绕过一些在这段富有历史意义的海岸上全都覆盖着废墟的岬角，直到传说有过一个女骑士部落的特申贝普的河口。下午经过了泰尔姆村，傍晚到达古代雅典的一个移民地桑苏安过夜。

桑苏安是黑海东岸与欧洲通商的重要港口之一。尽管位于埃基尔-伊尔马克河口的锚地并不安全，港口的水也不够深，但这里的贸易却相当发达，并且把西瓜一直出口到君士坦丁堡。西瓜在当地被叫作野草莓，大量生长在周围的地区里。一个别致地建在海岸上的古老要塞，勉强防御着来自海上的进攻。

正在消瘦的布吕诺认为这些野草莓水分太多，根本不会使他强壮，所以凯拉邦大人和他的同伴们吃了个痛快，他却不肯尝一尝。实际上这个正直的小伙子不仅在发胖时已经备受考验，而且还在不断地瘦下去，连凯拉邦大人也不能不承认这一点了。

“不过，”他以安慰的口气说道，“我们就要到埃及了，你如果乐意的话，布吕诺，你可以用你的身体做一笔有利可图的交易！”

“什么样的交易？……” 布吕诺问道。

“把自己当木乃伊卖掉！”

不幸的仆人听了这句话很不高兴，他当然希望凯拉邦大人能碰上什么比主人的第二次结婚更加倒霉的事情。

“可是你们会看到这个土耳其人什么事也不会发生，”他自言自语地说，“一切厄运都会落到像我们这样的基督徒的头上！”

凯拉邦大人确实身体极好，而且自从看到在天气和安全方面他的计划都在最有利的条件下进行，就一直保持着愉快的心情。

9月22日经过的有米利士村，从浮桥上通过的基西尔；第二天到达了盖尔斯，中午时到了楚邦拉尔，但马车在经过上述地点的时候，除了必要的休息之外都没有停留。其实凯拉邦大人倒是很想参观一下叫作巴非拉或者巴夫拉的地方的，哪怕只有几个小时也好。那个地方在他们后面一点，有着大宗的烟草贸易，这里用长长的木板条捆扎好的一包包烟草，常常堆满了凯拉邦在君士坦丁堡的仓库。但是要去的话必须绕一个大约十公里的圈子，既然旅途还很长，就最好不要再去延长它了。

23日晚上，这支小队伍顺利地到达了安纳托利亚边界上的西诺普。

这个位于地峡上的西诺普，就是古代斯特拉邦和波里布的西诺普，是欧兴桥的又一个重要港口。它有着始终极为出色的锚地，还用附近的阿伊奥安托尼奥山上的上等木材制造船只。它拥有一座封闭在两层围墙内的城堡，但至多只有五百户人家，五六千人。

啊！范·密泰恩为什么不早生两三千年呢？他会多么赞美这座据说是阿尔戈英雄们建立的著名城市，它在成为米利都的一块移民地之后变得如此重要，以至于被称为欧兴桥的迦太基，它的舰队在罗马人时代曾遍布黑海，但最终屈服于穆罕默德二世，“因为这个信士们的长官对它很中意”。不过要发现它已经倒塌的辉煌建筑为时已晚，它们只剩下一个风格各异的檐口、三角楣、柱头。另外还应该看到，如果说这座城市取名西诺普，是因为她是阿索波斯和梅托纳斯的女儿，被阿波罗劫持后带到这个地方的话，这一次却是仙女使它失去了温柔，而这个仙女的名字就叫萨拉布尔！范·密泰恩在进行这种比较的时候，心里不免有些痛苦。

西诺普与斯居塔里之间相隔一百二十五公里，凯拉邦大人只剩下七天时间了，即使不会迟到，也不可能提前到达，所以最好一点时间都不要耽误。

24 日黎明时他们离开了西诺普，沿着安纳托利亚的海岸弯弯曲曲地前进。将近十点钟，这支小队伍到了伊斯蒂凡，中午到了阿帕纳，白天走了十五公里，傍晚停在伊内波里，这里的锚地受到四面八方的风的袭击，商船停在这里很不安全。

于是阿赫梅建议只在这里休息两个小时，然后连夜赶路。虽然累一点但可以赢得十二个小时，凯拉邦大人就接受了侄子的意见。没有人反对，包括布吕诺。何况亚纳尔和萨拉布尔也想快点到达博斯普鲁斯海峡，以便回到库尔德斯坦去。范·密泰恩也同样着急，不过他是为了尽可能远地逃离这个库尔德斯坦，光是这个名字就使他感到恐怖了！

向导对此没有表示任何异议，宣布随时都可以出发。夜里和白天一样，道路对他来说都不是障碍。这个木瘤人本能地习惯于在密密的森林里走路，要辨认海边的路自然不在话下。

于是他们在晚上八点钟出发了，夕阳西沉之后不久，海边的地平线上就升起了一轮明亮的满月。阿马西娅、纳吉布和凯拉邦大人，尊贵的萨拉布尔、亚纳尔和范·密泰恩躺在马车里，都随着马匹的不快不慢的小跑节奏而睡着了。

所以他们根本没有看见凯朗贝海角，这里海鸟群集，空中充满了它们震耳欲聋的叫声。早晨他们越过了蒂姆雷，旅途上没有出任何意外。然后他们到了基德罗斯，晚上到阿马斯特拉休息一夜。在三十六个小时里连续走了六十公里，他们真该好好地歇几个钟头了。

范·密泰恩——应该不断地提到这个杰出的人，他是事先读过旅行指南的——如果有行动自由，如果不缺少时间和金钱，他也许会来搜索一下阿马斯特拉港口，寻找一件任何古玩收藏家都不敢否认其考古价值的物品。

实际上无人不知，公元前290年，亚历山大的统帅之一利西马修斯的妻子阿马斯特丽丝，这座城市的著名的创始人，就是被塞在一个皮口袋里，被她的兄弟们扔进她建造的港口的水里去的。哦，如果他的旅行指南可以信赖的话，他成功地捞起这只历史上有名的口袋，范·密泰恩会获得多么大的荣誉啊！不过已经说过了，他没有时间也没有钱，因此没有向任何人——包括尊贵的萨拉布尔在内——吐露他的梦想，只是把他的考古学家的遗憾藏在心里。

第二天是 9 月 26 日，他们一大早就离开了这座热那亚人的古城，它现在只是一个制造一些儿童玩具的微不足道的村庄。走了三四公里以后经过巴尔丹村，接着在下午经过法利亚斯村，傍晚时分经过奥齐纳村，最后在将近午夜时到达了埃雷格里镇。

他们在这里休息到拂晓。这点时间是不够的，不要说旅行者，就是马匹也开始体力不支了，它们从离开特拉布松以来，除了短暂的喘息之外一直在连续奔波，但是离旅途的终点还有四天——只有四天——9 月 27 日、28 日、29 日和 30 日。最后一天还不能算，那一天要做许多别的事呢。如果到 30 日凌晨，凯拉邦大人和他的同伴们还没有出现在博斯普鲁斯海峡的岸上的话，问题就会特别严重了。所以一刻都不能耽误，凯拉邦大人一大早就催着大家出发了。

埃雷格里的名称源自古希腊的赫拉克勒斯①，从前是一个面积很大的首府。从已经成为废墟的，由一些巨大的无花果树撑住的城墙上，还能看出它的轮廓。过去十分重要的、由围墙保护的港口，也像这个现在只有六七千人的城市那样衰落了。它经过了罗马人、希腊人、热那亚人的统治之后，落入了穆罕默德二世之手，也就从昔日辉煌的都市变成了一个小镇，工业和商业都不复存在了。

---

① 赫拉克勒斯，古希腊神话中的英雄，以非凡的力气和功绩著称。

萨拉布尔的幸运的未婚夫，本来在这里还能满足不止一种的好奇心。紧靠着赫拉克勒斯，不是有这个阿切卢西亚半岛，岛上的一个神话中的洞穴里不是有一个鞑靼人的入口吗？西西里的狄奥多罗斯①不是说过，赫拉克勒斯从地狱回来的时候，不正是把克尔伯罗斯②从这个入口带回来的吗？但是范·密泰恩仍然把他的愿望埋在内心的深处。何况这个克尔伯罗斯，不就在用目光监视他的亚纳尔身上又发现了自己不变的形象吗？当然，这个库尔德大人没有三个脑袋，但他有一个就足够了。当他神情凶恶地抬起头来的时候，他浓密的胡子里的牙齿似乎就要咬人，像普卢通③牵着的三条狗一样！

9 月 27 日，这支小队伍穿过了萨卡利亚村，傍晚时到达了凯尔普海角，16 个世纪之前，这里正是奥雷里安皇帝被杀的地方。他们在那里休息了一夜，并且开了个会议，以便对旅途的路线稍加修改，好在四十八小时以后，也就是最后一天的凌晨到达斯居塔里。

① 狄奥多罗斯（约公元前 90—前 21），古罗马统治时期西西里的历史学家。
② 克尔伯罗斯，古希腊神话中冥王哈得斯的守门犬，有三个头。
③ 普卢通，冥王哈得斯的别称。

第十一章

凯拉邦大人站在向导一边，有点反对阿赫梅侄子的意见。

因为这时候向导及时地提出了一个值得考虑的建议。

旅行者们离斯居塔里的高地还有多远？大约六十公里。还剩下多少时间？四十八个小时。如果马匹不肯走夜路的话，这点时间是太少了。

若是放弃这条由于弯弯曲曲而大为延长的道路，直接穿过这个位于黑海海岸和马尔马拉海海岸之间最尽头的拐角，总之是抄最近的路的话，就可以把路程缩短足足十二公里。

“凯拉邦大人，”向导以他特有的冷漠声调说道，“这就是我向您提出的打算，我还要坚决要求您同意这个计划。”

“可是海边的路不是比内地的路安全吗？”凯拉邦问。

“在内地和在海边一样，不用担心什么危险。”向导答道。

“您对建议我们走的路很熟悉吗?”凯拉邦又问。

“我在采伐这些森林的时候，已经在那里走过二十次了。”向导不屑地说。

“我看没什么犹豫的了,”凯拉邦说道，“为了把剩下的路程缩短十二公里，改变一下路线也是值得的!”

阿赫梅听着一言不发。

“你认为怎么样，阿赫梅?”凯拉邦大人问他的侄子。

阿赫梅没有回答。他显然对这个向导有所提防，而且应该承认随着目的地的临近，他的提防也越来越警觉了。

事实上，这个人的狡黠的举止，有时他走在队伍前面会无缘无故地不见了，休息时又总是借口宿营而躲在一边，他投向阿赫梅的奇特的甚至是可疑的目光，似乎专门对姑娘进行的监视，这一切都不能使阿赫梅放心，所以他的目光也不离开这个在特拉布松收下的、不清楚来自何方和是个什么人的向导。但是他的叔叔对此却不以为然，很难使他把预感的东西当成现实。

“怎么样，阿赫梅?”凯拉邦又问道，“在根据向导的新建议作出决定之前我要听听你的意见！你对这条路线有什么看法?”

“我想，叔叔，到现在为止我们一直在走海边的路，离开它们也许是不谨慎的。”

“那是为什么，阿赫梅，既然向导对要让我们走的路非常熟悉？再说为了节省时间也是值得的!”

“叔叔，我们可以再使劲赶马，不难……”

“好，阿赫梅，你这样讲是因为阿马西娅和我们在一起！”凯拉邦喊道，“可是如果现在她在斯居塔里等着我们，你就会第一个催着我们上路了！”

“可能是这样的，叔叔！”

“那好，我是负责照管你的利益的，阿赫梅，我认为我们到得越早越好。我们总是在耽误时间，现在既然能把路程缩短十二公里，就没什么可犹豫的了！”

“好吧，叔叔，”阿赫梅答道，“既然您要这么办，我也就不争了……”

“不是我要这么办，而是因为你没有理由了，侄儿，我完全可以把你驳倒！”

阿赫梅没有回答。无论如何，向导可以深信这个年轻人对他提出的建议是有些想法的。他们的目光只在刹那间相遇，不过用击剑的术语来说，已足以使他们“相互试探”了。所以阿赫梅决定不再仅仅是“提防”，而是“准备应战”。对他来说向导就是一个敌人，只等着机会阴险地向他发动攻击。

再说，旅行者们从特拉布松以来几乎没有休息过，对于缩短路程的决定自然只能感到高兴。范·密泰恩和布吕诺急于赶到斯居塔里以便摆脱困境；亚纳尔大人想乘海岸的客轮，与妹妹及其未婚夫一起返回库尔德斯坦；阿马西娅盼着和阿赫梅终成眷属，纳吉布是为了参加婚礼的庆典！

于是这个建议就被接受了。他们决定在9月27日至28日的夜里休息，以便在第二天进行长途跋涉。

不过向导也指出要采取一些预防措施，要紧的是带好够二十四个小时用的食品，因为要穿过的地区没有村镇。一路上也没有商队客店、杜坎或旅馆，因此必须储备足够的食品。

幸亏在凯尔普海角出了高价就买到了所需要的一切，甚至买到了一头驴来驮这些刚买的东西。

应该承认，凯拉邦大人对驴有一种偏爱——无疑是因为同样固执——而且特别喜欢在凯尔普海角买的这一头。

这头牲口个子不大，但很结实，能够像马那样负重，驮运大约九十“奥克斯”即一百公斤的东西。这种驴在安纳托利亚的这些地区到处都是，它们把谷物从这里一直驮到海岸的各个港口。

这头机灵活跃的驴的鼻孔是被剪开的，这可以使它更加方便地喷出钻进鼻子里去的飞虫。这样一来它就有了一种高兴的神态，一种快乐的模样，因而被称为“笑驴”。它与泰奥菲尔·戈蒂埃谈到的那些可怜的小动物、那些“耷拉着耳朵瘦骨嶙峋的脊梁上淌着鲜血”的悲惨的牲口完全不同，而且很可能和凯拉邦大人同样固执，所以布吕诺想它也许是找到自己的主人了。

至于食品，是就地烧熟的四分之一只羊；“布古尔”，就是一种用小麦粉做成的面包，在炉子上烘干后再涂上黄油。这么短的路程，有这些东西就足够了，而且把驴套在一辆两轮小车上就能运走。

第二天是 9 月 28 日，所有的人都在出发之前不久就起床了。马车立刻套好，每个人各就各位。阿赫梅和向导骑在马上，带着这支让驴子走在前面的小队伍，他们就上路了。一个小时以后，辽阔的黑海已经消失在高高的悬崖后面。在这个地区里，旅行者们觉得脚下的路有点高低不平。

虽然路面不尽如人意，但白天还不算太艰难——因此凯拉邦大人又能唠叨他对奥斯曼帝国当局的不满了。

“很清楚，”他反复地说，“我们已经靠近他们现代化的君士坦丁堡了！”

“库尔德斯坦的道路要比这里好得多！”亚纳尔大人提醒说。

“我乐于相信这一点，”凯拉邦答道，“这么一比，我的范·密泰恩朋友甚至不用怀念荷兰了！”

“怎么比都一样！”尊贵的库尔德女人严厉地反驳，她专横的性格一有机会就淋漓尽致地暴露出来。

范·密泰恩真想把以嘲笑他为乐事的凯拉邦朋友交给魔鬼。不过归根结底，用不了四十八个小时，他就能够恢复充分而完全的自由，这些嘲笑话就随它去吧。

这支小队伍晚上停在一个破烂不堪的村庄里，只有一堆勉强可以放牲口的茅屋。这里无声无息地生活着几百个可怜的人，吃的是很少的乳制品，质量很差的肉，一种谷皮多于面粉的面包。空气里弥漫着一种使人恶心的气味：这是在烧“特塞克”，即一种用粪和泥混在一起制成的泥煤，是这些乡村里的唯一燃料，有时还用它砌茅屋的墙壁。

幸好听了向导的建议，食品问题事先已经解决了。在这个悲惨的村庄里不可能找到任何东西，村民们也不会施舍什么，倒是很可能乞求施舍。

一个破烂的草棚里有几捆新鲜的麦秆，他们就在里面平安地度过了一夜，阿赫梅守夜时怀着前所未有的警惕，这样做不无道理。半夜里向导确实离开村庄向前面走了几百步。

阿赫梅跟着他，没有被他看见，一直等他回到营地后才回来。

这个人到外面去干什么？阿赫梅无法推测，因为他查实了向导没有和任何人进行联系，没有接近过任何人。宁静的黑夜里没有发出任何喊声，原野上的四面八方都没有出现过任何信号！

“一个信号都没有？……”阿赫梅在回到草棚里之后想道，“不过在西南地平线上出现了一会儿的灯光，难道不是一个信号，一个他等着的信号吗？”

这时候，有一件他起初没有重视的事情一再出现在他的脑海里。他非常清楚地记得，当向导站在地面的高处时，远处亮起了一束灯光，以短暂的间隔接连亮了三次，然后消失了。阿赫梅一开始以为这是牧人的灯光。现在，在孤独的寂静里，在使人难以入睡的奇特的静谧之中，他思索着，他又看见了这种灯光，这就不只是一种预感，而确信是一个信号了。

“对，”他想，“这个向导显然背叛了我们！他是在为某个有权势的人物效劳……”

那么是为谁呢？阿赫梅想不出来。不过他预感到这种背叛与劫持阿马西娅有关。她被从敖德萨的劫持者手中救出来以后，是不是又面临着新的危险，现在离斯居塔里只有步行几天的路程了，接近目的地的时候难道不应该万分谨慎吗？

阿赫梅极为不安地度过了这一夜，不知道该怎么办才好。他是应该马上揭露这个向导的背叛——这一点他认为已毫无疑问——还是等到向导开始下手的时候，以便使对手哑口无言和受到惩罚呢？

初升的太阳使他冷静了一些。他于是决定再耐心地等上一天，以便把向导的企图弄得更加清楚。他决定一刻不离地进行监视，无论赶路或休息都不让向导走远。再说他和他的同伴们都带着武器，如果阿马西娅的安全受到威胁，他会毫不畏惧地抵抗任何攻击。

阿赫梅又重新控制住自己。他的脸上没有流露出内心的任何隐秘。他的朋友们没有看出来，连阿马西娅那双充满柔情、能洞察他心灵的眼睛也没有看出来——就是在他身边，不断地观察他的向导也没有看出来。

阿赫梅作出的唯一决定是把自己的担心告诉他的叔叔，因此一旦有了机会，他就要在这方面挑起最激烈的争论。

第二天一大早，他们离开了这个可怜的村庄。如果这一天不发生什么背叛行为或者差错的话，那就是为了满足最固执的奥斯曼人的自尊心而进行的这次旅行的最后一天了。无论如何，这一天是非常艰难的。为了穿越这个山区，辕马不得不使出全部的力量。仅仅由于这一点，阿赫梅就非常后悔改变了最初的路线。有好几次为了减轻马车的负载，人只好下来步行。在陡峭难行的通道上，阿马西娅和纳吉布显示出顽强的毅力。尊贵的萨拉布尔相比之下也毫不逊色。至于她选择的未婚夫范·密泰恩，他从离开特拉布松以来就有点沮丧，现在只能唯命是从了。

此外，他们对于前进的方向没有任何怀疑。显而易见，向导对这个地区的一切弯路没有不知道的，按照凯拉邦的说法是了如指掌，按照阿赫梅的说法是了解得太过分了。因此叔叔称赞向导，侄子则由于怀疑这个人的行为而不能同意。还需要补充的是在这一天里，这个人没有片刻离开过他们，一直走在这支小队伍的前面。

事情的进展似乎都合情合理，只不过道路本来就有点难走，因为它们盘旋上山时非常陡峭，而在刚刚被雨水冲刷的地方又颠簸不堪。然而马匹却想逃跑，但反正是最后一段路了，可以让它们异乎寻常地用力拉车，以后它们有的是休息的时间。

小驴子可不是这样，它轻快地拉着车子，凯拉邦大人因此对它很有好感。

“以安拉的名义起誓！它使我很中意，这头动物，”他一再地说，“为了更加辛辣地嘲笑奥斯曼帝国的当局，我真想骑在它的背上到达博斯普鲁斯海峡的岸上！”

人们会承认这是一个主意——一个凯拉邦式的主意！——不过没有人和他争论，以免他真的忍不住这样做。

经过了真正的劳累的一天之后，在将近晚上九点钟的时候，根据向导的建议，这支小队伍停了下来，开始安排宿营。

“我们现在离斯居塔里高地还有多远?”阿赫梅问道。

“还有五六公里。”向导答道。

“那为什么不向前走了?”阿赫梅又说，“用不了几个小时，我们就可以到达……”

“阿赫梅大人，”向导回答说，“在这个省份的这个地区，我在夜里有可能迷路，我不想冒这个风险！明天则相反，借助拂晓的光亮，我就什么都不用担心了，中午之前我们就能到达旅途的终点。”

“这个人说得有道理，”凯拉邦大人说，“不要着急得把事情搞糟了！在这里宿营，侄儿，我们一起吃旅途当中的最后一顿饭，明天上午十点钟以前我们就在向博斯普鲁斯海峡的海水致敬了！”

除了阿赫梅之外，所有的人都同意凯拉邦大人的意见。于是大家动手，尽可能把旅途的最后一夜安排得舒适一些。

再说这个地方向导也选择得很好。这是一条相当狭窄的隘道，夹在两山之间，严格地说，这些山可不是安纳托利亚西部地区的丘陵了。这条隘道的名称叫内里萨峡谷。峡谷深处的一块高地的山岭之间是巨大的岩石，左面是半圆形的梯级，右面是一个很深的洞穴，完全可以容纳这支小队伍，对它进行考察的结果证明了这一点。

如果说这个地方适于旅行者休息的话，对于渴望吃东西和休息的马匹也同样如此。离这里几百步远，在曲折的峡谷之外有一块草地，那里有水也有草。尼西布要把马匹牵到那里，并且像以往的夜间休息一样由他负责看守。

尼西布于是向草地走去，阿赫梅陪着他，去看看那个地方，以便核实那里不会有任何危险。

阿赫梅确实没有看到任何可疑的迹象。这块草地荒僻无人，西面环绕着一些起伏的丘陵。夜幕宁静地降临，明月要在将近十一点钟的时候升起，很快就会把这里照亮。高高的云彩之间有一些一动不动的星光，似乎在天穹顶上沉睡。空中连一丝风也没有，也听不到任何声音。

阿赫梅极其专心地观察着地平线周围。今天晚上附近丘陵的顶上又会出现什么灯光吗？夜里向导会来发现什么信号吗？……

草地的边缘没有出现任何灯光。原野的远处也没有发出任何信号。

阿赫梅嘱咐尼西布守夜时要保持最高度的警惕，命令他在发生意外事件而无法把马匹带到营地时也要立刻返回。阿赫梅说完以后，又急忙到内里萨峡谷去了。

第十二章

尊贵的萨拉布尔和她的新未婚夫的一些谈话。

当阿赫梅回到同伴们中间的时候，吃饭和睡觉的事情都已经妥善地安排好了。卧室，或者不如说集体宿舍，就是高大宽敞的洞穴，里面有些隐秘的角落，每个人都可以随意躺在什么地方。餐厅是营地平坦的地方，一些倒塌在地上的岩石和石块就成了凳子与桌子。

从小驴子拉的车子里取出了一些食品——驴也在宾客之列，受到了它的朋友凯拉邦大人的特别邀请。他把带着的许多饲料给了它一些，保证它在盛宴上获得了足够的一份，它也就心满意足地咀嚼起来。

“吃吧，”凯拉邦高兴地喊道，“吃吧，朋友们！随便吃喝！这样就可以让这头勇敢的驴少拉点东西到斯居塔里去了！”

不用说，在由几支树脂火把照亮的营地当中吃这顿野餐的时候，每个人的姿势都是无拘无束的。最里面的凯拉邦大人端坐在一块岩石上，是这次聚会中的真正的上座。阿马西娅和纳吉布互相挨在一起，就像两个朋友——不再有主仆之分——那样坐在两块最小的石头上，还给阿赫梅留了一个位置，他马上会到她们这里来的。

至于范·密泰恩大人，当然是夹在中间，左边是躲不掉的亚纳尔，右边是分不开的萨拉布尔，三个人坐在一块巨大的岩石碎片前，未婚夫的叹息应该使这块石头也能为之感动了。

布吕诺从来没有这么瘦，一边吃一边哼哼唧唧地走来走去，侍候大家吃饭。

凯拉邦大人不但像一个万事如意的人那样心情很好，而且习惯于用玩笑话来表达自己的快乐，而这些话主要是直接针对他的朋友范·密泰恩的。是的，这个可怜的人出于对他和他的同伴们的忠诚，在婚姻上碰到了这种奇遇，这件事情总是使他忍不住想挖苦一番。确实，再过十二个小时，这个故事就会结束，范·密泰恩再也听不到别人谈论库尔德兄妹了！因此凯拉邦大人自以为把这位旅伴尽情地取笑一下是不无道理的。

“喂，范·密泰恩，很顺利吧，不是吗？”他搓着双手说道，“您现在是心满意足了！……有好朋友伴随着您！……您在路上幸运地碰到的一个可亲的女人陪伴着您！……当您成为安拉的一个最忠诚的信徒的时候，他也不可能为您做更多的事了！”

荷兰人撇着嘴唇看着他的朋友，但是没有回答。

“怎么，你不说话?”亚纳尔问。

“不！……我说……我在心里说!”

“对谁说?”尊贵的库尔德女人猛然抓住他的手臂专横地问道。

“对你，亲爱的萨拉布尔……对你!”窘迫的范·密泰恩言不由衷地说。

接着他站了起来，叫了一声：

“哎哟!”

亚纳尔大人和他的妹妹同时站了起来，跟着他走来走去。

“如果你愿意的话，”萨拉布尔以温柔得使人不能有任何异议的声调说道，“如果你愿意的话，我们在斯居塔里只待几个小时好吗?”

“如果我愿意？……”

“你不是我的主人吗?”她又讨好地说。

“不错！”布吕诺自言自语，“他是她的主人……就像是一条随时可以咬断你脖子的看门狗的主人一样!”

“幸亏，”范·密泰恩心里想道，“明天……到斯居塔里……分手拉倒！……可是，吵成什么样子!”

阿马西娅怀着真正的同情心注视着他，但是不敢为他大声叫屈，只能向他忠实的仆人说几句。

“可怜的范·密泰恩先生!”她一再对布吕诺说，“他到这种地步毕竟是出于对我们的忠诚!”

“和对凯拉邦大人的卑躬屈节！”布吕诺答道，他不能原谅他的主人软弱到这种程度。

“哎！”纳吉布说，“这至少证明范·密泰恩先生有一颗仁慈而勇敢的心！”

“太勇敢了！”布吕诺反驳说，“而且自从我的主人同意跟随凯拉邦大人进行这样一次旅行以来，我就一直不断地对他说他早晚要倒霉的！结果遇到这样一种不幸，给这个恶魔般的库尔德女人当未婚夫，哪怕只有几天，我也是永远不能想象的……不能！永远不能！与第二个范·密泰恩夫人比较起来，第一个夫人就是一只鸽子！”

这时荷兰人换了一个位置，依然被两个警卫夹着，布吕诺给他拿过去一些食品，但是范·密泰恩觉得没有胃口。

“你不吃吗，范·密泰恩大人?”萨拉布尔盯着他问道。

“我不饿！”

“你确实不饿！”亚纳尔大人反驳说，“在库尔德斯坦，人们总是饿……哪怕吃完饭也饿！”

“哦！在库尔德斯坦？……”范·密泰恩回答时服从地吞下了两块面包。

“现在喝酒！”尊贵的萨拉布尔又说。

“可是，我……”

不过他不敢说：

“只是我不知道这是否对胃有好处！”

“喝吧，既然有人叫你喝！”亚纳尔大人又说。

“我不渴！”

“在库尔德斯坦，人们总是渴……哪怕吃完饭也渴！”

在这段时间里，阿赫梅一直保持警惕，专心地观察着向导。

这个人坐在一边，吃着他的那份饭，但是掩饰不住有点焦急的样子，至少阿赫梅相信看出了这一点。他怎么可能不这样呢？他在阿赫梅的眼里就是一个叛徒，他大概急于让阿赫梅和同伴们都到洞穴里去，睡着以后就会对突然而至的袭击失去抵抗力！向导也许甚至想走远一点去搞什么秘密阴谋，但是当着阿赫梅的面不敢这样做，因为他知道阿赫梅在怀疑他。

“吃吧，朋友们，”凯拉邦喊道，“我们吃了一顿丰盛的野餐，我们已经完全恢复了体力，好走最后一段路了！我说得对吧，小阿马西娅？”

“对，凯拉邦大人，”姑娘答道，“何况我很结实，要是重新开始这次旅行……”

“你会再来一次吗？”

“我会跟着您走。”

“尤其是在斯居塔里休整之后！”凯拉邦哈哈大笑着说道，“就像我们的范·密泰恩朋友在特拉布松的休整一样！”

“他又在嘲笑我了！”范·密泰恩自言自语地说。

其实他怒不可遏，但是当着过于神经质的萨拉布尔的面不敢回答。

“啊！”凯拉邦又说，“阿赫梅和阿马西娅的婚礼，也许不如我们的朋友范·密泰恩和尊贵的萨拉布尔的订婚仪式那么动人，我当然无法向他们提供应该纪念穆罕默德升入天堂的节日，不过我们也要做许多事情。相信我好了，我要把斯居塔里的人全都请来参加婚礼，要让我们在君士坦丁堡的朋友们挤满别墅里所有的花园!”

“我们不用这么多客人!”姑娘答道。

“对！……对！……亲爱的女主人!”纳吉布喊道。

“可我要这么多，我！……只要我愿意！……”凯拉邦大人又说，“小阿马西娅是不是要反驳我呀?”

“哦！凯拉邦大人!”

“那好，”叔叔举起杯子说道，“为这些完全应该幸福的年轻人的幸福干杯!”

“为阿赫梅大人干杯！……为阿马西娅姑娘干杯！……”心情愉快的宾客们齐声重复着。

“还要为联盟，”凯拉邦接着说，“对了！……为库尔德斯坦与荷兰的联盟干杯!”

听到这一句声调愉快的“干杯”，面对所有伸到他面前的手，范·密泰恩大人不管乐意不乐意，都不得不欠身表示感谢，并且为他自己的幸福干杯！

这顿极其简单却又非常愉快的饭吃完了。还可以休息几个小时，这样在旅行结束时就不会太累了。

“我们去睡到天亮，”凯拉邦说，“我委托向导到时候叫醒我们。”

“好的，凯拉邦大人，”这个人回答说，“那么让我去替换您的仆人尼西布看守马匹不是更好吗?”

“不，别走!”阿赫梅马上说道，“尼西布在他该待的地方，而我希望您就待在这里！……我们一起守夜!”

“守夜？……”向导又说，难以掩饰他的不快，“在安纳托利亚的这个边远地区没有任何危险!”

“有可能，”阿赫梅回答说，“但是过分小心总没有坏处！……我去代替尼西布看守马匹。您就待着!”

“随您的便，阿赫梅大人，”向导答道，“我们来把洞穴安排好，让您的同伴们能睡得舒服一些。”

“您安排吧，”阿赫梅说，“布吕诺会乐于帮助您，范·密泰恩先生会同意的。”

“去吧，布吕诺，去吧!”荷兰人说道。

向导和布吕诺把作为卧具用的睡袋、外套、皮里长袍抱进洞去。阿马西娅、纳吉布及同伴们对吃饭并不挑剔，对睡眠自然也不会有过高的要求。

准备工作都做好之后，阿马西娅走到阿赫梅身边，拉住他的手说道：

“亲爱的阿赫梅，这么说你又要一整夜不睡了?”

“是的，”阿赫梅答道，他不愿意流露出任何担心，“我不是应该为我亲爱的人们守夜吗?”

“这毕竟是最后一次了?”

“最后一次！明天，这次旅行的一切疲劳就全都消失了!”

“明天！……”阿马西娅又说了一遍，同时抬起美丽的眼睛看着这个年轻人，和他的目光对视着，“这个好像永远来不了的明天……"

"而它现在就要持续到永远!"阿赫梅答道。

"永远!"姑娘喃喃自语。

尊贵的萨拉布尔也拉住了她的未婚夫的手，把阿马西娅和阿赫梅指给他看：

"你看看他们，范·密泰恩大人，你看看他们两个人。"她叹息着说。

"谁?……"荷兰人茫然地说，他的思想远远跟不上一门如此温柔的课程。

"谁?……"萨拉布尔尖刻地说道，"是这对年轻的未婚夫妇！……说实话我觉得你很奇怪地克制着自己!"

"你知道，"范·密泰恩回答说，"荷兰人！……荷兰是一个堤坝之国！……到处都有堤坝!"

"在库尔德斯坦没有堤坝!"尊贵的萨拉布尔叫道，对他的如此冷漠深感不快。

"没有！那里没有堤坝!"亚纳尔大人摇晃着妹夫的手臂反驳说，使他的手臂差点被这个活的老虎钳夹断了。

"幸好，"凯拉邦忍不住说道，"他明天就会自由了，我们的朋友范·密泰恩!"

然后他转向他的同伴们：

"那么，房间应该准备好了吧！……一个朋友们的房间，人人都有床位。马上要十一点钟了！……月亮都升起来了！……我们睡吧!"

“来，纳吉布。”阿马西娅对吉卜赛少女说道。

“我跟着您，亲爱的女主人。”

“晚安，阿赫梅！”

“明天见，亲爱的阿马西娅，明天见！”阿赫梅说着把姑娘送到了洞穴的入口处。

“你跟着我吗，范·密泰恩大人？”萨拉布尔说话的口气没有一点动人之处。

“当然，”荷兰人答道，“不过，如果必须的话，我可以去陪我年轻的朋友阿赫梅！”

“你是说？……”专横的库尔德女人叫道。

“他是说？……”亚纳尔大人重复了一遍。

“我说……”范·密泰恩答道，“我说……亲爱的萨拉布尔，我的责任要求我为您守夜……所以……”

“那好！……你就守夜吧……不过是在那儿！”

她说着用一只手把洞穴指给他看，亚纳尔就推着他的肩膀，同时说道：

“有一件事情你一定没有料到吧，范·密泰恩大人？”

“我没有料到的一件事情，亚纳尔大人？……请你告诉我是什么事情。”

“就是你娶了我的妹妹，等于娶了一座火山！”

在一只强有力的手臂的推动下，范·密泰恩跨过了洞穴的入口。他的未婚妻刚刚走到他的前面，亚纳尔大人马上跟在他后面进了洞穴。

当凯拉邦大人要进洞的时候，阿赫梅拉住他说道：

“叔叔，有句话跟您说！”

“只说一句，阿赫梅！”凯拉邦答道，“我累了，想睡觉了。”

“好的，不过我请您听着！”

“你要对我说什么？”

“您知道现在我们是在什么地方？”

“对……在内里萨峡谷的隘道上！”

“离斯居塔里有多远？”

“顶多五六公里！”

“谁告诉您的？”

“是……我们的向导！”

“您相信这个人吗？”

“为什么不相信？”

“因为我观察了一些日子了，这个人样子有些越来越可疑！”阿赫梅回答说，“您认识他吗，叔叔？您不认识！在特拉布松，他自告奋勇要把您一直送到博斯普鲁斯海峡。您接受了他，但连他是什么人都不知道！我们由他带着上路……”

“可是，阿赫梅，我觉得他已经充分证明他对安纳托利亚的道路非常熟悉！”

“这是无可置疑的，叔叔！”

“你是不是想进行一场辩论，侄儿？”凯拉邦大人问道，他的额头开始起了皱纹，固执得有点令人担心。

“不，叔叔，不，请您不要误会我有任何使您不高兴的想法！……可是有什么办法呢，我心里不安宁，为所有这些我爱的人感到担心！”

阿赫梅的感情是如此激动，所以他说话的时候，他的叔叔听了也深受感动。

“瞧，阿赫梅，我的孩子，你怎么了？”他说道，“当一切考验就要结束的时候，为什么会有这些担心呢？我很愿意赞成你的看法……不过只是同意你！……就是我进行这次荒唐的旅行是头脑发热！我甚至要承认，如果不是我固执地让你离开敖德萨，阿马西娅也许根本不会被劫持！……是的，这一切都是我的错！……但是现在，我们毕竟要结束这次旅行了！……你的婚礼不会推迟一天！……明天，我们就会在斯居塔里了……而明天……”

“可要是明天我们不在斯居塔里呢，叔叔，要是我们在离它比向导所说的远得多的地方呢？如果他建议我们离开海岸边的道路是故意使我们迷路呢？总之如果这个人是一个叛徒呢？”

“一个叛徒？……”凯拉邦喊道。

“是的，”阿赫梅接着说，“而且如果这个叛徒是为劫持阿马西娅的那些人的利益效劳的呢？”

“以安拉的名义起誓！我的侄儿！你怎么会有这种想法，它有什么根据，只是一些预感？”

“不！是根据事实，叔叔！听我说！一些日子以来，这个人常常在休息的时候离开我们，借口去辨认道路！……有几次他走开了，不是担心什么，而是很焦躁，又不想让人看出来！……昨天夜里，他离开营地有一个小时！……我悄悄地跟着他，而我可以肯定……我肯定在地平线上的一个地方，有人向他发出了一种灯光的信号……一种他正等着的信号！”

“这确实很严重，阿赫梅！”凯拉邦答道，“不过你为什么要把这个人的阴谋和把阿马西娅劫持到‘吉达尔号’上的背景联系起来呢？”

“哎！叔叔，这条帆船是开到什么地方去的？难道是到它沉没的那个阿蒂纳小港口？不，显然不是！……我们不知道它是否已经被风暴刮离了它的航线……那么照我看来，它的目的地就是特拉布松，安纳托利亚的这些大富豪常常在这里补充他们的后房……在那里很容易知道被劫持的姑娘已经在海难中得救，于是开始追踪她并且派这个向导来把我们这支小队伍引进某个圈套！”

“对！……阿赫梅！……”凯拉邦答道，“确实如此！……你说得有道理！……可能有一个危险威胁着我们！……你守过夜……你做得对，今天夜里，我和你一起守夜！”

“不，叔叔，不，”阿赫梅又说，“您休息吧！……我全副武装，而且一发出警报……”

“我跟你说我也要守夜！”凯拉邦说，“不能让人家说又是一个像我这样固执的人的疯狂造成了什么灾难！”

“不，您不用白白地受累了！……我已经命令向导应该在洞穴里过夜……回去吧。”

“我不回去！”

“叔叔……”

“说到底，你还是要在这方面和我争论！”凯拉邦反驳说，“啊！当心点，阿赫梅，好久没有人跟我作对了！”

“好吧，叔叔，好吧，我们一起守夜吧！”

“对了！带着武器守夜，靠近我们营地的人要倒霉了！”

凯拉邦大人和阿赫梅走来走去，眼睛盯着狭窄的通道，倾听着这个如此宁静的夜里所能传出的任何微小的声音，严密而忠诚地守卫着洞穴的入口。

就这样过了两个小时，接着又过了一个小时，没有发生任何可疑的情况来证实凯拉邦大人和他的侄子的担忧。因此他们可以指望夜晚就这样平安地度过，而就在将近凌晨三点钟的时候，在通道的尽头传来了喊叫声，真正恐怖的喊叫声。凯拉邦和阿赫梅立刻向放在一块岩石脚下的武器扑过去，这次叔叔对自己手枪的准头不大放心，所以改用了一支长枪。

与此同时，尼西布气喘吁吁地跑来，出现在隘道的入口处。

“哎呀！我的主人啊！”

“发生什么事了，尼西布？”

“主人……那边……那边！……”

“那边？……”阿赫梅问道。

“马！”

“我们的马？……”

“对！”

“你倒是说话呀，蠢货！”凯拉邦吼道，使劲摇晃着这个可怜的小伙子，“我们的马怎么了？……”

"被抢走了!"

"被抢走了?"

"对!"尼西布接着说,"两三个人冲到草地上……来抢……"

"他们抢了我们的马!"阿赫梅喊道,"你是说他们把马带走了?"

"是的!"

"在路上……是这边? ……"阿赫梅又指着西面的方向问道。

"是这边!"

"应该跑……跟在这些强盗后面跑……追上去! ……"凯拉邦叫道。

"待着,叔叔!"阿赫梅答道,"现在要追上我们的马是不可能的! ……首先要做的是保卫我们的营地!"

"哎! ……主人! ……"尼西布忽然小声说道,"看! ……看! ……那儿! ……那儿! ……"

他用手指指着竖立在左面的一块高大的岩石的顶端。

第十三章

在和他的驴作对之后，凯拉邦大人与他的死敌作斗争。

凯拉邦大人和阿赫梅转过头去，看着尼西布指的方向。看到的景象使他们立刻悄悄地向后撤退。

在这块与洞穴相对的岩石的顶上，有一个人正在试图爬向它的边缘，无疑是为了就近观察营地的动静。不言而喻，向导和这个人之间已经偷偷地约好了。

实际上应该承认，阿赫梅正确地看出了针对凯拉邦和他的同伴们的一切阴谋。此外可以推断危险就迫在眉睫，一场袭击正在暗中酝酿，而且就在今天晚上，这支被引入陷阱的小队伍有可能全军覆没。

凯拉邦第一个本能的反应是立即举枪瞄准这个敢于冒险来到

营地边上的密探，只要一秒钟，枪一响，这个人就会受伤倒下，必死无疑！但是这样会打草惊蛇，使已经严重的形势变得更加危险。

“别开枪，叔叔！”阿赫梅小声地说，同时把瞄准岩石顶部的枪支抬了起来。

“可是，阿赫梅……”

“不……不要开枪，枪声会成为进攻的信号！对这个人最好能够活捉，必须了解这些卑鄙的家伙为什么这么干！”

“可怎么制服他呢？”

“让我来！”阿赫梅答道。

于是他在左边消失了，以便绕过岩石，从背面爬上去。

凯拉邦和尼西布随时准备掩护。

密探肚子贴地，已经爬到岩石边上。他把头探出了岩石的边缘，想借着月光尽力看清洞穴的入口。

半分钟以后，阿赫梅在高处出现了，非常小心地向着不可能看见他的密探爬过去。

不幸的是，一个出乎意料的情况使这个人警惕起来，使他知道有危险威胁着他。

就在这时，阿马西娅刚刚离开洞穴。一种强烈的担心使她无法入睡，她也不明白是为什么。她感到有一支枪或一把匕首在威胁着阿赫梅！

凯拉邦刚刚瞥见姑娘就示意她站住。但是阿马西娅不明白，她抬起头来看到了正在向岩石直起身子的阿赫梅，就发出一声恐怖的叫喊。

密探听到喊声立刻回头，接着站了起来，看见还弯着腰的阿赫梅就扑了过去。

阿马西娅吓得无法动弹，不过还有力气喊着：

“阿赫梅！……阿赫梅！……”

密探手里握着刀向他的对手扎去，但是用肩膀抵着枪的凯拉邦开火了。

密探的胸部中了致命的一枪，手中的匕首滚到地上。过了一会儿，阿赫梅从岩石的高处滑下来，走到阿马西娅身边，把她抱在怀里。

听到枪声，洞里的人全都跑了出来——除了向导以外。

凯拉邦大人挥舞着他的枪喊道：

“以安拉的名义起誓！这一枪可是名不虚传！”

“又碰到危险了！”布吕诺咕噜着。

“别离开我，范·密泰恩！”精力充沛的萨拉布尔抓住未婚夫的手臂说道。

“他不会离开你的，妹妹！”亚纳尔大人坚定地回答她。

这时阿赫梅靠近了密探的尸体。

“这个人死了，”他说，“我们本来要活捉他的！”

纳吉布走到他身边，立刻叫了起来：

“可是……这个人……就是……”

阿马西娅也走了过来，说道：

“对！……就是他！……是亚乌德！‘吉达尔号’的船长！”

“亚乌德?”凯拉邦叫道。

“哦！我的想法是对的!”阿赫梅说。

“对！……”阿马西娅接着说下去，“就是这个人把我们从我父亲的房子里劫持出来的!”

“我也认出来了，”阿赫梅补充道，“我也认出来了！就是他在我动身之前不久到别墅里来兜售他的货物的！……可是他不会是一个人！……有一伙坏蛋在追踪我们！……为了让我们无法赶路，他们刚刚抢走了我们的马!”

“我们的马被抢了!”萨拉布尔叫道。

“如果我们是到库尔德斯坦去，这些事情就都不会发生!”亚纳尔大人说。

他的目光盯着范·密泰恩，似乎要这个可怜的人对这一切问题负责。

“不过归根结底，这个亚乌德是为谁效劳呢?”凯拉邦问道。

“他要是活着，我们就可以掏出他的秘密!”阿赫梅说。

“也许他身上有什么纸片……”阿马西娅说道。

“对！……应该搜一搜尸体!”凯拉邦也说。

阿赫梅俯向亚乌德的尸体，尼西布从洞穴里拿来了一盏灯。

“一封信！……这是一封信!”阿赫梅说着从马耳他船长的口袋里把信拿了出来。

这封信是写给一个叫斯卡尔邦特的家伙的。

“那就念吧！……阿赫梅，念一念!”凯拉邦叫道，他控制不住自己的焦躁了！

阿赫梅打开信读了起来：

“一旦他们的马匹被抢走，当凯拉邦和他的同伴们被斯卡尔邦特带进洞穴里睡着之后……”

“斯卡尔邦特！”凯拉邦喊道，“这就是我们的向导的名字，这个叛徒的名字？”

“对！……我对他没有看错！”阿赫梅说。

然后他接着读下去：

“以斯卡尔邦特挥舞一个火把为信号，我们的人就冲进内里萨峡谷。”

“信上有签名吗？……”凯拉邦问道。

“有签名……萨法尔！”

“萨法尔！……萨法尔！……那是什么人？……”

“对了！”阿赫梅答道，“肯定是我们在波季的铁路道口上碰到的那个傲慢的人，他在几个小时以后就上船到特拉布松去了！……不错就是这个萨法尔让人劫持了阿马西娅，不惜一切地想得到她！”

“啊！萨法尔大人！……”凯拉邦吼叫着，举起紧握的拳头向一个想象中的脑袋打去，“只要我有一天碰上你！”

“可是这个斯卡尔邦特呢，”阿赫梅问道，“他在哪儿？”

布吕诺赶紧到洞里去，但几乎马上就出来说道：

“不见了……一定有别的出口！”

确实如此，斯卡尔邦特在阴谋败露之后，就从洞穴深处溜走了。

这个罪恶的阴谋现在已经暴露无遗。就是萨法尔大人的总管自己要来当向导的！就是这个斯卡尔邦特带着这支小队伍先走海边的路，然后穿越安纳托利亚的这些山区的！就是亚乌德在昨晚发出了被阿赫梅看见的信号，也是这个“吉达尔号”的船长偷偷地溜进来，给斯卡尔邦特带来了萨法尔的最后的命令！

但是阿赫梅的警惕性，尤其是洞察力挫败了这场阴谋。叛徒被揭露了，他的主子的罪恶企图也暴露了。大家知道了这个指挥劫持阿马西娅的人的名字，凯拉邦大人威胁要进行最可怕的报复的，也正是这个萨法尔大人。

不过，虽然这支小队伍陷入的圈套已被发现，它面临的危险却并未减少，因为它随时可能遭到攻击。

性格果断的阿赫梅立即作出了此刻唯一应该采取的决定。

“朋友们，”他说，“必须立刻离开内里萨峡谷。如果有人在这条狭窄的隘道上从岩石高处向我们进攻，我们就不能活着出去了！”

“走！”凯拉邦立刻响应，“布吕诺，尼西布，还有您，亚纳尔大人，你们要拿好武器以防万一！”

“放心好了，凯拉邦大人，”亚纳尔答道，“您会看到我们是怎么做的，我的妹妹和我！”

“当然！”勇敢的库尔德女人豪迈地挥舞着弯刀回答，“我不会忘记现在我要保卫一个未婚夫！”

如果说范·密泰恩深感屈辱的话，这是因为听到了这个无畏的女人在这样谈论他，所以他也抓起了一把手枪，决心尽到自己的责任。

于是所有的人都准备重新登上隘道，以占领附近的高地。只有布吕诺始终关心吃饭问题，说道：

“可是这头驴，不能把它留在这儿！”

“真的，”阿赫梅也说，“也许斯卡尔邦特已经使我们迷失在安纳托利亚的这个偏僻的地方了！也许我们离斯居塔里比料想的远得多！……而这辆车子里是我们剩下的仅有的食品了！”

这些假设都是合乎情理的。他们现在要担心的是会不会由于一个叛徒的诡计，凯拉邦大人和他的同伴们不但没有到达博斯普鲁斯海峡，反而离它越来越远了。

不过此刻不是推论的时候：必须立即行动起来。

“那好，”凯拉邦说，“这头驴跟着我们好了，再说它为什么不跟着我们呢？”

他说着就去拿起牵驴的绳子，想把它拉过来。

“走吧！”他说。

驴子没有移动。

“你还不乖乖地过来？”凯拉邦又说，使劲打了它一下。

驴子无疑生性也非常固执，它还是没动。

“推着它，尼西布！”凯拉邦说道。

在布吕诺的帮助下，尼西布推着驴的屁股……它没有前进，反而在向后退。

“啊！你真固执！”凯拉邦叫道，他真的开始生气了。

“好！”布吕诺自言自语，“固执对固执！”

“你反抗……我?”凯拉邦又说。

“您的主人找到他的同伙了!”布吕诺用别人听不见的声音告诉尼西布。

“这真使我吃惊!”尼西布用同样的声音答道。

这时候阿赫梅不耐烦地催促着:

“该走了! …… 我们一分钟也不能耽误 …… 哪怕丢掉这头驴!”

“我! ……向它让步! ……永远办不到!”凯拉邦叫了起来。

于是他抓住驴的两只耳朵摇晃着，好像要把它们揪下来。

“你走不走?”他吼道。

驴子没有动。

“哈! 你不愿意服从我! ……”凯拉邦说道，“那好，我知道该怎么强迫你!”

凯拉邦跑到洞穴的入口处，在那里捡了几把干草，扎成一小捆送到驴的面前，它向前走了一步。

“哈! 啊!”凯拉邦叫道，“你见了这个才肯走! ……好了，以穆罕默德的名义起誓，你会走的!”

过了一会儿，这一小捆干草被绑在车子辕木的尽头，保持着使驴伸出脑袋也够不着的距离。于是出现了这种情景:由于干草在前面不停地移动，驴在它的诱惑下终于顺着隘道向前走了。

“妙极了!”范·密泰恩说。

“那好，学学它吧!”尊贵的萨拉布尔喊道，并且拖着他在车子后面走。

她也是一个移动的诱饵，不过范·密泰恩和驴截然不同，最怕碰到的就是这个诱饵。

所有的人都挤在一起，朝同一个方向前进，很快就抛开了无法固守的营地。

“这么说，阿赫梅，”凯拉邦说道，“照你的看法，这个萨法尔就是那个傲慢的家伙，由于他的十足的固执，在波季的铁路道口上轧碎了一辆驿站马车?”

“是的，叔叔，不过他首先是劫持阿马西娅的无耻之徒，应该由我来收拾他!”

“我们两人平分，阿赫梅侄儿，两人平分，”凯拉邦答道，“愿安拉帮助我们!”

凯拉邦大人、阿赫梅和他们的同伴沿着隘道刚刚走了五十来步，岩石顶上就布满了进攻的人，随着传来的几声喊叫，四面八方都响起了枪声。

“后退！后退!”阿赫梅喊道，他让所有的人都退到营地的边界上。

想离开内里萨峡谷为时已晚，想到高地上寻找防御阵地也为时已晚。萨法尔雇用的十来个人刚刚发起了进攻。他们的头头在激励他们干这种罪恶的勾当，而他们占据的地形极为有利。

凯拉邦大人和他的同伴们的命运完全处于任人摆布的地位。

“我们要还击！我们要还击!”阿赫梅喊道，他的话压住了嘈杂的声音。

“女人在中间！”凯拉邦也说。

阿马西娅、萨拉布尔、纳吉布马上形成了一个小组。凯拉邦、阿赫梅、范·密泰恩、亚纳尔、尼西布和布吕诺站在她们的周围。六个男人抵抗萨法尔的队伍，一对二，而且地形还不利。

这些强盗几乎立刻就可怕地叫骂着闯进隘道，像一场雪崩一样冲到营地当中。

“朋友们，”阿赫梅喊道，“我们要誓死抵抗！”

战斗立即开始。尼西布和布吕诺首先受了轻伤，但是他们没有后退，仍然像勇敢的库尔德女人那样无畏地战斗，她的手枪回击着进攻者的枪声。

此外，这些人显然接到命令要劫持阿马西娅，要活捉她，所以他们宁肯拼刺刀，以免走火打中了姑娘。

因此在开头一段时间里，他们尽管人多，却丝毫未占优势，有几个还受了重伤倒下了。

这时候阵地上出现了两个新的，但是同样可怕的战斗者。

那是萨法尔和斯卡尔邦特。

“好啊！卑鄙的家伙！”凯拉邦吼道，“就是他！就是铁路道口上那个人！”

他几次想举枪瞄准，但都因为这样做必须暴露在敌人面前而未能成功。

阿赫梅和同伴们勇敢地抵抗着。人人都只有一个想法：不惜一切代价护卫阿马西娅，不惜一切代价阻止她重新落入萨法尔的手中。

但是无论他们如何忠诚和勇敢，毕竟在人数上处于劣势。凯拉邦和他的同伴们逐渐开始后退，溃散，然后紧靠在隘道的岩石上。他们当中已经出现了混乱。

萨法尔看出了这一点。

“该你了，斯卡尔邦特，该你了！”他指着姑娘叫着。

“对！萨法尔大人，”斯卡尔邦特高声答道，“这一次她跑不掉了！”

斯卡尔邦特趁着混乱扑过去抓住阿马西娅，极力想把她拖出营地。

“阿马西娅！……阿马西娅！……”阿赫梅喊着。

他想向她冲过去，但是一伙强盗挡住了他的去路，他只得停在他们的对面。

亚纳尔也想把姑娘从斯卡尔邦特的怀里拖出来，但是没有成功。此时斯卡尔邦特抱着阿马西娅向隘道走了几步。

然而凯拉邦瞄准了斯卡尔邦特，这个叛徒受了致命的重伤倒下了，被放开的姑娘徒然地想走到阿赫梅的身边去。

“斯卡尔邦特！……死了！……给他报仇！”这伙强盗的头头吼叫着，“给他报仇！”

于是他们全都向凯拉邦和他的同伴们猛扑过去，使他们不可能进行反抗。在四面八方的压力下，他们几乎无法使用自己的武器。

“阿马西娅！……阿马西娅！……”阿赫梅喊道，企图去救刚刚被萨法尔抓住并且拖出营地的姑娘。

“顶住！……顶住！……”凯拉邦不住地喊着。

但是他清楚地感到寡不敌众，他们已经没有希望了。

这时候岩石顶上一阵枪响，一个进攻者被打倒在地上。接着枪声不断，又有几个强盗倒下了，剩下的个个惊恐万分。

萨法尔停了一会儿，想弄清这是怎么回事。难道凯拉邦大人来了一支出乎意料的援军？

趁萨法尔被这种突然的袭击弄得惊慌失措的时候，阿马西娅挣脱了他的手臂。

“父亲！……父亲！……”姑娘叫道。

那是塞利姆，一点不错，塞利姆带着二十来个装备精良的人赶来救援这支就要被打垮的小队伍。

“逃命啊！”强盗头子喊着，带头奔逃。

他带着剩下的人进了洞穴，因为里面还有一条通向外面的出路。

“都是懦夫！”萨法尔看到自己被强盗们弃之不顾时喊道，“那好，你们别想让她活着！”

说完，他扑向阿马西娅，阿赫梅同时向他扑去。萨法尔向年轻人打出了手枪里的最后一发子弹：没有打中。然而始终保持镇静的凯拉邦却没有失误，他扑过去抓住萨法尔的胸口，用匕首刺进了他的心脏。

萨法尔只发出了一声吼叫，他在垂死的挣扎中连对手的喊声都听不到了：

“让你尝尝轧碎我的马车的滋味！”

凯拉邦大人和他的同伴们得救了。大家差不多都受了一些轻伤。但是所有的人表现都不错，是所有的人：布吕诺和尼西布的勇敢得到了证明；亚纳尔在无畏地战斗；范·密泰恩在混战中表现出色，而库尔德女人的枪声经常回响在战斗最激烈的地方。

不过若是没有塞利姆从天而降，阿马西娅和保卫她的人就都完了。他们都会死去，因为每个人都决心为她而战死。

“父亲！……父亲！……”姑娘扑到塞利姆的怀里叫道。

“老朋友，”凯拉邦说，“您……您……在这儿？”

“不错！……是我！”塞利姆答道。

“是什么巧合把您带到这里来了？”阿赫梅问他。

“这绝不是巧合！”塞利姆回答说，“我早就在找我的女儿了，如果我在这个船长劫持她离开别墅时没有受伤的话……”

“你受伤了，父亲？”

“是的……是从那条帆船上开的一枪！我受伤后有一个月没法离开敖德萨！然而前些天，阿赫梅发来一封电报……”

“一封电报？”凯拉邦喊道，这个难听的字眼忽然使他警觉起来。

“对……一封电报……是从特拉布松发出的！”

“哦！这是一封……”

“当然是的，叔叔，”阿赫梅扑上去拥抱着凯拉邦说道，“这是我第一次瞒着您发一封电报，您要承认我做得对！”

“是的……做得对的坏事！”凯拉邦摇着头回答说，“不过我不再对你提这件事了，侄儿！”

“于是，”塞利姆接着说，“我从这封电报里知道你们这支小队伍也许还没有脱离危险，就集合了这些勇敢的仆人，来到斯居塔里，走上了海岸边的道路……”

“以安拉的名义起誓！塞利姆朋友，”凯拉邦喊道，“您来得正是时候！……没有您我们就完了！……不过我们这支小队伍打得还是不错的！”

“是的，”亚纳尔大人也说道，“我的妹妹证明了她在必要时是会开枪的！”

“什么女人！”范·密泰恩喃喃自语。

这时天边晨曦微露，天空上的一些不动的云彩染上了最初的阳光。

“可是我们在什么地方，塞利姆朋友，”凯拉邦大人问道，“您怎么会在这个地区找到我们的，因为是一个叛徒把我们这支队伍带到……”

“这个地区离我们要走的路远吗？”阿赫梅又问。

“不远，朋友们，不远！”塞利姆答道，“你们就在去斯居塔里的路上，离海边只有几公里！”

“嗯？……”凯拉邦有些怀疑。

“博斯普鲁斯海峡的海岸就在那儿！”塞利姆用手指着西北面又说。

“博斯普鲁斯海峡的海岸？”阿赫梅叫了起来。

于是所有的人都爬上了岩石，也就是内里萨峡谷上方的高处。

“瞧！……瞧！”塞利姆说。

此刻恰巧出现了一种现象——一种简单的折射作用，而在远方出现盼望已久的海域的自然现象。随着太阳的升起，海市蜃楼逐渐托起了地平线下面的景象，在原野边上变圆的丘陵，简直就像一个陷在地里的农庄。

“海！……这是海！”阿赫梅喊道。

所有的人都和他一起喊道：

“海！……海！”

不过这虽然是一种海市蜃楼的作用，但海也确实离此不远，只有几公里了。

“海！……海！……”凯拉邦大人不住地重复着，“可是如果这不是博斯普鲁斯海峡，如果这不是斯居塔里，今天却是这个月的最后一天了，而……”

“这是博斯普鲁斯海峡！……这是斯居塔里！……”阿赫梅叫道。

这种现象逐渐增强，现在建筑在盆状地形上的一个城市的轮廓，在地平线上清晰地显露出来了。

“以安拉的名义起誓！这是斯居塔里！”凯拉邦又说了一遍，“这是可以俯瞰海峡的全景！……那是布尤克亚米清真寺！”

这确实是斯居塔里，塞利姆离开它才三个小时。

“上路，上路！”凯拉邦喊道。

作为一个优秀的穆斯林，对任何事情都要认识到真主的伟大。

“安拉是唯一的主宰！”他转向升起的太阳说道。

过了一会儿，这支小队伍就奔向海峡左岸的道路。四个小时以后，就在 9 月 30 日——预定为阿马西娅和阿赫梅举行婚礼的最后一天——凯拉邦大人和他的同伴们，还有他的驴，在结束环绕黑海的旅行之后，出现在斯居塔里的高地上，向着博斯普鲁斯海峡的海岸欢呼致敬。

第十四章

范·密泰恩试图让尊贵的萨拉布尔理解他的处境。

凯拉邦大人的别墅耸立在斯居塔里丘陵的半山腰上，处于一片人们所能梦想的最美的景色之中。

斯居塔里是君士坦丁堡的亚洲市郊，即古代的克利索波里斯。它有着金色屋顶的清真寺，在各个五颜六色的区里拥挤着五万居民。码头在海峡的水面上漂浮，公墓里生长着巨大的柏树——富裕的穆斯林担心像传说的那样，首都会在信徒们祈祷的时候被占领，所以最喜欢这块安息之地；在离此一公里的地方，布尔古卢山俯瞰着这一切，眺望着马尔马拉海，还有尼可美狄亚海湾，君士坦丁堡的运河，在这位富裕的批发商的别墅窗户前看到的这一派无法描述的壮丽景象，在世界上可谓独一无二。

别墅外面是这些有平台的花园，花园里有法国梧桐、山毛榉等树木，别墅里面的布局也与外面完全相称。现在对博斯普鲁斯海峡的小船要收税了，如果为了每天不付那几个巴拉而将别墅闲置的话，那就真是太可惜了！

这时是中午，这里的主人和他的客人们来到这座壮丽的别墅里大约有三个小时了。梳洗之后，他们就在这里休息，平息旅途的疲劳和激动。凯拉邦对自己的成就感到骄傲，嘲笑着摩希尔和他的令人恼火的税收；阿马西娅和阿赫梅为即将成为夫妇而无比幸福；纳吉布总是发出响亮的笑声；布吕诺满意地想着自己已经开始胖起来，只是还在为他的主人担心；尼西布即使在重大场合也始终保持平静；亚纳尔比任何时候都更加粗暴，不知道是为了什么；尊贵的萨拉布尔就像她在库尔德斯坦的首都那样专横；最后是范·密泰恩，他正为这次奇遇的结局而忧虑。

布吕诺之所以认为他的体重有所改善，并不是没有道理的，因为已经吃过一顿豪华丰盛的午餐了。这还不是凯拉邦大人在六个星期之前邀请范·密泰恩去吃的著名的晚饭，不过作为午餐来说也是好到极点了。现在在别墅里最迷人的、宽大的圆窗洞正对着博斯普鲁斯海峡的客厅之中，宾客们正在热烈交谈、彼此祝贺。

“亲爱的范·密泰恩，”一直在走来走去与客人们握手的凯拉邦大人说道，“我请您吃的是一顿晚饭，您可不要埋怨我先让大家吃了顿午饭……”

“我不埋怨，凯拉邦朋友，”荷兰人答道，“您的厨师饭菜做得不错！”

“对，菜做得好极了，确实是好极了！”亚纳尔大人也说道。即使对于一个胃口极好的库尔德人来说，他吃得也超量了。

“在库尔德斯坦也不会做得更好了，”萨拉布尔说，“万一有一天，凯拉邦大人，您到莫苏尔来看望我们……”

“怎么不能？”凯拉邦喊道，“我一定会去的，美丽的萨拉布尔，我要去看你们，看你们和我的朋友范·密泰恩！”

“我们要尽量使您不怀念您的别墅……正如使您不怀念荷兰一样。”可亲的女人转向她的未婚夫接着说道。

“在你的身边，尊贵的萨拉布尔！……”范·密泰恩觉得应该回答，但是未能说完。

然后当可亲的库尔德女人走到客厅的面向博斯普鲁斯海峡的窗口的时候，他对凯拉邦大人说：

“我认为时候到了，要告诉她这次订婚无效！”

“就跟从来没有发生过一样，范·密泰恩！”

“您要帮我一点忙，凯拉邦……这件事麻烦得很呢！”

“嗯！……范·密泰恩朋友，”凯拉邦答道，“这些是私事……只能两个人单独谈！”

“见鬼！”荷兰人说道。

于是他走过去坐在角落里，思索着开始谈话的最佳方式。

“可敬的范·密泰恩，”凯拉邦对他的侄子说，“不知道要和他的库尔德女人怎么吵架呢？”

“不过别忘了，”阿赫梅答道，“他是出于对我们的忠诚才答应娶她的！”

“所以我们要帮他，侄儿！唔！别人以坐牢相威胁，强迫他缔结了这个新的婚约，但他是结过婚的人，而对于一个西方人来说，这种婚约是绝对无效的，因此他什么都不用怕……不用怕！”

“我知道，叔叔，可是萨拉布尔夫人挨了当头一棒，会因为受骗而怎样暴跳如雷！……还有他的内兄亚纳尔会如何大发雷霆！”

“以穆罕默德的名义起誓！”凯拉邦答道，“我们要对他们讲道理！范·密泰恩毕竟不是罪人，而且在里萨尔商队客店里，尊贵的萨拉布尔的名誉实际上从来没有受玷污的危险！”

“从来没有，凯拉邦叔叔，而这个温柔的寡妇显然为了再婚而不惜一切！”

“当然，阿赫梅。所以她才用手抓住了善良的范·密泰恩！”

“一只铁手，凯拉邦叔叔！”

“钢手！”凯拉邦反驳说。

“不过归根结底，叔叔，如果等会儿要解除这个名不符实的婚姻……”

“也是要缔结一个真实的婚姻，对吧？”凯拉邦回答时把双手翻来翻去，好像给它们擦肥皂一样。

“对……我的婚姻！”阿赫梅说。

“我们的婚姻！”刚刚走过来的姑娘接着说道，“我们应该得到这个婚姻吧？”

“完全应该。”塞利姆说。

“不错，小阿马西娅，”凯拉邦答道，“十倍，百倍，千倍地应该！啊！亲爱的孩子，当我想到由于我的过错，由于我的固执，你几乎……”

“好了，我们不谈这些了！”阿赫梅说。

“不谈了，永远不谈了，凯拉邦叔叔！”姑娘用她的小手按着他的嘴说道。

“还有，”凯拉邦又说，“我也发过誓……是的！……我发过誓……对任何事情都不再固执了！”

“我要看看才能相信！”纳吉布哈哈大笑着说道。

“嗯？……她说什么，这个嘲笑人的纳吉布？”

“哦！没说什么，凯拉邦大人！”

“对，”凯拉邦又说，“我永远不想再固执了……除了永远爱你们两个人之外！”

“凯拉邦大人不想再成为最固执的人了！……”布吕诺自言自语地说道。

“那他就会没有头脑了！”尼西布答道。

“比这还要厉害！”范·密泰恩的好记恨的仆人补充说。

这时候尊贵的萨拉布尔走到未婚夫的身边，他一直待在角落里沉思着，一定是感到由他独自来完成这个任务太困难了。

“你怎么了，范·密泰恩大人？”她问他，“我觉得你愁眉苦脸的！”

“确实如此，妹夫！”亚纳尔大人也说道，“你在那儿干什么？你还没有带我们在斯居塔里看过什么东西！那就让我们看看博斯普鲁斯海峡，就像过几天我们让你看库尔德斯坦一样！”

听到这个可怕的名字，荷兰人像受到电击一样战栗起来。

“好了，来吧，范·密泰恩！”萨拉布尔说着迫使他站了起来。

“听你吩咐……美丽的萨拉布尔！……我完全听你吩咐！”范·密泰恩答道。

而在内心里他却翻来覆去地想着：

“怎么告诉她呢？”

客厅的窗洞上有厚厚的帘子挡住阳光，吉卜赛少女刚刚打开了一个大窗洞，高兴地喊了起来：

“看哪！……看哪！……斯居塔里多么热闹！……今天去散步多有趣啊！”

别墅里的客人都走到了窗边。

“真的，”凯拉邦说道，“博斯普鲁斯海峡上全是挂满彩旗的小船！在广场和街道上，我看到了杂技表演，江湖艺人！……还有音乐，码头上像看戏一样挤满了人！”

“不错，”塞利姆说，“城里在庆祝节日！”

“我想这不会影响我们举行婚礼吧？”阿赫梅问道。

“当然不会！”凯拉邦大人说道，“在特拉布松举行了祝贺我们的朋友范·密泰恩的活动，我们在斯居塔里也要这样做！”

“他要把我嘲笑个够！”荷兰人喃喃自语，“不过他生来就是这样，也不能怨他。”

“朋友们，”这时塞利姆说道，“我们着手忙我们的大事吧！这是最后一天了，今天……”

“不要忘了这一天!”凯拉邦答道。

“我去见斯居塔里的法官,”塞利姆接着说,“以便准备婚约。”

“我们和您一起去,”阿赫梅说,“您知道,叔叔,您的出席是必不可少的……”

“几乎和你的出席一样!”凯拉邦说着放声大笑。

“是的,叔叔……您作为监护人,可以说比我更重要……”

“那好,”塞利姆说,“一个小时以后,在斯居塔里的法官那里见面!”

他走出了客厅,这时阿赫梅正在对姑娘说:

“在法官那里签字以后,亲爱的阿马西娅,就去见伊玛目,他会为我们做最好的祈祷……然后……”

“然后……我们就结婚了!”纳吉布大声地说,好像是她要结婚一样。

与此同时,尊贵的萨拉布尔又一次走到范·密泰恩的身边,他越来越心事重重,刚刚坐到客厅的另外一个角落里去了。

“在这个仪式举行之前,”她对他说,“我们为什么不到博斯普鲁斯海峡去呢?”

“博斯普鲁斯海峡?……”范·密泰恩神情迟钝地答道,“您是说博斯普鲁斯海峡?”

“对!……博斯普鲁斯海峡!”亚纳尔大人接着说道,“你简直是听不明白!”

“不……不!……我准备好了,”范·密泰恩答道,在他的内兄的有力的帮助下站了起来，“对……博斯普鲁斯海峡！……不过在这之前，我想……我要……”

“你要干什么？”萨拉布尔问道。

“我很乐于和您……美丽的萨拉布尔……私下里……谈一谈！”

“私下里谈一谈？”

“那好！我离开你们。”亚纳尔说。

“不……待着，哥哥，”萨拉布尔答道，盯着她的未婚夫，“待着！……我好像感到你的在场不会没有用处！”

“以穆罕默德的名义起誓，他怎么脱身？”凯拉邦在他的侄子的耳边小声地说。

“这事情不好办！”阿赫梅说。

“所以我们不要走远，以便在需要的时候帮范·密泰恩的忙！”

“他肯定就要被撕成碎片了！”布吕诺小声地说。

凯拉邦大人、阿赫梅、阿马西娅和纳吉布、布吕诺和尼西布都向门口走去，好给准备吵架的人腾出地方。

“勇敢些，范·密泰恩！”凯拉邦在经过朋友的身边时握着他的手说道，“我不走远，我就在隔壁守着你们。”

过了一会儿，客厅里就只剩下尊贵的库尔德女人、范·密泰恩、亚纳尔大人了。荷兰人用食指搔搔额头，面对这场令人忧郁的密谈思量着：

“我要是知道怎么开始就好了！”

萨拉布尔有话直说：

“你要对我们说什么，范·密泰恩大人？”她以相当克制的口气问道，以便使这场讨论一开始嗓门不要太大。

“好了，说吧！”亚纳尔说得更为粗暴。

“我们是不是坐下谈好一些？”范·密泰恩说，他觉得自己的两腿站不住了。

“坐着能说的，站着也能说！”萨拉布尔反驳道，“我们在听着呢！”

范·密泰恩鼓起了全部勇气，开始说出了一句话，其中每个字眼都像是为尴尬的人准备的：

“美丽的萨拉布尔，请你务必相信……首先……尽管我……我很遗憾……”

“你遗憾？……”专横的女人说道，“你遗憾什么？……会不会是你的婚约？归根结底，这只是一种合法的补偿……”

“哎！补偿？……补偿！……”犹豫不决的范·密泰恩大着胆子小声地说。

“可我，我也感到遗憾……”萨拉布尔嘲讽地说，“当然遗憾！”

“哦！你也遗憾？……”

“我遗憾的是，那个闯到我在里萨尔商队客店的房间里来的大胆的人不是阿赫梅大人！……”

这个需要安慰的寡妇说的是实话，她的遗憾是不言而喻的。

“甚至也不是凯拉邦大人！”她接着说下去，“他至少是一个我要嫁的男人……”

“说得好，妹妹！”亚纳尔大人喊道。

“而不是一个……”

“说得更好，妹妹，尽管你认为用不着把你的想法说出来！”

“请允许……”范·密泰恩说，这种直接的人身攻击伤害了他。

“永远也没有人能够相信，”萨拉布尔又说，“干这桩案子的竟是一个保存在冰块里的荷兰人！”

“哎！归根结底，我要反抗了！”范·密泰恩叫了起来，对把他比成一个罐头极为恼火，“首先，萨拉布尔夫人，没有发生过什么案子！”

“真的?”亚纳尔问。

“没有，”范·密泰恩接着说，“只是一个误会，亚纳尔大人，是由于有人提供了假的、也许是用心险恶的情况，我才走错了房间！”

“真的！”萨拉布尔说道。

“由于一个纯粹的误会，为了不去坐牢，我要以……仓促的婚约作为补偿！”

“管它仓促不仓促！……”萨拉布尔反驳说，“你都结婚了……和我结婚了！而且你要相信，先生，在特拉布松开始的事情，将在库尔德斯坦结束！”

“好吧！……我们就说说库尔德斯坦！……”范·密泰恩回答说，他开始激动起来了。

“我发现你那伙朋友使你变得对我不大亲切，我们今天就离开斯居塔里到莫苏尔去，到了那里我会向你的血管里输一点库尔德人的血液！”

“我抗议！”范·密泰恩喊道。

“再说一句话，我们马上就走！”

“您走好了，萨拉布尔夫人！”范·密泰恩用变得有点讽刺的音调说道，“您乐意的话就走好了，谁也不会留您！……可是我不走！”

“你不走？”萨拉布尔吼道，为这只面对两只老虎的绵羊竟敢出人意料地反抗而大为震怒。

“不走！”

“你是想反抗我们？”亚纳尔大人叉着手臂问道。

“我就是这么想的！”

“反抗我……还有她，一个库尔德女人！”

“哪怕她比库尔德女人厉害十倍！”

“您很清楚，荷兰人先生，”尊贵的萨拉布尔说着向她的未婚夫走去，“您知道我是什么样的女人……我曾经是个什么样的女人！……您很清楚我在十五岁就已经守寡了！”

“不错……已经守寡了！……”亚纳尔重复了一遍，“当人在很早就有这个习惯的时候……”

“那好，夫人！”范·密泰恩答道，“可是您是否知道，尽管您有这个习惯，我却怀疑您永远也成不了！”

“什么？”

“成不了我的寡妇!”

“范·密泰恩先生,”亚纳尔把手按在弯刀上吼道,“只要一下就能办到!”

“正是在这方面您弄错了,亚纳尔大人,您的刺刀不会使萨拉布尔夫人成为一个寡妇……无可辩驳的理由是我永远成不了她的丈夫!”

“嗯?”

“我们的婚约本身是无效的!”

“无效的?”

“因为萨拉布尔夫人有幸成为她前几个丈夫的寡妇,我却没有福气成为我第一个妻子的鳏夫!”

“结过婚了?……他结过婚了!……”尊贵的库尔德女人听到这个令人震惊的招认后怒不可遏。

“对!……”范·密泰恩答道,现在他也争论得发脾气了,“对,结过婚了!这只是为了救我的朋友们,不让他们在里萨尔商队客店里被捕,我才作出了牺牲!”

“牺牲!……”萨拉布尔反复地说着这个词,并且倒在一张沙发上。

“要知道这个婚约是无效的,”范·密泰恩继续说,“因为第一个范·密泰恩夫人没有死去,我也不是鳏夫……而且她在荷兰等着我!”

这个被侮辱的假妻子站了起来,转身向亚纳尔大人走去。

“你听见了,哥哥!”她说。

“我听见了！”

“你的妹妹刚刚被人欺骗了！”

“被侮辱了！”

“那么这个叛徒还活着吗？……”

“他活不了多一会儿了！”

“他们发疯了！”范·密泰恩大叫，对这两个库尔德人的威胁态度实在感到担忧。

“我要为你报仇，妹妹！”亚纳尔大人喊着举起了手，向荷兰人走去。

“我的仇自己报！”

尊贵的萨拉布尔大叫着向范·密泰恩扑去，幸亏她的叫声被外面的人听见了。

第十五章

我们会看到凯拉邦大人是前所未有的固执。

客厅的门立刻打开了。凯拉邦大人、阿赫梅、阿马西娅、纳吉布、布吕诺出现在门口。

凯拉邦马上使范·密泰恩脱离了危险。

“哎，夫人!”阿赫梅说，“不能就这样把人掐死……仅仅由于一个误会!”

“见鬼!”布吕诺自言自语，“来得正是时候!”

“可怜的范·密泰恩先生!”阿马西娅说道，她对这位旅伴感到真诚的同情。

“这显然不是适合他的女人!”纳吉布摇着头说。

这时候范·密泰恩渐渐地清醒过来了。

“刚才您很难受吧?”凯拉邦问道。

“很不好受，但是我挺过来了!”范·密泰恩答道。

这时尊贵的萨拉布尔转向凯拉邦大人，直接把他当成了对手：

“是您怂恿了这个……”

“骗局，”凯拉邦声调亲切地答道，“这是个恰当的字眼……骗局!”

“我要报仇！……君士坦丁堡有法官！……”

“美丽的萨拉布尔，”凯拉邦大人回答说，“您只能控告您自己！为了一个所谓的案子，您要把我们抓起来，不让我们旅行！哎！以安拉的名义起誓！我们只能尽力脱身！我们利用一个所谓的婚约摆脱了困境，所以应该得到解除婚约的结果，当然如此!”

听到这个回答，萨拉布尔又一次倒在沙发上，像神经病似的发作起来，这是所有的女人，即使是库尔德的女人都懂得的诀窍。

纳吉布和阿马西娅赶紧去照料她。

“我走！……我走！……”她在发作得最剧烈的时候喊叫着。

“一路顺风!”布吕诺答道。

然而尼西布这个时候出现在门口。

“有什么事情?”凯拉邦问道。

“有一封刚刚从加拉塔商行带来的电报。”

“给谁的?”凯拉邦又问。

“给范·密泰恩先生的，主人。它是今天刚到的。”

“给我!”范·密泰恩说。

他拿过电报，打开后看了一下签名。

“是我在鹿特丹的代理人。”他说。

接着他念了头几个字：

“范·密泰恩夫人……五个星期前……去世……”

范·密泰恩沮丧地把电报捏在手里，何必隐瞒呢？他的眼睛里涌上了泪水。

但听到最后几个字，萨拉布尔忽然像魔鬼一样跳了起来。

“五个星期！”她欣喜若狂地喊道，“电报上说是五个星期！”

“冒失鬼！”阿赫梅小声地说，“他为什么要在这种时候把这个日期说出来！”

“所以，”得意扬扬的萨拉布尔接着说，“在十天以前，当我用和你订婚来给你带来荣誉的时候……”

“让穆罕默德掐死她！”凯拉邦大声说，也许比他想有的声音高了一些。

“你就是鳏夫了，我的丈夫大人！”萨拉布尔以胜利者的口气说道。

“绝对是鳏夫，我的妹夫大人！”亚纳尔接着说。

“因此我们的婚约是有效的！”

这个论据的逻辑性无懈可击，这次是范·密泰恩倒在了沙发上。

“可怜的人，”阿赫梅对他的叔叔说道，“他只能跳到博斯普鲁斯海峡里去了！”

“好！”凯拉邦答道，“她会跟着他跳进去，还能把他救起来……为了报仇！”

尊贵的萨拉布尔抓住了范·密泰恩的手臂，现在他是属于她的了。

“站起来！”她说。

“是，亲爱的萨拉布尔，”范·密泰恩低着头答道，“我准备好了！”

“跟我们走！”亚纳尔接着说。

“是，亲爱的内兄！”范·密泰恩答道，他垂头丧气，完全被制服了，“我准备好了……跟你们去任何地方！”

“去君士坦丁堡，我们去坐首班轮船！”萨拉布尔回答说。

“坐船到？……”

“到库尔德斯坦去！”亚纳尔答道。

“库尔？……你陪我去，布吕诺！……那儿吃得很好！……这对于你会是一种真正的补偿！”

布吕诺只能点头表示同意。于是尊贵的萨拉布尔和亚纳尔大人带走了倒霉的荷兰人，他的朋友们爱莫能助，只有他忠诚的仆人自言自语地跟着他：

“我早就一再对他说他要倒霉的！”

范·密泰恩的同伴们，包括凯拉邦本人在内，面对这个意外打击都沮丧得说不出话来。

“他这样就结婚了！”阿马西娅说道。

“是出于对我们的忠诚！”阿赫梅回答说。

“这次可是当真的了！”纳吉布接着说。

“他在库尔德斯坦只能有一个办法。”凯拉邦无比严肃地说道。

“什么办法，叔叔？”

“娶十来个像她这样的女人，让她们互相去争风吃醋！”

这时候门开了，塞利姆愁容满面，气喘吁吁地走了进来，好像是跑得喘不过气来一样。

“父亲，你怎么了？”阿马西娅问道。

“发生什么事了？”阿赫梅喊道。

“嘿，朋友们，阿马西娅和阿赫梅的婚礼不能举行了……”

“您说什么？”

“至少不能在斯居塔里举行！”塞利姆接着说。

“在斯居塔里？”

“只能在君士坦丁堡举行！”

“在君士坦丁堡？……”凯拉邦回答说，他不禁竖起了耳朵，“那是为什么？”

“因为斯居塔里的法官完全拒绝登记婚约！”

“他拒绝？……”阿赫梅问。

“是的！……借口是凯拉邦的住所，因而阿赫梅的住所根本不在斯居塔里，而是在君士坦丁堡！”

“在君士坦丁堡？”凯拉邦又说了一遍，眉头皱了起来。

“可是，”塞利姆说下去，“我的女儿要想获得遗赠给她的财产，今天就是规定举行婚礼的最后一天了！因此一刻都不能耽误，我们马上到接受婚约的君士坦丁堡法官那里去！”

“走吧！”阿赫梅说着向门口走去。

“走吧！”跟着他走的阿马西娅接着说。

“凯拉邦大人，您是不是不想陪我们去呀？”姑娘问道。

凯拉邦大人沉默着一动不动。

“您怎么啦，叔叔？”阿赫梅又走回来说道。

“您不去吗？”塞利姆问。

“难道要我用武力吗？”阿马西娅说着轻轻地拉住了凯拉邦的手臂。

“我让人准备了一条小船，只要穿过博斯普鲁斯海峡就行了！”

“博斯普鲁斯海峡？”凯拉邦叫道。

然后他冷冷地说：

“等一等！塞利姆，穿过博斯普鲁斯海峡的人是不是每人还要缴十个巴拉的税？”

“是的，当然要缴，凯拉邦朋友，”塞利姆说道，“不过您没有缴税就已经从君士坦丁堡到了斯居塔里，嘲笑了奥斯曼帝国的当局，我想您不会再拒绝……”

“我拒绝！”凯拉邦斩钉截铁地答道。

“那人家就不会让您过去！”

“那好！……我就不过去！”

“可我们的婚礼……”阿赫梅叫道，“应该在今天举行的婚礼呢？”

“你们没有我也能结婚！”

“这不可能！您是我的监护人，凯拉邦叔叔，您很清楚您必须在场！”

“好吧，阿赫梅，等我在斯居塔里建造了住所……你再在斯居塔里结婚好了！”

这个固执的人回答时的声调很粗暴，因而使和他对话的人都觉得没什么希望了。

“凯拉邦朋友，”塞利姆又说，“今天是最后一天……您一定明白我女儿将失去她的全部财产，如果……”

凯拉邦摇了摇头表示不行，还做了个更加否定的手势。

“叔叔，”阿赫梅喊道，“请您……”

“如果有人要强迫我缴十个巴拉，”凯拉邦回答说，“我就永远，永远不穿过博斯普鲁斯海峡！以安拉的名义起誓！我宁可再绕黑海一圈回到君士坦丁堡去！”

说实话，这个固执的人又犯老毛病了！

“叔叔，”阿赫梅又说道，“您这样做不好！……在这种情况下这么固执，请允许我对您说，不是一个像您这样的人应该做的！……您会使那些对您最亲密的人遭到不幸的！……这样不好！”

“阿赫梅，当心你说的话！”凯拉邦答话的声音低沉沙哑，标志着他的怒火就要爆发了。

“不，叔叔，不！……我心里有许多话要说，没有什么能阻止我说出来！……您是……您是一个坏人！”

“亲爱的阿赫梅，”这时阿马西娅说道，“你冷静点！不要这样说你的叔叔！……如果这笔你有权利指望的财产拿不到了……你就放弃我们的婚姻吧！”

“要我放弃你！”阿赫梅把姑娘紧紧地抱在胸前说道，“绝不可能！……不！……绝不可能！……来吧！……我们离开这座城市，不再回来，我们还付得起到君士坦丁堡去的十个巴拉！”

阿赫梅说着不由自主地拉着姑娘向门口走去。

“凯拉邦？……”塞利姆说，他最后一次试图使他的朋友改变主意。

“别管我，塞利姆，别管我！”

“唉！走吧，父亲！”阿马西娅说着看了凯拉邦一眼，好不容易才忍住了泪水。

她就要和阿赫梅向客厅的门口走去，他却站住了。

“您是必须出席我们的婚礼的，叔叔，”他说，“我最后一次问您，您还拒绝陪我们到君士坦丁堡的法官那里去吗？”

“我拒绝的，”凯拉邦用脚使劲跺着地板说道，“是付这笔税！”

“凯拉邦！”塞利姆说。

“不付！以安拉的名义起誓！不付！”

“那好，永别了，我的叔叔！”阿赫梅说道，“您的固执使我们失去了一笔财产！……您要让您的侄媳妇破产！……好吧！……我遗憾的不是财产！……而是您会耽误我们的幸福！……我们永远不会再见了！”

然后年轻人带着阿马西娅，后面跟着塞利姆、纳吉布、尼西布，出了客厅和别墅，不久就上了一条小船到君士坦丁堡去了。

凯拉邦大人独自走来走去，烦躁透顶。

“不！以安拉的名义起誓！不！以穆罕默德的名义起誓！”他自言自语，“我不能付！……为了不付这笔税才绕黑海走了一圈，回来了还让人从我的口袋里掏去十个巴拉！……不……宁可永远不去君士坦丁堡！……我要把加拉塔的房子卖掉！……不再做生意！……我要把我的全部财产给阿赫梅，以弥补阿马西娅的损失！……他就会富裕了……我就会穷困了……不！我决不屈服！……我决不屈服！”

他这么说着，内心的斗争更加激烈了。

“屈服！……付钱！……”他翻来覆去地说，“我……凯拉邦！……去见那个不相信我……看到我出发……等着我回来……会向我收这笔讨厌的税，以此来当着所有人的面嘲弄我的警察局长！……绝对不能！……”

凯拉邦大人显然在与自己的良心搏斗，因为他清楚地感觉到这种固执实际上是荒谬的，它的后果将会落在别人而不是他的身上。

“对！……”他又说道，“可是阿赫梅愿意接受吗？……他走的时候很伤心，恨透了我的固执！……我看出来了！……他很高傲！……他现在会拒绝我的一切！……瞧！……我是一个善良的人！……我会由于一个愚蠢的决定而妨碍孩子们的幸福吗？……啊！让穆罕默德掐死整个土耳其政府，掐死新体制下的所有土耳其人吧！”

凯拉邦大人在客厅里焦躁地踱步，用脚踢开椅子和坐垫。他想砸碎什么不坚固的东西来发泄怒火，两个东方的大瓷花瓶立刻就成了碎片。接着总是离不开这个念头：

“阿马西娅……阿赫梅……不！……我不能使他们不幸……这只是一个自尊心的问题！……推迟这个婚礼……也许就结不成了！……可是……屈服！……屈服！……我！……啊！……愿安拉帮帮我吧！”

凯拉邦大人说完最后一句祈祷，在一股无法用动作和语言来表达的怒火的推动下跑出了客厅。

第十六章

又一次证明了只有靠机遇才能解决问题。

斯居塔里在庆祝节日，从港口直到苏丹的亭子以外的各个码头上挤满了人，而在海峡对面的君士坦丁堡，从第一座浮桥直到托普哈内广场兵营的码头上也同样如此。土耳其人、阿尔巴尼亚人、希腊人、欧洲人或亚洲人，乘坐着小船、挂满彩旗的小艇，在金科尔纳港口和博斯普鲁斯海峡的水面上、在两个大陆的海岸之间不断地来来往往。

显而易见，一定是有什么不寻常的引人注目的景象才能把这么多人吸引到这里来。

所以当阿赫梅和塞利姆、阿马西娅和纳吉布缴了税，在托普哈内码头上岸之后，他们就处于一阵快乐的欢呼声之中，只是他们没什么心情去分享。

不过无论这是什么景象，它既然能吸引这么多人，那么在好奇的人群之中当然就会有范·密泰恩大人——他现在也是库尔德的大人了！——他的未婚妻、尊贵的萨拉布尔和他的内兄亚纳尔大人，顺从的布吕诺跟随着他们。

阿赫梅也在码头上发现了这几个旅伴，是范·密泰恩在带着新的家人散步呢，还是他被她领着散步？后一种可能性看来要大得多。

不管怎么样，当阿赫梅碰到他们的时候，萨拉布尔正在对她的未婚夫说：

“是的，范·密泰恩大人，我们在库尔德斯坦的节日还要热闹得多！”

范·密泰恩则以顺从的口气答道：

“我是完全相信的，美丽的萨拉布尔！”

这句话博得了亚纳尔大人毫无表情的评价：

“这就对了！”

这时候人群里不时响起一些喊声——简直是一些显得不耐烦的喊声——但是阿赫梅和阿马西娅几乎没有注意。

“不，亲爱的阿马西娅，”阿赫梅说道，“我很了解我的叔叔，可是我从来没有想到他会固执到如此冷酷的程度！”

“那么，”纳吉布说，“只要这笔税还要缴，他就永远不到君士坦丁堡来了？”

“他？……永远不会来！”

“我如果对凯拉邦大人要使我们失去的这笔财产感到遗憾的

话，这不是为了我而是为了你，只是为了你！”

“让我们把这一切都忘了吧……”阿赫梅答道，“为了把这一切忘得更快，为了和这个一直被我当成父亲的、不通情理的叔叔一刀两断，我们离开君士坦丁堡回到敖德萨去！”

“啊！这个凯拉邦！”塞利姆愤怒地喊道，“应该判他死刑！”

“对，”纳吉布回答说，“就像做那个库尔德女人的丈夫一样！为什么不是他娶那个女人呢？”

萨拉布尔一心关注她刚刚重新获得的未婚夫，当然没有听到纳吉布的叫人生气的话，也没有听见塞利姆的回答：

“他？……他最终会制服她的……就像他固执到底，连野兽都能制服一样！”

“很可能！”布吕诺悲哀地自言自语，“但是在这之前却是我的主人进了这个笼子！”

不过对于佩拉码头和金科尔纳码头上发生的一切，阿赫梅和他的同伴们却并不关心。在目前的精神状态下，他们对这些没什么兴趣，所以只是勉强听见了一个土耳其人对另一个土耳其人说的话：

“这个斯托尔希真是一个胆大的人！竟敢穿越博斯普鲁斯海峡……而且用这种方法……”

“是呀，”另一个人笑着答道，“那些对小船收新税的人根本料想不到会有这种办法！”

阿赫梅即使不想弄清这两个土耳其人在说什么，但在听到对他的招呼时也不能不回答了。

“哎！这不是阿赫梅大人吗？”

那是警察局长——就是他激怒了凯拉邦开始环绕黑海的旅行——在对他说话。

“哦！是您，先生？”阿赫梅答道。

“不错……说实话，我们要祝贺呢！我刚才听说凯拉邦大人成功地实现了他的诺言！他没有穿越博斯普鲁斯海峡，刚刚到达了斯居塔里！”

“确实如此。”阿赫梅非常冷淡地回答说。

“真是了不起！为了不付十个巴拉，他大概花了几千镑！”

“您说得不错！”

“嘿！他预支的钱可真不少，凯拉邦大人！”警察局长嘲笑地说，“税永远要收，只要他还是那么固执，他就不得不从原路回到君士坦丁堡来！”

“他如果愿意的话会这么做的！”阿赫梅答道。他对叔叔憋着一肚子气，对警察局长的嘲讽不想听也不想回答。

“唔！他最终要屈服的，”局长又说，“他要穿越博斯普鲁斯海峡！……但是海关职员在窥视着小船，在他要上岸的地方等着他！……除非他游过来……或者飞过来……”

“为什么不行，要是他觉得合适的话？……”阿赫梅毫无表情地说。

这时候人群里产生了一阵好奇的骚动，议论的声音越来越响。所有的手臂都指向博斯普鲁斯海峡，指着斯居塔里，人人都伸长了脖子。

“他在那儿！……斯托尔希！……斯托尔希！”

立刻从四面八方响起了喊叫的声音。

阿赫梅和阿马西娅、塞利姆和纳吉布、萨拉布尔、范·密泰恩和亚纳尔、布吕诺和尼西布，当时正在托普哈内码头附近，在金科尔纳码头的拐角上，所以能够看到呈现在好奇的人群面前的是一种什么动人的景象。

在斯居塔里那边，离博斯普鲁斯海峡的水面大约六百尺的地方，耸立着一座塔，名为勒安得尔①塔，这是赫勒斯谤②，也就是现在的达达尼尔海峡，这位著名的游泳者从阿比多斯和塞斯托斯之间穿过，去与维纳斯的迷人的公主赫萝会面——拜伦③爵士在大约六十年以前更新了这一功勋，以作为一个用一小时十分钟跨越两岸之间的一千二百米距离的英国人而自豪。

难道说有个业余爱好者，出于对神话英雄和《强盗》的作者的嫉妒，要以穿越博斯普鲁斯海峡来更新这个伟大的功绩？不是。

勒安得尔塔现在名叫克兹库莱西，意思是圣母塔。一根长长的绳子从斯居塔里的岸上伸展到塔上，以此作为一个结实的支撑点，接着穿过整个长达一千三百米的海峡，拴在竖立于加拉塔码

---

① 勒安得尔，古希腊神话中阿比多斯的少年，他爱上了爱神在塞斯托斯的女祭司赫萝，每天晚上从阿比多斯游过赫勒斯谤海峡，到塞斯托斯去和她幽会，第二天早晨再游回阿比多斯。赫萝每晚在岛上的塔楼挂灯为情人引路，有一次灯被暴风雨吹灭，勒安得尔在海上迷路，溺水而亡。赫萝发觉后亦跳海自尽。

② 赫勒斯谤，古希腊神话中的人物，她同兄弟一起乘坐金羊毛逃走，途中掉进亚欧之间的一条海峡淹死，后来这条海峡就被称为赫勒斯谤。

③ 拜伦（1788—1824），英国诗人，《强盗》是他在 1841 年发表的作品。

头和托普哈内广场的拐角的一个木塔上。

原来是著名的杂技演员、了不起的斯托尔希——是同样了不起的布隆丹的一个竞争对手——要试图在这根绳子上穿越博斯普鲁斯海峡。说实话，布隆丹在这样穿越尼亚加拉①瀑布的时候是完全冒着生命危险的，因为有可能从一百五十尺的高处落入无法挣脱的激流之中；而这里的水面很平静，万一出了事故，斯托尔希也只是落到水里，不会受什么重伤就可以上岸。

但是与布隆丹在穿越尼亚加拉瀑布时让一个非常信任他的朋友骑在他的肩膀上一样，斯托尔希也要和一个演杂技的同行一起走这条空中之路。不过斯托尔希不是让他骑在肩膀上，而是把他放在一辆独轮车里推着。车轮的轮缘上有一条凹槽，能够更加平稳地在绷紧的绳子上行驶。

应该承认，这是一种罕见的景象：不是尼亚加拉瀑布的九百尺，而是一千三百尺，这么长的路程可能会不止一次地掉下来！

这时斯托尔希在连接亚洲海岸和圣母塔的绳子上出现了，他推着坐在独轮车里的同伴，平安地到达了克兹库莱西顶部的灯塔上。

这个初步的成功博得了许多欢呼。

接着人们看到这位杂技演员又灵活地沿着绳子走下来，绳子虽然绑得非常结实，但中间还是几乎垂到了博斯普鲁斯海峡的水面。他一直脚步稳健地推着他的同行，以冷静的技巧保持着平衡。确实妙不可言！

---

① 尼亚加拉，北美洲的河流。

当斯托尔希到达绳子中间的时候，难度要大得多了，因为现在要向上爬才能到达木塔的顶部。不过杂技演员肌肉结实，四肢灵活，他一直推着独轮车。他的同伴在车里一动不动、沉着镇定，当然像他一样危险和勇敢，因为稍微动一下就会危及车子的平衡。

最后爆发了齐声的赞叹和一声欣慰的叫喊。

斯托尔希平安地到达了木塔的顶部，他和他的同伴从一架楼梯上下来，楼梯通到阿赫梅和他的同伴们所在的码头拐角上。

这个大胆的举动取得了完全的成功，不过应该承认，斯托尔希刚才在独轮车里推着的那个人，在亚洲向欧洲发出的向他们致敬的欢呼声中也有他的一半。

然而阿赫梅是发出了一声什么样的喊叫啊！他应该、他能够相信自己的眼睛吗？这个著名的杂技演员的同伴，在与斯托尔希握手之后就站在他的面前，笑眯眯地看着他。

“凯拉邦，我的凯拉邦叔叔！”阿赫梅叫了起来，两位少女、萨拉布尔、范·密泰恩、亚纳尔、塞利姆、布吕诺，全都挤到他身边来了。

他正是凯拉邦大人！

“是我，朋友们，”他以胜利者的声调说道，“是我找到了这位勇敢的杂技演员，代替了他的同伴的位置，我穿过了博斯普鲁斯海峡！……没有……！是从博斯普鲁斯海峡上面过来的，为了在你的婚约上签字，阿赫梅侄儿！”

“哦！凯拉邦大人！……我的叔叔！”阿马西娅喊道，“我知道您是不会抛弃我们的！”

“太好了！”纳吉布拍着手不住地说。

“他是个什么样的人！”范·密泰恩说，“在整个荷兰都找不到的！”

“这是我的看法！”萨拉布尔冷冷地说。

“是的，我过来了，而且没有付，”凯拉邦这次是对警察局长说话，“对！没有付……除了我用二千皮阿斯特换得了在独轮车里的位子，还有在旅途上花掉的八十万！”

“我祝贺您。”警察局长答道，面对这样一种固执，他也只能屈服了。

从四面八方响起了向凯拉邦大人致敬的欢呼声，而这个做好事的固执者则在快乐地拥抱着他的女儿阿马西娅和儿子阿赫梅。

“现在我们到君士坦丁堡的法官那里去！”他说。

“对，叔叔，到法官那里去。”阿赫梅答道，“哦！您真是最好的人！”

“无论你说过什么，”凯拉邦大人反驳说，“我都一点也不会固执了……除非有人反对我！”

接下去的事情就不用多说了。当天下午，法官接受了婚约，然后伊玛目在清真寺里念了一段经文，然后他们回到加拉塔的家里，在这个月30日午夜的钟声敲响之前，阿赫梅和他亲爱的阿马西娅、银行家塞利姆的巨富的女儿结婚了。

当天晚上，沮丧的范·密泰恩准备与内兄亚纳尔大人、尊贵的萨拉布尔一起去库尔德斯坦，在那个遥远的国家里举行最后一次仪式之后，她就要最终成为他的妻子了。

在告别的时候，当着阿赫梅、阿马西娅、纳吉布和布吕诺的面，他不禁对他的朋友进行了温和的责备：

“当我想到，凯拉邦，我是为了不想使您不高兴才结婚的……第二次结婚!”

“我可怜的范·密泰恩，”凯拉邦大人答道，“如果这个婚约不是一个梦的话，我是永远不会原谅自己的!”

“一个梦！……”范·密泰恩又说，“难道这看起来像一个梦？哦，要是没有这封电报就好了！……”

他这么说着，又从口袋里掏出那封弄皱了的电报，机械地看了一遍。

“对！……这封电报……‘范·密泰恩夫人，五个星期前，去世……她的丈夫……’”

“去世她的丈夫？……”凯拉邦喊道，“这是什么意思？”他说着把电报夺过来念道：

“‘范·密泰恩夫人，五个星期前，去见她的丈夫，已动身前往君士坦丁堡。’是去见！……不是去世!”

“他不是鳏夫!”

这些字眼从大家的嘴里脱口而出，凯拉邦大人则喊叫道，这次倒是有道理的：

“这个愚蠢的电报局又犯了一个错误！……它从来就不会干别的事情!”

“不是！不是鳏夫！……不是鳏夫！……”范·密泰恩不住

地说，“能够回到第一个妻子的身边，我太高兴了……因为我害怕第二个!”

当亚纳尔大人和尊贵的萨拉布尔知道事情的经过之后，他们都大发雷霆，但最终也只能承认事实。范·密泰恩结过婚了，而且当天就能和他的第一个也是唯一的妻子团聚。作为和解的标志，她给他带来了一个“瓦朗西亚”的球茎。

“我们会有更好的，妹妹,”亚纳尔安慰着这个无法安慰的寡妇,“比……”

“比荷兰的这个冰块更好的人！……”尊贵的萨拉布尔回答说,“而且不难找到!”

于是他们两人就动身去库尔德斯坦，不过范·密泰恩的富裕的朋友很可能拿出了一大笔线，以补偿他们的奔波，使他们在回到那个遥远的国家里去的时候不至于那么艰难。

但是归根结底，为了穿越博斯普鲁斯海峡，凯拉邦大人不可能总是在君士坦丁堡和斯居塔里之间拉一根绳子，那么他就永远不再穿过海峡了吗?

不！在一段时间里，他坚持不出去走动。但是有一天，他直接向政府提议赎回乘坐小船穿过海峡的权利。他的建议被接受了。他肯定为此付出了一笔巨款，不过他也更出名了。现在来这里的外国人都要去拜访一下“固执的凯拉邦”，把他视为奥斯曼帝国首都的最惊人的珍品之一。